❖ 전국시대 일본의 지도

- 도호쿠東北
- 간토關東
- 주부中部
- 긴키近畿
- 주고쿠中国
- 시코쿠四国
- 규슈九州

오키 제도

주고쿠

긴키

와카사

쓰시마섬

쓰시마해협

이즈모 호키 이나바

다지마 단고 오바마

이와미

미마사카

나가토

스오 아키 빗추 빗추 비젠

하리마 단바

교토

히메지

오사카 나라

히로시마

오카야마

이와쿠니

사카이 가와치

이즈미

아와지

요시노

야마토

지쿠젠

고쿠라

와카야마

마쓰라

후쿠오카 부젠

다카마쓰

기이

히젠

지쿠고 분고

사누키

이요

도쿠시마

아와

나가사키

히고

다케다

가쓰사

구마모토

도사

사쓰마 휴가

시코쿠

오스미

규슈

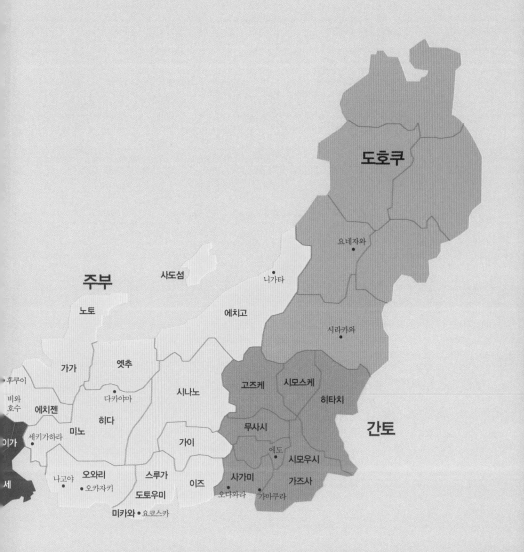

도호쿠

주부

사도섬

노토

요네자와

니가타

에치고

시라카와

가가   엣추

후쿠이

비와
호수   에치젠   다카야마   시나노

고즈케   시모스케

히타치

이가

세키가하라   미노   히다

무사시   간토

가이

나고야   오와리   스루가   에도

사가미   시모우시

세   오카자키   도토우미   이즈   오다와라   가즈사

미카와 요코스카   가마쿠라

戰國志

SHINSYO TAIKOUKI
by YOSHIKAWA eiji

전국지 8
패자교체 覇者交替

초판 1쇄 발행	2015년 9월 20일
초판 2쇄 발행	2015년 11월 20일
지은이	요시카와 에이지
옮긴이	강성욱
펴낸이	한승수
펴낸곳	문예춘추사
편 집	김성화, 조예원
마케팅	안치환
디자인	김선영
등록번호	제300-1994-16
등록일자	1994년 1월 24일
주 소	서울특별시 마포구 연남동 565-15 지남빌딩 309호
전 화	02 338 0084
팩 스	02 338 0087
E-mail	moonchusa@naver.com
ISBN	978-89-7604-278-1 04830
	978-89-7604-269-9(전 10권)

*책값은 뒤표지에 있습니다.
*잘못된 책은 구입처에서 교환해 드립니다.

패자교체 覇者交替

8

戰國志

강성욱 옮김
요시카와 에이지 지음

문예춘추사

차 례

✤ 전국지 8권 등장인물

가토 미쓰야스加藤光泰(1537~1593)
처음에는 사이토 다쓰오키齋藤竜興에 속했으나 그가 멸망한 이후 오다 노부나가, 1570년쯤부터는 도요토미 히데요시를 섬긴다. 야마자키 전투에서의 공으로 슈잔周山의 성주가 된다. 한때 히데요시의 심기를 건드렸으나 용서를 받아 1590년에 가이 24만 석을 받아 그곳에서 산다. 임진왜란에서 귀국하던 길에 목숨을 잃는다.

가모 우지사토蒲生氏郷(1556~1595)
가모 가타히데의 장남. 오다 노부나가, 도요토미 히데요시를 섬겼으며 고마키·나가쿠테 전투 등에서 공을 세워 마쓰가시마의 성주가 된다. 본능사의 변 때는 아케치 미쓰히데의 권유를 뿌리치고 오다 노부나가의 가족들을 히노 성으로 받아들여 아버지와 함께 농성을 한다. 1585년에 기독교에 입신. 1590년 오다와라 공격에 참가한다. 무쓰陸奥로 봉지가 바뀌었으며 42만 석을 받는다.

삿사 나리마사佐々成政(1516~1588)
오다 노부나가를 섬겨 여러 전투에 참가한다. 1575년에 잇코슈의 반란一向一揆 진압에서 공을 세워 도야마를 영유하게 된다. 1584년 고마키·나가쿠테 전투에서 도쿠가와 이에야스 측에 가담하고 이듬해 도요토미 히데요시의 공격을 받지만 목숨을 건진다. 1587년에 히고肥後의 국주가 되었으나 인민 통제에 실패한 책임으로 할복한다.

오이치お市(1547~1583)
오다 노부나가의 여동생. 처음에는 아사이 나가마사의 아내가 되고 후에 시바타 가쓰이에의 아내가 된다. 아사이와의 사이에 1남 3녀를 두었으나 아사이가 노부나가에게 맞서자 세 딸과 함께 노부나가의 기요스 성으로 돌아오게 된다. 노부나가 사후 1582년에 시바타 가쓰이에와 재혼, 이듬해 도요토미 히데요시의 공격을 받자 세 딸을 히데요시에게 맡기고 가쓰이에와 함께 자결한다.

이코마 마사노부生駒正信(?~1615)
통칭은 진스케甚助. 세키가하라 전투 때 할아버지 지카마사親正와 함께 서군에 가담한다. 형으로부터 히가시 사누키東讃岐를 물려받아 일문의 필두가 되어 높은 녹을 받는다. 도요토미 히데요리를 섬긴다.

차차茶々(1567~1615)
아사이 나가마사, 오이치의 장녀. 아사이가 멸망 이후 시바타 가쓰이에와 재혼한 어머니를 따라 기타노쇼로 들어간다. 시바타가 멸망 이후에는 도요토미 히데요시가 맡아 기르는데 훗날 그의 측실이 된다. 히데요리秀頼를 낳아 권력을 휘둘렀으며 오사카의 진에서 패하여 히데요리와 함께 자결한다.

시바타 가쓰토요柴田勝豊(?~1583)
원래는 시바타 가쓰이에 누나의 아들이었으나 가쓰이에가 양자로 들인다. 마루오카丸岡의 성주. 1582년 본능사의 변 이후 있었던 기요스 회의 결과 나가하마의 성주가 된다. 가쓰이에와의 사이가 나쁘다는 것을 안 히데요시가 공격하자 항복한다.

우지이에 유키히로氏家行広(1546~1615)
오다 노부타카를 섬겼으나 후에 도요토미 히데요시를 섬겨 구와나桑名 성의 성주가 된다. 세키가하라 전투에서는 서군에 가담했다가 패하여 출가한다. 오사카의 진에서는 도쿠가와 이에야스가 10만 석을 주겠다며 불렀으나 이를 거절하고 오사카 성 함락 후에 도요토미 히데요리豊臣秀頼와 함께 할복한다.

이나바 잇테쓰稲葉一鉄(1516~1589)
아버지와 형 다섯 명이 전사했기에 환속해서 집안의 대를 잇는다. 소네曽根의 성주. 사이토 도산齋藤道三을 섬겼으며 안도 모리나리安藤守就, 우지이에 보쿠젠氏家ト全과 함께 미노 3걸로 불린다. 오다 노부나가와 내통해서 노부나가의 미노 공략을 도왔으며 본능사의 변 이후에는 도요토미 히데요시를 따른다.

야마지 마사쿠니山路正国(1546~1583)
오우미 나가하마 성의 성주인 시바타 가쓰토요의 가신. 시즈가타케 전투 때 도요토미 히데요시 측에 가담했으나 사쿠마 모리마사로부터 내응할 것을 권유받아 시바타 가쓰이에의 편에 선다. 그 후 모리마사 부대의 일원으로 히데요시 군에 기습을 가해 한때는 성공하는 듯했으나 히데요시의 반격을 받아 패하며, 가토 기요마사의 손에 목숨을 잃는다.

기무라 하야토노스케木村隼人佑(?~1595)
이름은 시게코레重茲. 도요토미 히데요시를 섬기며 시즈가타케 전투, 고마키·나가쿠테 전투, 오다와라 공략 등에서 활약해 요도淀의 성주가 된다. 도요토미 히데쓰구의 후견인 역할을 맡았으나 히데쓰구 실각 사건에 연좌되어 1595년에 야마자키 부근의 대문사大門寺에서 자결한다.

| 일러두기 |

1. 이 책은 일본 고단샤講談社에서 발간한 요시카와 에이지 역사·시대 문고(吉川英治歷史時代文庫) 22~32권,『신서 태합기(新書太閤記)』(전11권, 1990년 4월 23일~1990년 8월 3일)를 저본으로 삼았다.

2. 원서는 총 11권으로 구성되어 있으나 분량을 고려해서 총 10권으로 재편집했다.

3. 가능한 원본에 가깝게 번역했으나 고유명사의 명백한 오류는 바로잡았으며, 원서 내용을 해치지 않는 범위 안에서 대화와 본문이 연결되는 부분을 일부 수정하여 우리 독자가 읽기 편하게 했다.

4. 원서 문장의 길이가 너무 길어 읽기에 불편한 부분은 내용을 해치지 않는 범위 안에서 문장을 끊어 번역했다.

5. 한자 표기는 정오正誤에 상관없이 원서를 따랐으나 동일 인물이나 지명의 상반된 표기가 있는 경우에는 올바른 한자를 찾아 표기했다.

6. 이 책의 삽화 및 지도는 내용에 맞게 새로 제작한 것이다.

종이학

.

기요스 성은 요 며칠, 성으로 들어가는 행렬과 성에서 나오는 인마로 들끓었다. 예전에는 노부나가가 일어선 곳이었는데, 이제는 노부나가 가에 대한 뒤처리를 논의하기 위한 장소가 되었다. 하지만 이곳에 모인 유신들은 '산포시 도련님의 안부를 여쭙기 위해' 모였다고 말할 뿐 시바타 가쓰이에의 편지를 받았다고 말하지 않았다. 그리고 히데요시의 뜻에 따라 왔다고도 말하지 않았다.

사람들은 이윽고 성안에서 대대적인 평의가 열릴 예정이라는 사실을 암암리에 알고 있었다. 논의할 내용도 이미 알고 있었다. 단, 날짜나 시간과 같은 공적인 통지가 오지 않았을 뿐이었다. 그러다 보니 산포시에게 문안 인사를 마친 뒤에도 돌아가는 사람이 아무도 없었다. 다들 수많은 병력을 데리고 성 밑의 숙소에서 대기했다.

한여름 더위에 평소보다 몇 배나 많은 사람이 한꺼번에 좁은 마을로 몰려들었기에 이만저만 혼잡하고 소란스러운 게 아니었다. 마구간의 말이 마을로 뛰쳐나가 날뛰고, 젊은이들끼리 싸움이 벌어지고, 작은 화재가 끊이지 않는 등 무료할 틈이 없었다.

월말 무렵에는 간베 노부타카와 기타바타케 노부오 등의 일문도 모두 모였으며, 시바타 가쓰이에, 하시바 히데요시, 니와 나가히데, 호소카와 후지타카, 이케다 노부테루, 쓰쓰이 준케이, 가모 우지사토蒲生氏郷, 하치야 요리타카 등도 도착해 있었다.

오로지 다키가와 가즈마스 한 사람만이 보이지 않았다. 그에 대해 사람들은 노골적으로 악평을 쏟아냈다.

"노부나가 공이 살아 계실 때는 첫째도 다키가와, 둘째도 다키가와 하시며 중용하셔서 간토關東 지방의 간료管領라는 중직까지 내리셨는데, 이번 흉변에 달려오는 게 이처럼 늦다니 어찌 된 일이란 말인가? 참으로 꼴사나운 사내구면."

심지어 주저하지 않고 이렇게 말하는 사람도 있었다.

"원래 그 사람은 경략가經略家 체질이지 충의로 일관된 사람이 아니야. 그러니 이번에도 바로 출발하지 않았지."

거리의 술집에서 일부러 들으라는 듯 이야기하는 무리도 있었다.

"가즈마스 나리에게 봐줄 만한 점이라고는 새로운 무기를 잘 쓰는 것 밖에 없을 거야. 그렇게 사격술에 정통해 있다 보니 다키가와의 군은 철포 다루는 솜씨가 모두 좋아. 그 점을 노부나가 공도 높이 산 것일 테지만, 웬걸 전쟁에는 아주 서툴러. 젊었을 때는 늘 선봉에 서서 상당히 용명을 떨쳤지만, 그것도 당시 노부나가 군 전체가 기세등등했기 때문이지 결코 그가 뛰어나서 그랬던 건 아니야."

"그럴지도 모르겠군. 이번과 같은 일을 맞아 바로 출발하지 않은 것을 보면."

"출발도 출발이지만 그는 머리도 나빠. 조슈 우마야바시厩橋라는 먼 곳에 있으니 여러 가지로 번거로운 것이야 어쩔 수 없는 일일 테지만, 도중에 호조北條 군과 승산이 없는 싸움을 벌여 간나神流 강에서 대패하고 간신히 자신의 성인 이세 나가시마長嶋로 돌아간 일은 딱하지만 당대의 웃음거리라고 해도 좋을 거야."

사람들은 다키가와에 대해 공공연하게 비난을 퍼부었다. 거기에 더해 아케치 토벌에 한발 늦은 시바타 가쓰이에 대한 비난도 얼핏 들려왔다. 그러한 말들은 당연히 그곳에 머무르고 있는 사람들의 귀에도 들어갔다.

시바타 가의 가신들이 히데요시에게 사람들이 비난하는 이야기를 들려주었다. 그러자 히데요시가 얼굴을 찌푸리며 고개를 끄덕였다.

"그런가……. 이제 슬슬 시작한 모양이군. 시바타까지 힐난하니 시바타가 유포한 말이라고는 누구도 생각하지 않을 테지만, 그것은 모두 가쓰이에가 시킨 이간질이라 보면 틀림없을 걸세. 대평의 전에 있는 모략이야. 잔꾀는 그냥 내버려두게. 어차피 다키가와는 시바타 밑으로 들어갈 사람이니, 아무래도 상관없어."

지난 며칠 동안 기요스에서는 노부나가가 세상을 떠난 이후 그려질 오다 왕국의 축소판을 볼 수 있었다. 얼마 뒤에 있을 평의에 앞서 그 결과를 각자의 장래에 비추어보고, 서로의 속내를 떠보는 형국이었다. 그리고 그 사이에 당연하다는 듯 묵계와 반목이 있었으며, 또 풍문을 이용하고 유인책을 강구해 사람을 포섭하기도 하고 깎아내리기도 했다.

시바타 가쓰이에와 간베 노부타카 사이의 왕래는 특히 눈에 띄었다. 한쪽은 노장의 상석, 다른 한쪽은 고 노부나가의 셋째 아들이었다. 두 사람은 사람들의 눈에 띌 정도로 공사를 넘어서 친밀하게 지냈다.

"슈리 나리(가쓰이에)는 차남인 노부오 님을 제쳐두고 노부타카 님을 다음 주군으로 세울 속내이신 듯해. 그렇다면 한바탕 파란을 면할 수 없겠는데."

모든 사람들이 그렇게 말했다. 사람들은 노부타카 옹립의 경쟁자는 노부오일 것이라고 믿고 있었다. 노부나가의 후계자는 당연히 노부나가와 함께 니조 성에서 전사한 큰아들 노부타다의 동생인 노부오나 노부타카가 될 것이라는 견해에는 누구도 의심을 품지 않았다. 하지만 두 사람 중 누가 후계자가 될지, 또 누구를 지지해야 할지를 놓고는 망설이고 있었다.

노부오, 노부타카는 에이로쿠永禄 원년(1558년) 정월에 태어나 올해로 스물다섯 살이었다. 같은 나이의 형제라니 좀 우습기도 하지만 이 시대의 상류 가정에서는 흔히 있던 일을 넘어 오히려 당연한 일이었는데, 다시 말해 이복형제였던 것이다. 게다가 노부오가 형, 노부타카가 동생이 되어 있기는 했으나 실제 생일은 동생인 노부타카가 이십 일이나 빨랐다. 그러니 노부타카가 형이 됐어야 했으나 노부타카의 어머니인 이코마生駒 씨가 비천한 집안의 여자였기 때문인지 출생 신고를 늦게 해 노부타카가 노부나가의 셋째 아들이 되었고, 늦게 태어난 노부오가 둘째 아들이 되었다.

두 형제는 비록 형제라고는 하나 골육의 참된 정이 깊지 않았다. 노부오는 음침하고 소극적인 성격이었으나 노부타카에 대해서만은 언제나 반발을 일으켰다. 그런 탓에 고의로라도 동생을 자신의 아래로 두어 형의 위치를 함부로 넘보지 못하게 했다.

노부나가의 후계자로서 두 사람을 공평하게 비교하면, 셋째 아들인 노부타카에게 더 많은 자질이 있었다. 그는 전장에 나가서도 노부오보다 훨씬 더 대장다운 모습을 보였으며, 평소의 언동에도 패기가 있었고, 무엇보다 노부오처럼 소극적이지 않았다.

노부타카는 아버지 노부나가와 큰형 노부타다의 죽음으로 맞게 된 이번 일에서도 야마자키까지 가서 히데요시의 진에 군림하였고, 그 이후 갑자기 패기를 드러냈다. 그리고 최근의 언동에서도 일찌감치 오다 가의 상속자를 자처하는 듯한 모습을 보였다. 야마자키 전투 이후 사사건건 히데요시를 몹시 싫어하게 되었다는 점만 봐도 그의 속내를 알 수 있었다.

노부타카는 아케치 군의 습격에 당황하여 아즈치라는 커다란 성에 불을 지른 노부오에 대해서 이렇게 말하기도 했다.

"상벌을 분명히 하자면 그에게도 책임을 묻지 않을 수 없다."

또 이렇게 큰소리를 친 적도 있었다.

"노부오는 멍청한 놈이다."

하지만 은밀하게 한 말조차 누구를 통해서랄 것도 없이 어느 틈엔가 노부오의 귀에까지 들어가버리고 마는 것이 당시 기요스의 분위기였다. 눈에 보이지 않는 모략의 그물이 사람의 범상함과 비범함을 탐색하고 있는 상태라고 해도 좋을 것이다.

처음에는 그달 27일에 회의가 개최될 거라고 예상했으나 다키가와 가즈마스가 늦게 도착하는 바람에 다시 하루를 더 연기해 마침내 7월 1일 저녁이 되어서야 기요스에 있는 모든 가신들에게 알림장이 도착했다.

내일 진정시辰正時에 모두 등성할 것. 성에서 서로 논의하여 천하인을 정할 것이다.

평의를 소집한 사람은 시바타 슈리 가쓰이에였다. 가즈마스가 도착한 뒤에도 이렇다 할 이유 없이 하루 이틀 늦어진 점도 그렇고, 모든 면에서 그의 생각에 따라 일이 진행되는 것처럼 여겨졌다. 애초부터 그런 것에 대한 불평은 있을 수 없었다. 그가 간베 산시치 노부타카를 앞세워 사전에 이미 노부타카와 결탁했다는 사실은 은밀한 일이 아니라 공공연히 알려진 사실이었기 때문이다.

노부타카는 시바타의 위세를 등에 업고, 시바타는 노부타카를 앞세워 압도적으로 회의를 밀어붙이려 했다. 게다가 대다수가 그런 분위기에 기운 듯한 상태에서 평의회가 시작되었다.

그날 기요스 성은 수많은 방과 방 사이의 문들이 활짝 열려 있었다. 햇살이 쏟아져 덥기도 하고 사람들의 숨결에 견딜 수 없기 때문이기도 했으나, 보기에 따라서는 숨어서 개인적으로 담합하는 것을 용서하지 않겠다고 제어하는 것처럼 느껴지기도 했다. 무사들이 대기하는 방을 비롯해서 중요한 방문 앞에 서 있는 사람들까지 모두 시바타의 가신이라고 해도 좋을 정도로 많은 외신外臣이 섞여 있다는 점도 단순히 일을 돕기 위해서라고는 여겨지지 않았다.

진정시에는 모두 모였으며 사초시巳初時에는 가신 모두 널따란 방에 앉아 있었다. 앉은 순서를 살펴보면 시바타, 하시바, 니와, 다키가와가 좌우 양쪽으로 갈려 마주 보고 앉았으며, 이케다 쇼뉴, 호소카와 후지타카, 쓰쓰이 준케이, 가모 우지사토, 하치야 요리타카 등이 늘어앉아 있었다. 물론 정면의 상좌에는 일문인 간베 산시치 노부타카와 기타바타케 노부오 두 사람이 나란히 앉아 있었으며, 다시 한쪽의 장지문 가까이에는 또 다른 어린 주인인 산포시가 하세가와 단바노카미長谷川丹波守에게 안겨 있었다.

뒤에는 그 아이의 아버지인 노부타다가 니조 성에서 전사했을 때, 노부타다의 유명을 받아 적 가운데서 이곳으로 빠져나온 유신 마에다 겐이前田玄以가 공손히 서 있었다. 혼자 살아남아서 여기에 있다는 것은 체면이 서지 않는 일이라는 듯한 그의 모습을 모두 보고 있었다.

산포시는 아직 세 살이었기에 하세가와 단바노카미의 무릎에 앉아 정면을 향하고 있었으나 결코 가만히 있지 못했다. 손을 뻗어 돌보는 단바노카미의 턱을 밀치기도 하고 무릎 위에 올라서기도 했다. 당황한 단바노카미를 돕기 위해 뒤에서 겐이가 조그만 목소리로 어르자 어깨너머로 겐이의 귀를 잡아당겼다. 당황한 겐이가 그대로 내버려두고 있을 때 뒤에서 몸을 웅크리고 있던 유모가 산포시의 손에 색종이로 접은 종이학을 가만히 쥐여주면서 겐이의 귀를 놓게 했다.

"……"

자리에 있던 장수들의 시선이 천진난만한 아이에게 쏠려 있었다. 미소를 머금은 사람도 있었으며, 몰래 눈물을 글썽이는 사람도 있었다. 가쓰이에 한 사람만 널따란 방 안 가득 시선을 던지며 '난감하다'고 중얼거리고 싶다는 듯 씁쓸한 표정을 짓고 있었다.

　　기요스 회의의 주선자로서, 또 의장으로서 누구보다 엄숙하고 위엄 있는 태도로 가장 먼저 입을 열려고 했는데 사람들의 시선이 다른 곳으로 흩어져버렸기에 말을 꺼낼 기회를 잃었다는 사실을 몹시도 불쾌하게 생각하는 듯 보였다.

　　마침내 가쓰이에가 입을 열었다.

　　"지쿠젠 나리."

　　히데요시를 부른 것이었다.

　　히데요시가 맞은편 자리에서 똑바로 쳐다보았다. 가쓰이에가 얼굴에 애써 웃음을 지어 보이며 지극히 담합적인 투로 말했다.

　　"어떻소? 누가 뭐래도 아직은 저처럼 나이 어린 철부지 아니시오? 돌보는 자의 무릎 위에 앉혀 굳이 고생을 시키지 않아도 되지 않겠소?"

　　"글쎄요."

　　히데요시의 대답은 어느 쪽이라고도 할 수 없는 것이었다. 만약 히데요시가 반대하고 나섰다면 가쓰이에는 바로 대립각을 세웠을 것이다. 가쓰이에의 몸은 곧 위엄이 뒤섞인 반감으로 경직되었다. 시작부터 매우 재미없다는 듯한 표정이 노골적으로 드러났다.

　　"……하지만 말일세, 지쿠젠. 산포시 도련님의 출석을 요구한 것은 자네가 아닌가? 이 슈리는 잘 모르겠는데."

　　"그렇습니다. 틀림없이 이 지쿠젠이 청한 일입니다. 꼭 참석해주십사 하고."

　　"꼭 참석해주십사 하고?"

가쓰이에는 커다란 문양이 들어간 의복의 주름이 크게 흔들릴 정도로 몸을 움직였다. 정오 전이라 아직 더위가 심하지는 않았으나, 그에게는 두 꺼운 예복과 피부의 부스럼이 남모를 고통인 듯했다. 이러한 것은 사소한 일 같으나, 경우에 따라서는 말투에서도, 중요한 의사표시에서도 관계가 있는 법이다. 특히 야나가세를 넘은 뒤부터 가쓰이에는 히데요시를 보는 마음이 완전히 달라져 있었다. 원래부터 히데요시를 후배라 여겨온 터라 결코 좋은 사이는 아니었으나, 야마자키에서의 전투 이후 날이 갈수록 오다 유업의 세력권에서 히데요시라는 이름이 위세를 떨치고 있다는 사실은 도저히 안심하고 있을 수 없는 현상이었다.

그뿐만 아니라 히데요시가 선군의 복수전을 수행한 뒤 '기타노쇼 나리(가쓰이에를 말함)는 때를 놓쳐 야마자키에도 참전하지 못했으니 틀림없이 허탈할 거야'라는 식의 체면을 구기는 말도 들려왔다. 최근 들어 무슨 일에 있어서나 사람들 사이에서 두 사람을 비교하는 듯한 풍조가 표면화되기 시작한 것은 무엇을 의미하는 것일까? 가쓰이에 입장에서 보면 이역시 씁쓸한 일이라고 하지 않을 수 없었다. 지쿠젠과 자신을 대등하게 보고 있다는 사실조차 불쾌하기 짝이 없는 일인데, 하물며 지쿠젠이 때마침 올린 일개 수훈으로 수십 년 동안 지켜온 오다 가의 원로 지위가 무시된다면 그것은 참을 수 없는 일이라고 생각했다. 예전에 기요스의 해자를 긁어내고, 마분을 치우던 비천한 신분에서 벼락출세한 필부가 의관을 걸치고 자랑스럽다는 듯 앉아 있지만 시바타 슈리 가쓰이에가 그 밑에 놓일 수 없다고 생각한 것이었다. 그날 그의 가슴속은 팽팽하게 당겨진 화살처럼 그러한 감정과 여러 계책으로 긴장되어 있었던 것이다.

"지쿠젠 나리는 오늘의 평정評定을 어떻게 생각하고 계시는지 모르겠으나 무릇 여기에 계신 제후들 모두 이와 같은 대사를 논의하는 자리에 오셨을 때는 오다 가를 위해서라고 굳게 결심하고 오셨을 텐데……. 어찌 이제 세 살이 된 어린 도련님을 억지로 이 자리에 나오시게 한 것인지.”

가쓰이에가 무뚝뚝하게 말을 꺼냈다. 그는 히데요시뿐만 아니라 주위에 있는 모든 가신들에게서 공감을 얻고 싶어 했다. 하지만 히데요시로부터 시원한 답을 들을 수 있을 것 같지 않았기에 다시 같은 어조로 말했다.

“이제 시간도 없으니 평의에 들어가기에 앞서 물러나시도록 하는 것이 어떻겠는가? 아니면 자네에게 어떤 사정이라도 있는 겐가, 지쿠젠 나리?”

풍채가 영 좋지 않은 히데요시는 예복을 입어도 옷의 커다란 무늬가 살지 않았다. 그러다 보니 사람들 가운데 앉아 있으면 아무리 봐도 야생의 거친 사람처럼 보였다.

히데요시의 위치를 보면 노부나가가 살아 있을 때 이미 굴지의 중직을 받았으며, 주고쿠 원정 중에나 야마자키의 승리로도 충분히 실력을 내보였다. 하지만 실제로 만나보면 ‘이 사람이?’ 하며 오히려 들어왔던 명성이나 상상을 배신당한 기분이 들 정도였다. 이 사람과 깊이 사귀었다면 모를까 평범한 눈으로 언뜻 보면 이 사람과 예측하기 어려운 시대를 함께 나아가며 필생의 대사를 함께한다는 것은 생각해볼 문제라고 말하는 게 상식에 맞는 대답이었다.

다키가와처럼 풍채가 당당한 사람이라야 그 누구도 ‘과연 듣던 대로’라며 일류 무사로 받아들이게 될 것이다. 니와 고로사에몬 나가히데에게는 어딘가 속되지 않은 은근한 멋이 있었기에 벗어진 머리와 전장에서의 모습도 듬직하게 여겨지는 부분이 있었다. 가모 우지사토는 자리를 함께한 가신들 중에서 가장 어리기는 했으나 훌륭한 집안과 타고난 재질 때문에 어딘가 훈훈한 인상을 주었다. 체구는 히데요시보다 조금 작았으나 풍채가 중후하고 눈빛이 날카로운 이케다 쇼뉴도 있었으며, 또 청아하고 온순한 듯하나 그 속에 무엇을 숨기고 있는지 알 수 없는 대인적 풍격을 갖춘 호소카와 후지타카도 있었다.

이러한 사람들 속에 있기 때문에 어쩌면 히데요시의 풍채가 더욱 초라해 보이는 것인지도 몰랐다. 누가 뭐래도 그날의 기요스 회의에 참석한 사람들은 모두 당대의 일류급이라고 할 수 있었다. 회의에는 참석하지 않았으나 호쿠에쓰北越의 진영에 남아 있는 마에다 도시이에와 삿사 나리마사, 그리고 위치가 다르기는 하지만 도쿠가와 이에야스를 더한다면 우선 일본의 중심인물은 모두 열거한 것이라 해도 좋을 것이다. 그러한 가운데 히데요시가 있었지만 인품에 있어서는 아무래도 아직 어쩔 수 없는 면이 있었다. 히데요시도 그것을 느끼고 있어서인지 오늘 회의 자리에서는 겸허하게 행동할 것을 다짐하는 듯했다. 야마자키에서 승리한 뒤 전군의 예를 받을 때 가마 위에서 '세베, 수고했네'라고 말해 '저 녀석 벌써부터 천하인이 된 듯한 기분이로군' 하며 동료 장수들을 분하게 했던 것과 같은 불손한 태도는 찾아볼 수 없었다. 그는 처음부터 줄곧 신중한 표정을 짓고 있었다. 가쓰이에의 말에 대해서도 두려워하듯 과묵했다. 그러다 가쓰이에의 집요한 말에 더는 어쩔 수 없다는 듯한 태도로 이렇게 말했다.

"네, 숙로宿老의 말씀은 참으로 지당하십니다. 산포시 도련님의 출석을 요청한 데는 이유가 없는 것도 아니나, 말씀하신 대로 아직 천진난만한 나이인 만큼 긴 평의에 저렇게 계신다는 건 틀림없이 갑갑한 일일 것입니다. 게다가 오늘의 모임을 주관하시는 숙로의 뜻이 그러하시다니 우선은 물러나시도록 하겠습니다."

히데요시는 온당한 대답을 하고 무릎을 상좌 쪽으로 약간 돌려 하세가와 단바노카미에게 자리에서 물러나라고 말했다.

"그렇게 하시게나."

단바노카미는 고개를 끄덕인 뒤 자신의 무릎 위에 앉은 산포시를 뒤에 있던 유모에게 넘겨주었다. 산포시는 화려하게 차려입은 많은 사람이 나란히 앉아 있는 모습이 매우 즐거워 보였는지 유모의 손을 힘껏 뿌리쳤다. 유모가 산포시를 억지로 안아 자리를 뜨려 하자 이번에는 갑자기 손발을 휘저으며 울기 시작했다. 그리고 손에 쥐고 있던 종이학을 그 자리에 모인 제후들의 한가운데로 던져버렸다. 그 순간 제후들의 눈에 눈물이 맺혔다.

훈향산薫香散

시계의 종소리가 정오를 알렸다. 하지만 그 소리도 들리지 않을 정도로 평의가 열린 자리에는 조용한 긴장감이 흘렀다.

"주군 노부나가 공의 뜻밖의 타계는 모두 통곡할 일이나 이미 일이 벌어진 지금은 오로지 후계자를 바로 세우고 유업을 이어받아 이 세상에 살아 계셨을 때보다 더욱 충성을 다해야 할 것이다. 그것이 신하의 도리이자 또 존령尊靈을 위로하는 일이라 생각하여 이렇게 오늘……."

우선 의장 격인 시바타 가쓰이에가 주군을 애도하고 이후 상황을 보고했다. 그리고 예정되었던 의제가 그의 발언으로 상정되었다.

"그럼 그 일에 대해서."

즉, 첫째는 '유족 가운데 어느 분을 후계자로 삼을 것인가' 하는 문제, 둘째는 '아케치가 전에 소유하고 있던 영지의 분배'에 관한 것이었다.

"의견이 있으면 말씀하시오."

가쓰이에는 우선 가장 중대한 현안에 대해 제후들을 향해 물었다.

"중요한 일이니 후에 말이 없도록 허심탄회하게 생각을 말씀해주시오."

가쓰이에가 거듭 제후들의 발언을 요구했으나 다들 서로의 얼굴만 쳐다볼 뿐 굳이 자신의 의견을 피력하려고 하지 않았다. 사실 의견을 말하는 사람이 없는 것도 당연한 일이었다. 경솔하게 자신의 생각을 주장했다가 반대 입장에 있던 사람이 오다의 상속자로 옹립되면 당연히 그 발언을 한 사람의 앞길은 위험해지기 때문이다. 그러다 보니 모든 사람들이 가볍게 입을 열어서는 안 된다며 가만히 침묵을 지킨 채 대세가 대략 결정되는 것을 지켜보려고 하는 듯했다.

가쓰이에는 끈기 있게 사람들의 신중한 침묵을 지켜보았다. 그렇게 되리라고 대충은 예측하고 있었던 듯했다. 그러다 천천히 위엄을 갖추어 입을 열었다.

"여러분에게 따로 의견이 없으시다면 결국은 숙로로서 제가 어리석은 생각을 말씀드릴 수밖에 없는데……."

그때 상석에 있던 간베 노부타카의 얼굴빛이 문득 달라지는 듯한 느낌이 들었다. 가쓰이에의 눈은 히데요시에게 쏠려 있었으며, 히데요시는 다키가와 가즈마스와 노부타카의 모습을 번갈아 바라보고 있었다. 일순 미묘한 움직임이 마음에서 마음으로 눈에 보이지 않는 파장을 일으켰다. 기요스 성 전체가 텅 비어버린 듯 이상한 긴장감과 정적 속에 있었다.

"이 가쓰이에가 보기에는 산시치 노부타카 님이야말로 나이도 그렇고, 타고난 기량도 그렇고 후계자로 흠잡을 데 없는 분이라 생각하오. 이 사람은 마음속으로 망설임 없이 산시치 님을 후계자로 정해두었소."

가쓰이에의 거칠 것 없는 발언이었다. 아니 발언이라기보다 선언에 더 가까웠다. 가쓰이에는 이미 주도권을 잡은 것이라 생각하고 있었던 것이다. 그런데 그때 바로 반대의 목소리가 들렸다.

"아니, 그래서는 안 될 것입니다."

말을 꺼낸 사람은 히데요시였다. 히데요시는 가쓰이에의 제의를 정면에서 반박했다.

"물론 하나의 견해로서는 숙로의 생각도 좋습니다만."

히데요시는 가쓰이에의 말을 가볍게 일축한 뒤 말을 이었다.

"정통성을 따지면 적자이신 노부타다 님의 뒤는 산포시 님이 이어야 하는 것 아닙니까? 나라에는 법이 있고, 각 집안에도 마땅히 가법이 있습니다. 아랫사람들조차 이와 같은 대사는 어지럽히지 않는데, 하물며."

가쓰이에의 얼굴빛은 붉은빛 안료에 먹을 풀어놓은 것처럼 변했다.

"아아, 잠시 기다리게, 지쿠젠."

"아닙니다."

히데요시는 가쓰이에의 말을 뿌리치고 말을 계속 이어나갔다.

"산포시 님은 아직 어리다고 말씀하시겠지요. 하지만 일문 이하 시바타 나리를 비롯하여 숙로, 각 장수들이 한마음으로 지켜드린다면 어리다 할지라도 무슨 부족함이 있겠습니까? 충성을 다하여 우러러야 할 분은 꼭 나이를 따져야 하는 것이 아닙니다. 이 지쿠젠은 반드시 정통성을 따져서 산포시 님을 후계자로 삼아야 한다고 믿고 있습니다."

가쓰이에는 맥이 풀린 듯 품속에서 종이를 꺼내 목 주변의 땀을 닦았다. 커다란 암초에 부딪친 격이었다. 게다가 히데요시의 주장은 가계의 정법이자 통상적인 도의였기에 반대를 위한 반대라고는 들리지 않았다.

그러한 상황에서 상당한 실망의 빛을 얼굴에 드러낸 사람은 기타바타케 노부오였다. 그는 어디까지나 노부타카만을 대상으로 삼고 있었다. 표면상으로 노부타카보다 형이고 생모의 가계도 좋으니 자신이 후계자로 적합하다고 생각하며 기대를 하고 있었다. 노부오는 자신의 생각과 다른 상황이 되자 바로 얼굴에 견딜 수 없다는 듯 비굴한 표정이 드러났다. 산시치 노부타카는 좀 더 패기가 있었던 만큼 윗자리에서 히데요시의 옆얼굴을 응시하고 있었다.

"그렇다면."

가쓰이에는 옳다고도 그르다고도 하지 않고 그렇게 큰 소리로 중얼거리며 석상의 분위기를 파악하려고 애썼다. 하지만 섣불리 자신의 뜻을 나타내는 사람이 없었다. 가쓰이에도 본심을 드러냈으며 히데요시도 속내를 털어놓았는데, 두 사람의 말이 대립하게 된다면 어느 쪽을 지지할지 고민하는 듯 침묵이 흘렀다. 사람들의 그러한 모습은 외피의 껍데기를 더욱 두껍게 하고 있을 뿐이었다.

"정통성이라……. 그렇지……. 하지만 무사태평한 세상과는 달라서 선군의 유업도 아직은 다 이룬 게 아니고, 선군께서 살아 계실 때 이상으로 여러 어려움이 밀려올 것이니, 이를 어찌할지."

가쓰이에는 자신의 편을 만들려고 자꾸만 사람들을 부추겼다. 그가 중얼거리듯 말할 때마다 고개를 끄덕인 사람은 다키가와 가즈마스였다. 다른 장수들의 속내는 여전히 읽어낼 수가 없었다.

히데요시가 다시 말을 이어 자신의 의견을 주장했다.

"만약 노부타다 님의 부인 중에서 회임하신 분이 계시면 출산까지 기다렸다가 아드님인지 따님인지를 확인한 뒤 이러한 회의를 열 수 있지만, 도련님이 어엿이 계시는데 어찌 이의나 평의가 필요하겠습니까? 이 자리에서 바로 산포시 님으로 정해야 마땅하다고 생각합니다."

히데요시는 다른 사람들의 낯빛 따위는 살피지도 않았다. 오로지 가쓰이에만을 향해 반박했다. 말을 하지는 않았으나 각 장수들 사이에서 히데요시의 말에 '그것이야말로 도리다'라고 내심 크게 끄덕이는 것 같은 분위기가 느껴졌다.

이와 같은 분위기가 형성된 것은 히데요시가 말한 적손嫡孫 승계의 정론에 긍정할 수밖에 없었기 때문만은 아니었다. '이理'의 이면에 '정情'이 뒷받침되고 있었기 때문이다. 다시 말해 각 장수들은 회의 직전에 노부타다가 남기고 간 산포시의 애처로운 모습을 보았다.

그곳에 모인 장수들은 한 명도 빠짐없이 자식을 둔 집안의 아버지였다. 내일을 기약할 수 없는 무문에 몸을 둔 사람으로서, 산포시의 사랑스러운 모습을 바라보며 그 모습을 동정하지 않은 사람은 아무도 없었을 것이다. 그러한 정념 위에 이념적으로도 당당한 정론을 펼치니까 자신의 뜻을 드러내지 않던 장수들도 마음을 움직일 수밖에 없었다.

그에 반해 가쓰이에의 주장은 언뜻 그럴듯하게 들리지만 근거가 부족했다. 하나의 방편에 지나지 않았으며, 또 노부오의 입장을 완전히 무시한 것이었다. 노부오로서는 자신을 제쳐두고 동생인 노부타카가 뒤를 잇기보다 그나마 산포시가 옹립되기를 바랐을 것이다.

가쓰이에는 어떻게 반박해야 할지 몰랐다. 오늘의 평의에서 히데요시가 자신의 제의를 쉽게 받아들이리라고는 생각하지 않았으나 산포시를 옹립한다는 주장을 이렇게 강경하게 할 줄은 예측하지 못했다. 또 히데요시 이외의 제후들이 이토록 간단히, 그것도 다수가 산포시를 지지할 줄은 더더욱 예상치 못했다. 아무리 그렇다고 해도 이 자리에서 히데요시에게 진다는 것은 견딜 수 없는 일이었다.

"흠…….그도 그렇군. 이치를 따지면 그 말이 맞소만, 이제 세 살 된 어린 분을 모시는 것과 나이도 적당하고 장수로서 기량도 풍부한 분을 모시는 것은 우리 중책을 맡은 유신으로서도 그 시정施政과 사기士氣와 장래의 대계에 있어서 큰 차이가 있다고 하지 않을 수 없소. 모리도 그렇고, 우에스기도 그렇고, 아직은 안심할 수 없는 자가 많소. 이제 세 살 된 어린 도련님을 세우면 어찌 되겠소? 선군의 유업을 잇지 않을 생각이라면 모르겠지만. 그저 지키기만 하면 사방에서 때를 얻었다는 듯 침략해올 것이오. 그러면 세상은 다시 어지러워질 것이오. 무로마치 가의 말로를 그대로 밟게 될지도 모르는 일이오. 아니, 이 가쓰이에는 심히 염려스럽소. 제후들은 어떻게 생각하시오?"

가쓰이에는 좌중을 돌아보며 자신을 지지할 사람들을 찾았다. 하지만 어디에도 명료한 반응은 없었다. 그뿐 아니라 우연히 그의 눈과 딱 맞닥뜨린 눈동자가 갑자기 그를 부르더니 오히려 옆에서 공격을 가하듯 반대의 뜻을 내보였다.

"대로大老."

"오오, 고로사 나리, 무엇이오?"

가쓰이에도 반사적으로 기대하지 않는다는 듯한 대답을 던졌다. 고로사 니와 나가히데가 처음으로 입을 열었다.

"말씀을 들어보니 여러 가지로 깊게 생각하신 줄은 알지만 이번에는 하시바 나리의 말씀을 우선 받아들이는 것이 어떻겠습니까? 하시바 나리의 말씀이 지당하다고 생각합니다……."

니와 나가히데 역시 숙로 중 한 사람이었다. 그러한 고로사가 침묵을 깨고 히데요시 쪽으로 깃발의 색을 분명히 내보이자 가쓰이에의 안색뿐 아니라 좌중도 술렁였다.

"고로사 나리, 그건 또 어떤 이유에서요?"

가쓰이에가 내심 불만을 억누르며 따지듯 물었다. 하지만 형세가 여기까지 다다른 이상 히데요시와의 대립을 더는 피할 수 없다고 여겼는지 가쓰이에는 초조할 뿐 아니라 귀신 잡는 시바타답게 일부러 오만한 모습을 내보였다.

한두 해 겪은 일이 아니었다. 나가히데는 가쓰이에의 성격을 잘 알고 있었다. 그러다 보니 우선은 살살 달래듯 온화한 얼굴로 바라본 뒤 자신의 생각을 말하기 시작했다.

"대로, 노여워 마십시오. 누가 뭐래도 하시바 나리는 선군의 뜻에 가장 합당한 자 아닙니까? 우후 님께서 비통한 일을 당하셨을 때, 주고쿠에서 곧바로 달려와 같은 하늘 아래 머물 수 없는 무도한 자인 미쓰히데를 친 것은 비통한 상태에서도 체면을 세운 일이니 우리 모두 고맙게 생각해야 합니다.”

“…….”

가쓰이에는 참담한 표정을 지었다. 하지만 자신의 뜻을 거두지 않겠다는 열의를 온몸으로 드러내고 있었다.

나가히데가 계속 말을 이었다.

“당시 대로께서도 엣추의 진영에서 우후 님의 최후를 듣자마자 비록 전열을 갖추지 못했다 할지라도 준마에 채찍을 가해 상경하셨다면 하시바 나리와 비교해 배로 뛰어난 신분이니 아케치 같은 것이야 둘이 됐든 셋이 됐든 그 자리에서 짓밟을 수 있으셨을 테지만……. 결국은 방심하신 탓에 한발 늦으셨습니다. 참으로 안타까운 일입니다.”

제후들의 가슴속에도 그러한 생각은 있었다. 나가히데의 말은 제후의 감정을 대표한 것이나 다름없었다. 동시에 그것은 가쓰이에에게 커다란 약점이었다. 출발이 늦어 돌아가신 주군의 복수전에 참가하지 못한 일에는 누가 뭐래도 변명의 여지가 없었다. 나가히데는 교묘하게 가쓰이에의 약점을 찌른 뒤 히데요시의 제의가 옳기도 하고 온당하기도 하다며 찬성의 뜻을 기탄없이 밝혔다.

나가히데가 말을 마치자 평의회장에는 험악한 기운이 감돌기 시작했다. 곤경에 처한 가쓰이에를 도울 생각에서였는지 다키가와 가즈마스가 옆에 앉은 사람과 갑자기 개인적인 이야기를 나누기 시작했다. 그 뒤로 곳곳에서 낮은 목소리와 탄식이 들려왔다. ‘이것은 어려운 문제다’, ‘오다 가의 운명이 갈리는 것은 지금’이라며 겉으로는 짧은 말들이 오가는 것에 지나지 않았으나, 마음속으로는 가쓰이에 대 히데요시의 정면충돌이 어떻게 될지 더욱 관심을 갖고 있었다.

숨 막히는 분위기 속에서 차를 담당하는 사람이 가쓰이에게 정오가 지났음을 가만히 알리자 가쓰이에는 '음, 음' 하고 고개를 끄덕이더니 땀을 닦을 것을 달라고 말했다. 심부름꾼이 물에 적신 하얀 천을 올리자 그는 커다란 손으로 그것을 쥐어 목덜미 부근의 땀을 닦았다.

"아…… 이를 어쩌지."

그때 히데요시가 왼쪽 손으로 옆구리를 쥐었다. 그리고 갑자기 눈썹을 찌푸리며 가쓰이에게 말했다.

"이거 안 되겠습니다. 시바타 나리……. 갑자기 경기가 일어난 것인지 배가 아픕니다. 실례인 줄은 압니다만, 잠시 자리를 비우겠습니다. 용서해 주시기 바랍니다."

히데요시는 멀리 다기를 놓는 방까지 가더니 허둥지둥하는 심부름꾼에게 과장스럽게 복통을 호소하며 말했다.

"아프구나, 아파……. 베개, 베개."

히데요시는 그렇게 말하고는 바로 누우며 다시 말했다.

"약을 다오."

마치 중병에 걸린 사람처럼 보였다. 하지만 자신도 잘 알고 있는 병인 듯 서원의 정원에서 불어오는 시원한 바람을 향해 베개를 놓더니 사람들에게서 등을 돌린 채 땀에 젖은 목깃을 풀었다.

전의와 차를 담당하는 사람들이 어쩔 줄 몰라 했다. 무사들도 상태를 살피러 오는 등 신경을 썼다.

"좀 어떠신지……?"

히데요시는 등을 돌리고 누운 채 파리라도 쫓듯 손을 흔들었다.

"그냥 내버려두게, 그냥 내버려둬. 지병이니……. 곧 좋아질 걸세."

심부름꾼들이 훈향산을 우려 가져왔다.

"이건 더위를 먹었을 때도 좋지."

히데요시는 일어나 중얼거리고는 목이 마른 사람처럼 뜨거운 것을 후후 불어가며 마셨다. 그리고 다시 자리에 누웠다. 이윽고 히데요시가 잠이 들자 심부름꾼들도, 무사들도 옆방으로 물러났다.

평의가 열린 곳과 이곳 사이에는 수많은 방이 있었기에 히데요시가 떠난 뒤 평의 자리가 어떻게 되었는지 기척조차 느낄 수 없었다. 심부름꾼이 수차례 정오를 알렸으니 히데요시가 자리를 떠난 것을 계기로 점심을 위한 휴식에 들어갔을 것이라 여겨졌다.

일 각 정도의 시간이 흘렀다. 그사이 7월 한낮은 한층 더 뜨거워졌고 널따란 성안은 별일 없이 고요하기만 했다. 기요스 하늘 위에는 한 덩이의 구름이 다음의 풍운을 머금고 내일의 세대도 나누어 가진 듯 움직이지도 않고 가만히 떠 있었다.

"지쿠젠 나리, 몸은 좀 어떠시오? 진정이 되셨는지⋯⋯."

어느 틈엔가 머리맡에 니와 나가히데가 와서 앉아 있었다. 뒤쪽에 기요스의 무사들도 서 있었다.

"응⋯⋯? 음⋯⋯."

히데요시는 팔꿈치를 바닥에 대고 몸을 일으켜 나가히데의 얼굴을 보더니 갑자기 깨달았다는 듯 몸을 바로 하고 앉았다.

"아아, 실례했습니다."

"시바타 나리께서 모셔오라 하십니다. ⋯⋯그만 가시는 것이 좋을 듯하오."

"평의는?"

"귀공이 자리에 없어서는 평의도 이루어질 리가 없소. 어찌 됐든 오신 뒤에 하자는 것이 시바타 나리의 말씀이오만."

"제 생각은 이미 모두 말씀드렸습니다."

"아니, 그 뒤로 각자의 대기소로 가서 반 각 정도 쉬는 동안 분위기가 바뀌었소. 시바타 나리도 생각을 바꾸신 듯하오."

"가도록 하겠습니다."

히데요시가 일어섰다. 나가히데가 의미심장한 웃음을 지어 보였으나 히데요시는 아랑곳하지 않고 벌써 앞장서서 방문을 나서고 있었다.

가쓰이에는 눈으로 힐끗 히데요시를 맞아들였다. 자리에 있던 사람들도 마음이 놓이는 듯했다. 의장의 분위기는 전과 달라져 있었다.

가쓰이에는 히데요시의 제의를 받아들이겠다고 분명하게 말했다. 이렇게 해서 산포시가 상속자로 결정되었다.

"경하할 일이오, 경하할 일이야."

가쓰이에의 양보로 평의회장에 드리웠던 구름은 한순간에 걷히고 화기애애한 분위기가 빚어졌다.

"산포시 도련님을 천하인으로 맞아들이는 일, 모두 한마음이고 가쓰이에에게도 더 이상 이견이 없소. 축하할 일이오."

가쓰이에는 거듭 말했다. 자신의 상황이 절대 불리하다는 것을 깨닫고 앞서 했던 말을 갑자기 철회하여 간신히 어려움에서 빠져나간 형국이었다. 그래도 그로서는 은밀히 기대하는 게 있었다. 그것은 다음 의제인 아케치의 옛 소유지를 처분하는 일, 즉 영토 분배를 어떻게 할 것인가 하는 문제였다.

영토 문제는 제후들의 이해와도 직접적으로 연관된 실질적인 현안인 만큼 상속 문제 이상으로 의견 충돌이 있을 것이라 예상되었으나 뜻밖에도 그렇지 않았다.

"그 문제는 숙로의 뜻에 모두 맡기겠습니다."

조금 전에 승리를 거둔 히데요시가 겸손하게 양보하는 자세를 보임으로써 회의는 원활하게 진행되었다.

"그렇다면 우선은 대로의 생각을……."

이번에는 숙로 격인 니와, 다키가와 등이 참담한 패배를 맛본 시바타 가쓰이에의 체면을 세워주었다. 그러자 가쓰이에를 중심으로 원안이 정리되었다. 하지만 히데요시는 이미 넘볼 수 없는 존재가 되어 있었다. 정리된 원안은 히데요시 앞으로도 보내져 그의 내람內覽을 요구하지 않을 수 없었다.

"나리의 의견은 어떠하신지?"

"붓을."

히데요시는 원안을 살펴본 뒤 심부름꾼에게 붓을 달라고 하더니 먹을 묻혀 서너 개의 항목에 줄을 긋고 자신의 의견을 슥슥 덧붙여 돌려주었다.

"이렇게 하시는 것이 어떻겠습니까?"

다시 가쓰이에의 손에 넘겨졌다. 가쓰이에는 씁쓸한 표정을 지으며 오래도록 말없이 생각에 잠겨 있었다. 가쓰이에가 기대하고 있었던 항목에 먹이 죽죽 그어져 있었기 때문이었다. 하지만 히데요시는 자신에게 할당한 고슈 사카모토에도 줄을 그어 지워버렸다. 그리고 히데요시 자신의 몫으로는 다른 평범한 장수들과 마찬가지로 겨우 단바 한 곳을 써 넣었을 뿐이었다. 히데요시는 욕심이 없음을 내보이고 가쓰이에에게도 욕심을 버리라고 권한 것이었다. 그리고 노부오와 노부타카에게 많은 영지를 할당했으며 나머지는 야마자키 복수전에서 세운 공에 따라 분할 안을 제시한 것이었다.

"내일도 있으니……. 더위 속에서 평의가 길어져 모두 지쳤을 테고, 이 가쓰이에도 조금 피곤하오. 이 안에 대해서는 내일 얘기하는 것이 어떻겠소?"

가쓰이에는 마침내 결정을 보류하며 즉답을 피했다. 거기에 이의는 없었다. 저녁 해가 비춰들어 더위가 한층 더 심해졌다. 첫째 날은 그렇게 끝났다.

이튿날, 대평정이 다시 열렸다.

"이렇게 하는 건 어떻겠소?"

가쓰이에가 타협안을 제시하며 숙로들의 뜻을 물었다.

어젯밤 가쓰이에가 숙소에서 자신의 가신들을 모아 머리를 맞대고 담합한 내용이었다. 하지만 히데요시는 받아들이지 않았다. 오늘도 다시 분할 안을 놓고 양자의 대립이 격화될 것처럼 보였으나 대세는 이미 히데요시 쪽으로 기울었다. 가쓰이에는 아무리 버텨봐야 결국 히데요시의 말에 따를 수밖에 없었다.

정오의 휴식을 거쳐 미시를 기해 드디어 결정된 의견이 제후들에게 공개되었다. 배분된 영지에는 아케치의 소유지 외에 노부나가의 직영지까지 포함되어 있었다.

영지 분배의 필두는 노부오 경 '비슈尾州 일원', 노부타카 경 '노슈濃州'였다. 하나는 오다 가의 발상지, 또 하나는 기후 성이 있는 곳으로 모두 적절한 배분이라 여겼는데, 이것도 히데요시의 뜻에 따라 가쓰이에의 초안을 수정하여 결정된 것이었다.

다키가와 가즈마스의 '오만 석 증가, 새로 얻은 기타이北伊의 일부', 하치야 요리타카의 '삼만 석 증가' 등에는 따로 수정하지 않았으나, 이케다 쇼뉴 부자의 '오사카, 아마가사키, 효고 십이만 석'과 니와 나가히데의 '자쿠슈若州 및 고슈 두 개 군' 항목은 원안보다 많은 양을 더해 수정한 것이었다. 그 대신 히데요시는 자신에게 할당된 것을 지워 단바 한 곳을 얻는 데 그쳤고, 또 가쓰이에의 몫도 줄여 '고슈 중의 나가하마 육만 석'만을 부여했다.

가쓰이에가 요구한 곳은 에치젠에서 교토로 통하는 중요한 요지였다. 가쓰이에는 그것을 노렸을 것임에 틀림없었다. 그러다 보니 강경하게 요구할 수밖에 없었다. 그 외에 서너 개의 군도 원했으나 히데요시는 모두 지워버렸다. 그리고 나가하마 육만 석만 깨끗이 넘겨준 것이었다. 하지만 그것에도 조건이 붙어 있었다. 가쓰이에의 양자인 시바타 가쓰토요에게 그곳을 맡기겠다는 확약하에 이루어진 일이었다.

어젯밤, 시바타 가의 가신들은 가쓰이에를 둘러싸고 이와 같은 굴욕적인 분배에는 응할 수 없다며 히데요시의 처사에 대해, '잘난 척하는 상놈의 전횡, 결코 받아들여서는 안 된다'고 일축할 것을 다짐했다. 가쓰이에도 평의 자리에 오기 전까지는 가신들과 같은 마음이었으나 평의 자리에 임하고 보니 자신의 의견만을 강조할 수 없었다. 평의 자리에는 제후들의 대세라는 것이 있었다.

'나를 작게 보여서는 안 된다. 사욕만 생각하는 것처럼 보여서도 안 될 것이다. 다수가 옳다고 생각하는 이상 역시 순응하지 않으면 오히려 훗날 좋지 않을 것이다.'

좌중의 분위기와 견주어보면 가쓰이에의 생각은 자연히 견제를 받을 수밖에 없었다. 그러다 보니 결국 마음속으로 '요지인 나가하마만 히데요시에게서 빼앗아 내 손에 넣을 수 있다면' 하고 생각한 뒤 훗날을 기약하며 조건을 수락한 것이었다.

가쓰이에는 의심 많고 씁쓸한 듯한 태도를 보인 반면 히데요시는 담담한 태도를 보였다.

주고쿠 이후 야마자키에서의 쾌승까지, 사람들은 전쟁과 정치 양쪽에서 책략을 주동해왔던 지쿠젠노카미야말로 누구보다 많은 것을 획득하려 할 것이라고 예상했으나 히데요시가 받은 것은 평범한 장수와 다를 게 없는 단바 한 곳에 지나지 않았다. 게다가 지금 가지고 있는 나가하마도 양보하고, 사람들 모두 당연히 그가 취해도 좋을 것이라 생각한 고슈의 사카모토도 니와 나가히데에게 주었다. 더군다나 사카모토는 교토의 관건關鍵이었다.

"내게 천하를 엿볼 뜻은 없다."

히데요시는 그런 뜻을 모두에게 내보이기 위해 일부러 취하지 않은 것일까? 그게 아니면, '언젠가는 임자에게 돌아갈 것이다'라고 생각하며 눈앞의 작은 일에 연연하지 않고 여러 사람의 뜻에 맡겨둔 것일까? 히데요시의 커다란 뜻을 아는 사람은 아직까지 아무도 없었다.

호구虎口

한때는 결렬될 위기에 놓였던 기요스 회의에서 어쨌든 두 개의 중대한 현안이 의결되었기에 나머지 작은 문제들은 일사천리로 정리되었다.

노부나가의 뒤를 이은 새로운 주군 산포시의 영지로 오우미에 있는 삼십만 석을 할당하기로 한 것도 이론 없이 결정되었다. 그리고 산포시를 보좌할 사람으로 그동안 돌봐온 하세가와 단바노카미와 마에다 겐이 두 사람 외에 히데요시가 추가로 임명되었다. 아즈치가 불에 타버리고 말았으니 아즈치에 임시 저택이 마련될 때까지 산포시의 거처는 기후로 결정되었다. 노부오와 노부타카 두 숙부는 어린 주군 산포시의 후견인으로 정해졌다.

그 밖에 시정 체제를 담당하는 인물로 교토에 오다 가의 대표인 사장四將을 두기로 했으며, 시바타, 하시바, 니와, 이케다 네 집안이 그 임무를 맡아 각자 집안에서 사람을 파견하여 교토 안의 서정庶政을 합의하고 재결하기로 즉석에서 결의되었다. 이로써 모든 문제가 해결되었다.

이윽고 폐회를 위한 의식으로 '모두가 일치 협력하여 어린 주군을 받들고 다른 마음을 품거나 배신하지 않겠다'는 서약서를 작성했다. 그리고 옛 주군인 노부나가의 영전에 서약서를 바치고 평정의 결과를 보고하기로 했다.

그날은 7월 3일. 노부나가의 월진月辰, 즉 한 달 후 기일은 어제인 2일이었다. 만약 회의가 순조롭게 진행되었다면 기일이었던 어제 모든 게 결정되었을 테지만 가쓰이에의 보류로 하룻밤을 넘겼기 때문에 기일 추복追福도 결국 하루 늦어지게 되었다.

장수들은 휴식을 취하기 위해 각자 방으로 돌아갔다. 다들 삼 일 동안의 긴장에서 해방되자 저녁 바람에 더위를 식히며 이제야 좀 살겠다는 듯 편안히 휴식을 취했다. 수많은 심부름꾼이 각 방에서 차를 만들어 바치기도 하고 향을 피우기도 했다. 그사이 기요스의 신하가 돌아다니며 이야기를 전했다.

"휴식이 끝나면 유정시酉正時의 시계 소리를 신호로 니노마루의 불전까지 건너오시기 바랍니다."

각 장수들은 땀을 닦고 상복으로 갈아입은 뒤 신호를 기다렸다. 모기 소리가 들려오는 대전大殿의 처마 위로 가느다란 초사흘 달이 보였다. 멀리서 시계 소리가 들리자 상복을 입은 무장들의 그림자가 조용히 니노마루 쪽으로 흘러가고 있었다.

운모雲母 같은 장지에 홍백의 연꽃이 그려져 있는, 부처를 모신 방 아래쪽으로 가쓰이에 이하 장수들이 조용히 앉았다. 차례차례 한 사람이 와서 앉고, 또다시 한 사람이 와서 앉았다. 그렇게 모든 사람이 와서 앉았는데, 오직 히데요시만 보이지 않았다.

"어찌 된 일이지……."

사람들은 이상히 여기며 정면의 어둑한 불감佛龕 부근을 가만히 살펴보았다. 감실, 위패, 금벽, 꽃, 향 등의 그림자 속으로 조금 전 작성한 서약서 한 다발이 바쳐져 있는 게 유독 눈에 띄었다. 그런데 그 이상으로 사람들의 눈길을 끈 것은 지쿠젠노카미 히데요시가 단 아래에 바싹 붙어서 상복을 입은 산포시를 무릎에 올려놓고 바른 자세로 천연덕스레 앉아 있는 모습이었다.

'뭐지……?'

사람들은 모두 이상하게 생각했다. 하지만 가만히 생각해보니 낮에 열린 회의에서 하세가와, 마에다가 외에 히데요시도 어린 주군을 보좌하기로 결정되었다. 그러니 참람스러운 짓이라고 탓할 수도 없었다. 게다가 신하들의 자리를 넘어서 각별한 위치에 앉아 있는 히데요시를 비난할 이유도 떠오르지 않았다. 그러다 보니 가쓰이에의 표정은 이만저만 씁쓸한 게 아니었다.

"그럼…… 순서에 따라서."

가쓰이에는 두 숙부인 노부오와 노부타카를 재촉하는 것조차 턱 끝으로 할 정도로 목소리는 낮았지만 끓어오르는 화를 감추지 못했다.

"내가 먼저."

노부오가 노부타카에게 말하고 앞으로 나섰다. 그러자 노부타카가 불쾌한 표정을 지었다. 이렇게 많은 장수 앞에서 노부오 다음으로 서게 됐다는 것은 앞으로도 그 아래에 놓이게 될 것이라는 사실을 무언중에 확정짓는 것이라 여겨졌기 때문이었다.

노부오는 아버지 노부나가와 형 노부타다의 위패를 향해 눈을 감고 합장한 뒤 향을 바치고, 다시 감실에 절하고 나서 그대로 조용히 뒤로 물러나려 했다. 그런데 그때 히데요시가 엄하게 마른기침을 한 번 했다. 그러고는 '여기에 새로운 군주가 있다'고 말하듯 자신의 무릎 위에 산포시가 있다는 사실을 알렸다.

노부오는 히데요시의 의도적인 몸짓에 깜짝 놀란 듯 무릎의 방향을 바꿨다. 그는 천성적으로 마음이 약했다. 그의 모습은 가엾을 만큼 허둥대는 것처럼 보였다.

"……."

노부오는 산포시를 올려다보고 지나치게 정중하다 싶을 정도로 공손하게 절을 했다. 어찌 된 일인지 떼를 쓰며 찡얼대던 산포시도 히데요시의 무릎 위에서만은 인형처럼 단정히 앉아 있었다. 하세가와, 마에다, 유모 등은 멀리 말석에 그저 엎드려 있기만 할 뿐, 그들의 손을 번거롭게 하는 일도 거의 없었다.

다음으로 노부타카가 자리에서 일어서더니 역시 아버지 노부나가와 형 노부타다의 영에 절을 올렸다. 그러고는 앞서 노부오를 보았기에 각 장수들에게 웃음거리가 되지 않겠다는 듯 새로운 주군인 산포시에게 예의 바르게 절을 하고 물러났다.

그다음은 시바타 가쓰이에였다. 그의 모습은 단을 가릴 정도로 컸는데, 단 앞에 앉자 장지의 홍련과 백련, 그리고 흔들리는 불단의 등이 마치 진노의 불꽃처럼 그의 그림자를 시뻘겋게 물들였다. 그는 회의에 대한 보고, 새로운 군주 옹립에 대한 맹세 등을 만감이 교차하는 마음으로, 노부나가의 영 앞에 길게 고하려는 것인지 말없이 절하고 엄숙하게 향을 피운 뒤 다시 오래도록 합장을 했다. 그리고 앉은 자리에서 일곱 자 뒤로 물러나서 다시 가슴을 바로 하고 산포시 쪽을 향해 몸을 돌렸다.

노부오와 노부타카가 이미 삼배를 한 상태라 그도 소홀히 할 수가 없었다. 마음에 없는 일이기는 했으나 그대로 가슴속 가득한 불만을 억누르며 절을 했다. 히데요시는 그에게도 역시 '흠' 하고 고개를 끄덕이는 듯한 태도를 보였다. 가쓰이에는 굵고 짧은 목을 획 돌려 바스락바스락 자신의 자리로 돌아갔다. 그 뒤 그는 마치 침이라도 뱉고 싶다는 듯 일그러진 얼굴로 앉아 있었다.

그 뒤 니와, 다키가와, 이케다, 하치야, 호소카와, 가모, 쓰쓰이 등이 차

레로 절을 마쳤다. 이윽고 사람들은 고 노부나가 경의 정실이 마련한 방으로 자리를 옮겨 주연을 벌였다. 그곳에는 회의가 끝난 뒤 뒤늦게 참석한 가나모리 나가치카金森長近와 스가야 구에몬노조菅屋九右衛門尉, 가와지리 히젠노카미河尻肥前守 등도 와 있었다. 그리고 지난 이틀 동안 성 밖의 치안과 성안의 수비와 연락 등에 힘쓰고 있던 제후의 가신 일족과 노신들도 한두 명씩 참석을 허락받았으며, 기요스의 신하들 가운데서는 마에다 겐이, 하세가와 단바 등이 참석했다.

당연히 노부오와 노부타카도 참석했다. 사십 명 이상의 손님들을 위한 주연상이 차려졌다. 벌써 술잔은 돌기 시작했으며 촛불은 선선한 밤기운에 흔들렸고, 사람들은 이틀 만에 비로소 편안한 마음으로 기뻐하며 술을 마셨다.

당시 전국 시대에 주연과 다도회는 유행과도 같은 것이었다. 진중의 막사에서 잡기로 쓰였던 비젠備前의 항아리에 한 송이 들꽃을 꽂아두고 갑옷을 입은 채 한잔 마시거나, 또 진영의 뒤쪽 길이나 성안의 모임에서 밤이고 낮이고 주연을 베푸는 모습을 쉽게 볼 수 있었다. 모든 일의 의례가 주연 형식으로 행해졌다고 해도 좋을 정도였다. 이는 원래 당시의 세태와 무문 생활의 요구에 의해 자연스럽게 생겨난 풍습이었다. 노부나가는 물론 시바타, 하시바와를 비롯한 당시의 선구자나 중견들이 세상에 태어났을 때부터 세상은 이미 전국 시대였으며, 자라서 사오십 대가 된 지금까지도 세상은 여전히 전국 시대였다. 극단적으로 말해 그 시대 사람들은 모두 '세상이란 곧 전국 시대를 말한다. 전국 이외에 어떤 세상이 있단 말인가?'라고 생각할 정도로 자신의 생애를 통해 전국 시대를 맛본 사람들뿐이라고 해도 좋을 것이다. 따라서 전쟁은 일상이었다.

"언젠가 반드시 내 손으로 햇볕 따사로운 평화를 사해에 펼쳐 만민을 화락和樂의 땅에서 편히 살게 하겠다."

무문의 위에 선 대장이라면 누구나 그러한 이상을 품고 있었으며, 일반 백성들도 그러한 날이 오기를 평생 바라고 있었다. 그렇다고 해서 '언젠가부터 시작된 전쟁, 언제쯤이면 끝날 것이다' 하며 세월 속에서 도출해 내는 덧없는 관측으로 무위한 날을 보내는 사람은 아무도 없었다. 어쨌거나 사람들 사이에서 이 세상은 전국, 전국은 일상이라는 통념이 팽배했다. 모든 생활도 거기에 순응하다 보니 아무런 어색함도 없이 고통과 즐거움도, 초토와 건설도, 사별과 생이별도, 눈물과 웃음도 모두 있을 수 있는 일상의 일이라 여겨졌으며, 세상에 대한 커다란 희망과 고통의 날에도 유쾌하게 살아가려 하는 마음을 잊지 않았다.

장수들이 주연을 자주 여는 것은 그러한 마음을 적극적으로 표출하는 것이나 다름없었다. 전장에서 얻은 잠시 동안의 한가로운 때, 갑주의 끈을 풀고 편안히 쉬면서 마음을 열어 화락 속에서 심신을 기르려는 것이었다. 하지만 연락宴樂 속에는 외교의 궤계詭計와 사교의 허실, 인물의 시담試膽, 전쟁을 할 것이냐 말 것이냐에 대한 타진 등 선악의 온갖 미묘한 사정이 맛난 음식과 목소리를 가장한 채 뒤섞여 있다. 어쩌면 이곳 역시 칼날 없는 전장이라고 할 수 있을지 모른다. 게다가 마음을 깊이 숨긴 채 잔을 주고받고 담소를 나누는 사이 영혼의 맨살까지 내보인다는 점에서 사람과 사람 사이의 미묘한 맛이 빚어지고 있는 것이다. 따라서 당시의 무장들은 모두 주연에서 내보일 재주를 가지고 있었다. 노부나가의 고와카마이幸若舞도 유명했지만, 고지식한 도쿠가와 이에야스조차 언제나 고지居士의 구세마이曲舞를 추었으며, 그의 가신인 사카이 다다쓰구酒井忠次는 에비스쿠이䱓すく의 명인으로 그의 진귀한 춤은 사린까지 유명세를 떨치고 있었다.

그날 밤 잔치는 평소와 달리 제사 음식을 받은 자리라 누구도 연무演舞를 출 만큼 크게 취하지 않았으나 마음만 먹으면 진귀한 솜씨를 펼쳐 보일 만한 사람은 있었다. 특히 이케다 쇼뉴의 창을 들고 추는 춤은 모두가 인정하는 것이었다.

노부나가는 살아 있을 때 아즈치에서 고후甲府의 사자를 맞아 한바탕 주연을 베푼 적이 있었다. 주객인 사자가 나란히 앉은 무장 가운데 키도 아주 작고 다리도 저는 사내가 다른 사람에게서 받은 큰 잔을 비우고 그 것을 돌려주려 가는 모습을 보고 난쟁이의 옛날얘기에 빗대 '저기 술잔보 다 작은 무사가 술잔을 저어 바다를 건너는구나' 하며 거침없이 웃은 적 이 있었다.

그러자 쇼뉴가—이 무렵 그는 아직 머리도 깎지 않았으며 이름도 쇼 뉴라고 바꾸지 않았지만—말없이 옆방으로 물러났다 싶었는데 다시 나타 나서는 가지고 온 붉은빛 자루의 크고 멋진 창을 자리 한가운데 세워놓고 주객을 향해 이렇게 말했다.

"손님께 여쭙겠소. 말석에 앉은 자이기에 일부러 인사도 드리지 않았 소만 눈에 뜨인 듯하니 늦었지만 이렇게 인사 드리겠소. 손님의 눈에는 이 사람이 아주 작은 난쟁이처럼 보인 듯하오만, 부모께 받은 몸 다행히 다섯 자 정도는 되며 오늘날까지 전장에서 어떠한 강적을 만나도 키가 작아 불 편한 적은 없었소. 그런데 손님은 작다고 하고 이 사람은 크다고 하오. 누 가 옳고 그른지 잘 봐주면 좋겠소."

노부테루信輝는 말을 마치고 무사로서의 치장을 갖춘 뒤, 붕붕 창을 휘 두르기 시작했다. 마치 사면을 철통같이 두르고 있는 적군을 무너뜨리고 모두에게 창을 휘둘러 하늘과 땅을 찔러 쓰러뜨리는 것 같은 훌륭한 연기 를 펼쳐 보인 것이었다.

노부나가를 비롯한 아즈치의 동료들은 손뼉을 치며 흥겨워했으나 고 슈에서 온 사자는 연무의 창끝이 가슴 가까이에서 번뜩였기에 술이 모두 깬 듯한 얼굴을 하고 있었다. 그는 부끄러워하며 옆에 앉은 사람에게 쇼뉴 에 대해 물었다.

"지금 저 사람은 누구입니까?"

"저 사람이 바로 저희 집안의 이케다 쇼자부로 노부테루池田勝三郎信輝입니다."

그 말에 사자는 다시 한 번 몸을 떨었다. 그 뒤로 노부테루의 춤은 유명해져서 기회가 있을 때마다 볼 수 있었으나 사실은 그처럼 격렬하고 거친 춤이 아니라 꽤 우아한 춤이었다고 한다.

그날 밤 이케다 쇼뉴도 자리에 있기는 했으나 돌아가신 주군의 제사를 마친 뒤 받은 상이었다. 취하기는 했으나 춤을 출 수는 없는 일이었다. 다른 장수들도 마찬가지였다. 하지만 약간의 취기가 오르자 각자 자신의 자리에서 벗어나 무리지어 담소를 나누는 소리가 곳곳에서 들려오기 시작했다. 특히 히데요시 앞에는 술잔과 사람들이 많이 모여 있었다.

그때 또다시 히데요시에게 술을 청하는 사람이 있었다.

"술을 한잔."

시바타 가쓰이에가 평소 자랑하던 신하 사쿠마 겐바노조 모리마사였다. 겐바의 용감무쌍함은 호쿠에쓰의 전장에서 오래도록 명성을 떨치고 있었다. '사쿠마 겐바와 두 번 칼을 맞댄 적은 없다'는 말까지 있을 정도였다. 그러다 보니 가쓰이에는 그를 매우 아꼈다. 걸핏하면 입버릇처럼 '우리 집안의 사쿠마는' 하고 말했고, '조카 놈이 그토록 잘해주어서'라고 자랑을 늘어놓으며 그의 무공을 끝도 없이 칭찬할 정도였다. 가쓰이에에게는 조카가 많았으나 그가 '조카 놈이'라고 말하면 그것은 겐바를 가리키는 것이었다. 그리고 겐바 모리마사는 아직 스물아홉 살이라는 젊은 나이였으나 시바타 일족의 상장으로 가가加賀의 오야마小山 성에 살며, 그곳에 있는 여러 다이묘大名에 비해서도 전혀 손색이 없을 정도의 봉지와 대우를 받고 있었다.

"아아…… 지쿠슈筑州 나리. 그 사내에게도 한잔 주시오. 조카가 잔을 소망하고 있으니."

가쓰이에가 옆에서 말했다.

"조카라면?"

가쓰이에의 말에 히데요시는 처음 깨달았다는 듯 주위를 둘러보다 겐바의 씩씩한 모습을 바라보았다.

"아아, 이거."

과연 소문난 장부답게 겐바의 늠름한 체격은 조그만 히데요시를 압도하기에 충분했다. 게다가 그는 숙부인 가쓰이에처럼 얽은 자국이 있는 거친 얼굴이 아니라, 백석白晳의 미장부로 언뜻 보기에도 범의 눈썹에 표범 같은 용모였다.

히데요시가 잔을 건네며 말했다.

"과연 쇼사쿠匠作(가쓰이에를 말함)께서는 훌륭한 집안사람을 거느리고 계시는구나. 자…… 한잔 받게."

그러자 겐바가 고개를 흔들었다.

"아닙니다, 이왕 주실 바에는 저쪽의 커다란 잔으로 주십시오. 커다란 잔을 받고 싶습니다."

"이것 말인가?"

큰 잔에는 아직 술이 담겨 있었다. 히데요시가 선뜻 다른 그릇에 잔을 비우고 말했다.

"누군가 술을 따르게."

붉은빛 잔 끝에 금은 가루로 무늬를 넣은 술병의 주둥이가 닿았다. 술병의 술을 다 따랐는데도 잔은 채워지지 않았다. 술 따르던 사람이 다른 술병을 집어 잔에 술이 가득 차도록 부었다.

범의 눈썹에 표범 같은 몸의 미장부는 눈을 감고 잔을 기울였다. 그리고 남은 몇 방울까지 혀로 핥듯 마셔버리더니 그것을 종이로 닦은 뒤 잔을 돌려주었다.

"받으십시오."

히데요시가 웃으며 손을 흔들었다.

"나는 못하네. 그런 재주는 없어."

그러자 겐바가 바싹 다가왔다.

"어째서 받지 않으십니까?"

"약해서 그래."

"겨우 이 정도 가지고."

"그건 싸움을 할 때나 쓰는 말일세. 술을 마시기는 하지만 많은 술이 필요치 않은 지쿠젠이야. 거두게, 거두어."

"아하하핫. 아하하핫."

겐바가 배 속에서 나오는 대로 크게 웃었다. 그리고 모든 사람들이 들으라는 듯 말했다.

"과연 사람들의 소문대로 지쿠젠 나리는 사과를 잘하시는군. 참으로 겸손하셔. 예전, 이십여 년 전에는 이 기요스 성에서 마분을 치우고 짚신을 드는 하인이었던 시절도 있었지. 그 시절을 잊지 않기 위해서일까? 참으로 훌륭한 마음가짐이야."

오늘날 위세를 떨쳐 보이는 히데요시 앞에서 이 정도의 말을 할 수 있는 사람은 겐바밖에 없을 것이라고 스스로 자랑스러워하는 듯 겐바는 큰 목소리로 말했다. 그리고 다른 사람은 눈에 들어오지도 않는다는 듯 크게 웃어댔다.

사람들은 퍼뜩 놀라고 말았다. 곳곳에서 들려오던 담소가 뚝 끊기고 사람들의 시선이 모두 겐바 쪽으로 쏠렸다. 그리고 겐바 앞에 있는 히데요시의 안색과 가쓰이에의 모습을 번갈아 바라보았다. 그 순간 모두 술잔도 취기도 잊은 듯했다.

'아아, 또 무슨 일이 일어나는 것 아닐까?'

하지만 히데요시는 빙글빙글 웃으며 겐바를 보고 있을 뿐이었다. 마흔 일곱 살의 눈으로 스물아홉 살의 젊음을 바라보고 있는 듯한 눈이었다. 아니, 나이 차이뿐만 아니라 히데요시가 태어나서 이십구 년을 헤아리던 무렵의 인생과 겐바 모리마사가 지나온 이십구 년의 발걸음 사이에는 처지도 그렇고 마음가짐도 그렇고 큰 차이가 있었다. 다시 말해 겐바는 실생활에서 겪는 어려움을 전혀 모르는 도련님이었다고 할 수 있을 것이다. 그렇기 때문에 용감무쌍한 이름과 함께 곧 오만함도 갖게 되었던 것이다. 당대를 대표하는 인물들이 한곳에 모인 그날 밤과 같은 자리가 사실은 전장보다 훨씬 더 위험하다는 경계심 따위는 전혀 없는 듯했다.

"하지만 지쿠젠……. 이 겐바로서는 참을 수 없는 일이 하나 있소. 아니, 들어보게 지쿠젠……. 귀가 없단 말인가?"

겐바는 이제 히데요시의 이름까지 함부로 불러댔다. 술주정이라기보다 마음에 품고 있던 진심인 듯 보였다. 하지만 히데요시는 겐바의 취한 모습을 보며 오히려 사랑스럽다는 듯 미소로 타일렀다.

"자네, 취한 모양이로군."

겐바가 크게 머리를 흔들며 말했다.

"아니, 이 일은 취흥으로 끝날 그런 작은 문제가 아니야."

겐바는 자세를 바꾸어 떡하니 버티고 앉더니 다시 말을 이었다.

"듣자하니 조금 전 불전에서 노부오 님, 노부타카 님 이하 각 제후들이 존당尊堂에 절을 할 때 하시바 지쿠젠은 원래 미천한 몸에서 벼락출세한 자신도 돌아보지 않고 산포시 도련님을 자신의 무릎 위에 앉혀놓고 떡하니 상좌에 자리를 잡았을 뿐 아니라 모든 사람들에게 자신을 향해서도 절을 하게 했다고 하던데."

"하, 하, 하."

"왜 웃는 거야? 지쿠젠, 뭐가 우습다는 게지? 산포시 도련님을 장식처럼 안고 사실은 일문과 제후에게 하시바 지쿠젠이라는 하찮은 사내에게 억지로 인사를 하게 만든 너의 간책임에 틀림없을 텐데…… 아니, 그랬던 게야. 만약 이 겐바노조 모리마사가 그 자리에 있었다면 당장 목을 뽑아버렸을 텐데. 이거, 이거, 우리 쇼사쿠 나리도 그렇고, 그 자리에 있던 쟁쟁한 장수들도 그렇고, 모두 답답할 정도로 좋은 양반들뿐이야……."

히데요시의 자리에서 두 사람 정도 떨어진 자리에 있던 시바타 가쓰이에가 그때 갑자기 술잔을 비우고 다른 사람의 얼굴을 돌아보며 말했다.

"얘, 겐바야. 어찌 그렇게 사람의 마음을 함부로 입에 담는 게냐. 이거 참, 지쿠젠 나리, 조카 놈은 원래 이런 사내라……. 하하하, 나쁜 마음은 없소. 그냥 흘려들어주시오."

히데요시는 화를 낼 수도, 웃을 수도 없이 쓴웃음을 지을 수밖에 없는 처지에 놓이게 되었으나 이럴 때면 그의 특이한 용모는 참으로 도움이 되었다.

"후, 후, 후, 후. 시바타 나리. 그렇게 마음 쓰실 것 없습니다. 됐습니다, 됐어. 괜히 저까지 어색해집니다."

히데요시가 마음을 읽을 수 없는 얼굴로 말했다. 흔들리는 감정에서 솟아오르는 얼굴빛을 봐도 대인의 표정은 아닌 듯했다. 겐바에게 노골적으로 갈파당해 참으로 난처하게 되었다는 표정으로도 보였으며, 반대로 냉정한 눈으로 상대를 한번 쳐다볼 뿐 전혀 문제 삼고 있지 않다는 듯한 표정으로 보이기도 했다. 한마디 덧붙이면, 원숭이라는 별명을 가진 결코 흔하지 않은 얼굴은 어린아이가 손톱을 씹으며 무엇인가에 골이 난 듯한 유치한 얼굴과 노승이 산의 달을 바라보며 세상사에는 시치미를 떼고 있는 듯한 표정으로 교묘하게 약간 취한 듯한 모습을 만들어내고 있는 것처럼 보이기도 했다.

"뭐, 어색해진다고? 거짓말하지 마. 이 원숭이가…… 원숭이가…….
아하하하하."

오늘 밤 겐바는 평소보다 한층 더 방약무인한 모습이었다. 불이 붙지
않는 물건에 억지로 불을 붙여 타오르게 하려고 노력하는 것처럼 보이기
도 했다.

"원숭이……. 이건 실언이었소. 하지만 이십 년 동안 세상에 알려진 이
름, 하루아침에 고치기는 어려울 게요. 아아, 원숭이라고 하니 떠오르는
게 있군. 예전에 이 기요스 성에서 원숭이를 닮은 하인이 이리저리 잡무에
분주하던 때, 여기에 계신 우리 숙부님도 곤로쿠 가쓰이에權六勝家라 불리며
때때로 숙직을 하셨는데…… 어느 날 밤 너무나도 따분해서 원숭이를 불
러 술을 마시고 취해서 누운 김에 '원숭아, 다리하고 허리를 좀 주물러다
오' 하고 말했더니 일도 아니라는 듯 원숭이가 사근사근 곤로쿠의 다리와
허리를 오래도록 끈기 있게 주무르더라고 하던데."

히데요시는 어찌 되었든, 사람들은 술기운이 가신 창백한 얼굴로 마른
침을 삼키고 있었다. 이는 예삿일이 아니었다. 이 자리에서 얼마 떨어지지
않은 벽 안, 나무 그늘, 마루 아래 등에 시바타가 은밀히 숨겨놓은 창검과
활이 있지나 않은지, 그런 다음 끈질기게 히데요시를 도발하고 있는 것은
아닌지…… 그런 오싹한 생각과 억측에서 빚어진 일종의 섬뜩함이 방 안
가득 흔들리는 촛불의 그림자와 먹 같은 밤바람이 되어 여름인데도 등에
서 한기를 느끼게 했다. 그런데 히데요시는 겐바의 말이 끝나기도 전부터
껄껄 웃기 시작했다.

"이거, 기타노쇼의 조카님. 그런 이야기는 누구에게서 들으셨나? 귀한
추억을 들려주시는군. 말대로 이십여 년 전에 원숭이 놈은 안마를 잘한다
고 소문이 나서 곤로쿠 나리의 허리뿐만 아니라, 일문의 사람들에게 곧잘
안마를 부탁받곤 했지. 그리고 과자 등을 받으면 얼마나 기뻤던지……. 와

하하하. 지금도 그립군, 그 과자의 맛이 그리워."

"숙부님, 들으셨습니까?"

겐바가 과장스럽게 가쓰이에 쪽을 돌아보며 말했다.

"지쿠젠에게 뭔가 좋은 것을 내리십시오. 지금도 안마를 하라고 하면 해줄지도 모릅니다."

"좌흥의 도를 지나치게 넘어서는 안 된다. 그냥 농담일 뿐이오, 지쿠젠 나리."

"아니, 요즘에도 가끔 사람의 다리와 허리를 주무르기는 합니다."

"오호라, 누구의……."

"올해로 일흔 살이 넘은 노모의 허리를 주무르는 것이 나의 유일한 즐거움이오. 하지만 지난 몇 년 동안 전장에 머문 날이 많아서 요즘에는 그 즐거움을 거의 맛보지 못했소. 그래, 그래……. 갑자기 생각나는군. 먼저 실례하겠소. 여러분께서는 천천히 즐기시기 바랍니다."

히데요시가 먼저 자리에서 일어났다. 그곳에서 벗어나 마루 아래로 내려갈 때까지 아무도 그를 만류하지 않았다. 제후들은 그가 자리를 뜬 것을 오히려 현명한 일이라고 생각했다. 커다란 위험을 느끼고 있던 살기도 그것으로 우선은 안심할 수 있었기 때문이다.

"나리……."

"돌아가시렵니까?"

현관 가까이 있는 방에서 가타기리 스케사쿠片桐助作와 이시다 사키치 두 시동이 불쑥 나와 히데요시의 뒤를 따랐다. 이틀에 걸친 성안의 분위기는 그들이 있던 방에서도 어느 정도 감지할 수 있었다. 하지만 히데요시는 많은 가신이 성안으로 드는 것을 허락하지 않았다. 이에 두 젊은이는 주인의 무사함을 알고 각자 뒤에서 이렇게 말했다.

"고생 많으셨습니다."

“무엇보다 무사하셔서…….”

히데요시는 고개만 끄덕인 뒤, 뒤쪽의 두 사람이 종종걸음을 쳐야 할 만큼 성큼성큼 걸었다. 그리고 이미 밖으로 나와 스케사쿠와 사키치가 함께 온 가신들과 말을 부르고 있을 때였다.

“하시바 나리, 하시바 나리.”

분주히 뒤따라와 하늘에 초승달이 보이는 어두운 광장에서 히데요시를 부르는 사람이 있었다.

“여기에 있네. 여기에 있어.”

히데요시는 이미 말 위에 올라 있었다. 안장 두드리는 소리를 듣고 다키가와 가즈마스가 달려갔다.

“무슨 일인지?”

히데요시가 힐끗 쳐다보며 말했다. 그 모습은 주군이 신하를 보는 것과 같았다. 가즈마스가 다가가 부지런히 달렸다.

“충분히 이해할 수 있소. 오늘 밤에는 틀림없이 화가 나셨겠지. 하지만…… 술 때문에 벌어진 일이오. 게다가 기타노쇼의 조카는 보시는 바와 같이 아직 나이가 어리오. 너그러이 봐주시기 바라오.”

그리고 다음으로 이렇게 고했다.

“이미 정해진 일. 잊으셨을 리 없을 테지만, 내일 4일 낮, 산포시 도련님이 후계자의 자리에 오르시는 경축 행사에 잊지 말고 꼭 참석케 하시라고, 그대가 자리를 떠나신 뒤 시바타 나리께서 내게 특별히 말씀하셨소.”

“그렇군. 음…….”

“꼭 참석하도록 하시오.”

“알겠소.”

“모쪼록 오늘 밤 일은 잊어주시오. 기타노쇼 나리께는 내가 잘 말씀드렸소. 너그러운 지쿠젠 나리이니 젊은이의 한바탕 농담 따위에 마음 상할

분이 아니라고."

"이놈!"

말이 움직인 것이었다.

"노인, 위험하오."

가즈마스가 말의 뒷다리를 피하기 위해 몸을 돌렸다. 그러자 히데요시가 한번 돌아보고는 다시 말을 빙글빙글 돌리더니 시커멓게 몰려들어 자신을 지켜보고 있는 수행원들을 향해 말했다.

"가자."

히데요시는 이미 건물 밖으로 나가 큰길의 다리를 지나고 있었다. 그는 마을의 서쪽 끝에 조그만 절과 이웃하고 있는 호화로운 집을 빌려 쓰고 있었다. 승방에는 신하들과 마필을 두었으며, 히데요시는 농가 속 2층이라고 할 수 있는 곳에서 묵었다. 그곳이 마음 편하고 좋다는 것이었다. 간소한 여행길이라고는 하지만 병력은 칠팔백 명쯤 데리고 있었다. 하지만 이것도 적은 편이었다. 소문에 따르면 시바타는 출진했을 당시의 장비와 병력을 모두 이끌고 왔기에 기요스에 무려 일만에 가까운 휘하가 있을 거라고 했다.

"맵구나 매워. 창을 열어라. 계단 쪽 문도 열어두어라."

숙소로 돌아오자마자 히데요시는 그렇게 말하고는 더웠던 탓인지 오동나무 무늬의 예복과 긴 겉옷을 발로 차듯 벗은 뒤 다시 말했다.

"목욕은?"

히데요시는 알몸이 된 상태로 재촉했다.

밤이 오 각 무렵이었으나 팔백 명의 병사들이 밥 짓는 연기가 뭉게뭉게 피어오르고 있었다.

이 집의 아래층 방에서는 호리오 모스케, 히토쓰야나기 이치스케一柳市助, 기무라 하야토노스케木村隼人佑 등과 같은 측신들이 묵었으며, 시동들이 히데요시의 신변을 살폈다.

이웃한 절에는 나이 많은 부장이 병사들과 함께 있었는데, 그중 한 명인 가토 미쓰야스加藤光泰가 이곳으로 건너와 히데요시를 찾았다.

"나리는 어디에?"

미쓰야스는 히데요시가 뒤쪽 목욕탕에 있다는 사실을 알고 그리로 갔다. 호화롭다고는 하지만 시골집이었다. 판자로 이은 지붕 아래, 벽에 판자도 두르지 않은 곳에 목욕통 하나가 놓여 있었고, 김 속에서 히데요시의 얼굴이 보였다.

"사쿠나이 미쓰야스作內光泰입니다. 급히 찾으셨다고 해서 여기까지 왔습니다만."

미쓰야스는 물이 흘러내리는 울타리 끝에 무릎을 꿇었다.

히데요시가 그를 보며 물었다.

"사쿠나이인가? 절 안의 사람들은 이제야 밥을 먹는 듯하던데 어째서 늦은 겐가?"

미쓰야스가 대답했다.

"성안에서 만일의 사태가 벌어질지도 모른다고 다들 오늘 하루 종일 걱정했습니다만 나리께서 무사히 돌아오셨다는 사실을 알고 비로소 밥 짓는 연기를 올리기 시작한 것입니다."

"쓸데없는 걱정을 했구나."

히데요시가 물에서 나와 시동인 이시다 사키치에게 등을 씻게 하며 말했다.

"병사들에게 쓸데없는 고통을 주다니 너희가 좀 섣불렀다."

"네."

"병사들에게 얼른 밥을 먹게 하고 말에게도 사료를 충분히 준 뒤, 오늘 밤에는 일찍 재우도록 해라. 불단속 잘하고. 때아닌 일이 벌어져도 얼른 일어날 수 있도록 마음의 준비를 해두어라."

"알겠습니다."

"무엇 하는 게냐? 모기에 물리지 않느냐. 할 말은 그것뿐이다. 얼른 가 보아라."

미쓰야스는 그곳에서 나왔다. 사키치는 아무래도 히데요시가 기분이 좋지 않은 모양이라고 생각하며 작은 통에 뜬 물을 조심조심 히데요시의 등에 끼얹었다. 하지만 히데요시는 목욕통 안에서 하품을 하고 있었다. 그리고 그 안에서 사지의 근육이라도 한껏 늘이고 있는지 코로 으음 하는 소리를 낸 뒤 말했다.

"피로가 조금은 풀렸다."

이틀 동안 뭉친 몸을 한탄했다.

"모기장은 쳤느냐?"

옷을 들고 있던 시동들이 대답했다.

"쳐놓았습니다."

"잘했구나. 너희도 일찍 자도록 해라. 다른 사람들에게도 그렇게 전하고."

히데요시가 모기장 속에서 말했다. 문은 닫았지만 창은 바람을 통하게 하려고 열어놓았다. 초승달의 희미한 빛이 흔들리고 있었다. 그렇게 잠에 들었다 싶었는데 누군가가 불렀다.

"나리……."

"무슨 일이냐, 모스케냐?"

호리오 모스케가 밖에서 말했다.

"네. 아리마 호인有馬法印께서 오셔서 은밀히 뵙고 싶다고 하십니다만."

"뭐, 아리마 호인이?"

"이미 잠자리에 드셨다고 했습니다만, 그래도 꼭 봬야겠다고 하시기에……."

잠시 대답이 없었다. 모기장 안에서 한동안 생각을 한 듯 히데요시가 마침내 대답했다.

"그럼 계단을 올라선 곳까지 안내하도록 해라. 히데요시는 피곤해서 성에서 나오자마자 탕약을 먹고 누워 있다고 말씀드리고."

"알겠습니다."

모스케가 조용히 계단을 내려가는 듯싶더니, 잠시 뒤 다시 올라오는 인기척이 들렸다. 그리고 그곳의 좁은 바닥에 무릎을 꿇은 듯했다.

"지쿠젠 나리, 잠자리에 드신 모양입니다."

"그래, 호인인가?"

"그대로 계십시오."

"모기장 안에 누워 있다네. 무례를 용서하게."

"아닙니다. 성에서 돌아오자마자 차를 드시고 자리에 드셨다기에 어쩔까 싶었습니다만, 급히 드릴 말씀이 있어 늦은 밤 이렇게 온 것입니다."

"이틀 동안 치른 회의로 마음도 지치고 몸도 무리를 해서……. 그런데 밤늦게 급히 온 이유는?"

"네……. 하시바 나리."

호인이 갑자기 소리를 낮춰 말했다.

"내일 있을 산포시 님의 후계자 축하 자리에 참석할 생각이십니까?"

"글쎄……. 어제, 오늘 약을 먹으며 간신히 버틸 정도로 몸이 좋지 않아서. 아무래도 더위를 먹은 것 같은데……. 그렇다고 해서 성으로 들어가지 않으면 또 말들이 많을 테니."

"그처럼 몸이 좋지 않으신 것은, 어떤 전조인 듯합니다만."

"그런가? ……어째서 그렇단 말이지?"

"조금 전 자리를 뜨시자 시바타 당 사람들만 남아 무엇인가를 은밀히 담합했습니다. 심상치 않은 분위기라 마에다 겐이와 걱정이 돼서 가만히 엿보자니……"

호인은 문득 입을 다물더니 히데요시가 듣고 있는지 모기장 안을 살펴보았다. 파란 벌레가 모기장 옆에서 찍찍 울고 있었다. 히데요시는 여전히 천장을 바라보고 누워 있었다.

"호인, 그래서?"

"자세한 내용은 알 수 없으나 대충 짐작하기에, 시바타 당 사람들은 지쿠젠 나리를 절대로 살려둘 수 없다고 생각하는 듯합니다. 이에 내일 성에 드시는 것을 기회로 삼아 방 하나에 가둔 뒤 여러 가지 죄를 만들어 할복하게 만들겠다, 할복하지 않는다면 억지로라도 찔러 죽이겠다……. 그러기 위해 이렇게 하라는 둥, 저렇게 하라는 둥, 성안 병사의 배치부터 성 바깥사람들을 막는 일까지, 검은 속내를 위한 일을 은밀히 챙긴 뒤, 내일 평소와 다름없이 나리를 기요스에서 기다리자고 이야기한 듯합니다."

"그거 참……. 무섭구나."

"사실은 겐이가 고하러 오기 위해 여러 가지로 마음을 썼습니다만, 겐이가 성 밖으로 나오면 사람들 눈에 띌 우려가 있어서 이렇게 제가 온 것입니다. 그런데 마침…… 병에 드셨다니 이 역시 하늘의 비호인 듯싶습니다. 내일의 참례는 보류하시는 것이 좋을 듯합니다."

"글쎄, 어떻게 하는 게 좋을지."

"반드시 참석하지 않으셔야 합니다."

"다른 일도 아니고, 새로운 주군을 축하하는 자리이니. 어쨌든 호인…… 호의에는 감사하네."

계단을 내려가는 발소리를 향해 히데요시는 두 손을 모았다.

이 離

히데요시는 쉽게 잠을 자는 사람이었다. 잠을 자야겠다고 생각하면, 어디서나 쉽게 잠드는 것은 쉬운 일인 듯하나 사실은 어려운 일이다. 하지만 히데요시는 장소와 상관없이, 또 눈앞에 무슨 일이 있든, 누워 있든 어딘가에 몸을 기대고 있든 눈을 감기만 하면 바로 잠을 잘 수 있었다. 게다가 극히 짧은 시간이라도 시간을 정해놓은 대로 눈을 뜨고, 백 년 동안 자고 일어난 사람처럼 머리와 몸이 모두 개운해져 크고 작은 일을 척척 처리해버리는 습성은, 습성이라기보다 오히려 하나의 경지에 가까웠다.

히데요시의 놀라운 정력과 건강은 '잠을 잘 자는 성격'에 있다고 해도 좋을 것이다. 굳이 애쓸 필요도 없이 그런 습관이 든 것은 어린 나이로 방랑하던 무렵, 집이 없어 풀 위에서든 허물어진 절의 바닥에서든 대지를 요 삼아 지내던 시절의 선물이라 여겨진다. 하지만 어른이 돼서, 그리고 세상의 지도자가 돼서 역경이나 어려움에 둘러싸이더라도 번뇌하지 않고 어린 시절의 단련을 잘 활용하여 '즉수즉각卽睡卽覺'이라고도 할 수 있는 오도悟道에 가까운 묘생妙生을 익히게 된 것은 늘 전진하고 군무에 쫓기는 속에서 건강을 지키기 위해 스스로 생각해낸 하나의 좌우명 덕분이었다.

무로마치 중기쯤부터 세상이 소란하고 암담하다 보니 생각이 있는 무문에서는 은밀히 '우리는 이대로 좋은가?'라는 반성이 일어났고, 그 결과 무가의 일문에, 혹은 무사 개개인에게 당시의 좌우명이라고도 할 수 있는 가헌家憲, 무사도훈武士道訓, 벽서壁書 등이 크게 행해지기 시작했다. 그리고 그러한 도의적 풍습은 전국 시대에 들어 더욱 경쟁적으로 발전했다.

　히데요시의 마음속에도 그와 같은 좌우의 말이 몇 가지 있었을 텐데, 그중 그가 남몰래 아끼던 좌우명은 오히려 길가에서 만난 하찮은 떠돌이 승려에게 들은 말이었다.

　이離. 바로 이 한 글자였다. 이것이 그의 좌우명이라고도 할 수 있는 부적이었다.

　이. 떠나다. 아무것도 아닌 듯하지만 그가 잠을 잘 자는 비결도 떠나는 마음에 있었다. 양쪽 눈을 감는 순간 초조, 망상, 집착, 의혹, 조급 등 온갖 일과 연결된 것들을 모두 끊고 완전히 백지와도 같은 마음이 되어 잠을 잤다. 그리고 순간적으로 번쩍 깨어났다. 그렇게 마음대로 잠을 잘 수만 있다면 깨는 것도 기분이 좋고 자는 것도 기분이 좋고 세상만사가 기분 좋게 된다.

　그뿐만 아니라 그동안 살면서 유리한 싸움이나 의도대로 풀리는 일만 있었던 것이 아니라 얼굴을 들 수 없을 정도로 큰 실책도 여러 번 겪어왔다. 하지만 히데요시는 실패와 실책에 연연하지 않았다. 그런 일이 있을 때마다 가슴속으로 떠올리는 것은 '이'라는 한 글자였다.

　사람들이 흔히 말하는 '와신상담臥薪嘗膽'이나 '일념몰두一念沒頭'는 그에게 특별한 것이 아니라 평소 당연히 실천하고 있는 생활이었다. 따라서 그에게는 오히려 한순간이라도 그런 생활에서 벗어나 큰 생명을 숨 쉬게 할 '이'의 마음이 더 필요했던 것이다. 심지어 그는 생사까지도 '이'라는 한 글자에 맡겨두고 있었다.

짧은 동안이었다. 반 각이나 잠을 잤을까? 히데요시는 잠에서 깼다. 그런 다음 아래쪽에 있는 측간으로 갔다. 그러자 대기소에 있던 사람이 불을 들고 와서 바닥에 무릎을 꿇었다. 잠시 뒤, 그가 측간에서 나오자 또 다른 한 사람이 작은 국자에 물을 떠서 기다리고 있다 옆으로 다가가 히데요시의 손에 물을 부었다.

히데요시는 손을 닦으면서 처마 너머로 달의 위치를 확인한 다음 사키치와 스케사쿠 두 시동에게 물었다.

"너희도 잠을 잤느냐?"

시동들은 잠을 잘 여유가 없었으나 사실대로 대답하면 언짢아할 거라는 생각에 이렇게 대답했다.

"네, 잠시 졸았습니다."

히데요시는 마루를 대여섯 걸음 걸어 대기실로 가더니 그곳에 대고 직접 물었다.

"곤페이도 있느냐?"

히라노 곤페이平野權平가 대답하며 나오자 히데요시가 위층 계단 쪽으로 발걸음을 옮겼다.

"절에 가서 미쓰야스에게 밖에 나가야겠다고 알리고 오너라. 병사들의 배치와 행군할 길 등은 저녁에 성에서 오면서 글로 적어 아사노 야헤에게 주었으니 명령을 전해 들으라고 해라."

"네."

"잠깐, 잠깐. 한마디 잊은 게 있다. 오시마 구모하치大島雲八에게 잠깐 보자고 전해라."

뒤쪽의 잡목림에서 절 쪽으로 곤페이의 발소리가 멀어져갔다. 그 사이에 히데요시는 시동들의 도움을 받아 부지런히 갑옷을 입고 있었다. 평상시 그는 몸차림만 끝나면 얼른 밖으로 나가 다른 사람에게 한시의 틈도 주지 않았다. 그러다 보니 수행원들이 뒤에 남아 당황할 수밖에 없었다. 하지만 수행원들도 이제 적응이 되어 있었기에 히데요시를 도울 때는 시시각각으로 사람을 바꾸어가며 차림을 마친 사람이 오면 앞서 돕던 사람이 물러나 갑옷을 입고 늦을세라 뒤따라 나오곤 했다.

숙소 앞은 이세와 미노로 통하는 길이었다. 히데요시는 곳간 옆을 지나 그 길로 향했다. 그러자 앞서 부름을 받았던 오시마 구모하치 미쓰요시大島雲八光義가 비척비척 뒤따라오더니 멈춰 선 사람 앞으로 돌아가 무릎을 꿇었다.

오시마 구모하치는 일흔여섯 살의 늙은 무사였다. 그의 외아들 모헤미쓰마사茂兵衛光政는 니와 나가히데를 섬기고 있으나, 늙은 아버지는 자신의 성이 미노의 관문에 있기도 했지만, 일찍부터 히데요시에게 경도되어 있었다.

히데요시가 구모하치를 위로했다. 그리고 구모하치가 젊은이에게도 뒤지지 않을 만큼 빠르게 갑옷을 입고 온 것을 보고 다시 말했다.

"이런, 이런. 갑옷까지 입고 올 필요는 없었는데. 부탁할 일은 내일 아침에 해야 할 일이오. 자네는 뒤에 남아주게나."

"내일 아침, 기요스 성으로 들어가겠습니다."

"바로 그거요. 과연 나이는 무시할 수 없는 법, 내 마음을 잘 읽으셨소. 지쿠젠은 지병에 시달리다 어젯밤 갑자기 나가하마로 돌아갔기에 안타깝지만 경사스러운 일에는 참석하기 어려우니 만사 잘 부탁하더라고 성안 사람들과 시바타에게 전해주기 바라오. 어쨌든 가쓰이에, 가즈마스 등이 이래저래 말할 테지만 그대의 노망이야말로 행복한 듯, 귀가 먼 척하고 모두 흘려들은 뒤 그대로 관關으로 돌아가도록 하시오."

"말씀하신 속뜻 잘 알겠습니다."

일흔여섯 살의 무사인 오시마 구모하치는 새우처럼 허리가 굽었지만 여전히 창을 손에서 놓지 않은 채 인사를 하고 자리에서 일어났다. 그러고는 갑옷을 입은 몸이 무겁다는 듯 몸을 돌리더니 비틀비틀 물러났다.

산문 앞 거리에 절에 있던 병사들이 모두 나와 있었다. 깃발 하나하나를 표식으로 삼아 몇 개의 부대로 나뉘었으며, 각 조 앞에는 부장들이 말을 세워놓고 있었다. 화승의 불은 반짝이고 있었으나 횃불은 하나도 켜지 않았다. 게다가 그날 밤에는 달빛도 희미했다. 가로수를 따라 칠백 명의 병마가 물가의 물결처럼 조용히 거뭇거뭇하게 흔들리고 있었다.

"야헤, 야헤."

히데요시가 그렇게 부르며 장병들의 대열 바로 옆을 걸어 지나갔다. 가로수 그늘 아래였기에 사람의 그림자조차 분명하게 보이지 않았다. 조그만 사내가 겨우 예닐곱 명만 데리고 대나무 지팡이로 땅을 두드리며 지나가자 병사들은 작은 짐을 나르는 무리의 우두머리라고만 생각했다. 하지만 히데요시라는 사실을 알고는 그를 위해 조금씩 말발굽을 피했다.

"아, 야헤는 여기에 있습니다."

저쪽 돌계단 밑에서 한 무리에게 지시를 내리고 있던 아사노 야헤가 히데요시의 목소리를 듣고 얼른 명령을 내린 뒤 달려왔다.

"준비되었는가? 준비되었는가?"

히데요시는 그가 무릎을 꿇을 틈도 주지 않고 급히 물었다.

"준비됐으면 출발하게."

"넷. 됐습니다. 그럼 미쓰야스 앞장서게."

야헤가 뒤에 대고 말했다.

"알겠습니다."

뒤에 있던 가토 미쓰야스는 산문 옆에 세워놓은 금 표주박 깃발을 받아 대열 속으로 들어가 말 위에 올랐다.

히데요시는 그곳에서 멀어졌다. 그리고 시동 몇 명과 호리오 모스케와 아사노 야헤 등 삼십 기 정도 되는 병력에 둘러싸여 산문에서 움직이기 시작한 병사들의 대열을 바라보았다.

나팔을 불어야 할 때였으나 나팔 소리도, 횃불도 경계를 하는 듯 아사노 야헤가 히데요시로부터 금부채를 받아 히데요시 대신 한 번, 두 번, 세 번 흔들었다. 그것을 신호로 칠백 명의 병마가 선두부터 서서히 행진하기 시작했다.

대열의 선두는 방향을 바꾸어 길을 돌아 히데요시 앞을 지나갔다. 각 부대의 선두에 선 부장으로는 이코마 진스케生駒甚助와 미요시三好 부자, 나카무라 마고헤이지, 야마노우치 이에몬, 기노시타 스케에몬木下助左衛門, 동생인 가게유勘解由, 고니시 야쿠로, 히토쓰야나기 이치마쓰 등 이른바 중견 하타모토들이었다. 노련한 선참들의 얼굴이 보이지 않는 것은 대부분 히데요시의 성인 나가하마와 하리마播磨 및 그 외 점령지에 남아 있었기 때문이다.

그렇게 해서 그날 밤, 히데요시의 병력은 마치 히데요시도 주력 부대에 있는 것처럼 위장한 채, 기요스 성 밑에서 출발하여 미노 본도를 따라 나가하마로 떠나버렸다.

그 직후 히데요시 역시 그곳을 떠났으나 따르는 무리는 겨우 삼사십 기에 지나지 않았다. 게다가 길을 전혀 다른 방향으로 잡았다. 일부러 쓰시마津島를 우회하여 마시ました 강, 이모라いもら의 나루터 등 사람들이 잘 모르는 시골길로 가다 미노의 나가마쓰에서 하룻밤을 묵은 뒤 나가하마로 돌아갔다.

그날 밤, 아니 이미 다음 날이라고 해도 좋을 새벽녘이었다.

시바타 가쓰이에의 숙소와 겐바 모리마사의 숙소로 어디서 돌아온 병마인지 안개와 이슬에 흠뻑 젖은 수많은 갑주가 몇 번이고 숨어들었고, 그 뒤 사람들의 눈을 두려워하듯 바로 문을 닫아버렸다.

"실패했구나, 겐바."

"아니, 빈틈없이 준비했다고 생각했는데."

"빈틈이 없었을 리 있겠느냐. 어딘가에 빈틈이 있었기에 기껏 잡은 그물 속 고기를 그대로 놓쳐버린 것일 테지."

"그래서 이 겐바가 말씀드리지 않았습니까? 처음부터 칠 의사를 분명히 하고 당당하게 북을 울리며 녀석의 숙소로 습격을 감행했다면 지금쯤 벌써 히데요시의 수급을 놓고 바라볼 수 있었을 것입니다. 그런데 숙부님께서 자꾸만 은밀하게, 은밀하게 하라고 말씀하시며 이 겐바의 계책을 쓰지 않으셨기에 이처럼 헛수고로 끝나버리고 말았습니다."

"너무 어리구나. 그것은 하책이라고 할 수 있다. 나는 상책을 생각했던 게다. 최상책은 히데요시가 성으로 들어오기를 기다렸다가 방에 감금하고 죄를 덮어씌워 배를 가르게 하는 것……. 이보다 더한 상책은 없었다. 그런데 밤이 된 뒤 세작들이 와서 말하길, 히데요시가 갑자기 숙소에서 나와 귀국할 듯하다고 하기에 이거 안 되겠다 싶었지만 만일 녀석이 밤을 틈타 기요스를 떠날 경우에는 오히려 하늘의 도움이라 생각했다. 무단으로 이곳을 이탈하면 그 죄를 알리는 데도 명분이 서기에 급거 네게 복병의 계책을 주어 도중에서 녀석을 치라고 명한 것이었다."

"바로 그것이 숙부님의 실책이었습니다."

"어째서 나의 실책이란 말이냐?"

"그 원숭이 놈이 우리 계책에 빠져 행사가 있는 오늘 성에 들어올 거라고 생각하신 것. 그리고 밤에 제게 병사를 매복케 하여 도중에 치라고 명령하신 것까지는 좋았으나, 다른 자에게 명령해 본도 이외의 길에도 충분히 병사를 배치해야 마땅한 것을 그렇게 하지 않은 게 실책입니다."

"한심한 놈. 그 정도 일은 너 혼자서도 빈틈없이 해낼 것이라고 믿었기에 너 한 사람에게만 명령을 내리고 다른 사람들에게는 겐바의 지휘에 따르라고만 말해둔 것이었다. 그런데 본도에만 병사를 숨겨두어 결국 히데요시를 놓치고 나서는 마치 나의 실책인 양 떠들어대는구나. 조금은 자신의 실책도 돌아보도록 해라.”

“그렇다면…… 이번 일은 겐바의 실책으로 용서를 빌겠습니다만, 앞으로는 숙부님도 너무 지모에만 의존하는 버릇은 삼가시기 바랍니다. 자신의 꾀에 자신이 빠지는 법입니다. 모처럼 찾아온 기회를 또 놓치게 될 것입니다.”

“뭐라고, 내가 지모에 의존한다는 말이냐?”

“평소의 습관이십니다.”

“마, 말도 안 되는 소리.”

“아니, 세상 사람들도 곧잘 하는 소리입니다. 시바타 나리의 버릇이 나왔다고 하면, 그 속에는 또 다른 속내가 있다고 모두 거듭 조심하며.”

“……”

가쓰이에는 백발이 섞인 굵은 눈썹을 무겁다는 듯 찌푸리며 입을 다물어버리고 말았다.

평소에는 주종이나 부자 이상으로 사이가 좋았으나 지나치게 친해서인지 일단 차질이 빚어지자 둘 사이에서는 위령威令이나 존경을 찾아볼 수 없었다.

그날 아침, 가쓰이에의 씁쓸한 표정이란 말로 표현하기 어려운 것이었다. ‘복잡한 불쾌감’이었다. 어젯밤 한잠도 자지 못한 것도 한몫했다.

가쓰이에는 겐바를 시켜 도중에 병사를 숨겨두었다가 밤을 틈타 달아나는 히데요시를 급습하게 했다. 일거에 훗날의 화근을 끊고 마음 가득한 울분도 씻을 수 있으려니 하고 날이 밝을 때까지 초조하게 낭보를 기다렸으나 마침내 돌아온 겐바에게 들은 대답은 ‘하시바의 가신들뿐이었고 히데요시의 모습은 보이지 않았습니다. 히데요시도 없는 일행을 불시에 친다 한들 아무것도 얻을 게 없고 오히려 훗날 불리할 것이라 판단했기에 헛되이 돌아왔습니다'라는 말이었다.

가쓰이에는 밤새 신경을 쓴 데다 겐바에게까지 '평소의 버릇'이라는 둥, '제 꾀에 제가 넘어갔다'는 둥 이런저런 말을 들었기에 마음이 완전히 상해 기분이 좋지 않았다. 하지만 그렇게 있을 수는 없었다. 오늘은 산포시가 후계자가 되었음을 알리는 축일이었다.

가쓰이에는 아침 식사를 마치고 나서 잠시 눈을 붙이고 목욕을 한 뒤 덥고 답답한 예복을 갖춰 입었다. 그러고는 갈기에 장식을 한 말을 타고 성으로 향했다.

한때는 마음이 상했으나 그대로 있을 시바타 슈리 가쓰이에가 아니었다. 날이 흐려 한층 더 후텁지근했으나 길을 지나는 그의 모습에는 과연 기요스 성 아래 그 누구보다 위풍당당해 보였으며, 얼굴에는 담즙질 특유의 기름기가 번뜩였다.

어젯밤에는 투구의 끈을 맨 뒤 철창과 철포를 수풀에 숨겨두고 길가에서 히데요시의 목숨을 노렸던 수완가들도 오늘은 에보시烏帽子[1]를 쓰고 커다란 가문이 들어간 의복과 조그만 가문이 들어간 의복, 예복 등을 아름답게 차려입고 활은 자루에, 창의 날은 주머니에 넣은 채 줄줄이 성으로 향했다.

시바타 가뿐만 아니라 니와, 다키가와와 그 외 집안 사람들도 성안으로 들어갔다. 어제까지 보였으나 오늘 보이지 않는 사람은 하시바 지쿠젠뿐이었다.

"숙로, 기다리고 있었습니다. 지쿠젠의 대리인으로 노신인 오시마 구모하치가 아침 일찍부터 와서 지쿠젠노카미는 병이 나서 참석할 수 없다

---

1) 옛날 조정의 벼슬아치나 무사가 썼던 건.

는 사과의 뜻을 산포시 도련님께 전하고…… 시바타 나리도 뵙고 싶다며 아까부터 기다리고 있었습니다만."

가쓰이에가 성안으로 들어서자 다키가와 가즈마스가 말했다. 가쓰이에는 씁쓸한 표정으로 고개를 끄덕였다. 그는 속으로 '신중하게도 시치미를 떼고 있는 히데요시여' 하고 화를 내면서 그도 짐짓 모르는 체 사자인 오시마 구모하치를 맞아들였다. 그리고 히데요시의 병은 어떤 병이냐는 둥, 갑자기 돌아갈 거면 어째서 어젯밤에 자신의 숙소에라도 와서 알리지 않았냐는 둥, 그랬으면 자신이 바로 가서 병세를 살피고 만사를 미리 논했을 것이라는 둥, 속내가 담긴 질문을 해댔으나 나이 들어 귀가 어두운 오시마 구모하치는 절반도 제대로 알아듣지 못한 듯 무슨 말을 해도 마이동풍이었다. 그저 지레짐작으로 같은 말만 되풀이할 뿐이었다.

"네, 네. 그렇습니다. 옳습니다."

가쓰이에는 그야말로 헛힘만 쓰는 꼴이라고 생각했다. 그리고 이처럼 중대한 일에 노망난 무사를 보낸 히데요시의 속내에 참으로 화가 나서 견딜 수가 없었다. 아무리 따져 물어도 별 소득이 없는 상대이기는 했으나 울화를 속에 품은 채 헤어지기 직전 이렇게 물었다.

"사자, 자네는 대체 몇 살인가?"

"네…… 그렇습니다."

"나이를 묻고 있다네. 자네의 나이를."

"지당하십니다."

"뭐라고?"

"하하하하."

가쓰이에는 마치 놀림을 당하고 있는 듯한 기분이 들었다. 화가 치밀어 오른 얼굴을 구모하치의 귀 옆에 대고 깨진 종 같은 목소리로 말했다.

"자네, 올해로 몇 살이 되었는가? 그걸 물었다네."

그러자 구모하치가 커다랗게 고개를 몇 번이고 끄덕인 뒤 한가롭게 대답했다.

"아하, 저의 나이를 물으셨습니까? 세상에 이름을 떨칠 만한 무공도 세우지 못한 채, 부끄러운 일입니다만 올해로 일흔여섯 살이 되었습니다."

가쓰이에는 어처구니가 없었다. 오늘처럼 바쁜 일을 눈앞에 두고, 게다가 단 하루도 편안할 수 없는 때에 이와 같은 노인을 상대로 화를 돋우고 있었다니 얼마나 어리석은 일인가 하고 한탄했다. 그리고 히데요시와 절대 같은 하늘을 이고 있을 수 없다고 맹세하게 되었다.

"돌아가게, 이젠 됐어."

턱을 흔들어 재촉했으나 구모하치는 허리에 풀이라도 바른 양 차분하게 앉아 가쓰이에의 얼굴을 느긋하게 바라보았다.

"뭔가 답장이라도 있으시다면."

"숙로는 어디에 계시는가? 기타노쇼 나리는 어디에 계시는가?"

그때 누군가가 가쓰이에를 찾는 목소리가 들려오자 가쓰이에는 그것을 기회로 내뱉듯 말했다.

"없소, 없어. 답장 따윈 아무것도 없소. 곧 만나야 할 곳에서 만나자고 지쿠젠에게 전하게."

가쓰이에는 그렇게 말하고는 마루가 좁아 보일 정도로 예복을 흔들며 혼마루 쪽으로 향했다. 오시마 구모하치도 복도로 나왔다. 나이 든 허리에 한쪽 손을 대고 가쓰이에의 그림자를 돌아보고 있었다. 잠시 뒤 혼자서 껄껄 웃더니 그는 성의 바깥쪽으로 걸어나갔다.

그날 산포시를 위한 축하 행사가 끝나고 어제보다 더 성대한 잔치가 열렸다. 새로운 주군을 받드는 피로연이었기에 자리는 성안의 넓은 방 세 곳에서 열렸으며, 사람들은 어제보다 몇 배나 많았다. 그 자리에서 오로지 화제에 오른 사람은 하시바 지쿠젠노카미였다. 이처럼 중요한 날에 칭병으로 결석하는 것은 있을 수 없는 일이라며 다들 괘씸하게 생각했다. 그에게는 충성심도 없으며 신의도 없다는 사실을 오늘로 알게 되었다는 것이다. 가쓰이에는 스스로를 위로했다.

'생각하기에 따라 히데요시가 돌아간 것은 이 가쓰이에에게 유리한 일이었다.'

이처럼 히데요시에 대한 비난이 분분한 것은 다키가와와 사쿠마 등이 꾸민 일 때문이라는 것을 충분히 알고 있었으나, 가쓰이에는 이러한 분위기 덕분에 앞으로 형세가 자신에게 유리할 것이라며 남몰래 미소를 짓고 있었다.

회의, 제사, 축일 등이 지난 뒤 기요스에는 날마다 큰비가 내렸다. 제후들 중 호소카와, 가모, 이케다 등은 축일 이튿날 바로 귀국했으나 다른 제후들은 기소木曾 강의 물이 불어 발이 묶이자 숙소에서 하릴없이 며칠을 더 묵으며 날이 개기를 기다렸다. 하지만 그러한 무위無爲는 시바타 가쓰이에에게 결코 무의미한 것이 아니었다.

가쓰이에와 간베 노부타카는 사람들의 눈에 띌 정도로 왕래가 잦았다. 그렇다고 두 사람의 빈번한 왕래가 곧 정치적 의미를 띤 것이라고는 단언할 수 없었다. 가쓰이에의 사랑하는 아내로 세상에 알려진 오이치お市는 말할 것도 없이 고 노부나가의 동생으로, 노부타카에게는 고모가 되는 셈이었다.

물론 몇 년 전 일이기는 했으나 노부나가와 오이치를 설득해 가쓰이에와 오이치를 결혼시킨 사람이 바로 노부타카였다. 그 무렵부터 노부타카와 가쓰이에는 단순한 인척 이상의 관계로 서로 떼려야 뗄 수 없는 사이가 되어 있었다. 그러다 보니 두 사람이 만나는 것에 대해 세상 사람들은 의심을 품을 이유가 없었다. 하지만 두 사람이 만날 때마다 반드시 다키가와 가즈마스가 동석했다는 사실이 떠오르자 사람들은 '이건 또 무슨 모임일까?' 하고 생각하게 되었다. 그 뒤 '히데요시 퇴치를 위한 담합이 슬슬 진행되고 있는 듯하다'는 불온한 소문과 이번 여름 안에 그 일이 이루어질 것이라는 말들이 나돌기 시작했다.

그러한 상황에서 그달 10일, 다키가와 가즈마스가 숙소인 대월헌侍月軒(다이게쓰켄)에 솥을 걸어놓고 각 제후들에게 아침 다도회에 초대한다는 글을 돌렸다.

며칠 동안 내린 긴 비도 그쳐 머지않아 귀국하리라 여겨지지만 병가에는 늘 있는 일, 언제 다시 만나게 될지 알 수 없으니 선군을 추억하며 아침 이슬이 남아 있는 동안 거친 차라도 한잔 대접하고 싶다. 오랜 체재로 귀국길을 서둘러야 할 테지만, 참석해주시기를 바란다.

지극히 평범한 모임에 지나지 않았으나 기요스 사람들은 '혹시 은밀히 군사 회의를 여는 건 아닌지?'라고 하며 그날 아침 다도회에 주목했다.

아침 다도회에는 하치야, 쓰쓰이, 가나모리, 가와지리 등이 참석했다. 노부타카와 가쓰이에 두 사람은 당연히 정객正客이었을 것이다. 하지만 다도회가 취지대로 다담을 위한 것이었는지, 아니면 밀담을 위한 것이었는지 그 자리에 참석한 주객 이외에는 알 길이 없었다.

그날 이후, 장수들은 마침내 모두 귀국하게 되었다. 시바타 가쓰이에는 14일 밤에 에치젠으로 돌아가겠다고 발표하고 15일 아침에 기요스를 떠났는데 기소 강을 건너 미노로 들어가자마자 자신의 예감과 도중에서 들은 풍설이 일치하는 것을 깨닫고 섬뜩한 위협을 느꼈다.

"다루이垂井에서 후와不破의 산간으로 이어진 통로를 점령하고 히데요시의 정병이 나가하마에서 나와 어젯밤부터 가쓰이에가 오기를 기다리고 있다."

　사람들 사이에서 그런 소문이 무성했다. 역참에서도 들었으며, 나그네들도 그런 말을 했고, 정찰병들도 같은 소식을 전했다.

척후병

얼마 전 히데요시의 귀국길을 습격하려 했던 가쓰이에는 이제 입장이 바뀌어 살얼음이라도 밟듯 발걸음을 조심조심 옮기며 귀국을 해야 했다. 에치젠으로 돌아가려면 아무래도 고슈 나가하마를 지나지 않을 수 없었다. 하지만 나가하마에는 앞서 돌아간 히데요시가 있었다. 히데요시가 가만히 앉아 가쓰이에를 돌려보낼지는 커다란 의문이었다.

"다키가와 가즈마스의 영지를 지나 이세에서 스즈카鈴鹿를 넘어 고슈의 서쪽으로 돌아 귀국하시는 것이 어떨지……."

기요스를 떠나기 전부터 그러한 의견이 나왔으나 그 의견을 따르면 스스로 세상에 대고 히데요시를 두려워한다고 떠드는 셈이 될 것이었다. 그것은 가쓰이에에게 견딜 수 없는 치욕이었다. 겐바 모리마사도 그 의견에 동의할 리 없었다. 하지만 실제로 미노에 접어들자마자 모두 한 걸음 한 걸음 신경을 곤두세우고, 정보를 확인할 때까지 행군을 멈추고, 전투태세로 대오를 짜는 등 한시도 만일의 사태를 생각하지 않고 전진할 수 없었다.

"후방의 산에 복병이 숨어 있는 기색은 없는가? 저곳의 연기는 적이 피워 올리는 것이 아닌가?"

그러한 때에 히데요시의 휘하인 듯한 일군이 후와 부근에 있다고도 하고, 또 봤다고도 하는 소문이 들려왔다.

"드디어 왔군."

"거기에 있단 말인가."

가쓰이에 이하 시바타의 부하들이 말 위에서 온몸의 털을 곤두세우고 앞길에서 기다릴 적의 숫자와 계책 등을 상상하며 시커먼 살기에 휩싸인 것도 당연한 일이었다.

가쓰이에는 갑자기 이비揖斐 강 앞의 우시마키牛牧 부근에서 병마를 멈추었다. 그리고 막료들을 불러 마을의 신사가 있는 숲 속에서 부딪칠 것이냐, 물러날 것이냐를 놓고 급히 군사 회의를 열었다.

우선은 물러나 끝까지 기요스 성과 산포시를 끌어안고 히데요시의 잘못을 알려 제후를 규합한 뒤 당당히 맞서는 것도 하나의 대책이라는 의견이 나왔다. 또 여기에 이 정도의 병력이 있으니 개수일촉鎧袖一觸, 단번에 밀어붙여 짓밟고 지나는 것도 무문의 즐거움이라는 의견도 나왔다.

결과를 생각하면 전자는 공략전에 많은 것을 의존해야 하며, 후자는 속전속결이었다. 어쩌면 단번에 히데요시를 꺾을 수 있을지도 모르지만, 자신들에게 패전이 없으리라는 법도 없었다. 세키가하라關ケ原 이북의 험한 지형은 매복해서 기다리는 사람에게 매우 유리하기 때문이었다. 게다가 일단 나가하마로 물러났으니 히데요시의 병력이 어제처럼 소수가 아닐 것은 자명한 사실이었으며, 강의 남쪽에서부터 후와와 요로養老 지방까지 토호土豪와 무사들 중 하시바 가와 통하는 사람은 많았지만 시바타 가와 연고가 있는 사람은 거의 드물었다.

"아무리 생각해봐도 여기서 히데요시와 맞서는 것은 좋은 계책이 아닌 듯하다. 그가 하루라도 빨리 귀국한 것은 이처럼 유리한 입장에 서기 위해서였다. 그의 뜻에 따라 굳이 불리한 싸움을 할 필요는 없다."

가쓰이에와 노신들의 생각은 히데요시와 맞서지 않는 쪽으로 기울었다. 하지만 겐바 모리마사는 그것을 비웃었다.

"히데요시가 그렇게도 무섭냐며 세상의 웃음거리가 될 것을 각오하셨다면 그렇게 하는 것도 좋을 듯합니다."

어느 군사 회의에서나 물러나자는 의견은 약하고 맞서자는 의견은 강한 법이다. 결과와는 상관없이 그 자리의 기세에 있어서 한쪽은 소극적으로 보였고, 다른 한쪽은 적극적으로 보였다. 특히 겐바의 의견은 막료들을 좌우하는 힘이 있었다. 그런 배경에는 그의 무용, 그의 지위, 가쓰이에의 총애가 암암리에 작용했다.

"화살 한 번 주고받지 않은 채 적을 보고 물러난다는 것은 시바타 가의 불명예입니다."

"아직 기요스를 떠나지 않았다면 모르겠지만."

"겐바 나리의 말씀대로 여기까지 와서 물러났다는 사실이 알려지면 대대로 세상의 웃음거리가 될 것입니다."

"일전을 치른 뒤 물러나도 늦지 않을 것입니다."

"원숭이의 부하들이 무엇이란 말입니까?"

젊은 무사들이 한목소리로 겐바를 지지했다. 멘주 쇼스케 이에테루 정도만 홀로 입을 다문 채 아무런 말도 하지 않았다.

"쇼스케는 어떻게 생각하는가?"

드물게도 가쓰이에가 쇼스케에게 의견을 물었다. 평소 겐바와는 달리 주군이 자신을 멀리하려 한다는 사실을 알고 있었기에 쇼스케는 늘 말을 삼가고 있는 듯했으나 이때만은 공손하게 대답했다.

"역시 겐바 나리의 의견이 지극히 당연하다고 생각합니다."

혈기에 넘쳐 모두 전의를 불태우고 있는데 젊은이답지 않게 물처럼 차갑게 앉아 있는 쇼스케의 모습은 용기가 부족해서 그저 어쩔 수 없이 그렇게 대답하는 것처럼 보였다.

"쇼스케까지 그렇게 말한다면 겐바의 의견에 따라 이대로 밀어붙이기로 하겠다. 단, 강을 건너서는 곧 대대적으로 척후병을 보내고 함부로 길을 서둘러서는 안 된다. 아시가루足輕[2] 여럿을 앞세우고 창을 든 부대를 바로 뒤따르게 한 뒤, 철포 부대는 후진의 앞쪽에 서라. 복병이 있을 시, 철포는 가까운 거리에서 도움이 되지 않는 법이다. 적이 있다는 척후병의 신호가 있으면 바로 큰북을 울리고 한 치의 흐트러짐도 보여서는 안 된다. 각 조의 우두머리들은 가쓰이에의 깃발을 잘 살피도록 하라."

방침은 정해졌다. 가쓰이에의 병력은 이비 강을 건너기 시작했다. 그리고 아무 일도 없이 아카사카赤坂 방면으로 전진했다. 적의 그림자는 아직 보이지 않았다. 척후 부대는 훨씬 떨어져 다루이의 역참 부근까지 나가 있었다. 그 주변 역시 아무런 이상도 보이지 않았다.

그때 나그네 하나가 다가왔다. 척후병이 수상히 여겨 달려가 나그네를 잡아왔다. 척후 부대의 부장이 으름장을 놓으며 물었다. 나그네는 묻는 말에 고분고분 대답했다. 으름장을 놓은 것이 허무하다 싶을 정도였다.

"하시바 님의 부대를 보았냐굽쇼? 네…… 틀림없이 보았습니다. 오늘 이른 아침에 후와 부근에서 말입니다. 그리고 저는 늦어서 조금 전에 다루이를 지나왔는데 다루이의 역참에는 앞서 출발했던 하시바 님의 인마가 가득 들어차 있었습니다."

"인원은 얼마쯤 되느냐?"

"잘은 모르겠습니다만 한 수백 명쯤 모여서."

"수백 명?"

척후병들은 서로의 얼굴을 마주 보았다. 이윽고 나그네를 풀어주고 이

---

2) 하급 무사.

사실을 바로 후방에 있는 가쓰이에에게 전달했다.

가쓰이에는 뜻밖이라고 생각했다. 적의 병력이 너무 적었기 때문이다. 어쨌거나 기호지세騎虎之勢였다. 그는 계속 전진했다. 그때 저쪽에서 하시바가의 사자가 혼자 말을 타고 달려온다는 보고가 전해졌다.

마침내 가까이 다가와 보니 사자는 갑주를 두른 무사가 아니었다. 얇은 비단에 금박으로 무늬를 놓은 통소매로 된 연보랏빛 예복을 입고 고삐에까지 장식을 넣어 시선을 빼앗을 정도로 차려 입은 젊은이였다.

"안내를 해주시기 바랍니다. 저는 하시바 히데카쓰 님의 측신인 이기 한시치로伊木半七郎입니다. 사자로 왔습니다. 기타노쇼 나리 앞으로."

한시치로는 도중에 맞닥뜨린 척후 부대의 무사들에게 말 위에서 인사를 한 뒤 빠져나가고 있었다. 척후병들은 어이가 없었다. 척후 부대의 부장 한 사람이 당황한 듯 소리를 치며 한시치로의 뒤를 급히 쫓아갔다.

"누구지?"

시바타 가쓰이에와 막료들이 의심의 눈초리를 보내며 자신들의 진영으로 젊은이를 맞아들였다. 눈앞의 일전은 피할 수 없는 사실이라며 스스로 살기를 북돋고 있었던 때인 만큼 한시치로가 말에서 내려 청초하게 은근한 예를 갖추며 조용히 다가오자 그 모습이 주변의 철창과 화승의 냄새와 대비되어 아름답게까지 보였다.

"단바 나리의 측신이라니 참으로 이해할 수 없는 일이나, 어쨌든 데려오너라. 만나보겠다."

가쓰이에는 길가의 잡초를 넘어 나무 그늘 아래로 들어갔다.

"무슨 일로 온 사자인가?"

가쓰이에는 그곳에 걸상을 놓게 한 뒤 긴장한 모습은 숨겨둔 채 사자에게 앉으라고 의자를 권했다.

"이렇게 더운데 먼 귀국길, 고단하실 줄 압니다."

한시치로는 평상시와 다르지 않은 투로 인사를 건넸다. 그러고는 빨간 끈으로 가슴에 걸치고 있던 글상자를 풀어 가쓰이에에게 내밀었다.

"지쿠젠노카미께서 말씀 좀 잘 전해달라고 하셨습니다. 자세한 내용은 글 속에 있습니다."

가쓰이에는 의심이 들었기에 서찰을 바로 펼쳐보지 않고 한시치로를 빤히 쳐다보며 물었다.

"자네는 단바 나리의 측신이라고 들었네만."

"네."

"단바 나리께서는 건강하신가?"

"건강하십니다."

"이미 관례를 치르셨겠지?"

"벌써 열다섯 살이 되셨습니다."

"오호, 벌써 그렇게 되셨단 말인가. 참 빠르기도 하구나. 한동안 뵙지 못했으니."

"오늘은 부군의 말씀을 받들어 다루이의 역참까지 배웅을 나와 계십니다. 잠시 뒤 숙소로 드셔서 천천히 말씀을 나누시기 바랍니다."

"뭐, 뭐라……?"

가쓰이에는 말을 더듬고 말았다. 걸상 한쪽 다리에서 작은 돌이 튕겨져 나가 그의 무거운 몸과 함께 마음까지 덜컥하고 놀라게 한 것이었다.

하시바 단바노카미 히데카쓰는 노부나가의 아들이었으나 어렸을 때 히데요시가 청해 양자로 들인 사람이었다.

"마중이라니? 누구를……? 누구를 말인가?"

가쓰이에가 거듭 물었다.

"물론 나리를."

한시치로는 부채로 얼굴을 가리고 웃었다. 상대의 눈꺼풀과 입술에 심한 경련이 일었기에 웃음을 참을 수 없었다.

"나를? 이 가쓰이에를 마중하기 위해서라고⋯⋯."

가쓰이에는 계속 중얼거렸다.

"우선 서찰을 읽어보시기 바랍니다."

한시치로가 재촉했다. 너무나도 망연한 나머지 가쓰이에는 서찰을 손에 든 것조차 잊고 있었다.

"아아, 그렇지. 흠, 흠⋯⋯."

가쓰이에는 무슨 뜻인지 알 수 없을 정도로 고개를 자꾸 끄덕였다. 그의 눈동자가 글자를 따라 움직이자 심리의 변화가 더욱 노골적으로 얼굴에 드러났다. 서찰은 히데카쓰가 쓴 게 아니었다. 틀림없이 히데요시가 쓴 것이었다. 그리고 솔직하게 이렇게 적혀 있었다.

고호쿠에서 에치젠으로 가는 길은 여러 번 지나신 곳이니 길을 모를 리 없을 테지만, 이번만은 양자인 히데카쓰를 안내자로 보냈소.

하찮은 세상의 풍문이기는 하나 우리 나가하마가 존공尊公의 귀국길을 막을 수 있는 절호의 요지에 있다 보니 여러 가지 억측이 난무하고 있는 듯하오. 그처럼 비열한 풍설을 지우기 위해 양자인 히데카쓰를 보냈으니 그를 볼모로 생각하시고 안심하고 지나시기 바라오.

하룻밤 나가하마에서 술과 차라도 대접하고 싶으나, 그날 이후 지쿠젠은 여전히 병중에 있으니, 가시는 길 무탈하기를 멀리서 빌 뿐이오.

가쓰이에는 사자의 말을 듣고 서찰의 글을 읽고 난 뒤 자신의 의심과 소심함을 되돌아보지 않을 수 없었다. 왠지 히데요시의 배 속으로 꿀꺽 삼켜진 듯한 기분이 들기도 했다. 하지만 마음이 놓였다. 솔직히 안심이 되었다. 그는 예전부터 책략가로 여겨져 무슨 일인가 시작하면 '또 시바타 나리의 버릇이 나왔다'라는 말을 들을 정도로 음모에 뛰어난 것처럼 정평이 나 있었다. 하지만 사실은 지금 이러한 때에 감정을 숨기지 않을 정도로 정직한 사람이었다. 이러한 성정은 세상을 떠난 노부나가가 잘 꿰뚫어보고 있었다. 노부나가는 가쓰이에의 용감함도, 모략도, 정직함도 모두 특징으로 여겨 교묘하게 부렸으며, 호쿠리쿠 단다이探題[3]라는 중임과 많은 장수에 광대한 영토까지 건넨 뒤 충분한 신뢰를 보냈다. 가쓰이에는 자신을 가장 잘 알아주었던 주군이 이 세상에 없다고 생각하자 이제 더 이상 믿음을 줄 만한 사람이 없는 듯한 기분이 들었다.

가쓰이에는 히데요시의 서찰을 읽은 뒤 이전까지 히데요시에게 품었던 감정이 단번에 뒤바뀌고 말았다. 모든 것이 자신의 일그러진 시선과 소심함 때문이었다고 솔직하게 반성했다. 그리고 '주군이 돌아가신 지금, 앞으로는 지쿠젠노카미야말로 믿을 수 있는 사내다'라고 거짓 없이 생각했다. 이러한 생각은 그날 밤 다루이의 역참에서 히데카쓰를 직접 만나 이야기를 나누고, 또 이튿날 히데카쓰와 함께 서로 협력해서 후와를 넘어 나가하마 성 앞을 지날 때까지도 변함이 없었다.

하지만 나가하마에서 자신의 중신들과 함께 히데가쓰를 히데요시의 성문까지 돌려보내고 난 뒤부터 다시 흔들리기 시작했다. 히데요시가 이미 나가하마에 없다는 사실을 알았기 때문이다. 히데요시는 그 뒤로 교토로 올라가 중앙의 중추에서 움직이고 있었다. 그리고 야마시로의 다카라데라 성을 대대적으로 개축하기 시작했다는 등 가쓰이에의 귀에 독처럼 들리는 일들이 빈번하게 들려왔기 때문이다.

"그렇다면 이번에도 히데요시에게 당했구나."

가쓰이에는 초조한 상태로 되돌아가 발걸음을 더욱 서둘렀다.

---

3) 지방의 요지에 둔 장관.

다이고^{醍醐}라고 쓰게

7월 하순, 히데요시는 예전의 약속을 지켜 나가하마 성을 시바타에게 양도했다. 시바타 측도 그때 히데요시가 덧붙인 조건을 이행하여, 히데요시의 희망에 따라 가쓰이에의 양자인 시바타 가쓰토요를 그곳에 머물게 했다. 가쓰토요는 양아버지의 명에 따라 에치젠 사카이^{坂井} 성에서 나가하마로 갔다.

히데요시가 기요스 회의에서 '가쓰토요를 성주로 삼는다면 나가하마를 양도해도 좋다'고 언명했는지 가쓰이에는 어리석게도 깨닫지 못하고 있었다. 아니, 가쓰이에뿐 아니라 주변 사람들도 세상 사람들도 그것을 이상히 여겨 히데요시의 심사를 깊이 살펴본 사람은 아무도 없었다. 그러면서도 다음의 사실에 대해서는 시바타 가의 일족 중 무릇 생각이 있는 사람이라면 모두 걱정하는 일이었다.

"양아버지와 양아들 사이가 저렇게 냉랭해서야 시바타 가의 앞날이 걱정이다."

가쓰이에에게는 또 한 명, 올해로 열여섯 살이 되는 양자가 있었다. 시바타 곤로쿠 가쓰토시였다. 가쓰이에는 정애에 있어서나 평소 감정에 있

74

어서나 한쪽으로 기울어지기 쉬운 성격이었다.

"가쓰토요는 굼뜨고 빠릿빠릿하지 못한 녀석이야. 아들 같다는 생각이 들지 않아. 그에 비해 가쓰토시는 악의도 없고 어디까지나 나를 아버지로 여겨 잘 따르고 있어."

하지만 그처럼 마음에 들어 하는 가쓰토시보다 더 편애하는 사람은 바로 조카인 겐바 모리마사였다. 겐바를 사랑하는 마음은 조카와 아들을 떠나 그 정애에 빠질 정도였다.

"조카 놈은 우리 집안의 더없이 중한 보물일세."

그러다 보니 가쓰이에는 겐바의 동생인 규에몬 야스마사久衛門安政와 산자에몬 가쓰마사三左衛門勝政까지 총애해 모두 스물대여섯 살의 어린 나이였는데도 요지의 성을 하나씩 내주었다.

이렇듯 신임이 두텁고 총애를 받는 사람들 사이에서 오로지 양자인 가쓰토요만 양아버지로부터 미움을 샀다. 그러다 보니 사쿠마 형제들도 싸늘한 시선으로 가쓰토요를 바라보았다.

어느 해 정월, 친신親臣들이 모여 가쓰이에 앞으로 새해를 축하하는 인사를 올리러 갔을 때 가쓰이에로부터 첫 번째 잔이 내려오자 가쓰토요는 당연히 자신에게 주는 것이라 생각하고 앞으로 다가가며 말했다.

"잔, 감사히 받겠습니다."

그러자 가쓰이에가 쌀쌀맞게 손을 피하며 말했다.

"네가 아니다. 겐바 받아라."

가쓰이에는 겐바에게 잔을 먼저 주어 가쓰토요를 고의로 무시한 적도 있었다. 이러한 사실은 가쓰토요의 불평으로 외부에까지 흘러나갔으니 타국의 첩자들도 들었을 것이며, 당연히 히데요시도 알게 되었을 것이다.

시바타 가쓰토요에게 나가하마를 양도하기 위해 히데요시는 예전부터 그곳에 살고 있던 노모와 네네를 비롯한 가족들을 다른 곳으로 옮기지 않으면 안 되었다.

"겨울에도 따뜻하고 내해의 생선도 있으니 한동안은 히메지가 좋을 듯하군."

히데요시의 뜻에 따라 노모와 네네는 다른 가족들과 함께 하리마에 있는 히데요시의 성으로 거처를 옮겼다. 하지만 히데요시는 가지 않았다. 그 사이 단 한시도 여유가 없었던 것이다.

히데요시는 산슈山州 다카라데라 성을 부지런히 개축하고 있었는데, 그곳은 야마자키 전투에서 미쓰히데가 아성牙城으로 삼고 있던 곳이었다. 어머니와 아내를 그곳으로 데려오지 않은 것도 깊이 생각한 바가 있었기 때문이다.

히데요시는 하루걸러 하루꼴로 야마자키의 다카라데라 성에서 교토로 갔다. 돌아와서는 공사를 감독했으며, 교토로 가서는 중앙에서 정무를 보았다.

기요스 회의에서 결의한 내용에 따르면 교토 정치소의 각신閣臣으로 시바타, 니와, 이케다, 하시바 네 사람이 공평하게 서정을 돌보기로 했으니 결코 히데요시만의 중앙 무대는 아니었다. 하지만 시바타는 멀리 에치젠에 머물며 오로지 지방 세력의 결집과 기후, 이세, 그리고 간베 노부타카 등과의 암약暗躍에 분주했고, 니와는 근처 사카모토에 있었으나 이미 히데요시에게 모든 것을 일임한 상태였으며, 이케다 쇼뉴는 군사 회의라면 모르겠지만 서정이나 벼슬아치들과의 교류에는 재주가 없다며 명목상으로 이름이 올라 있었으나 관여하지 않는 것을 떳떳한 일이라 여기고 있는 듯했다.

그런 점에서 히데요시는 참으로 적합한 그릇이었다. 타고난 그의 재주는 무엇보다 경륜經綸에 있었다. 지금도 세상 사람들은 그를 무장으로 보지 않았다. 원래 싸움은 그의 특기가 아니었다. 하지만 그는 싸움도 경륜의

차축車軸임을 알고 있었다. 아무리 커다란 이상을 내건다 할지라도 싸움에서 지면 대경대륜大經大綸 역시 한 치도 나아갈 수 없다는 사실을 알고 있었기에 그는 싸움에 모든 것을 걸고 일단 전진을 펼치면 화신이 되었다.

교토는 분지에 있는 작은 산수에 지나지 않았으나 정치적으로 전 일본을 부감하기에 족한 곳이었으며, 사상적으로 재야의 모든 마음의 뿌리가 교토로 연결되어 있다 보니 이곳을 근본으로 삼지 않는 집이 없었고, 이곳을 근본으로 삼지 않는 꽃이 없었다.

히데요시는 일개 봉공인에 지나지 않았으나 교토 정치소에서 시무時務를 보는 일이 참으로 즐거웠다. 바쁘면 바쁠수록 더욱 즐거웠다. 그 무렵 히데요시가 좌우의 사람들에게 '이 지쿠젠에게도 때가 와서 마침내 참된 일이 주어진 듯하구나. 너희도 마음에 잘 새겨두어라'라고 본심을 털어놓고, 측신들에게도 일에 부지런히 힘쓰라고 독려를 아끼지 않았다. 그는 마음속으로 봄날 물이 차서 배 띄우기를 생각하는 것처럼 그것이 이루어지든 이루어지지 못하든 '나 세상에 임했다'며 시대와 연결된 목숨을 새삼스럽게 경탄의 눈으로 돌아보았을 것이다.

그러다 보니 그의 부하들도 교토에 들어서서는 눈에 띄게 인품을 수양했다. 적어도 수치스러운 행동은 하지 않았다. 시무를 사심 없이 척척 결재했다. 한 사람, 한 사람이 작은 히데요시라도 된 양 명랑했다. 특히 황성을 수호하는 일에는 자부심을 갖고 임했다.

얼마 뒤 조정에서 히데요시의 훈공을 칭찬하여 우콘에노추조右近衛中將로 삼아야 한다는 의견이 나왔다. 히데요시는 자신의 작은 훈공을 돌아보며 고사했다. 하지만 거듭 지시가 내려지자 이를 받아들여 종오위하從五位下, 우콘에노쇼쇼右近衛小將에 서임되었다.

좋은 일을 하는 사람이라 여겨지면 왠지 트집을 잡고 싶어지는 법이다. 일하지 않는 비굴한 사람은 정직하게 일하는 사람에 대해 왈가왈부 말이 많았다. 어느 시대에나 있는 일이었다. 세상이 크게 변하고 있을 때에는 청탁의 비밀도 격렬한 법이다.

"히데요시는 벌써부터 전횡을 휘두르고 있다. 부하들까지 권력을 잡고."

"시바타 나리를 제쳐두고, 다른 봉공인은 있어도 없는 것과 다를 바 없다."

"오늘날 그의 세력을 보면 마치 노부나가의 상속자는 지쿠젠이라고 말하는 듯하다."

모든 비난이 히데요시를 중심으로 시끄럽게 일었다. 하지만 늘 그렇듯 최초의 탄핵자가 누구인지 알 수 없었다. 들리든 들리지 않든 히데요시는 신경을 쓰지 않았다. 그와 같은 말들은 히데요시의 바쁜 마음은 물론 다실에서 귀를 기울이기에도 쓸데없는 것들이었다. 누가 뭐래도 히데요시는 바빴다.

6월에는 노부나가가 세상을 떠났고, 중순에는 야마자키에서 싸웠으며, 7월에는 기요스에서 회합을 갖고, 하순에는 나가하마에서 철수하고 가족을 히메지로 옮겼고, 8월에는 다카라데라 성의 공사를 시작했다. 그러는 사이에 교토의 정치소와 야마자키 사이를 격일로 왕복하며 아침에는 금궐에 절하고, 점심에는 시정을 순찰하고, 저녁에는 서정을 보살피고 답사答使를 보내고 빈객을 맞아들이고, 밤에는 등불 아래서 먼 나라의 문서를 살펴보고, 새벽에는 부하의 호소에 재결을 가하고 밥을 먹으며 채찍을 휘둘러 어딘가로 향해야 했다.

가야 할 곳도 무척이나 많았다. 공경의 저택, 회합, 시찰, 그리고 최근에는 무라사키노紫野에도 수시로 향했다. 그곳에서도 대대적인 공사를 벌이고 있었다. 대덕사 지역 안에 새로이 절 하나를 더 지으려는 것이었다.

"10월 7일까지다. 8일에는 청소를 마치고 9일에는 식을 위한 준비를 갖춰 10일 아침부터는 아무것도 하지 않아도 될 수 있게 해두어야 한다."

히데요시는 하치스카 히코에몬과 동생인 하시바 히데나가에게 단단히 일러두었다. 어떤 공사에 있어서나 기한에 있어서나 히데요시에게는 두말이 필요하지 않았다. 명령이 떨어지면 그 누구도 안 된다고 말할 수 없었다. '네'라고 대답했으면 이후의 변명은 통하지 않았다.

히데요시의 모습이 보여도 공사 담당자와 감독을 하는 무사들은 그를 돌아보지 않았다. 또 수천에 이르는 목공, 토공, 미장이, 석공, 온갖 공장工匠과 인부들도 그를 돌아볼 여유가 없었다.

"잘하는구나, 잘해."

히데요시는 대팻밥이 묻은 다리로 나무의 향기가 피어오르는 곳곳을 한 바퀴 둘러보며, 혼자 그렇게 중얼거렸다. 흡족한 마음으로 말을 타고 돌아온 다음에도 방문객이며 정무며, 그리고 지금 진행 중인 총견원總見院(소켄인) 건립과 고 노부나가의 장례식 준비 등 일들이 산더미처럼 쌓여 있었다.

"유코, 어서 하게."

"네."

"다 썼으면 바로 사자를 보내도록 하게. 내용은 대략적이면 돼. 어서 쓰게."

"넷."

서기인 오무라 유코大村由己는 히데요시가 불러준 것을 받아쓰고 있었는데, 문득 다이고醍醐라는 글자가 전혀 떠오르지 않아 자꾸만 붓 끝을 씹으며 떠올리려 애를 쓰고 있었다. 히데요시가 답답하다는 듯 재촉하다 옆에서 보고는 졸고 있는 사람이라도 깨우듯 큰 소리로 말했다.

"유코, 무엇을 하고 있는 겐가! 다이고大포라고 쓰게."

히데요시는 손을 들어 허공에 커다랗게 대大라는 글자와 오포라는 글자를 썼다. 그러자 오무라 유코가 놀라고 말았다. 다이고醍醐와 다이고大五는 글자가 전혀 달랐던 것이다. 음만을 취한다 해도 차이가 너무 심했다. 다이고醍醐를 다이고大五라고 써서는 의미가 전혀 통하지 않는다고 생각했다.

"네……. 황공합니다. 하지만 그런 글자가 아닙니다. 새까맣게 잊어버린 것은……."

"무슨 소린가. 이보게 유코……. 자네가 아까부터 얼굴을 찡그리며 떠올리려 한 것은 다이고라는 글자 아닌가?"

"그렇습니다."

히데요시가 다시 손가락으로 허공에다 연습을 하듯 커다랗게 쓰며 말했다.

"그러니까 다이고大五라고 쓰게. 그렇게 하면 알아들을 걸세."

"네…… 네."

유코는 어쩔 수 없이 재촉하는 대로 써서 서한을 마무리 지었고, 히데요시는 그것을 바로 시동을 통해 사자에게 건넸다. 사자가 공경의 집으로 달려갔으나 유코는 아무래도 마음에 걸렸다.

'그 편지를 받은 사람은 틀림없이 무식함에도 정도가 있지 하며 웃고 있을 거야. 서기라는 자가 그것도 모르다니, 대대로 웃음거리가 될 거야. 어떻게 해서든 그 편지를 되찾아 와서 태워버리고 싶다.'

유코는 언제까지고 이런 생각들에 연연하고 있었다. 히데요시는 수많은 손님을 만나기도 하고, 또 최근 소식이 없는 모리 가에 사람을 보내기도 했다. 그리고 바쁜 일이 끝난 뒤 마침내 유코와 함께 차 한 잔을 마셨다.

"왜 그러느냐, 유코."

히데요시가 유코의 침울한 얼굴을 보며 물었다. 유코가 히데요시의 안색을 살피며 조금 전 말도 안 되는 글자를 써서 보낸 것에 대한 이야기를 하자, 히데요시는 어처구니없다는 목소리로 웃어댔다.

"뭐라고? 서기로서 그처럼 무식함을 드러내는 서면이 남아서는 부끄러운 일이라고? 하하하하…… 유코야, 너도 자신의 필적이 천 년이고 세상에 남을 것이라고 생각하는 게냐? 걱정할 것 없다. 너 정도의 붓으로는 아마 백 년도 이 세상에 남아 있지 않을 게다. 네가 살아 있는 동안에도 어떻게 될지 모르겠구나. 다행 아니냐…… 세상은 도도하게 흘러 쓸데없는 글자는 티끌로 만들어 남겨두지 않으니."

그리고 이어 말했다.

"너처럼 다이고란 이렇게 써야 한다는 둥, 저렇게 써야 한다는 둥…… 고개를 갸웃거리고 붓 끝을 씹으며 하루를 살아서야, 어찌 세월과 세상의 정황이 수레바퀴처럼 정신없이 변하는 시대에 커다란 업을 이룰 수 있겠느냐? 히데요시에게 그런 여유는 전혀 없다. 다이고醍醐라고 써야 할 것을 다이고大五라고 써도 서면을 받은 자는 문맥을 통해 대략은 짐작할 수 있을 것이다. 그거면 됐다. 요즘 세상에서는……."

"그렇습니다. 듣고 보니 참으로 옳습니다."

"고민할 것 없다. 그거면 충분하다. 보아라, 아까 보냈던 사자가 벌써 답장을 가지고 돌아온 모양이로구나."

히데요시는 평소에도 그런 마음가짐으로 살았다.

오무라 유코는 고 노부나가의 장례식을 무라사키노에서 집행하기 위해 오다와 인연이 있는 근친과 각 주의 유신들에게 기일과 장소를 알리는 글을 대필하느라 부지런히 붓을 놀렸다.

무라사키노

성대한 의식이 행해지면 교토 안팎은 떠들썩해진다. 그리고 품삯이 하층민에게까지 이를수록, 거리의 등불과 밥 짓는 연기에도 서민의 칭송이 나타난다.

이번 가을, 무라사키노에서 행해질 고 노부나가의 장례식과 17일에 열릴 성대한 법사는 가난한 사람들에게 얼마나 큰 보시가 되었는지 모를 정도였다.

6월 이후, 본능사와 야마자키에서 연달아 일어난 전란 때문에 집과 일을 잃고 지붕도 벽도 없이 지내는 사람이 매우 많았다. 살아남은 아케치의 부하들 중에는 영주가 바뀐 단바로 돌아가지 못하고 신분을 바꾸어 시장 뒷골목이나 다리 밑에서 사람들의 눈을 피해 숨어 사는 사람도 적지 않았다. 그들을 잡아다 목숨을 빼앗는 것은 참으로 간단한 일이었으나 히데요시는 그렇게까지 잔당을 찾아내려고 하지 않았다. 미쓰히데의 수급 하나에 모든 책임을 씌워 시간의 저편으로 던져버렸다. 그뿐만 아니라 전후의 궁한 백성과 잔당들까지 포함해서 그들에게 갱생을 위한 일을 주었다. 총견원 건립과 노부나가의 장례식이 그것이었다.

"이것도 공양 중 하나."

히데요시가 홀로 중얼거렸다.

노부나가가 공격한 곳에는 초목도 시든다고 할 정도로 두려워하던 사람의 명복을 빌기에 앞서, 히데요시는 고 노부나가와 자신의 성격에는 전쟁을 할 때도 경륜을 행할 때도 차이가 있음을 새삼 되돌아보지 않을 수 없었다.

세상 사람들은 걸핏하면 히데요시가 일을 처리하는 방식을 놓고 이렇게 말했다.

"지쿠젠은 무슨 일에나 노부나가가 썼던 방법을 흉내 내고, 노부나가가 행한 방법을 배워서, 마침내 그의 상속자가 되려 하고 있다."

그런 말들은 히데요시의 귀에 우습게 들렸다.

노부나가가 살아 있는 동안 노부나가는 주군이었다. 그러다 보니 그의 성격에 따라서, 그의 지휘에 따라서 평소에도 호흡을 맞추고 발걸음을 맞추는 것은 당연한 일이었다. 하지만 그 사람이 이미 떠난 지금, 어찌 선인의 잣대에 연연할 필요가 있겠는가? 히데요시에게는 자연히 히데요시의 자질이 있었다. 노부나가의 장점을 배운 것도 있기는 하나, 그것조차 히데요시라는 다른 그릇에 담아 새로운 경륜으로 나타날 때면 노부나가적인 전법이나 시정과는 전혀 다른 것으로 바뀌어 있었다. 어디까지나 히데요시의 독자적인 것이었다.

'무엇보다 궁한 백성에게 일을.'

그러한 생각도 히데요시가 예전에 궁한 백성의 아들이었기에 시책으로 나올 수 있는 것이며, 또 아케치 군에 가담했다는 사실을 뻔히 알고 있는 유민까지 대대적인 법사의 공사에 쓸 정도로 관대한 모습은 노부나가에게서 전혀 찾아볼 수 없는 것이었다.

이렇게 무라사키노의 공사는 진척되었으며 준비도 거의 갖추어졌고,

서기인 오무라 유코의 손을 통해 그날의 초대장도 각국으로 보내졌다.

고 노부나가의 근친은 물론 기요스 회의에 참석했던 숙로 이하 각 다이묘까지 빠짐없이 초대장을 보냈다. 그 외에도 인연이 있는 주요한 공경, 무문, 서민, 여러 직책에 있는 사람에게까지 안내장을 보냈다. 하지만 히데요시는 근친이나 숙로라고 해서 특별히 정중하게 쓴 서장을 보내지 않았다. 그러다 보니 그 사람들에게는 '와도 그만, 오지 않아도 그만'이라는 식으로 보일 수밖에 없었다. 과연 거센 바람이 일었다.

참석 여부에 대한 답 대신 시바타 가쓰이에로부터 장문의 항의문이 도착했다. 간베 노부타카에게도 잔뜩 비아냥거리는 듯한 서면이 왔다. 그들은 모두 커다란 불만을 표시했다.

히데요시에게도 할 말은 있었다. 이번 일 역시 시바타나 노부타카에게 결코 갑자기 참례의 통지를 보낸 게 아니었다. 사전에 양자인 히데카쓰의 이름으로 서면을 통해 상의를 해두었다. 그런데 가쓰이에와 노부타카가 '오쓰기於次 따위가 건방지게'라고 말하며 대답도 하지 않고 있었던 것이다. 오쓰기마루는 히데카쓰가 노부나가의 넷째 아들로 있었을 때의 아명이었다. 여러 공로를 쌓은 숙로인 가쓰이에의 눈에도, 훨씬 형인 노부타카의 눈에도 히데카쓰는 아직 젖비린내 나는 풋내기로 보였다. 우스운 일이라며 성실하게 답을 하지 않고 무시한 것은 어쩌면 당연한 일이었다. 그리고 지난 9월부터 10월에 걸쳐 가쓰이에에게는 매우 분주하고 경사스러운 일이 있었다. 그 기쁨에 정신이 팔려 있었기 때문이기도 했다.

오이치는 예전부터 조카인 노부타카의 알선으로 기타노쇼에 재가하기로 내정되어 있었다. 하지만 전 남편인 아사이 나가마사淺井長政와의 사이에 둔 아이가 셋이나 있다 보니 아직 오다 가 안에 있을 수밖에 없었다. 그런데 최근 주변 정세에 따라 가쓰이에와 노부타카의 관계가 급속히 긴밀해졌고, 또 이번 기회에 세상을 향해 공공연하게 '시바타 나리야말로 고 노부나가 님도 생전에 인정하신 처남이다'라는 사실을 성대하게 화촉을 밝혀 내보이는 것이 급무라고 생각하게 되었다. 그 결과 갑자기 오이치가 기타노쇼로 재가하기 위한 성대한 의식이 진행되기 시작한 것이었다.

오다니小谷 성이 함락된 지 이미 십 년이 지났으나 오이치는 여전히 아름다웠다. 나이도 서른대여섯밖에 되지 않았다. 노부나가가 살아 있을 때부터 세상 사람들은 자꾸만 가쓰이에와 히데요시가 오이치를 놓고 다투고 있다는 등 있지도 않은 말을 해댔다. 어쨌든 당시 사람들의 기억에 남을 정도로 오이치가 아름다웠던 것만은 사실이다.

오이치는 마음에 들지 않는 일이었지만 거부할 수 없는 환경 속에 있었다. 오빠인 노부나가가 세상을 떠난 뒤로는 더더욱 자신의 뜻을 말할 수 없게 되었다. 노부타카는 처음부터 가쓰이에를 위해 일을 추진했으나, 지금은 자신의 미래를 위한 계획으로 고모를 이용하고 있었다. 기요스에서의 회동 이후 노부타카와 가쓰이에는 책모를 연대하기 위해 끊임없이 왕래했으며, 가쓰토요를 나가하마로 보내기도 하고 다키가와와 빈번하게 만나기도 하는 등 이래저래 바빴다. 그러한 가운데 노부타카는 동족의 말이나 주변 사정은 무시한 채 독단적으로 일을 진행시켰다.

오이치는 열여섯 살짜리 장녀 차차茶々를 비롯해 여자아이만 셋을 데리고 있었는데, 그야말로 옛 중국의 왕소군王昭君이 멀리로 떠났던 날처럼 서글픈 능라금수綾羅錦繡에 둘러싸여 있었으며, 오색 가마의 행렬은 호쿠에쓰의 산을 넘어 9월에는 이미 기타노쇼의 저택으로 들어가 있었다.

고목에 꽃이 핀 듯, 쉰세 살이 된 신랑은 영지 안의 관리들을 연일 불러 피로연을 벌이고 기쁜 표정을 지어 보였다. 그러한 때에 하시바 가의 일개 양자인 오쓰기 히데카쓰로부터 무라사키노에 절 하나를 건립하는 일과 고 우후의 법사에 관한 서면이 온 것이었다. 그러니 가쓰이에가 자신도 모르게 소홀히 한 채 지나버린 것도 무리는 아니었다.

10월에 들어서자 이번에는 히데요시의 이름으로 정식 초청장이 왔다. 가쓰이에는 '이번만큼은 묵인할 수 없다'며 일의 중대함과 진노의 불꽃에 몸을 떨며 히데요시에게 격렬하게 항의하는 글을 보낸 것이었다.

세월은 인간을 대상으로 흐르는 것이 아니다. 하지만 인간은 종종 세월을 믿고 살아간다. 어느 세월이든 자신의 편인 양 혼자 사모하는 감정을 품고. 무심한 구름, 세월의 광륜향륜光輪響輪 역시 공허한 수레에 지나지 않는다. 하지만 같은 세월을 같은 시대에 산다 할지라도 그것을 어떻게 쓰느냐는 사람들의 의지에 달려 있는 법이다. 거기서 생태의 분야가 발생하며, 인간 사회의 격차가 생겨나고, 흥국과 망국, 천세까지의 역사도 천지간의 한순간에 결정되는 법이다.

어쨌든 10월이었다. 가쓰이에가 그때까지 쓴 날수와 히데요시가 보낸 날수를 하늘은 같은 운행으로 부여해왔다. 본능사의 변이 있던 날부터 헤아려도 만 사 개월. 기요스의 회합에서부터 따지면 겨우 백 일도 지나지 않은 세월이었다. 하지만 두 사람이 그 세월 동안 구현한 것을 보면, 10월 중순인 오늘 너무나도 극명한 차이를 보이고 있었다.

즉, 히데요시가 주창하고 또 전력을 기울여 실행한 노부나가의 대법요大法要는 마침내 전 일본의 이목을 집중시켜 '그야말로 우후의 유업을 이을 사람인 듯하다'는 인상을 심어주었을 뿐만 아니라, 심지어는 중앙의 서정도 히데요시가 아니면 맡을 사람이 없다는 듯한 느낌을 민심 속에 깊이 심어놓았다.

이러한 점에서 가쓰이에가 권익의 확대를 이후 동렬에 있는 숙장이나 오다 가와의 혼인으로 긴밀하게 하려고 했던 것과는 큰 차이가 있었다. 히데요시가 대상으로 삼아온 것은 니와 나가히데도 아니었고 이케다, 호소카와, 쓰쓰이 등과 같은 무리도 아니었다. 하물며 오다 노부오나 귀족의 여인네는 더더욱 아니었다. 바로 민중이었다. 그는 농민의 아들이었기에 흙과 열熱을 너무나도 잘 알고 있었다.

그달 11일부터 17일에 걸쳐 행해진 무라사키노 대덕사의 법요가 대규모로 화려하게 진행된 것은 단순히 세상을 떠난 주군을 흠모하는 마음이 넘쳐났기 때문만이 아니었다. 민중까지도 회장자會葬者로 보고 민중에게 직접 보여 선한 봉행을 함께하겠다는 커다란 보시의 마음이 담겨 있기 때문이기도 했다.

《호칸豊鑑》의 필자는 그날의 모습을 이렇게 기록했다.

11일부터 떠들썩해지기 시작해서 온갖 존엄함의 극치를 다했다. 열 개 사찰의 승려들도 경을 외우고 풍경을 울렸다. 15일에는 화장을 위한 작업이 시작되어 렌다이노蓮台野에 영감당靈龕堂이 장엄하게 만들어졌으며 대나무로 울타리를 둘렀다. 대덕사에서 길까지 경비가 삼엄했는데 무사들이 굳게 지켰다. 동생인 미노노카미 히데나가가 이를 맡았다. 관곽은 금과 비단으로 꾸미고 옥으로 만든 요령을 반짝이게 했다. 자루의 앞은 이케다 고신池田古新(데루마사)이, 뒤는 쓰기마루(하시바 히데카쓰)가 짊어졌다.

《고레토 퇴치기》에도 다음과 같이 기록되어 있다.

하시바 고이치로羽柴小一郎가 경호 대장이 되어 대덕사부터 천오백 채 사이에 무사 삼만 정도를 배치하여 길 좌우를 지켰는데, 활과 화살통, 창과 철포를 세웠으며, 장례식장에는 히데요시 분국의 도당은 물론 여러 무사가 모두 달려왔고, 구경하는 무리는 귀천을 가릴 것 없이 구름과도 같았다.

그리고 상여의 자루는 데루마사와 히데카쓰, 노부나가의 위패는 히데요시가 들었다고 적어놓았다. 오오기마치正親町 천황은 신 노부나가에게 종일위 태정대신太政大臣을 증위증관贈位贈官하고 선명宣命을 내렸다.

즉, 시호를 내려 '총견원전 대상국 일품總見院殿大相國一品, 태엄대거사泰嚴大居士'라고 했는데 선명宣名 안에는 고 노부나가에 대해 '조정을 생각하는 중신, 중흥의 양사良士'라는 황공한 칙지가 덧붙여져 있었다. 저세상에 있는 노부나가가 봤다면 기대 이상의 영광과 신분에 눈물을 흘렸을 것이다.

선불선善不善, 범비범凡非凡, 인간으로서의 노부나가는 무슨 말을 듣든 그의 궁시弓矢는 구중九重의 계단에 세워져 빛나고, 그의 신하로서의 한 조각 충성심은 뜻밖에도 왕의 황공한 말씀에 천세까지 남게 되었다.

아울러 노부나가는 아버지 오다 노부히데織田信秀의 황실을 중히 여기는 마음까지도 완수한 것이라 할 수 있을 것이다. 틀림없이 충성심과 신도에 있어서 오다 부자는 이 대에 걸쳐서 그것을 수행했다. 노부나가는 아버지가 돌아가시는 날까지 걱정을 끼친 불효자였으나, 오늘 아버지에게 효자가 된 셈이었다.

　　　사십구년몽일장四十九年夢一場

　　　위명설십마존망威名說什麼存亡

　　　청간화리오담발請看火裡烏曇鉢

　　　취작매화편계향吹作梅花遍界香

이것은 쇼레이笑嶺 화상의 시다. 장례는 백이십 칸짜리 영당 안에서 집행되었다. 오색 닫집은 눈부실 정도로 반짝였으며 천만의 등명은 별과 같았고, 침목의 연기가 깃발이 펄럭이는 사이로 흘러 퍼져 그곳에 모인 수만 명의 사람 위에서 보랏빛 구름을 만들고 있었다.

승려만 해도 오악五嶽의 연학硏學, 교토 안팎의 선종과 율종律宗, 팔종八宗의 사문沙門이 모두 집합해서 구품의 정토, 오백아라한, 삼천의 불제자가 눈앞에 있는 듯했다고 기록되어 있다.

풍경, 산화 등의 식을 마친 뒤 다시 선문 각 대화상들의 기감起龕, 염송念誦, 전탕奠湯, 전다奠茶, 습골拾骨 등의 예배가 차례로 행해졌으며, 마지막으로 종흔宗訢 쇼레이 화상의 시가 낭송되자 일순 정적이 감돌았다. 또 불교 음악이 연주되는 동안 연화가 내렸으며 향목이 태워졌고 모인 사람들은 빙글빙글 돌며 순서대로 향을 올렸다.

하지만 그 모인 사람들 가운데 반드시 있어야만 할 오다 가의 근친들이 절반이나 모습을 보이지 않았다. 무엇보다 산포시가 보이지 않았다. 노부타카도 참석하지 않았다. 시바타, 다키가와뿐 아니라 그 외에도 많은 사람이 보이지 않았다. 그렇게 당연히 떠오르는 얼굴들이 보이지 않았다. 그것은 무시와 묵살로 이미 히데요시를 향한 항쟁의 포진을 분명히 한 것이라는 사실을 누구나 금방 느낄 수 있었다.

'이대로 끝나지는 않을 것이다.'

대법요가 있었던 17일이 지난 직후부터 모든 사람의 마음에 그러한 생각이 남아 있었다. 교토 주변에 있는 장수들은 거의 대부분 참석했으며 모리 데루모토도 대리인을 보냈으나 시바타 가쓰이에 산하에 있는 마에다, 삿사, 가나모리, 도쿠야마의 장수들과 간베 노부타카의 일문인 다키가와 이하는 모두 약속이라도 한 듯 교토로 오지 않았다. 특히 마음에 걸리는 것은 도쿠가와 이에야스의 존재였다. 아니, 그의 의중이었다. 본능사의 변 이후, 매우 특수한 위치 때문에 어지러운 시류를 벗어나 있었던 그가 오늘을 어떻게 보고 있는지, 그의 뜻을 추측할 만한 재료가 전혀 없었다.

거짓 화친

에치젠越前은 벌써 눈에 덮여 있었다. 눈이 내리기 시작하면 낮에도 눈보라, 밤에도 눈보라였다. 그러다 보니 마음을 열어놓을 창도 없었다. 하지만 기타노쇼北ノ庄 성곽의 겨울은 다른 해와는 달리 어딘가 따뜻한 분위기가 감돌았다. 오이치お市가 데려온 세 딸이 혼마루本丸 부근의 일곽에서 살기 시작했기 때문이다. 오이치의 모습은 거의 볼 수 없었으나 세 딸들은 한정된 거처 안에서만 얌전히 지내지 않았다. 게다가 언니인 차차茶々가 열여섯 살, 아래 동생이 열두 살, 막내가 열 살로 나뭇잎만 굴러가도 깔깔거릴 나이였기에 늘 웃음소리가 끊이질 않았다. 때로는 혼마루에까지 밝게 들려왔다.

가쓰이에勝家는 그 소리에 이끌려 자주 안채로 건너갔다. 그리고 그 소녀들 속에서 한때라도 근심을 잊으려 했다. 하지만 가쓰이에가 그곳을 들여다보면 차차도, 하쓰初도, 막내딸도 약속이라도 한 듯 이상한 표정을 지으며 조금도 웃지 않았다.

'무슨 일로 온 걸까?'

'무서운 새아버지.'

'얼른 돌아가셨으면 좋겠는데.'

오이치의 딸들은 비둘기 같은 눈으로 서로를 마주 보며 이렇게 속삭이는 듯했다.

"어서 오세요."

오이치는 아름다운 옥으로 만든 향로처럼 단정하고 아름답기는 했으나 차갑게 겨우 인사만 건넸다. 마치 은 뚜껑을 씌운 작은 화로의 끝을 슬쩍 내주는 듯한 모습이었다. 아무래도 예전에 오랫동안 맺어왔던 주종의 관계가 오이치에게도, 가쓰이에에게도 남아 있는 듯했다.

"이곳에서 처음 보는 큰 눈에 한층 더 춥기도 하고 쓸쓸하기도 하겠지?"

가쓰이에가 오이치를 위로했다.

"그렇지도 않습니다."

오이치는 고개를 살짝 흔들어 보였으나 역시 따뜻한 지방을 그리워하고 있었다.

"이곳에서는 언제쯤 눈이 녹습니까?"

오이치가 밖을 내다보며 물었다.

"기후岐阜, 기요스清洲 등과는 달라서 그곳에 유채꽃이 피고 벚꽃도 질 때쯤이 돼야 비로소 산야의 눈이 드문드문 녹기 시작하오."

"그때까지는."

"매일 이렇소."

"녹는 날도 없나요?"

"천길만길 쌓이기만 하오."

마지막 말에서는 내뱉는 듯한 울림이 느껴졌다. 가쓰이에게 그런 대화는 아무런 흥미도 없는 것이었다. 그뿐만 아니라 고시지越路 도로의 깊은 눈을 생각하면 그의 가슴에는 천 길은커녕 만 길이나 되는 원한이 번민처럼 쌓였다. 한시도 아녀자와 편안하게 지낼 수 없는 심정에 사로잡혀버리고 말았다.

가쓰이에는 세 자매가 있는 방에 모습을 드러냈는가 싶더니 어느새 곧 혼마루로 돌아가고 있었다. 시동들을 거느리고 눈보라 치는 두 건물 사이의 복도를 성큼성큼 걸어가자마자 뒤쪽에서는 세 자매의 목소리가 희희낙락 들려왔다. 그들은 안채 마루에서 나와 눈 장난을 치며 고장의 노래가 아니라 오와리尾張 지방의 노래를 부르고 있었다.

"……."

가쓰이에는 돌아볼 마음도 들지 않았다. 혼마루로 온 뒤 방으로 들어가기 전 시동에게 명령을 내렸다.

"고자에몬과 고헤에게 서둘러 내 방으로 다시 오라고 전하라."

시동은 빛이 눈에 반사되어 환한 복도를 쌩하니 달려갔다.

가가加賀 다이쇼지大聖寺의 성주인 하이고 고자에몬 이에요시拜郷五左衛門家嘉, 이시카와石川 군 맛토松任의 성주인 도쿠야마 고헤 노리히데德山五兵衛則秀 두 사람 모두 대대로 시바타柴田 집안을 섬겨온 중신이었으며 가쓰이에의 고굉지신股肱之臣이었다.

"어젯밤 깊이 논의해서 결정한 일 말이네만……. 마에다前田에게 벌써 사자를 보냈는가?"

가쓰이에의 말에 고자에몬이 대답했다.

"조금 전에 서면을 들려 나나오七尾로 급히 가라 일렀습니다만."

고헤 노리히데가 가쓰이에의 안색을 살피며 물었다.

"무슨 덧붙일 말씀이라도……."

가쓰이에는 말없이 고개를 끄덕일 뿐 쉽게 입을 열지 않았다. 그러다 여전히 무엇인가 망설이듯 말했다.

"사자는 떠났단 말이지."

"떠났습니다만……?"

어젯밤부터 노신과 성안에 있는 일족이 모여 깊이 논의한 일은 꽤나 중대한 일이었다. 바로 히데요시秀吉에 대한 문제였기 때문이다. 마음은 이미 정했다. 그것은 소극적인 것이 아니라 적극적인 것이었다.

그렇게 해서 이곳 기타노쇼에서는 예비 공작을 위해 팔방으로 비책을 준비하며 겨울로 들어선 것이었다. 이세伊勢의 다키가와 가즈마스瀧川一益에게는 변방의 작은 성들을 남김없이 결속시키게 하고, 간베 노부타카神戸信孝에게는 가모 우지사토蒲生氏郷를 설득하게 하고, 니와 나가히데丹羽長秀에게는 가담을 권했다. 그리고 요즘 빈고備後의 도모노쓰鞆ノ津에 있는 아시카가 요시아키足利義昭에게 사자를 보냈다. 그것은 멀리 도카이東海에 있는 도쿠가와 이에야스德川家康에게 글을 보내 가만히 이에야스의 의중을 타진해보기 위해서였다. 만약의 경우 골동품이 된 야심가 이에야스를 움직여 모리毛利가 다시 히데요시의 배후를 위협하게 하는 등 탁상에서 쓸 수 있는 작전은 거의 빈틈없이 준비되었다.

하지만 숨은 유력자인 이에야스의 반응에 대해서는 전혀 알 수가 없었다. 요시아키처럼 정이 많은 성격은 부추기기 쉬웠으나 모리, 깃카와吉川, 고바야카와小早川라는 세 집안의 정립으로 이루어진 커다란 세력이 쉽사리 자신에게 기울지는 장담할 수 없었다. 그리고 노부타카를 통해 끌어들이려 했던 가모 우지사토 부자는 히데요시를 따르겠다는 입장을 분명히 했고, 니와 나가히데는 그럴듯한 이야기로 중립적인 태도를 취했다.

"모두 돌아가신 주군의 유신이니 시바타 나리를 편들기도 어렵고, 하시바羽柴 나리에 협력할 수도 없다. 내게는 산포시三法師 주군만이 계실 뿐이다."

그사이 교토京都에서는 히데요시의 시주施主로 전례 없이 성대하게 노부나가信長의 법요가 진행되자 전국의 인심이 한꺼번에 그곳으로 모이는 듯

보였다. 중앙에서 히데요시의 존재와 명성이 더욱 높아지다 보니 북쪽의
변방에서 자부하는 강호 가쓰이에는 해야 할 일의 '단斷'과 '급急'을 생각
하지 않을 수 없었다.

하지만 어쩌겠는가, 밤에도 쟁쟁 울릴 정도로 귀신 잡는 장군의 마음
과는 달리 에치젠의 산야는 10월 말부터 눈으로 온통 뒤덮여 뜻은 움직일
수 있으나 군은 움직일 수 없었다. 그때 다키가와 가즈마스가 밀서를 보내
왔다.

내년 봄에 눈 녹기를 기다렸다가 일거에 대사를 일으키는 것이 상
책. 그때까지는 히데요시와 화친하시길.

가쓰이에도 그의 뜻을 받아들였다. 사실 어젯밤부터 노신, 일족들과
협의해서 결정한 것도 그 문제에 관한 것이었다.

"마타자又左(마에다 도시이에) 나리께 뭔가 덧붙여 말씀하실 게 있으면
급사를 보내 뒤쫓아 가게 하는 게 어떨지."

두 노신이 가쓰이에의 생각에 잠긴 얼굴을 보며 거듭 말했다. 그러자
가쓰이에가 처음으로 망설이는 이유를 밝혔다.

"그게 말일세, 히데요시에게 화의를 청할 사자로 나의 심복인 후와 히
코자에몬不破彦三衛門과 가나모리 고로하치金森五郎八 두 사람에 마에다 마타자
에몬 도시이에前田又左衛門利家를 더해 보내기로 한 것은…… 이미 협의 때 결
정된 일이네만……. 그게 과연 어떨지."

"어떨지라 하심은?"

"마타자라는 사내 말일세."

"사자로 보내기에는 불안하다는 말씀이십니까?"

"그는 말일세, 이 가쓰이에가 누구보다 잘 알고 있는데, 히데요시가 비

94

천한 신분이었을 때부터 밤에 방탕하게 놀 때도 그렇고 집안과 집안 사이도 마치 친척이라도 되는 양 친하게 지냈던 사이라네."

"그건 이미 들어서 알고 있습니다. 노부나가 님께서 아즈치安土에 공사를 일으키셨을 때도 히데요시와 마타자 나리는 담 하나를 사이에 두고 임시 숙소를 쓰셨으며 두 사람이 여름이면 들보 하나만 두르고 박꽃 아래 깐 멍석에서 큰 소리로 웃으며 저녁을 먹는 모습을 저희도 자주 보았습니다."

"그런 사이이기도 하고, 또 마타자에몬 도시이에라는 자는 우리 숙로보다 낮은 자임에는 틀림없으나 누가 뭐래도 오다 가의 신하가 아니겠는가? 하시바, 이케다池田, 가모, 삿사佐々 등과 동렬의 유신 중 하나일세. 오래도록 북국의 진에 머물며 이 가쓰이에의 휘하에 속해 있었다고는 하나, 결국은 노부나가 공의 명령에 따라 시바타 군의 일익에 가담했던 자. 그를 지금 원숭이 놈에게 사자로 보내는 것이 과연 잘하는 일인지, 어떤지…… 사실은 나중에야 그러한 사정이 문득 떠올라 걱정스러운 마음에 자네들에게 급히 묻는 것이네만."

"걱정하실 것 없습니다."

"없겠는가?"

"조금도."

하이고 고자에몬이 말했다.

"마타자가 소유한 영토인 노토能登 나나오의 십구만 석과 그의 아들 도시나가利長의 영지인 에치젠 후추府中의 삼만 석 모두 저희 집안의 영국領國과 심복들의 성으로 둘러싸여 있습니다. 지세에 있어서 히데요시와는 단절되어 있기 때문에 그의 처자 권속은 어쩔 수 없이 후추와 나나오에 두고 가야 합니다. 그러니 그것은 기우라 여겨집니다."

도쿠야마 노리히데도 고자에몬의 이야기에 동의했다.

"지금까지 오랜 전진 중에도 주군과 마타자 나리 사이에는 아직까지 단 한 번도 불화가 일어나지 않았습니다. 옛날 기요스의 젊은 무사들 중에서 이누치요大千代라 불리던 때의 마에다 나리는 난폭하기로 유명했으나 사람 역시 변하는 법, 요즘에는 '의리가 두터운 사람' 하면 마타자 나리, '올곧은 사람' 하면 마에다 나리라며 사람들도 곧 고개를 끄덕일 정도로 신뢰를 하고 있습니다. 그렇다면 더더욱 이번 사자로 안성맞춤 아니겠습니까?"

"그도 그렇군……."

두 사람의 말을 듣고 보니 그런 것 같다는 생각이 들기도 했다. 가쓰이에는 자신이 망설였던 사실에 웃음이 났다. 하지만 만약 계책이 좋지 않은 결과로 끝나면 사태는 급격히 악화된다. 게다가 설국의 군은 내년 봄까지 움직일 수 없다. 그럴 경우 무엇보다 기후에 있는 노부타카가 고립되고 이세에 있는 다키가와가 분열될 수 있다. 따라서 이번 사자의 역할은 매우 중요했다.

며칠 뒤 마에다 도시이에가 나나오 성에서 찾아왔다. 마타자에몬 도시이에는 젊었을 때부터 왼쪽 눈이 없었다. 히데요시보다 한 살 어렸으니 마흔다섯 살인 셈이다. 전진의 풍운이 사람을 연마하는 것은 참으로 굉장한 법이다. 한쪽 눈이 없는 용모까지 어딘가 침착하고 강인한 풍격 중 하나처럼 보였다.

"오늘 밤에는 대접이 아주 융숭합니다."

기타노쇼 성에 도착한 날 밤, 도시이에는 가쓰이에에게 과분한 환대를 받았다. 처음에는 오이치도 함께할 정도로 가쓰이에 부부는 도시이에를 예를 갖춰 대접했다.

"추운 밤, 저희 무인들의 거친 술자리에 앉아 계시는 건 괴로운 일입니다. 저희도 약간 갑갑하고, 그만 방으로 드시지요."

도시이에가 오이치를 안채로 들게 했다.

가쓰이에는 도시이에가 단지 아내를 배려한다고만 생각했으나 도시이에의 마음은 그게 아니었다. 세상을 떠난 노부나가와 닮은 구석이 있는 오이치가 가쓰이에의 부인이 되어 먼 북국의 성곽에서 마타자에몬 도시이에 따위의 술자리에 앉아 있다 싶어 가슴이 아프고 술잔의 주둥이까지 차갑게 느껴져 취기도 오르지 않았다.

"과연 잘하시는군. 많이 하신다고 알고는 있었지만."

"술 말입니까?"

"그렇소."

"하하하하."

도시이에는 한쪽 눈을 깜빡이며 호탕하게 웃었다. 마른 편이었으나 어깨와 가슴은 넓었으며, 갸름한 미남형의 얼굴에 커다란 콧대와 입이 특히 눈에 띄었다. 거기에 귀밑털이 텁수룩하고 긴 것도 특징이었다.

"지쿠젠筑前은 술을 그다지 못 마시는 것 같았는데."

"지쿠젠. 아아, 그 사람은 술이 약합니다. 금방 벌게지고 말지요."

"하지만 젊었을 때는 밤이면 함께 꽤나 돌아다닌 듯하던데."

"노는 것에 있어서만큼은 그 원숭이가 지칠 줄도 모르고, 또 잘 놀기도 했습니다. 저는 술만 마실 뿐, 마시고 나면 아무 데서나 맥없이 자버리고 말았지요."

"요즘도 지쿠젠과는 절친으로 지내겠지?"

"아니, 아닙니다. 세상에 술친구만큼 미덥지 못한 것도 없습니다."

"그럴까?"

"시바타 나리께서는 그런 기억 없으십니까? 젊었을 때는 누구에게나 있지 않습니까? 먹고 마시고 노래하며 밤새 돌아다니는. 그러한 때 친구는 당시에는 서로 어깨동무를 하고 친형제에게도 말하지 않은 일을 털어놓기도 하면서 참된 교우라고 생각하지만, 시간이 흘러 서로 필사의 세상에서 일을 하기 시작하고 주인을 섬기고 가정을 꾸려 아내와 자식까지 갖게 된 다음 오랜 시간이 지나 만나면 한방에서 지내던 시절 마음과는 양쪽 모두 전혀 달라지고 맙니다. 세상을 보는 사고도 사람을 보는 눈도 사상도 모두 성장해서 이미 예전의 그도 아니고 예전의 나도 아닙니다. 그저 예전처럼 가볍게 여기는 마음만이 남아 있기 때문일 것입니다. 마음으로 깊이 사귀는 참된 벗, 문경지우는 역시 고난 속에서 알게 된 자가 아니면 평생을 기약할 수가 없습니다."

"그렇다면 내가 조금 잘못 생각한 듯하오."

"무엇을 말씀이십니까, 슈리修理 나리."

"그게, 자네와 지쿠젠은 좀 더 깊은 사이라 생각했기에 간곡히 일 하나를 부탁하려 했는데."

"지쿠젠과의 싸움이라면 이 도시이에, 선봉에 서는 것만은 사양하겠습니다. 화담이라면 선진에 서는 것도 받아들일 수 있지만……. 이 일을 말씀하시는 것 아닙니까?"

도시이에는 가쓰이에의 생각을 바로 꿰뚫어 보았다. 마치 '어떻습니까?'라고 말하기라도 하는 듯했다. 도시이에는 술잔을 들며 미소를 머금고 있었다.

어떻게 그 일이 도시이에에게 새어나간 것일까? 가쓰이에는 당황한 나머지 눈을 둥그렇게 떴다. 하지만 가만히 생각해보니 처음부터 '지쿠젠, 지쿠젠' 하며 화제를 꺼내 도시이에의 속을 떠본 것은 자신이었다. 도시이에는 노토에 있지만 구석에 있지는 않았다. 중앙의 정세에도 밝고 자신과 히데요시와의 복잡한 사정도 잘 알고 있었다. 게다가 자신의 갑작스러운 초대에 응해 눈 속을 마다하지 않고 바로 달려온 이상, 그 정도의 통찰력도 없는 사람이라고 본 게 잘못된 것이었다.

가쓰이에는 그러한 반성 속에서 도시이에라는 사람을 다시 보게 되었다. 앞으로 더욱 중요한 일익으로 자신의 진영에 유력한 아군을 포섭해두기 위해서였다. 애초부터 부하는 아니었으니, 가쓰이에가 도시이에를 대하는 마음은 그런 생각에 뿌리를 두고 있었다.

삿사 나리마사佐々成政도 그렇지만 마에다 도시이에 역시 원래는 노부나가의 명령에 의해 가쓰이에의 휘하로 배속된 군단이었다. 따라서 지난 오 년 동안에 걸친 호쿠리쿠北陸 공략에서 가쓰이에는 당연히 도시이에를 지휘 아래의 일개 부장으로 보았으며, 도시이에는 가쓰이에를 호쿠리쿠 방면의 총대장으로 보았으나, 노부나가가 세상을 떠나고 난 지금도 예전의 관계가 유지되는 건지 커다란 의문이었다. 그러다 보니 가쓰이에의 마음은 불안할 수밖에 없었다.

고 노부나가는 이누치요를 오다 가의 인재 중에서도 뛰어난 기량을 가진 무사로 여겨 '오이누於犬, 오이누' 하며 매우 아꼈다. 가쓰이에가 숙로이자 총사령관이었던 것도 결국은 노부나가가 있었기 때문에 가능한 것이지, 그가 없는 지금 상황에서는 단지 무문의 장수와 장수, 인간과 인간일 뿐이었다. 그러다 보니 이전과는 매우 다른 느낌이 들 수밖에 없었다.

마에다 마타자에몬 도시이에라는 인간의 무게는 노부나가였기에 '오이누, 오이누' 하며 가볍게 대할 수 있었던 것이다. 시바타 슈리 가쓰이에는 갑자기 묵직한 것을 끌어안은 기분이었으며, 그 또한 시종 안고 있다는 사실을 의식하지 않으면 안고 있을 수 없었다.

"그게 말일세, 나는 지쿠젠을 상대로 딱히 싸움을 할 생각도 없는데 세상의 소문은 좀처럼 그렇지가 않은 모양일세. 아하하하. 내게도 난처한 일이 아닐 수 없어. 하하하."

사람이 노숙해질수록 자연스레 숙련된 웃음이라는 것이 있는 법이다. 그것은 상대방의 직시를 흐리게 하는 안개와도 비슷한 것이었다.

가쓰이에가 다시 말을 이었다.

"싸움도 하지 않은 지쿠젠에게 화담을 위한 사자를 보낸다는 게 우스운 일이지만 산시치 노부타카 님도, 다키가와도 내 쪽에서 먼저 사자를 보내라는 간곡한 글을 재차 보냈다네. 고 우후右府 님께서 타계하신 지 반년도 지나지 않았는데 유신들 사이에서 벌써 상극과 내분이 일고 있다는 소리가 나돌면 세상에 보기 좋지 않다네. 그리고 우에스기上杉, 호조北條, 모리 등에 엿볼 틈을 줄까 봐 산시치 노부타카 님도 매우 걱정하고 계신 듯하네."

"그 점은 잘 알았습니다."

도시이에는 말주변이 없는 가쓰이에의 말을 듣고는 장황히 들을 필요도 없다는 듯 단번에 승낙했다.

"히데요시를 한번 만나보도록 하겠습니다."

불혹, 대혹大惑

이튿날, 마타자에몬 도시이에는 사자가 되어 기타노쇼를 떠났다. 후와 히코자에몬 가쓰미쓰不破彦三衛門勝光와 가나모리 고로하치 나가치카金森五郎八長近가 수행원으로 따라갔다. 두 사람 모두 시바타 가의 가신이었다. 부사 자격이었으나 도시이에를 감시하기 위한 역할로 따라나선 것이었다.

일행은 10월 29일, 나가하마長浜에 도착했다. 그곳은 이미 시바타 가의 양자인 이가노카미 가쓰토요伊賀守勝豊의 거성이 되어 있었다. 가쓰토요는 병중이었지만 세 사람을 맞이했다. 그리고 세 사람의 사명을 듣고는 진심으로 기뻐했다. 가쓰토요는 양아버지와 히데요시의 관계가 날이 갈수록 험악해지는 것을 충심으로 걱정하고 있었다.

"저도 꼭 가겠습니다."

가쓰토요가 말했다.

"아니, 병을 참으면서까지 그렇게 할 필요는 없습니다."

도시이에도 말렸고 두 신하도 간언했으나 가쓰토요는 듣지 않았다. 그는 젊은이의 순수한 열정으로 생각했다.

'양아버지 가쓰이에와 지쿠젠노카미 사이만 평화롭다면 오다 유신들의 관계도 원만하게 수습될 것이고, 그러면 천하에 다시 대란이 일어날 일도 없을 것이다. 위로는 임금의 마음을 편안히 할 수 있고 밑으로는 만민을 위할 수 있다. 일신의 병 따위 어떻게 되든 따질 필요도 없다.'

말일 아침, 배는 나가하마를 떠났다. 가쓰토요의 시의는 배 안에 칸막이를 해서 약을 달이고, 호수를 건너는 차가운 바람에 신경을 썼다. 하지만 가쓰토요는 의연히 앉아 도시이에와 고로하치 등과 애써 담소를 나누었다.

일행은 오쓰大津에서부터 말을 탔으나 환자는 가마를 타고 교토로 들어갔다. 그리고 그날 밤은 교토에서 묵고 이튿날 야마자키山崎 덴노天王 산의 다카라데라宝寺 성으로 향했다. 그곳은 지난여름 미쓰히데光秀가 패한 전장이었다. 그 전에는 일개 오래된 역참에 지나지 않았던 한가로운 마을이 지금은 활기 넘치는 성 아래 마을이 돼가고 있었다. 요도淀 강을 건너면 상당한 규모의 개수 계획이라고 여겨지는 다카라데라 성의 통나무 비계飛階가 바로 보였다. 통로는 우마가 끄는 바퀴자국에 종횡으로 파여 있었고, 귀에 들리는 것 모두 히데요시의 왕성한 의욕으로 만들어지는 것이었다.

"혹시?"

도시이에조차 히데요시를 의심하는 마음이 들 정도였다. 시바타, 다키가와, 그리고 산시치 노부타카 등이 걸핏하면 입버릇처럼 히데요시를 공격하던 말이 문득 떠올랐기 때문이다.

"기요스 이후부터 지쿠젠은 어린 주군을 돌보는 일을 게을리한 채, 오로지 사리사욕을 채우기에만 급급해 교토 안에서는 사권을 마음껏 휘두르고 있으며, 교토 밖에서는 별 탈이 없는 성을 아무런 거리낌도 없이 견고하게 쌓기 위해 막대한 비용을 들이고 있다. 서역西域이나 북변北邊이라면 모를까 중앙의 땅에서 대체 누구를 상대로 한 대비란 말인가?"

그에 대해 히데요시는 히데요시대로 크게 반박하고 있었으며, 도시이에도 그런 사실을 잘 알고 있었다.

'기요스 회의에서 산포시 님을 아즈치로 옮기기로 약속한 일도 지금까지 실행하지 않은 것은 어째서인가? 고 노부나가 님의 장례에 대해 자문해도 한 조각 답서조차 주지 않더니, 하나같이 참석하지 않은 것은 어떤 뜻에서인가? 숙로끼리 손을 잡아 유족 중 한 분을 옹립해서 멋대로 당을 만들고, 유신을 회유해서 굳이 세상의 불안을 조장하다니 당최 그 이유를 이해할 수가 없다.'

그러한 의문 속에는 서로에 대한 복잡한 감정도 있었기에 도시이에는 사명의 어려움을 예감하지 않을 수 없었다.

전날 밤, 교토에서 미리 연락을 해둔 상태였다. 일행은 직접 다카라데라 성으로 들어가지 않고 성 아래에 있는 도미타 사콘쇼겐富田左近將監의 숙소에서 묵었다. 네 사자와 히데요시와의 회견은 이튿날인 11월 2일 낮, 반쯤 신축된 혼마루에서 이루어졌다.

"먼 길 오시느라 피곤하실 테니 우선은 편히 쉬시기 바라오."

히데요시는 그렇게 인사를 나눈 뒤 회담이 시작되기 전부터 잔칫상을 내오고 사신들을 극진하게 대접했다. 그러고 난 뒤 히데요시는 정주亭主가 되어 함께 차를 마시며 직접 네 사신의 노고를 치하했다. 흔히들 밀사를 논하기에는 다실보다 더 좋은 곳이 없었지만, 그런 분위기는 만들어지지 않았다. 그러다 보니 사신들은 그 자리에서도 사명의 본론으로 들어갈 수 없었다. 하지만 무릎을 맞대고 앉아 있으니 도시이에와 히데요시의 이야기는 점점 무르익어갔다. 서로 어렸을 때부터 섬겨온 노부나가라는 주군을 잃고 오늘 처음으로 만나는 것이었으며 그동안 북국의 진영과 서국의 진영에 멀리 떨어져 있었기에 오래도록 만나지 못했다.

"오이누, 몇 살이 되셨는가?"

"마흔다섯일세. 곧 마흔여섯이 되네."

"자네도 벌써 그렇게 되었는가?"

"무슨 소리 하는 겐가? 예전부터 자네보다 한 살 어리지 않았는가?"

"그래, 그랬지. 한 살 어린 동생이었지. 그런데…… 이렇게 마주하고 보니 자네 쪽이 더 어른스럽게 보이는군."

"무슨 소리, 내가 더 어리네. 자네는 늙었어."

"난 젊었을 때부터 나이 들어 보이지 않았나. 솔직히 말하면 이 히데요시는 나이가 먹어도 어른이 된 것 같은 기분이 들지 않아 걱정이야."

"사십, 불혹이라 하지 않는가?"

"누가 한 소린지 그건 틀린 말 같네."

"그런가?"

"'군자는'이라는 말을 덧붙여야 해."

"군자는 나이 사십이면 미혹되지 않는다는 말인가? 그렇군."

"우리 범부는 사십에 비로소 미혹된다고 해야 할 거야. 오이누 자네도 대체로 그렇지 않은가?"

"뚱딴지같기는, 원숭이 나리가……. 안 그렇습니까, 여러분?"

도시이에가 자칫 이야기 밖에 놓이기 쉬운 시바타 가쓰토요, 가나모리, 후와 세 사람을 돌아보며 웃었다. 세 사람은 면전에 대고 원숭이 나리를 원숭이 나리라 부를 정도로 친한 사이가 문득 부럽게 여겨졌다.

"저는 마에다 나리의 말씀에도, 시바타 나리의 설에도 동의할 수 없습니다."

가나모리 고로하치가 말했다. 고로하치는 네 사자 중에서 가장 나이가 많은 예순 살이었다.

"어째서 동의할 수 없다는 말씀이오?"

히데요시가 흥미를 보였다.

"어리석은 노인네의 입장에서 말씀드리면 인생 열다섯 살에 불혹이라고 말하고 싶습니다."

"그건 너무 빠르지 않소?"

"관례식을 마쳤을까 말까 한 나이로 첫 출진하는 어린 무사들을 보십시오."

"음, 과연 그렇군. 열다섯 살에 불혹, 열아홉, 스물에 더욱 미혹되지 않고, 마흔부터 슬슬 글러먹게 된단 말인가. 재미있군……. 그런데 존로尊老만큼 나이가 들면 어떻소?"

"쉰, 예순은 대혹입니다."

"일흔, 여든 되면?"

"그야 물론 망혹忘惑의 경지에 들게 되지 않겠습니까?"

"망혹이라, 하하하."

모두가 웃었다.

밤에는 밤대로 또다시 향연이 열렸다. 그러다 보니 환자인 가쓰토요는 도저히 버틸 수가 없었다. 히데요시가 문득 그의 모습을 깨닫고 묻자 도시이에가 사실을 털어놓았다.

"실은 병으로 누워 계셨는데 우리가 이 성으로 온다는 소리를 듣고 병중임에도 함께 오신 걸세. 당신의 몸만 생각할 수는 없다며."

도시이에는 이를 이야기의 전환점으로 삼아 '실은……' 하고 말을 꺼내려 했다. 하지만 히데요시가 '자리를 옮깁시다' 하고 앞장서서 먼저 다실을 나갔기에 네 명은 안내를 기다리고 있었다. 그사이 하시바 가의 전의가 와서 가쓰토요의 맥을 짚은 뒤 탕약을 권했다. 그리고 가신들도 거듭 문안을 왔다.

"힘드시지 않으십니까? 그 옷으로는 춥지 않으십니까?"

마침내 회담이 열리게 된 커다란 서원은 환자를 위해 정성을 다해 덥혀져 있었다. 히데요시는 말은 하지 않았지만 눈빛으로 환자를 끊임없이 위로하고 있었다.

"앞서 산시치 노부타카 님께서도 서장을 보내 시바타 나리와의 화친을 권하셨다고 하던데."

도시이에가 입을 열자 히데요시가 고개를 끄덕였다. 기꺼이 듣겠다는 태도였다.

도시이에는 서로 고 노부나가를 주군으로 삼아 오늘까지 이른 신하였다는 이야기를 시작으로 회담을 풀어갔다.

"히데요시 자네는 고 노부나가 님의 신하로서 도리를 잘 지킨 사람일세. 하지만 그 이후 숙로들과의 화목이 결여되고, 산포시 님을 받드는 일을 소홀히 하면 신하로서 도리와 성의도 사리사욕을 채우기에 급급한 것이라는 오해를 받게 되지 않겠나."

도시이에는 친구로서 안타깝다는 이야기를 전하고 다시 말을 이었다.

"간베 나리와 기타노쇼 나리의 입장을 한번 생각해보게. 한쪽은 실의에 잠겨 있고, 한쪽은 세상에 대한 체면이 서지 않는다네. 맹장 시바타, 귀신 잡는 시바타라는 말을 들어오던 분이 소식을 늦게 들어 무슨 일에나 후배인 자네보다 한발 늦었을 뿐만 아니라, 기요스 회의에서도 자네를 거듭 인정해주셨다고 하질 않나? 그러니 서로의 반목은 깨끗이 잊어줄 수 없겠는가? 도시이에의 얼굴을 봐서라도. 아니, 도시이에 따위는 문제도 아닐세. 돌아가신 주군의 유지는 아직도 중도에 있다네. 벌써부터 유신들 사이에 동상이몽이라니, 꼴사납다네. 이 한 가지 사실만으로도 모두 화해할 수 있으리라 여겨지네. 하물며 자네는 얼마 전에 서위임관敍位任官이라는 황공한 은혜도 입지 않았는가? 그런데 폐하께 걱정을 끼치는 것은 너무나도 황송한 일 아니겠는가?"

히데요시가 똑바로 도시이에를 쳐다봤다. 도시이에의 마지막 한마디 때문이었다. 도시이에는 그것을 맹렬한 반박에 나서기 위한 준비라 보고 각오를 했다. 불화의 주된 원인이 가쓰이에보다 히데요시 쪽에 더 많은 것처럼 이야기했다는 사실을 알고 있었기 때문이다.

"참으로 옳은 말일세. 자네 말이 맞아."

뜻밖에도 히데요시는 몇 번이고 고개를 크게 끄덕였다. 결코 가벼운 태도는 아니었다. 그리고 탄식하며 말했다.

"지쿠젠에게 잘못은 없네. 따라서 할 말이야 얼마든지 있네만, 자네로부터 그렇게 듣고 보니 이 지쿠젠에게 조금 지나쳤던 면도 있었던 듯하군. 아니, 너무 지나쳤던 듯해. 내가 잘못했네. 그 점, 이 지쿠젠의 잘못일세. 마에다 나리…… 자네에게 맡기겠네. 맡아주기 바라네."

이로써 화담은 단번에 성립되었다. 히데요시가 너무나도 간단히 수락해 사자들이 오히려 불안함을 느낄 정도였다.

"고맙네. 그 말을 들으니 나도 멀리 북국에서 온 보람이 있네."

도시이에는 히데요시의 성정을 잘 알고 있었기에 의심치 않았으나 후와와 가나모리 두 사자는 여전히 기쁨을 함부로 드러내지 않았다. 도시이에가 낌새를 채고 한발 앞서 덧붙여 말했다.

"그런데 지쿠젠 나리. 기타노쇼 나리에 대해서 하고 싶은 말이나 불만이 있다면 기탄없이 말씀해주시는 것이 좋을 듯하네. 그것을 숨긴 채 화의를 맺어봐야 오래 지속되지 않을 우려도 있으니. 이렇게 된 이상 이 도시이에가 어떤 중재나 해결의 수고도 아끼지 않겠네……."

그러자 히데요시가 웃으며 말했다.

"됐네, 됐어. 그것을 마음에 담아둔 채 말없이 있을 이 지쿠젠이 아니지 않은가? 하고 싶은 말은 벌써 모두 했다네. 간베 나리에게도, 시바타 나리에게도. 길고 긴 서면으로 조목조목 모두 써서 보냈다네."

"사실 그 글이라면 기타노쇼를 떠나기 전에 나도 보았다네. 시바타 나리께서도 지금은 자네 입장에서 보면 모두 일리 있는 것들뿐이라고 충분히 마음을 푸시고 화담을 진행하신 것이니 거듭 들을 필요도 없겠네.”

“산시치 노부타카 님 역시 이 지쿠젠의 솔직한 글을 보신 뒤에 화담을 진행하신 것이라 생각했기에 사실은 마타자 나리, 자네가 오기 전부터 이미 시바타 나리의 심기를 불편하게 하지 않겠다고 내심 삼가고 있던 차였다네.”

“그런가. 역시 원로는 어디까지나 원로로 대접해야 한다고…… 다른 사람에게는 말하지만 이 마타자 역시 때로는 귀신 잡는 시바타 나리의 심기를 건드리는 적이 있다네.”

“그 심기를 건드리지 않고 일을 하기란 쉬운 일이 아니지. 우리가 젊었을 때부터 특히 까다롭고 무서웠던 심기였으니. 특히 이 지쿠젠은 때로 노부나가 님의 심기보다 귀신의 심기를 더 두려워했던 적도 종종 있었다네.”

“아하하하하. 듣고 계시네, 듣고 계셔. 가신들이.”

도시이에가 한손으로는 배를 움켜잡고 다른 한손으로 가나모리 고로하치와 후와 히코자에몬의 얼굴을 가리켰다. 후와 가쓰미쓰와 가나모리도 덩달아 함께 웃었다. 주인에 대한 좋지 않은 말도 뒤에서 해대는 험담이 아닌 면전에서 듣고 나니 오히려 동감을 금할 길이 없어 허물없이 함께 웃을 수 있었다.

사람의 심리란 참으로 미묘했다. 그 뒤로는 가나모리, 후와 두 사자도 진심으로 히데요시에게 마음을 열었으며 도시이에에 대한 경계의 눈빛도 풀었다.

“축하할 일입니다.”

“저희에게도 이보다 더한 기쁨은 없습니다. 주인의 명령을 완수한 지금, 저희의 체면을 살려주시고 관용을 베풀어주신 점 감사드립니다.”

가나모리와 후와는 온갖 말로 감사 인사를 전했다. 특히 병을 무릅쓰고 온 가쓰토요는 눈물을 흘릴 듯 기뻐했다.

가쓰토요는 일찍 성에서 나와 도미타 사콘쇼겐의 숙소에서 극진한 치료를 받았으며 도시이에, 가나모리, 후와 세 사람은 그날 밤의 향연에 참석했다가 늦게야 숙소로 돌아갔다.

이튿날, 가나모리 고로하치가 다시 의심을 하기 시작했다. 쉰 살, 예순 살은 대혹이라고 말했던 노인이었다.

"어떻습니까? 이대로 에치젠으로 돌아가 주군께 보고를 하려 해도, 뭔가 지쿠젠 나리의 징표가 없다면 미덥지 못하리라는 생각이 드는데."

그날 사자들은 떠나기 전 '인사를 위해서'라며 다시 성안으로 들어가 히데요시를 만났다.

현관 앞에 말이 세워져 있고 하인이 서 있기에 손님이 왔는가 생각하며 지났는데, 히데요시가 외출하기 위한 것이었다. 마침 혼마루에서 나온 히데요시가 도중에서 사자들을 기다렸다.

"잘들 오셨소. 안으로 들어갑시다."

히데요시는 발걸음을 돌려 어린 무사들과 함께 직접 손님을 안내해서 방으로 들어갔다.

"어젯밤에는 참으로 즐거웠소. 덕분에 오늘 아침에는 늦잠을 잤소."

히데요시가 말했다. 과연 그는 지금 막 일어나 세수를 한 것 같은 얼굴을 하고 있었다.

히데요시가 '어젯밤에는 참으로 즐거웠다'고 말한 것은 그 자리 뒤에서로 흉허물 없이 흥겹게 즐긴 것을 두고 한 말이었다. 하지만 오늘 아침 사자들은 껍데기를 쓰고 있는 사람처럼 격식을 차렸다.

"바쁘신 중에 과분한 대접을 받았습니다. 오늘 귀국길에 오르려 합니다."

가나모리 고로하치가 일동을 대표해서 인사했다. 히데요시는 담담히 고개를 끄덕였다.

"그렇소? 귀국하시면 시바타 나리께도 말씀 좀 잘 전해주시오."

"화담에 흔쾌히 응해주셔서 기타노쇼 나리께서도 기뻐하실 것입니다."

"고생 많았소. 여러분이 사자로 와주셔서 이 지쿠젠도 마음이 가벼워졌소. 걸핏하면 싸움을 붙이려 드는 세상 사람들도 이로써 실망하게 되었을 거요."

"그런데 그 세상의 입을 막기 위해서라도 화의의 굳은 뜻에 변함이 없을 거라는 의미에서 서약서를 써주실 수 있겠습니까?"

오늘 아침에 사자들이 갑자기 떠올린 중요한 사실은 바로 이것이었다. 화담은 예상 밖으로 순조롭게 마무리 지어졌으나, 말과 말만의 약속으로는 불안했던 것이다. 가쓰이에에게 보고할 때도 뭔가 징표가 될 만한 게 없다면 확약을 들고 왔다는 것 정도밖에는 말할 수 없었다. 따라서 내친김에 서약서의 교환을 제의한 것이었다.

"음, 그렇군."

히데요시도 얼굴 가득 동의하는 빛을 보이고 있었다.

"이쪽에서도 건네주고 시바타 나리께도 받아두도록 하지. 하지만 이는 오로지 지쿠젠과 시바타 나리 사이에만 한정된 것이 아닐세. 다른 숙장들도 함께 서명하지 않으면 의미가 없소. 니와와 이케다 등에게도 내가 바로 말해두기로 하지."

"네, 모쪼록……."

"그러는 게 좋겠지?"

히데요시가 도시이에를 바라보며 물었다.

"좋소."

도시이에가 명석하게 대답했다.

도시이에의 눈동자는 히데요시의 가슴을 꿰뚫어보고 있었다. 아니, 기타노쇼에서 이곳으로 오기 전부터 그는 곧 필연적으로 찾아올 장래까지 간파하고 있었다. 절대 방심할 수 없는 사람 가운데 이처럼 품위 있고 위험한 사람도 없었다.

사자들은 밖에서 사람들이 히데요시를 기다린다는 것을 알기에 곧 인사를 하고 나왔다. 히데요시도 자리에서 일어나 혼마루를 나왔다.

"나도 나서려던 차였으니 성 아래까지 함께 갑시다."

히데요시가 걸어가며 물었다.

"이가 나리(시바타 가쓰토요)가 보이지 않는데 먼저 나가하마로 돌아가셨는지?"

"아닙니다. 오늘 아침에는 몸이 더 좋지 않은 듯했기에 억지로 숙소에 남겨두고 왔습니다."

후와 히코자에몬의 말을 듣고 히데요시가 혼잣말처럼 중얼거리며 현관을 나섰다.

"그거 큰일이군."

히데요시는 기다리고 있던 말에 올랐다. 하지만 사자들은 말을 타지 않고 걸어서 온 상태였다. 히데요시가 하인들을 돌아보고 말했다.

"손님들께도 말을 올려라."

이윽고 하인들이 세 필의 말을 끌고 와 사자들에게 권했다. 히데요시와 세 사자는 말을 나란히 하고 공사 중인 큰길을 내려갔다. 성 아래 갈림길에 서자 도시이에가 물었다.

"지쿠젠, 오늘은 어디로 가려는 겐가?"

"평소처럼 교토로 갈 걸세."

"그럼 여기서 헤어지기로 하지. 나는 다시 숙소로 돌아가서 여장을 꾸려야 하니."

"아니, 이가 나리를 잠시 문안하고 가기로 하지."

히데요시가 갑자기 그곳을 방문하자 가신인 도미타 사콘쇼겐도 당황하고, 숙소에서 묵고 있던 시바타 가쓰토요도 놀라 급히 병상에서 일어서려 했다. 이미 방으로 들어가 앉은 히데요시는 가쓰토요가 일어나려는 것을 만류했다.

"몸은 좀 어떻소? 병을 참으며 추위에도 아랑곳하지 않고 나가하마에서 여기까지 오셨다는 것 자체가 무리였던 듯하오. 하지만 그대의 진심은 헛된 것이 아니었소. 그 열의를 보았기에 이 지쿠젠의 마음도 크게 움직인 것이오. 아무 말 없이 화담에도 응했던 것이오."

"고맙습니다."

가쓰토요는 감격의 눈물을 흘렸다.

어젯밤 잔치를 사양하고 오늘 아침 답례에도 빠져, 사자들과 함께 온 것도 명목에 지나지 않아 진심으로 면목이 없다며 부끄러워하는 사람에게 히데요시의 말은 무척이나 따뜻한 위로가 되었다. 게다가 병고를 딛고 사자로 온 성의를 높이 사서 아무 말도 하지 않고 화담에 응한 것이라 했다. 그것은 마치 이번 일의 공을 가쓰토요의 열의로 돌린다는 듯한 말투였다. 그러니 가쓰토요는 은혜에 감사하여 눈물을 흘리지 않을 수 없었다.

히데요시는 다시 정중하게 말했다.

"그 몸으로 오늘 출발하는 것은 무리이오. 아무리 가마를 타고 간다고 하지만 겨울바람은 좋지 않소. 며칠 동안 여기서 충분히 요양을 하다 가는 것이 좋을 듯싶소. 탕약과 치료에도 만전을 기하리라. 그사이 교토 사람들에게 명령해 호수 위에 좋은 배를 준비하겠소."

도시이에와 다른 사자들도 권했다.

"말씀에 따라 그렇게 하시기 바랍니다. 지쿠젠 나리, 잘 부탁하네."

"걱정 말게."

히데요시는 그렇게 말하고 교토의 정치소로 가야 한다며 서둘러 병실에서 물러났다.

도시이에가 장지문을 열었다. 후와와 가나모리는 바닥에 엎드렸다. 그 사이를 히데요시가 슥 지나는데, 갑자기 뒤쪽에서 누군가 손뼉을 치며 웃어댔다. 전혀 거리낌도 없이 감정을 그대로 드러낸 소리였다. 웬만한 일에는 꿈쩍도 하지 않는 히데요시가 적잖이 놀란 듯, 뒤돌아 멍하니 서 있었다. 뒤쪽에는 환자인 가쓰토요가 있었고, 장지문 근처에는 가나모리 고로하치와 후와 히코자에몬과 도시이에가 엎드려 있었다. 그곳에는 그들밖에 보이지 않았다.

어디서 누가 왜 웃었을까? 그것도 밝고 거리낌 없이, 참으로 '유쾌'하다는 듯한 목소리로.

"무엇인고……."

이상하다는 듯 히데요시가 말했다. 가나모리와 후와도 같은 눈빛으로 여기저기 쳐다봤다. 그 순간 노랫소리가 들려왔다.

　　원숭이 나리의 엉덩이는
　　빨간 동백꽃
　　꺾으려 해도 꺾을 수 없네
　　수풀의 꽃
　　원숭이 나리의 재채기에
　　뚝 떨어져라.

남쪽 툇마루 장지문 너머로 작은 그림자가 햇살에 움직이고 있었다. 조금 전 웃음소리도, 노래가 흘러나온 것도 그곳임에 틀림없었다.

"이놈."

도시이에가 벌컥 문을 열었다. 그 순간 가볍게 '아' 하는 목소리가 정원으로 퍼졌다. 이윽고 정원에서는 도시이에가 조그만 소년 하나를 붙잡아 엎어놓고 두어 번 후려치고 있었다.

"너, 이놈."

"아얏, 용서해주십시오."

장난꾸러기 소년은 비명을 지르면서도 도시이에의 주먹이 간지럽다는 듯 웃어댔다.

"이 무례한 놈."

도시이에가 무릎과 두 손으로 누르자 숨통이 막혔는지 소년은 마침내 힘없이 입을 다물어버리고 말았다.

"그만두게, 그만둬. 마타자."

히데요시가 마루 위에서 손을 흔들며 말렸다. 히데요시의 짧은 겉옷 자락에 소년이 들고 다니는 빨간 부채가 반쯤 펼쳐져 매달려 있었다. 조금 전, 소년은 다과를 가져온 뒤 잠시 뒤에서 대기하고 있었는데 그 잠깐 사이에 한 짓인 모양이었다.

"아, 이런 장난을 치다니. 변변치 못한 꼬맹이 녀석."

히데요시가 부채를 풀려 했으나 풀리지 않았다. 몸을 비틀면 마치 원숭이 나리의 엉덩이를 떠오르게 하듯 부채가 따라 돌았다.

"풀어드리겠습니다. 풀어드리겠습니다."

"가만히, 가만히. 용서해주십시오."

후와와 가나모리가 황공하다는 표정으로 히데요시 뒤로 가서 엉킨 부채를 풀었다. 하지만 히데요시는 빨간 부채를 보더니 자신이 생각해도 우스웠는지 배를 움켜쥐고 웃기 시작했다.

"마타자, 데려오게. 너무 그렇게 거칠게 다루지 말게. 그 아이는 자네의 시동인가?"

"정말 어처구니없는 녀석일세."

도시이에가 붙들어다 그대로 히데요시 앞으로 데려갔다. 소년은 참지 못하고 울고 있었다. 시동이라고는 하지만 아직 열한두 살로밖에 보이지 않는 어린아이였다.

"이놈, 재미있구나."

히데요시가 말했다. 무엇을 보고 그렇게 말했는지는 모르겠으나 고개를 크게 끄덕일 만한 점이 있는 듯했다. 히데요시가 소년에게 말했다.

"이놈 괜찮군. 자라는 걸 지켜보는 즐거움이 있겠어. 마타자에몬, 이아이를 지쿠젠에게 주지 않겠나?"

모두 뜻밖이라는 표정을 지어 보였다. 이윽고 도시이에가 대답했다.

"먹을 것을 달아서라도 버리고 싶을 정도로 장난꾸러기지만, 다른 집으로는 보낼 수 없는 놈이라서……."

히데요시의 청을 호사가로 여겨 일소에 부친 것이 아니었다. 도시이에는 이유를 덧붙였다.

"사실 이 아이는 우리 형님이신 도시히사利久의 아들일세. 피는 못 속인다더니 이놈 역시 개구쟁이를 넘어서 좀 특이한 놈일세. 다른 집으로 보내려 해도 부모가 절대 동의하지 않을 걸세."

"도시히사 님의 자제란 말인가? 그래서 두려움 없는 얼굴을 하고 있군. 몇 살이 되었느냐?"

히데요시가 다시 봤다는 듯한 눈길로 소년의 머리에 손을 얹었다.

도시이에가 쥐고 있던 소년의 팔목을 놓으며 작은 목소리로 재촉했다.

"이놈, 대답 안 하느냐? ……몇 살이냐고 묻지 않으셨느냐!"

소년은 히죽히죽 웃을 뿐 아무런 거리낌도 없이 상대방의 얼굴을 빤히 바라보았다. 원숭이를 닮은 조그만 체구의 어른을 찾아내 친구처럼 친해지고 싶다는 마음밖에 없는 듯했다. 소년이 귀여운 얼굴로 대담하게 쳐다

보자 히데요시도 조금 놀란 듯한 기색이었다. 문득 '모자란 것이 아닐까?' 하는 의심이 들 정도였다.

도시이에가 얼굴을 붉히며 매서운 눈으로 꾸짖었다.

"이놈, 게이지!"

"열두 살!"

게이지로慶次郎는 순간 내뱉듯 그렇게 답하고 직박구리처럼 정원의 나무 사이로 달려갔다. 달아난 것이었다. 도시이에가 큰 소리로 혀를 찼다. 그리고 히데요시에게 다시 한 번 사과를 했다.

"우리 형의 아들이네만, 저렇게 한심하다네."

그러면서도 도시이에에게는 탄식하는 듯한 느낌이 없었다. 오히려 괴짜 소년을 어딘지 아끼는 듯했다.

"이거, 시간을 지체했군. 마타자, 내년 봄에 날이 풀리면 다시 올라오도록 하게. 느긋한 마음으로."

"꼭 올라오게 될 걸세."

도시이에는 문까지 히데요시를 배웅하며 한마디 더 덧붙였다.

"고시지 도로의 눈이 녹는 대로."

"그럼, 눈이라도 녹으면."

히데요시가 뒤돌아보며 뒤따라오는 도시이에를 향해 싱긋 웃었다. 도시이에도 미소를 지었다.

마에다 도시이에, 후와 히코자에몬, 가나모리 고로하치 세 사자는 같은 달 10일에 기타노쇼로 돌아가 시바타 가쓰이에에게 자세한 내용을 보고했다. 가쓰이에는 거짓 화친의 계책이 생각했던 것 이상으로 잘 이루어졌다고 판단하여 한없이 기뻐했다.

"추운 계절에 먼 길이라 고생스러웠을 텐데, 사자의 역할을 하느라 참으로 수고했소. 매우 만족스럽소."

가쓰이에는 도시이에가 에치젠에서 물러나 자신의 성인 노토로 돌아가자 심복 중의 심복이라 할 수 있는 사람들에게 은밀히 속삭였다.

"겨울 동안 지쿠젠을 속이고, 내년 봄에 눈이 녹기를 기다렸다가 일거에 숙적을 제거하기로 하겠다. 눈이 녹기 전에 병마, 군량에 대한 대비를 마쳐야 한다. 자네들에게도 빈틈이 있어서는 안 되네."

한편 히데요시는 근신들에게 이렇게 말하며 큰 소리로 가쓰이에를 비웃었다고 한다.

"애초부터 우리를 계책에 빠뜨릴 수 있는 자는 중국의 자방子房, 우리 일본에서는 구스노키 다몬노효에楠多聞兵衛 정도밖에 없는데, 한낱 시바타 따위가 어리석은 생각으로 이 지쿠젠을 계책에 빠뜨리려 하다니, 참으로 우스운 일이로구나. 잘 지켜보고 있어라, 당랑지부螳螂之斧란 이를 두고 하는 말이니."

이에야스

덴쇼 10년(1582년)은 그렇게 저물어가고 있었다. 더욱 많은 일이 예상되는 덴쇼 11년이 다가오고 있었다. 하지만 말없이 운행하는 천기 아래서 사람들은 앞으로 올 새해가 지상에 어떤 현상을 펼쳐낼지 한 치 앞도 내다볼 수 없었다. 그것은 지상의 사람들 대부분이 그랬다.

단, 극소수의 인물만이 예외 중에 예외로, 커다란 미래의 공간을 간신히 바라보고 가슴에 천지인 세 가지 운의 신묘한 계기를 포착하여 손바닥 위에서 세월의 움직임과 휘하 백만의 생명을 비춰보며 미래에 대한 예견과 신념 아래 원대한 계획을 서서히 진행시켰다.

그처럼 특이한 인물이 여럿 있을 리 없지만, 어지럽고 암담한 시류 속이라 할지라도 그런 사람이 어딘가에는 반드시 있는 법이다. 하지만 그러한 때일수록 모든 사람들이 하늘을 보지 못하고 땅도 보지 못하는 협소한 마음의 껍데기 속에 갇혀 있는 법이라 사람들 속에서 그런 사람을 찾아내는 것조차 어려웠다.

그러다 보니 대부분의 일반 사람들은 마음의 지주가 되어줄 사람으로 시바타를 생각하기도 하고, 하시바를 생각하기도 하고, 모리를 생각하기도 하고, 우에스기를 생각하기도 하고, 도쿠가와를 생각하기도 하고, 호조를 생각하기도 하고, 혹은 오다 유족인 노부타카나 노부오 등에게 위임해서 '누군가가 일본을 좀 더 일본다운 모습으로 만들 것이다'라고 기대했으나 앞서 말한 인물들 중에서 누가 그런 인물인지 전혀 판정하지 못했다.

훗날 역사의 결과가 명확해질 무렵에서야 '왜 그 정도의 견해도 갖지 못했는가?' 하며 이상히 여겼다. 하지만 덴쇼 10년 말의 시국에서는 그때까지 히데요시가 이룬 업적과 인간을 직접 봐온 사람들조차 '과연 이 사람에게 노부나가 정도의 기량이 있을지. 지금까지는 뜻밖에도 신속하고 수완이 좋았으나 그것이 세력의 한계는 아닐지' 걱정하며 자신만의 척도로 앞을 내다보며 차질이 생길까 봐 근심하기도 했다.

그 정도로 당시 사람들은 인물을 찾기 위해 모색하는 단계에 머물러 있었다. 이듬해인 덴쇼 11년 봄, 시바타와 하시바의 충돌이 불가피해지자 양 진영 중 한 곳을 택해야 했다. 그제야 각 집안에서는 '두 사람 중 어느 편에 속할 것이냐'를 중대한 문제로 토의하기 시작했다.

가모 가타히데蒲生賢秀, 우지사토 부자조차 결론을 내리지 못해 성원사成願寺(조간지)의 요순陽春 화상을 불러 점을 치게 한 뒤 결단을 역경易經에 맡겼다고 할 정도니 다른 여러 세력은 어땠을지 충분히 짐작하고도 남는다. 이러한 상황에서도 영웅은 영웅을 알아보는 법이다. 어떤 특수한 감각을 지닌 사람은 세상의 움직임을 꿰뚫어보고 아울러 자신의 위치를 깨닫고 자신을 앎과 동시에 자신의 상대도 알고 있었다. 그러한 점에서 시바타 가쓰이에가 구안지사具眼之士였음은 틀림없는 사실이었다.

가쓰이에는 표면상 히데요시와 화친한 뒤 계책을 성공했다고 판단하자 같은 해 11월 말에 다시 사자를 파견하여 도쿠가와 이에야스를 찾아가게 했다. 그로부터 육 개월 전인 6월 이후, 도쿠가와 이에야스는 중앙에서 완전히 떨어져 지냈다.

본능사本能寺(혼노지)의 변 이후 모든 사람들의 이목이 갑자기 함몰된 중심의 구멍으로 쏟아졌다. 그러다 보니 사람들은 다른 것을 돌아볼 틈도 없이 지냈고, 그사이 그는 자신만의 독자적인 길을 걷고 있었다.

그때 이에야스는 사카이堺를 둘러보던 중 구사일생으로 자신의 성으로 돌아왔고, 곧 군비를 명하여 나루미鳴海까지 진군했다. 하지만 그의 마음은 에치젠에서 야나가세柳ヶ瀬를 넘어온 가쓰이에와는 전혀 달랐다.

이에야스는 히데요시 군이 이미 야마자키에 도착했다는 말을 듣고 히데요시의 '히' 자도 입에 담지 않았으며, '그런가' 하고 고개만 끄덕였을 뿐이다.

"영내는 조용한 듯하구나."

이에야스는 그렇게 말한 뒤 미련 없이 하마마쓰浜松로 돌아갔다. 애초부터 그는 노부나가의 유신들과 같은 위치에 자신을 두지 않았다. 오다 가의 손님이었다. 시바타와 하시바의 무리들은 노부나가의 일개 부장에 지나지 않았다. 그는 변란 뒤 일어난 유신들 사이의 난에 개입해서 타다 남은 것을 취하려고 다투고 싶지 않았다. 그만큼 그는 도량이 넓었다. 그리고 다른 한편으로 그에게는 좀 더 실질적인 '이러한 때에 해야 할 일'이 있었다.

자신의 영지인 산엔슨参遠駿과 맞닿아 있는 고신甲信 두 나라로의 세력 확장은 오랜 세월 그가 호시탐탐 노리고 있던 일이었다. 노부나가가 살아 있는 동안 손을 내밀 수 없었으며, 앞으로도 중앙의 혼란이 가라앉으면 기회가 없을지 모를 일이다. 그 절호의 기회에 이에야스의 마음이 움직인 순간, 어리석게도 호시虎視의 길을 열어준 사람이 바로 소슈相州 오다와라小田原의 호조 신구로 우지나오北條新九郎氏直였다.

우지나오 역시 본능사의 변을 기회로 '이러한 때에' 하고 움직인 사람 중 하나였다. 호조 세력의 대군 오만 명이 곳곳에서 국경을 넘어 신슈信州

로 들어갔다. 대부분은 신슈 우미노쿠치海野口에서 고슈甲州를 남하해 갔다. 빼앗아야겠다고 생각한 만큼의 땅을 지도 위에 줄을 긋듯 거침없이 빼앗는 대규모 침공이었다. 이에야스에게 있어서 이는 출병을 위한 절호의 명분이었다. 하지만 그가 동원할 수 있는 병력은 겨우 팔천 명이었다. 그중 삼천의 선봉은 스와諏訪 남쪽부터 옷코쓰가하라乙骨ヶ原까지 칠십 리에 이르는 동안 호조 군의 수만 명을 잘 견제하며 이에야스의 후진과 합류했다. 그런 다음 새로 얻은 땅인 니라사키韮崎의 지형에 의지해, 아소우가하라淺生ヶ原를 끼고 수십 일 동안 대진을 하자 호조의 대군은 엿볼 틈도 없었고 움직이면 불리할 정도로 진퇴양난의 형국에 빠지고 말았다.

이윽고 화담이 진행되었다. 이에야스가 기다리고 있던 일이었다. 일을 맡은 사람은 호조 미노노카미 우지노리北條美濃守氏規였다. 그는 이에야스가 이마가와今川 가에 볼모로 잡혀 있었을 때 함께 볼모로 있었던 어린 시절 친구였다. 그보다 더 적당한 사람은 없었다.

"조슈上州 일원은 호조에게 넘기고 고신 두 나라는 도쿠가와 가에."

그렇게 일이 결정이 나면서 이에야스의 의도는 성공을 거두었다.

이에야스는 둘째 딸인 도쿠히메德姬를 우지나오에게 시집보내겠다는 약속도 함께 했다. 화의와 혼인과 영토 분할이라는 세 가지 항목을 약속하고 양쪽 모두 12월 중에 군대를 물리기로 했다.

멀리 에치젠에서 시바타 가쓰이에의 사자가 북국의 눈을 뒤집어쓰고 이곳까지 온 것은 12월 11일이었다. 우선 사절에게 고후古府의 객관에서 휴식을 취하게 했다. 일행은 시바타 가의 노신인 야도야 시치자에몬宿屋七左衛門, 아사미 쓰시마노카미 뉴도도세이淺見對馬守入道道西 외 무사 이십여 명, 짐꾼과 하인 수십 명에 이르는 많은 인원이었다. 공식 사절이었다. 이시카와 가즈마사石川數正가 접대를 맡아 일행을 돌보았다.

"만나시겠다는 말씀이 있을 때까지 우선은 천천히 쉬시기 바랍니다."

이틀 정도 접대를 받았지만 가즈마사는 몇 번이고 같은 말을 정중하게 되풀이하며 사과했다.

"워낙 이와 같은 진중, 이후의 군무에도 정신이 없어서 집안사람들도 짬을 낼 여유가 없습니다. 음식 준비조차 충분하지 않다며 주군께서도 안타까워하고 계십니다."

하지만 이와 같은 말을 뒷받침할 만한 성의는 조금도 보이지 않았다.

"참으로 춥구나."

일행은 냉대에 대해 푸념했다. 무엇보다 시바타 가에서 보낸 수많은 선물에 대해서도 목록만 받았을 뿐 인사조차 없었다.

사흘째 되는 날이었다. 이시카와 가즈마사가 처음으로 이에야스가 있는 고후의 관으로 안내했다. 이에야스는 엄동설한에 불기도 없는 가람 같은 넓은 방에 앉아 있었다. 가난과 역경에 뼛속까지 시달려온 사람이라고는 보이지 않았다. 볼살이 통통했으며, 커다란 귓불은 다도에서 쓰는 솥의 고리처럼 얼굴 전체를 묵직하게 보이게 했다. 마흔 살쯤 된 대장의 모습일까 여겨질 정도로 젊은 육체는 검은 가죽의 갑옷 속에서 현자의 위엄과 건강미를 드러냈다. 만약 이번에도 가나모리 고로하치 노인이 사자로 왔다면 한눈에 보고 이 사람이야말로 마흔 불혹이라는 말에 합당한 사람이라며 감탄했을지도 모른다.

"먼 곳까지 수많은 선물을 가져온 걸 보니 정성이 느껴지네. 쇼사쿠匠作께서는 별고 없으신지. 내 잊고 있었는데 고 우후 나리의 영매令妹로 오래도록 홀로 계시던 오이치 님을 얼마 전 내실로 맞아들이셨다고 들었네. 축하할 일일세. 이 이에야스는 당시 국경이 소란스러워 출마할 수밖에 없었기에 결국 축하의 말씀도 전하지 못하고 지나버리고 말았네. 에치젠으로 돌아가시면 말씀 좀 잘 전해주시기 바라네."

말에서 높은 품격이 느껴졌다. 조용하면서도 사람을 압도하는 듯한 목소리였다. 게다가 혼다本多, 오쿠보大久保, 사카키바라榊原, 이이井伊, 오카베岡部 등의 신하들이 시선을 모아 두 사자를 바라보고 있었다. 야도야와 아사미는 조공을 바치러 온 속국의 신하처럼 느껴졌다. 그러한 분위기 속에서 주인의 말을 그대로 전하는 것은 걱정스러운 일이라는 생각이 들기도 했으나 어쩔 수 없는 일이었다.

"이번에 고신 두 나라를 평정하신 점, 주인인 가쓰이에 님께서도 멀리서나마 기뻐하고 계십니다. 그에 따른 축하의 촌지 역시 흔쾌히 받아주셔서 고맙습니다."

"평소 소원했던 이에야스에게 쇼사쿠께서 일부러 축하하기 위해 자네들을 보내셨단 말인가? 참으로 자상하시구나."

인사로 부족하진 않았지만 지극히 형식적인 말이었다. 이시카와 가즈마사도 그랬으나, 대체로 이 집안에는 일종의 특별한 가풍이 엄연히 존재하는 것처럼 느껴졌다.

세상 사람들은 비교하는 것을 좋아한다. 이야에스를 만난 사람은 추상 같은 미카와三河 무사들의 군기와 긴장 가득한 조직력과 여전히 옛날을 잊지 않고 있는 이에야스의 진지한 모습에 감동을 받는다. 그리고 최근 하시바 가의 내부를 엿본 사람은 히데요시의 대범함을 극히 칭찬하고 가족처럼 밝고 화목한 분위기를 참으로 부럽다고 말하며, 집안에서 느껴지는 화목함과 대범함과 젊은 사람의 힘이야말로 오늘날 그에게 미래를 기대하는 사람이 하루하루 늘어가는 이유라고도 말한다.

한쪽은 음이고, 한쪽은 양이었다. 그리고 한쪽은 정신을 주체로 한 이념적 조직으로, 다른 한쪽은 인간, 특히 정이라는 면을 벽으로 삼고 이상을 기둥으로 삼아 모인 거대한 가족으로 보는 사람도 있었다. 또 '어느 어느 무문이네' 하는 것은 '이에야스네 히데요시네' 하는 사람들의 개성이 반영된 것에 지나지 않았다. 시간과 위치와 대상이 바뀌고 하늘의 맑고 흐림에 따라 바다의 빛깔과 산의 모습이 바뀌는 것처럼, 그것은 일정하게 정해진 것이 아니라 서로 호응하는 생명군이 다른 한쪽의 생명군에 대해 얼마나 높이 살아서 빛나려고 하느냐에 따라 바뀌는 것으로, 일희일비 모두에 묘한 변화의 뜻을 포함하는 법이다. 어느 집안의 가풍은 이러이러하다는 둥, 어떤 집안의 진용은 이러한 것이라는 둥, 한두 번 사자로 찾아갔다고 해서 어설프게 추정하여 그것을 주군이나 자기 집안사람들에게 떠들고 다니는 것은 참으로 위험한 일일 뿐만 아니라 때로는 자신의 주인으로 하여금 과오를 범하게 하는 불충한 일이 될지도 모른다. 우물 안 개구리의 눈으로 가볍게 논하는 것은 삼가야 한다고 쓸쓸하게 타이르는 나이 든 무사도 있었다.

"사자란 우둔해질 줄도 알고 비굴해질 줄도 아는 자가 아니면 해낼 수 없다."

시바타 가 일행은 이번에야말로 영 뒷맛이 좋지 않은 귀국길에 올라야 했다. 이에야스로부터 가쓰이에게 선물이 될 말이 끝내 나오지 않았기 때문이었다.

자신들이 냉대를 받았다는 점이야 그렇다 쳐도 '알겠다'는 말 한마디조차 없었다는 사실은 주인에게 보고를 하고 싶어도 할 수가 없었다. 게다가 가쓰이에가 이에야스에게 보낸 간곡한 서한에 대해서도 '훗날……'이라고만 대답했을 뿐, 답장조차 없었다. 다시 말해 이번 사절은 완전히 헛걸음으로 끝났을 뿐만 아니라, 이에야스의 콧김 앞에서 가쓰이에가 스스로 자신의 속내를 필요 이상으로 비하한 듯한 형국이 되어버리고 말았다는 사실을 부정할 수 없게 되었다. 쓸쓸한 흥정 중에서도 이처럼 쓸쓸한 흥정은 없었다. 그것을 깨달았다 할지라도 보고를 한 뒤에는 늦고야 만다.

"이렇게 된 이상 너무 심기를 해치지 않는 정도로 가볍게 말씀드릴 수밖에 없을 듯하네."

야도야 시치자에몬과 아사미 쓰시마노카미 두 사자가 돌아오는 길에 나눈 근심 중에는 당연히 적인 히데요시가 있었다. 그리고 호쿠에쓰北越의 우에스기를 여전히 염두에 두고 있었다. 도쿠가와 가와의 사이에 감정이 어긋나면 매우 불길해지니 그저 무사함을 비는 마음밖에 없었던 것이다.

하지만 시운은 그런 소심한 사람들의 기우 따위를 멀리 뛰어넘을 정도로 빨리 흐르는 법이다. 그들이 에치젠에 돌아왔을 무렵에는 바로 지난달에 구두로 했던 약속도 이미 깨져, 신춘을 앞둔 연말에 히데요시가 고호쿠江北의 일부에 대해 단호하고 중대한 군사 행동을 일으켰으며, 도쿠가와 이에야스는 무슨 생각에서인지 갑자기 하마마쓰로 물러났다.

수중의 물건

마에다 도시이에 일행이 에치젠으로 돌아온 지 열흘 정도 지났을 때였다. 뒤에 남아 다카라데라 성 아래서 요양에 힘쓰고 있던 시바타 이가노카미 가쓰토요는 건강을 회복한 뒤 히데요시에게 떠나겠다는 인사를 하고 나가하마로 출발했다.

"제게 베풀어주신 온정은 잊을 수 없을 것입니다. 언젠가 다시 때를 보아 교토로 올라가서 감사 인사를 올리도록 하겠습니다."

가쓰토요가 돌아갈 때 히데요시는 교토까지 동행하며 그를 직접 돌봤고, 가토 미쓰야스加藤光泰와 가타기리 스케사쿠片桐助作 등에게 명을 내려 오쓰까지 수행하게 했다. 그리고 특별히 제작한 호수용 배에 의원을 함께 태워 나가하마로 보냈다.

가쓰토요는 히데요시가 펼친 온정의 날개에 감싸여 황홀한 지경에 이르렀다. 그의 마음에 한없이 메말라 있던 육친의 참된 정이라는 것을 처음으로 알게 되었다. 그는 호쿠리쿠의 시바타 일족 중에서도 으뜸이 되는 자리에 앉아야 했으나 사실은 언제나 고독 속에 놓여 있었던 것이다. 가쓰이에에게 미움을 샀으며 일족들도 그를 싸늘한 시선으로 바라보았다. 그러다 보니 스스로 돌아보아도 지금까지 어딘가 비뚤어진 사람의 그늘이 없다고는 단언할 수 없었다.

하지만 히데요시를 만나고부터는 부끄럽게 여겨지기도 했고, 또 본연의 자신으로 되돌아가려는 뜻을 품게 되기도 했다. 육체적인 건강을 되찾았을 뿐만 아니라 이번 일로 마음의 병도 나은 듯한 기분이 들었다.

"바람이 일어나는 곳에 사람이 있고, 사람이 일어나는 곳은 서울이라고 하더니 과연 하시바 가 안에는 말로 형용할 수 없는 편안함이 있다. 그늘이 없다. 위화감이 없다. 험담을 들을 수가 없다. 그리고 그 아래에는 풀이 돋아날 무렵의 지열과도 같은 맹세가 모든 얼굴에서 불타오르고 있다. 집안에 힘든 일이나 어려움이 없지 않을 텐데 집안사람 그 누구에게서도 불평이나 비굴한 얼굴이 보이지 않는다는 것은 신기한 일이다. 시바타 가와는 비교할 수도 없다. 우리 시바타 집안은 그렇지 못하다. 참으로 부러운 일이다."

젊은 가쓰토요는 그렇게 히데요시의 봉황과도 같은 날개에 감싸여, 몸은 시바타 가쓰이에의 양자였으나, 마음은 이미 히데요시의 것이었다. 양아버지인 가쓰이에를 생각하는 것 이상으로 히데요시에게 마음 깊이 끌리고 말았다.

가쓰토요가 히데요시를 따르게 된 것은 결코 갑작스러운 일이 아니었다. 히데요시는 오래전부터 기회가 있을 때마다 은밀히 호의를 베풀었고, 이번에 그의 마음을 다시 크게 흔들었다.

하지만 그사이 히데요시가 보인 정의情誼가 아무리 순수하게 '불우한 자에 대한 온정'이었다 할지라도, 그것은 대국 입장에서 살펴보면 결과적으로 '그는 이미 히데요시의 수중에 있는 사람일 뿐'이었다.

히데요시는 앞서 마에다를, 그리고 이번에는 가쓰토요를 배웅하고 나서 약 보름 동안 성의 공사도 교토의 일도 거의 돌보지 않고 뭔가 눈에 보이지 않는 다른 방면으로 시간을 보내고 있었다. 마침내 12월에 들어서자 예전에 기요스로 은밀히 들어가게 해두었던 와키자카 진나이 야스하루脇坂甚內安治와 하치스카 히코에몬 마사카쓰蜂須賀彦右衛門正勝가 돌아왔다. 그 소식이야말로, 히데요시가 기요스 회의 이후 보인 수동적이고 인내적인 휴식기에서 벗어나 비로소 천하라는 바둑판 위에 '딱' 하고 돌 하나를 던져, 소극적인 자세에서 적극적인 자세로 전환할 것이라 예고하는 것이었다.

하치스카와 와키자카가 기요스에 간 것은 기요스에 있는 오다 노부오에게 품의해서 승낙을 얻기 위해서였다.

노부타카의 암약은 요즘 더욱 심해지고 있다. 가쓰이에의 군비도 지금은 현저하게 눈에 띈다.

노부타카는 지금도 여전히 산포시 님을 아즈치로 옮기지 않고 기후에 있는 자신의 성에 억류해두고 있다.

이는 탈적奪嫡의 죄에 해당한다. 또한 기요스 조약을 공공연히 파기하는 것이다.

이와 같은 각 항목을 실상에 비추어보아 원인을 제공한 모략의 수괴인 가쓰이에를 치기 위해서는 우선 호쿠리쿠의 세력이 눈 때문에 남하할 수 없는 틈을 타서 제압해두어야 한다고 설득한 것이었다.

노부오는 애초부터 노부타카에 대해 마음 가득 불만을 품고 있었다. 가쓰이에에게도 좋은 감정은 없었다. 그는 결코 히데요시를 믿고 이해해서 장래를 히데요시에게 의지한 게 아니었으나 가쓰이에보다 히데요시가 훨씬 낫다고 생각했다. 자신의 힘으로는 어떻게 해볼 수 없는 노부타카를 제거해주고, 말하지 못하고 있던 불평까지 히데요시의 군이 천하에 포고해줄 것이라 기대했던 것이다. 그러니 마다할 이유가 어디에도 없었다.

"……노부오 님께서는 적극적으로 호응하실 듯한 기세였습니다. 이번 일은 너무 늦은 감이 있다고까지 하시며, 지쿠젠이 기후로 출마한다면 자신도 참가하겠다고 하셔서 품의를 받으러 간 저희가 오히려 격려를 받은 듯한 상황이었습니다."

히코에몬과 진나이가 노부오를 만나고 온 상황을 전했다.

"적극적으로 호응하실 뜻이란 말인가……. 그래, 눈에 보이는 듯하구나."

히데요시는 노부오를 가엾게 여기며 가슴속에 그려보았다. 전형적인 명문가 자제의 모습이 떠올랐다. 노부오는 구제할 길 없는 성정의 소유자였다. 하지만 동시에 그것을 커다란 요행으로 여기는 자신의 의도도 분명하게 자인하고 있었다. 그는 지금까지 농담으로라도 큰 뜻에 대해 큰소리를 친 적이 없는 사람이었다. 하지만 노부나가가 세상을 떠난 지금, 특히 야마자키에서의 일전 이후에는 '천하에 나 말고 사람이 있느냐?'고 자각하며 자부심과 자존을 굳이 숨기지 않았다. 그리고 원래 어떠한 명분을 내건다 할지라도 사사로운 뜻의 확대에 지나지 않는다는 의심을 받기 쉬운 '천하인'이 되려는 대망이, 예전과는 달리 자신을 향해서도, 세상을 향해서도 두려움 없이 마음속에서 당연시되기 시작했다. 그렇게 변하기 시작한 심회를 히데요시에게 직접 물으면, 이렇게 말했을 것이다.

"그렇다. 태양이 솟아오르지 않으면 세상은 밝아지지 않는다."

어둠, 어둠, 어둠. 지금도 여전히 어둠 속을 헤매는 얼굴들이 곳곳에 얼마나 많은지. 노부나가는 오랜 암야의 빽빽한 구름을 단번에 씻은 질풍이기는 했으나 태양은 아니었다. 히데요시는 스스로 기어오른 것이 아니라 일세를 불어간 노부나가 이후, 예전부터 그대로 존재하던 사람이었다. 태양은 불쑥 솟아오르는 듯 보이지만 사실은 지표의 빠른 선회에 의해서 그렇게 보이는 것이다.

갑자기 한 무리의 군마가 상국사相國寺(쇼코쿠지) 문 앞에 모이는가 싶더니 다시 서, 남, 북에서 흘러드는 군마를 표주박 아래에 모아 이윽고 교토의 한가운데에 몇 개의 군단이나 되는 세력을 일으켰다. 섣달 강풍이 불어대던 7일 아침 햇살 아래에서 일어난 일이었다.

"무슨 일이지?"

서민들은 이유를 알지 못했다. 지난 10월 대덕사大德寺(다지토쿠지)의 대법요는 장엄하고 화려하고 분주했다. 서민들은 작은 판단에 사로잡혀 있기 쉬운 법이라 이제 전쟁은 당분간 없을 것이라고 안심하고 있었다.

"지쿠젠 나리께서 직접 말을 앞세워 가신다. 쓰쓰이筒井의 세력도 보이는데. 니와 나리의 군대도."

사람들은 이번 출진의 행선지를 궁금해하고 있었다. 급속히 게아게蹴上를 넘은 기다란 갑주에 야바세矢走에서 기다리고 있던 일군을 더했다. 나루터의 군선은 하얀 물결을 일으키며 호수의 중심에서 동북쪽으로 달렸고 육상군은 아즈치를 비롯해 몇몇 곳에서 사흘을 묵어가며 10일 사와야마佐和山 성에 도착했다. 그리고 13일에 호소카와 후지타카細川藤孝, 다다오키忠興 부자가 단바丹波에서 이끌고 온 부대와 합류했다.

후지타카 부자는 히데요시를 보고 공손하게 말했다.

"늦었습니다."

히데요시가 후지타카 부자를 따뜻하게 맞이했다.

"잘 왔소. 이부키伊吹, 북국로北國路가 저러니 오는 도중에 눈 때문에 고생이 심했을 텐데."

생각해보면 후지타카 부자처럼 지난 반년 동안 살얼음을 밟는 듯한 마음으로 지내온 사람들도 없을 것이다. 아케치 미쓰히데와 후지타카는 노부나가를 섬기기 전부터 막역한 사이였다. 다다오키의 아내인 다마코珠子(가라샤 부인)는 미쓰히데의 딸이었다. 그 외에도 두 집안은 끊으려야 끊을 수 없는 관계들로 이어져 있었다. 미쓰히데가 당연히 아군이라 생각했던 데에도 그럴 만한 이유가 충분히 있었다. 하지만 후지타카는 미쓰히데 쪽에 가담하지 않았다. 만약 조금이라도 사사로운 정에 이끌렸다면 그의 일문도 아케치^{明智}처럼 되었을 것이다. 그야말로 누란지세^{累卵之勢}였다. 하지만 밖으로 일을 잘 처리하고, 안으로 위기를 벗어나기까지 말로 표현할 수 없을 정도로 고심했다. 부하들 사이에서 내분이 일어나 후지타카가 미쓰히데의 딸인 다다오키의 아내를 구하는 데 이만저만 고생한 것이 아니었다. 지금은 히데요시에게 용서도 받고 대의를 따라온 진정성도 인정받아 우대를 받기는 하지만 후지타카의 가느다란 머리카락은 그때 이후로 갑자기 허옇게 변하고 말았다. 히데요시는 그를 볼 때마다 '아아, 달인이로구나'라고 생각하면서 '대국에 임해 과오를 범하지 않으려면 이렇게 육체와 머리의 검은빛을 잃게 되는구나'라고 가엾게 여겼다.

"호수 위에서도, 성 아래에서도 이미 북을 울려 공격을 시작한 듯하나 제 아들 다다오키에게도 선봉에 서서 공격할 수 있는 기회를 주시기 바랍니다."

후지타카의 말에 히데요시는 전혀 공격 대상이 아니라는 듯 말했다.

"나가하마 말인가?"

그리고 그것과는 별개로 대답했다.

"수륙 양면으로 나아가고는 있지만…… 그럴 것 없네. 참된 공격 목표는 성안에 있지 성 밖에 있지 않다네. 아마 곧 이가노카미 가쓰토요의 가신들이 우리에게 항복할 걸세. 자네들은 우선 먼 길을 오느라 피로가 쌓였을 테니, 피로부터 풀도록 하게."

후지타카는 히데요시의 말을 듣고 문득 '사람을 잘 쉬게 하는 자는, 역시 사람의 사력^{死力}을 잘 쓰는 자다'라는 옛말의 깊은 뜻을 다시 한 번 마음속으로 되씹었다. 아들인 다다오키 역시 히데요시의 옆얼굴을 올려다보며 한 가지 사실을 떠올렸다. 그것은 얼마 전 호소카와 가의 운명이 커다란 기로에 섰을 때의 일이었다. 거취를 놓고 집안 전체가 모여 논쟁을 벌이는 자리에서 아버지인 후지타카는 자신의 뜻을 밝혔다.

"나는 이 나이까지 쉽게 볼 수 없었던 사람을 지금의 세상에서 둘이나 보았다. 한 명은 하마마쓰의 도쿠가와 이에야스, 다른 한 명은 말할 것도 없이 지쿠젠노카미 히데요시다."

하지만 젊은 다다오키는 지금 다시 생각해봐도 '정말 그럴까?' 하는 마음이 들 뿐이었다.

'바로 이 사람이 아버지가 말한 보기 드문 사람이란 말인가? 세상에 둘밖에 없을 만큼 대단한 사람일까?'

다다오키는 의심하지 않을 수 없었다. 특히 히데요시를 실제로 보고 있으면 더욱 혼란스러웠다. 아무리 봐도 그 정도로는 여겨지지 않았던 것이다.

부자는 사와야마 성안의 일곽으로 물러나 휴식을 취했다. 그때 다다오키가 자신의 생각을 있는 그대로 아버지에게 말했더니 후지타카가 그럴 만도 하다는 듯 중얼거렸다.

"너 정도의 기량과 나이로는 아직 이해할 수 없을 게다."

다다오키가 그래도 받아들일 수 없다는 듯한 눈빛을 보이자 후지타카가 다시 이렇게 덧붙였다.

"커다란 산은 산으로 다가갈수록 거대함이 보이지 않게 된다. 산기슭으로 접어들면 더욱 보이지 않게 되는 법이지. 여러 사람들의 평을 잘 비교해보기 바란다. 대부분은 산 전체를 보고 말하지 않는다. 봉우리 하나, 계곡 하나를 보고 전체를 봤다고 생각하고 있거나, 좁은 시야 안에 있는 초목이나 길을 보고 산 전체를 평하는 것에 지나지 않는다. 참된 인물이란 그런 협소한 시야로는 도저히 볼 수 없는 법이다. 그런 시야로 볼 수 있는 자라면 어느 정도 지나면 세상에서 대신할 자를 얼마든지 찾을 수 있지 않겠느냐."

후지타카의 말을 듣고도 다다오키의 머릿속에는 여전히 '그럴까?'라는 생각이 남아 있었다. 하지만 세상과 온갖 사람을 경험한 아버지 후지타카에게 한참 미치지 못하는 아들이라는 점에서 다다오키는 순순히 아버지의 말을 받아들이지 않을 수 없었다. 결국 인간으로서 자신이 조금 더 성장하지 않으면 알 수 없는 관념적 한계의 문제일 것이라고 겸허하게 생각했다.

그로부터 이틀째 되는 날, 놀랍게도 나가하마 성은 병사 하나 다치지 않고 히데요시의 수중으로 들어왔다. 히데요시가 호소카와 부자에게 '상대가 먼저 성을 바칠 것이다'라고 예고한 대로 일이 진행된 것이었다.

이가노카미 가쓰토요의 노신인 기노시타 한에몬木下半右衛門, 오가네 도하치로大金藤八郞, 도쿠나가 이시미노카미德永石見守가 사자로 왔다. 그들은 서약서를 들고 와서 히데요시의 권유에 응했다.

"가쓰토요 이하 가신 일동은 나리의 손에 속했으니 이후 선처해주시기 바랍니다."

"잘 판단했다."

히데요시가 만족스럽다는 듯 말했다. 약속을 바탕으로 영지도 옛날 그대로 두고, 나가하마 성도 지금처럼 가쓰토요에게 맡기겠다고 확언했다.

나가하마 성은 기요스 회의 결과에 따라 시바타 가에 양도한 곳이었는데, 히데요시는 그것을 7월에 넘겨주었다가 같은 해 12월에 되찾은 셈이었다.

당시 사람들은 '그 요지를 참으로 과감하게도'라며 그의 속내를 헤아리지 못했으나, 이제 와서 돌아보니 그것을 시바타의 손에 맡겨둔 것은 겨우 반년도 되지 않았다.

건네줄 때도 미련 없이 깨끗하게 건네주었고, 되찾을 때도 왼손에 있던 물건을 오른손으로 옮겨 쥔 것처럼 간단했다. 하지만 이는 히데요시를 중심으로 봤을 때의 얘기고, 상대인 시바타 가쓰토요의 신변에는 지난 며칠 동안 강풍이 몰아쳤을 것이다.

에치젠에 원병을 청하려 해도 쌓인 눈 때문에 도저히 바랄 수도 없는 일이었다. 게다가 양아버지인 가쓰이에는 그 뒤에도 여전히 가쓰토요에게 모질게만 대했다. 특히 가쓰토요가 마에다, 가나모리 등과 함께 다카라데라 성에 간 일에 대해 일족들 앞에서 '나대기는……'이라고 말하며 불쾌한 마음을 드러냈다. 또 '병을 핑계로 지쿠젠의 접대에 안주해서 며칠이고 하시바의 성 아래서 놀다 오다니, 말이 필요 없는 멍청한 놈'이라고 매도했다. 그러한 사실은 에치젠에 있는 집안 가족의 편지를 통해 가쓰토요에게까지 전해졌다.

히데요시 군에게 포위당해 고립된 성은 의지할 곳이 없고, 고독한 마음은 기댈 곳이 없다 보니 가쓰토요는 '어떻게 하면 좋단 말인가?' 거듭 생각하다 노신들에게 해결책을 물었다. 노신들은 가쓰토요의 의중을 이미 파악했기에 집안사람들의 의중을 물을 필요도 없이 이렇게 말했다.

"에치젠에 가족을 남겨두고 온 자들은 에치젠으로 돌아가도 상관없고, 가쓰토요 님과 함께 지쿠젠 나리의 손안으로 들어갈 마음이 있는 자는 여기에 머물러도 좋소. 어쨌든…… 어떤 이유가 있든 기타노쇼 님은 나리의 양아버지 되시는 분이니, 배반한다는 것은 인도에 어긋나는 일이지만 나리의 마음을 잘 살펴서 우리는 이미 나리와 뜻을 함께하기로 했소. 그러니 시바타 가를 떠나서는 무사로서의 체면이 서지 않는다고 생각하는 자들은 사양 말고 떠나기 바라오."

한때 불온한 기운이 감돌았다. 하지만 일이 이미 여기까지 이르렀으니 어쩔 수 없다는 분위기였다. 이론이 쏟아지기는커녕 비통한 얼굴로 고개만 떨구었다. 사내의 흐느껴 우는 소리만큼 사람의 애간장을 끊어지게 하는 것도 없다. 그날 밤, 주종 사이에는 결별의 잔이 오갔다. 하지만 에치젠으로 돌아간 사람은 집안사람들 중 십분의 일도 되지 않았다.

이렇게 해서 가쓰토요는 양아버지를 떠나 히데요시를 따르게 되었다. 그는 그때부터 히데요시에게 속하게 되었다. 하지만 그것은 형식상의 일이었다. 가쓰토요는 그 이전부터 이미 히데요시의 새장 속에서 길러진 새였다.

어쨌든 히데요시는 나가하마를 접수했다. 하지만 히데요시에게는 기후로 가는 김에 행한 일 중 하나에 지나지 않았다. 이번 군의 목표는 어디까지나 간베 노부타카의 기후 성에 있었다. 그렇다 해도 나가하마는 호쿠에쓰 세력의 출격을 예상한다면 누가 뭐래도 손에 쥐고 있어야 할 중요한 땅이었다. 히데요시는 예정대로 가쓰토요를 항복시켜 나가하마라는 요지를 자신의 진영에 가담시켰으나 시바타 가쓰토요를 그대로 수장으로 명하고 영토에 대한 권리도 보장한 뒤 다시 기후로 전진했다. 범상한 사람이었다면 이런 경우 심복으로 교체하지 않고는 마음이 편치 않았을 것이다.

이부키를 왼편에 두고 겨울에 후와를 넘는다는 것은 알려진 대로 쉬운 일이 아니었다. 세키가하라關ヶ原 부근의 풍설은 특히 세찼다.

12월 18일부터 20일에 걸쳐 히데요시의 군은 이 부근을 지나야 했다. 군단은 몇 개의 부대로 나뉘어 앞뒤로 늘어섰으며, 부대는 다시 작은 치중대와 큰 치중대, 철포, 창, 기마, 보병 등의 조로 나뉘어 눈 웅덩이를 넘으며 전진했다. 이틀 동안에 걸쳐서 삼만 정도의 병력이 남하했다. 그것을 기치별로 살펴보면, 니와 군, 쓰쓰이 군, 호소카와 군, 이케다 군, 하치야蜂屋 군 등의 각 군이 각 장수의 지휘 아래 편제되어 있었다. 오가키大垣에 다가갈 무렵 오가키 성의 성주인 우지이에 유키히로氏家行廣도 합류했으며, 소네^{曾根}의 성주인 이나바 잇테쓰^{稻葉一鐵}도 참가했다.

주진은 오가키에 설치되었다. 히데요시는 이를 작전 본부로 삼아 미노^{美濃} 일원의 작은 성을 차례차례 공략하여 함락시키기 시작했다.

다급한 사정이 기후에 보고되자 노부타카는 지난 며칠 동안 그저 당황하기만 했을 뿐 방어전을 위한 명령은 고사하고 취해야 할 방책조차 알지 못했다. 그는 그동안 의지를 펼칠 계책만을 생각했을 뿐 의지를 이룰 길을 전혀 생각하지 않았기 때문이다. 전부터 시바타, 다키가와 등과 굳게 연계해서 히데요시를 칠 계획은 차근차근 진행하고 있었지만 히데요시로부터 역공을 당하리라고는 전혀 예상치 못한 일이었다. 적을 몰라도 너무 몰랐다.

"지금으로서는 방법이 없다. 이렇게 된 이상 고로사 등에게 의지해서……."

노부타카는 당황한 나머지 모든 운명을 노신들의 선처에 맡겼다. 아니, 일이 이처럼 되어버리고 말았으니 선처라고 할 만한 여지가 있을 리 없었다. 노신들 역시 히데요시의 진문에 머리를 조아릴 수밖에 없었다. 노부타카의 생모인 사카^坂와 가족의 여자들을 인질로 삼고, 또 자신들의 어머니들까지 보내 니와 고로사에몬 나가히데에게 의지하여 오로지 노부타카의 목숨을 빌었다.

"모쪼록 관대한 처분을 바랍니다."

히데요시는 용서했다. 그리고 화의를 받아들일 때 노부타카의 노신들을 향해 쓴웃음을 지으며 이렇게 말했다.

"산시치 나리의 눈이 뜨이셨는가? 그렇다면 축하할 일이지."

히데요시는 곧장 인질을 아즈치로 보냈으며, 뒤이어 기후 성안에 머물러 있던 산포시도 넘겨받아 그 역시 아즈치로 옮기게 했다. 그런 다음 노부오에게 산포시를 맡기고 같은 달 29일에 다카라데라 성으로 개선했다.

그로부터 이틀 뒤는 벌써 그해의 마지막 날이었다.

덴쇼 11년(1583년) 첫날은 눈이 갠 뒤 화창한 햇살이 아침부터 새로운 성의 새로운 나무들 사이로 비추고 있었다.

가신들로부터 연하 인사를 받는 것은 어느 집안에서나 보통 이틀 동안 하는 것이 관례였으나 하시바 가에는 원래 관례라는 것이 거의 없었다. 때와 장소에 따라서 신속히 일을 처리하는 것이 관례였다. 그 때문인지 어떤지는 모르겠으나 올해는 그믐날과 새해 첫날이 하나가 되어버리고 말았다. 덴쇼 10년의 일을 마치자마자 가신들은 목욕도 하지 못한 채 예복으로 갈아입고 어두운 때부터 줄줄이 새해를 축하하기 위해 성으로 들어갔다. 집으로 돌아가지 못하고 그대로 성에 남아 도소주를 받은 사람도 많았다. 성안에 떡국 냄새가 가득하고 북소리가 흘러나왔다. 그런데 정오 무렵, 갑자기 히데요시의 명이 전해졌다.

"히메지姬路로 내려가겠다."

히데요시는 참으로 급하기도 했다. 여유라고는 전혀 없었다. 사람들은 올해 역시 바쁠 징조라고 여기고 다망한 나날을 즐기듯 떠날 준비를 하느라 분주했다.

머위의 어린 꽃줄기

히데요시가 히메지에 도착한 것은 1일 한밤중이 다 되어서였다. 앞서 출발한 가신이 말을 있는 힘껏 달려 히메지에 미리 소식을 전하기는 했으나 히메지 성에서는 전혀 생각하지 못한 일이라 '이것 참……' 하며 오랜만에 주인을 맞기 위해 한바탕 소동이 벌어진 모양이었다.

히데요시는 주고쿠中國를 떠나 야마자키에서의 일전을 위해 출발했을 때 히메지에 들른 뒤 처음 찾아온 것이었다. 이곳에는 그때 남겨두고 떠난 심복과 하인, 집안사람과 가족들까지 있었다. 특히 작년 7월 나가하마에서 온 히데요시의 노모와 아내 네네寧子, 그리고 연이 있는 수많은 자녀와 사람이 살고 있었다. 그들 모두 히데요시를 호주로 우러렀으며 기둥으로 의지했다. 아침이면 히데요시를 위한 공양을 올리고, 저녁이면 무운을 빌었으며 이번 생에 주어진 각자의 작은 생명을 모아 '생사를 같이하고, 고락도 같이하겠다. 나아가라면 나아가고 머무르라면 머물러, 오로지 명령에만 따르고 운에만 맡겨 집안의 착한 아들이라는 칭찬을 듣겠다'는 마음으로 살았다.

"네네야, 그 아이가 좋아하는 게 뭐였더라?"

노모는 히데요시가 돌아온다는 소식을 듣고 기쁜 마음을 감추지 못했다. 노모가 그러한데 네네가 넘쳐나는 감정을 어찌 감출 수 있었겠는가.

"정말 싫어하는 게 없어서, 무엇을 올려야 기뻐하실지."

"어렸을 때는 마즙을 좋아했다만."

"마즙이라니요?"

"보리밥에 마즙을 얹어 먹는 거란다. 그걸 좋아해서…… 너무 많이 먹었기에 지쿠아미筑阿弥 님께 밥벌레라고 꾸중을 듣기도 했단다."

"호, 호, 호. 도로로지루とろろ汁[4] 말씀입니까? 그것도 만들라 시키겠습니다만, 밤늦게 오신다고 하니 배가 고프다며 또 더운 물에 만 밥을 찾을지도 모르겠습니다."

"늘 조바심을 치는 아이라서. 그럼 더운 물에 만 밥에는 무엇이 좋을까?"

"어머님, 좋은 것이 있습니다."

"좋은 것이라니?"

"정원을 좀 보십시오."

네네가 일어나 옻칠을 한 장지문 옆에 무릎을 꿇고 앉아 그것을 한 자정도 열었다. 아직 봄이라고 할 수 없을 정도로 날이 추운 탓에 노모는 옷깃을 여미며 말했다.

"그래, 뭐냐?"

땅거미가 내린 정원에는 곳곳에 도사土佐 파의 화공이 병풍에 담은 눈처럼 하얀 눈이 남아 있었다. 봄이라지만 널따란 잔디 사이에도, 인공 산의 기슭에도 아직 봄나물과 나무의 새싹은 보이지 않았다.

"저기, 저 눈 아래에 있는 것입니다. 흙을 조금 헤집어보면 틀림없이

---

4) 참마 따위를 갈아 장국으로 묽게 한 요리.

푸르고 푸른 머위의 어린 꽃줄기가 싹을 틔웠을 겁니다. 그것을 따다 된장에 무쳐서 올리면 어떻겠습니까?"

"그래, 그래. 좋은 생각이구나. 여기서도 아직 밥상에 오르지 않았으니 그 아이도 아직 먹지 못했을 게다."

노모가 마루로 나와 위에 걸친 겉옷 자락을 걷어붙이기 시작했다. 저녁이라 날도 추웠으며 아직 눈도 녹지 않았다. 네네가 감기라도 걸려서는 안 된다며 극력 말렸으나 노모는 벌써 정원으로 내려서서 웃으며 말했다.

"걱정 마라, 농민의 어미 아니냐……."

정원은 어두워져가고 있었다. 잔설만이 어슴푸레 보였다. 작은 섬처럼 군데군데 희끗했다. 노모와 네네는 눈과 흙을 끈질기게 파헤쳤다. 머위의 어린 꽃줄기가 하나라도 나오길 바라며 기도하는 마음으로 찾았다.

"네네야, 안 보이는구나."

"곧…… 나올 겁니다."

"아직 너무 이른 거 아니냐? 봄이 조금 더 지나야 할 듯하구나."

"하지만 없으면 없을수록 그건 더욱 귀한 것이니."

"너도 그것을 알고 있느냐?"

노모의 그림자는 문득 허리를 쓰다듬고 있었다. 그리고 자신의 그림자에 겹쳐져 있는 그림자를 돌아보며 말했다.

"그래, 아무리 산해진미를 올린다 할지라도 만약 거기에 마음이 담겨 있지 않다면 아무것도 아니다. 사람이 물건에 의지하고 있는 것에 지나지 않는다."

"그이가 싫어하는 것도 겉만 그럴듯하고 마음이 담겨 있지 않은 번지르르한 것들이었습니다."

"그렇단다. 늘 하는 옛날얘기를 또 하게 돼서 좀 그렇다만, 나와 그 아이가 오와리 나카무라^{中村}에 있던 때의 어느 날 밤에는 한 모금 피죽조차 없어서 그저 뜨거운 물에 된장을 풀어 굶주림을 잊고 추운 밤을 서로 안은 채 오들오들 떨며 지낸 적도 있었단다. 방탕한 그 아이의 양아버지는 며칠이고 집을 돌아보지 않았고, 그렇다고 비렁뱅이가 될 수도 없고, 남들에게는 남들만큼은 먹은 듯한 얼굴을 보이며 밥 알갱이는커녕 소금기가 들어간 뜨거운 물 말고는 그 아이의 뱃속에 먹을 것다운 먹을 것이 들어가지 못한 날이, 아아, 정말, 며칠이고 며칠이고 있었단다. 사람들은 그 아이를 볼 때마다 아귀라고 불렀고, 지쿠아미는 집에 돌아오면 밥벌레, 밥벌레라고 야단을 쳤지만 한참 자랄 나이였으니 어쩔 수 없는 일이었단다."

"……."

"네네야, 이렇게 옛일을 털어놓고 말하는 것도 너밖에 없단다. 평생 그 아이 곁에서 함께 해줄 아내라고 생각하기 때문이다. 그 아이를…… 아니, 너의 남편을 천하에서 가장 크게 만드는 것도, 가장 작게 만드는 것도 모두 뒤에 있는 너의 마음 하나에 달렸다고, 진심으로 이 노모까지 의지하고 있기 때문이라고 생각해주기 바란다."

"……."

두 사람에게 흙이 보이기나 하는 걸까? 두 사람의 손과 막대기가 움직이고 있었으나 주위는 매화의 꽃망울도 얼어붙을 듯 추위와 어둠에 잠겨 있었다.

"……하지만 네네야. 나는 지금도 잘했다고 생각한단다. 그와 같은 가난 속에서 그 아이를 기르기는 했다만 나는 늘 이렇게 얘기했다. '히요시日吉야, 너무 서글퍼하지 마라. 사람은 마음먹기에 따라 물질 따위는 곧 어떻게든 되는 법이란다. 무슨 일이 있어도 물질 밑에 자신을 두어서는 안 된다. 설령 가난한 시간을 보낸다 할지라도 마음은 높이 물질 위에 두어야 한다. 넌 신의 아들이다. 태양이 살아가게 하고 있는 인간이란다. 어찌 물질에 눈이 어두워 물질 밑에서 괴로워할 수 있겠느냐. 물질 위에 서서 천하의 물건을 자유자재로 써야 할 인간이 물질 밑에 놓인다면 그야말로 모든 것이 끝이다'라고."

노모는 여전히 말을 이었다.

"가난할 때만이 아니다. 부유할수록 더욱 그럴 게다. 물질을 자랑하고 물질에 아첨해서 물질을 소유하면 소유한 대로 물질 밑에 부림을 당해 가엾게도 물질 앞에서는 고개를 들지 못하는 부자가 또 얼마나 많으냐? 우리는 지금 그 아이 덕분에 성주의 아내가 되고 어머니가 되었다만 그것을 잊어서는 안 될 게다. 자신을 물질 밑에 둔다면 어찌 일국 위에 설 수 있겠느냐. 네네야…… 그렇지 않느냐?"

시녀, 노신, 젊은 무사 등 예닐곱 명의 그림자가 등불의 흔들림을 소맷자락으로 가린 채 널따란 정원 곳곳을 돌아다니며 사람을 찾고 있었다.

"마님."

"큰 마님."

"여기에 있다."

노모와 네네의 대답에 사람들이 한 곳으로 달려와서 저마다 안도의 말을 주고받았다.

"안채에도, 늘 계시던 방에도 안 계시기에 등불을 밝힐 무렵인데 어떻게 된 일일까 싶어 바깥까지 찾고 있었습니다."

"아아, 여기는 북쪽 성곽에서 멀리 떨어진 곳이구나. 정신없이 여기까지 온 듯하다."

노모는 미안해하며 네네와 얼굴을 마주 보고 미소를 지었다.

"네네야, 몇 개를 캤느냐?"

노모는 옷자락 안에 모아두었던 머위의 어린 꽃줄기를 들여다보며 물었다.

"일곱 개입니다."

네네는 자신의 옷자락 안을 헤아려보고 대답했다.

"역시 네가 더 많이 캤구나. 할미가 캔 것은 다섯 개밖에 되지 않는다. 한데 합쳐서 가져가도록 해라."

노모는 머위의 어린 꽃줄기를 네네에게 건네주었다.

"오, 머위의 어린 꽃줄기를."

"잘도 찾아내셨습니다. 눈도 쌓여 있는데."

시녀와 가신들은 등불을 가져가 가까이서 머위의 어린 꽃줄기를 바라보았다. 흙 속 깊이 숨어 있던 식물의 옅은 푸르름이, 사람들의 눈에 띈 것을 부끄럽게 여기듯 연홍색 옷자락 안에 구슬처럼 담겨 있었다.

"어머."

시녀들은 눈을 동그랗게 떴다. 그때 노모가 뒤에 떨어져 서 있던 세노오 긴고로瀨尾金五郎라는, 언제나 중문을 지키고 있는 젊은 무사를 돌아보며 말했다.

"긴고로, 너희 집안의 환자는 요즘 어떠시냐? 이렇게 추워서는 지병도 더 깊어졌겠지? 머위의 어린 꽃줄기는 담에 아주 좋은 약이라고 하더구나. 삶거나 된장국에 넣어 드시게 하도록 해라."

노모는 네네에게 넘겨주었던 머위의 어린 꽃줄기 가운데 몇 개를 집더니 종이에 싸서 그에게 건넸다.

"아, 고…… 고맙습니다."

긴고로는 뜻밖의 은혜에 당황한 듯 눈 위에 털썩 주저앉아서는 두 손으로 머위의 어린 꽃줄기를 받아들었다.

"눈을 헤치며 손수 캐신 것을……. 황송합니다. 아버지께는 더없는 행운일 듯합니다."

긴고로는 목소리까지 부들부들 떨며 언제까지고 감격해서 울고 있는 듯했다.

성루에서 시각을 알리는 북소리가 울렸다. 밤하늘이 횃불에 비춰 시뻘
겋게 물든 모습은 새해 첫날의 태양이 아직 기울지 않은 것처럼 느껴졌다.

네네가 노모를 부축했으며, 네네와 노모는 앞에서 등불을 든 시녀들의
그림자에 둘러싸여 마침내 따뜻한 대전*殿 안으로 들어갔다. 세노오 긴고
로도 자신이 맡고 있는 중문으로 돌아갔다. 그러고는 품속에 있는 머위의
어린 꽃줄기를 내일 아침까지 시들지 않게 하려고 보관할 곳을 찾았다. 동
료 무사들이 쉬는 방 벽에 조그만 감실이 매달려 있었는데, 그는 까치발을
하고 가만히 하얀 종이에 싸인 머위 꽃줄기를 올려놓았다.

"세노오, 뭐 하는 거야?"

동료 네다섯이 궁금하다는 듯 물었다. 긴고로는 대답하지 않고 잠시
합장을 한 뒤 그들이 있는 화로 곁으로 갔다.

비번인 동료들이 떡을 굽고 있었다. 긴고로는 비번이 아니라 화로 곁
으로 다가가기는 했으나 바로 나갈 준비를 하고 있었다.

"저거 말인가? 저건 머위의 어린 꽃줄기일세."

"머위의 어린 꽃줄기?"

동료들이 떡을 먹으며 말했다.

"이렇게 바쁜 때에 그런 걸 캐고 있었단 말인가? 또 뭐 하러 그런 걸 감
실 옆에 올려둔단 말인가?"

긴고로는 반쯤 일어서다 다시 자리에 앉아 화로의 불을 바라보았다.
눈 속에서도 불이 타올라 뚝뚝 떨어지는 것처럼 보였다.

"하하하, 세노오가 울고 있어."

한 사람이 조심성 없이 웃었으나 다른 사람들은 모두 숙연히 입을 다
물었다. 긴고로의 눈물에서 진지한 빛을 보았기 때문이었다.

"내가 캔 게 아닐세. 임무 중에 누가 그런 한가로운 짓을 하겠는가? 큰
마님께 받은 것일세."

"뭐? 큰 마님께?"

"들어보겠는가? 이렇게 된 걸세. 우리 아버지…… 진고로의 숙환을 큰 마님께서 어떻게 아셨는지 머위의 어린 꽃줄기는 담에 더없이 좋은 약이니 환자에게 먹이라며 주신 것일세. 아직 눈도 쌓여 있는 이 추운 밤에 마님 두 분이서 정원에 나가 손수 어렵게 찾아내신 것을 나눠주신 것일세. 이보게들…… 이게 울지 않을 수 있는 일인가? 누군가가 웃었네만, 웃으려면 웃게. 나는 울려니……."

긴고로는 두 손으로 얼굴을 가렸다. 한 사람이 불쑥 일어나 감실 밑으로 다가갔다.

"불 켜는 걸 잊고 있었군."

불이 밝혀졌다. 모두 그 불을 올려다보았다. 노모의 마음이 싸여 있는 하얀 물건과 감실 속 비쭈기나무의 푸른 잎이 사람들의 가슴속을 따뜻하게 해주었다.

"……."

누구도 다가가 절을 하지도 않았고 말로 표현하지도 않았으나 모두 똑같은 행복감에 둘러싸여 있었다. 이 성을 베개 삼아 이 자리에서 죽어도 아까울 것이 없다는 생각이 들 정도로 행복해했다. 내일을 기약할 수 없는 전국 시대에 하시바 가의 가신이 되기를 잘했다는 생각이 들기도 했다.

참으로 신기한 심리라고 하지 않을 수 없다. 등불은 한 작의 기름의 작용이며, 비쭈기나무는 어디에나 있는 식물의 가지 중 하나였다. 하얀 종이꾸러미 안에는 머위의 어린 꽃줄기가 몇 개 있을 뿐이었다. 이것들을 그저 물질로 보면 물질일 뿐이었다. 게다가 작은 물질이라고 하기에도 부족할 정도로 하찮은 것에 지나지 않았다. 그런데 그것이 사람으로 하여금 눈물을 흘리게 하고 얼마 되지 않는 녹봉을 받는 무사에게까지 만약의 사태가 벌어지면 기꺼이 목숨을 바치겠다고 맹세하게 했다.

머위의 어린 꽃줄기는 물질일까? 그렇게 말하는 것이 옳은 것일까? 머위의 어린 꽃줄기의 쌉싸름함—겨울 동안의 고난과 이른 봄의 희망을 혀에 떠오르게 하는 향과 맛—을 맛이 없다고 싫어하는 사람도 있으나 좋아하는 사람은 그 맛과 향을 매우 좋아한다.

사계절로 이루어진 미묘한 땅에서 나는 풀 한 포기의 싹도 쉽게 씹어 삼키기 어려운 향, 색, 맛을 머금고 있다. 그런데 그것이 사람의 손에 의해 채취되고 거기에 사람의 사랑이 더해지면 물질과 마음의 구별이 완전히 사라져버리게 된다. 물질이 곧 마음, 마음이 곧 물질이 되는 것이다. 따라서 물질과 마음을 따로 떼어놓거나, 역작용을 일으키는 일은 무문에서도 농민들 사이에서도 경계를 해왔다. 히데요시의 어머니는 그것을 어기지 않으려 한 것뿐이었다.

엎드린 백성

"성주님이 돌아오신다."

"지쿠젠노카미 님께서 귀국하신다고 하던데."

"한밤중에나 오실 거래."

히데요시의 귀국 소식은 때아닌 횃불과 성안 사람들을 통해 성 아래까지 알려졌고 입에서 입으로 전해졌다.

해마다 새해 첫날 저녁이면 거리의 집들은 섣달 그믐날의 피로를 풀기 위해 일찍부터 대문을 걸어 잠그고 새카만 어둠에 고요히 잠들었다. 하지만 덴쇼 11년의 히메지 성 밑은 저녁부터 모든 집이 문을 열어 길을 쓸고 횃불을 피웠으며, 금병풍에 꽃을 더하고 처마에서 향을 피워 마음을 깨끗이 하는 사람도 있었다.

"그렇게까지 할 필요 없네. 한밤중이 되어서야 돌아오시거나, 혹은 그보다 더 늦어질지도 모르니 마중할 필요는 없어. 특히 한천동토寒天凍土, 성 아래 사람들이 감기에 걸리지 않도록 하라는 큰 마님의 분부도 있었으니 모두 문을 닫고 자도록 하게."

말을 타고 순찰을 돌던 무사가 말리기도 하고 타일러보기도 했으나 잠을 자기는커녕 문을 닫고 안으로 들어가는 사람도 없었다. 처음에는 집집마다 나와 모여 있기도 하고 집 앞에 앉아 있기도 하다 보니 온 거리가 잡담과 웃음소리로 떠들썩했다. 마침내 밤안개 속으로 앞서 달려온 두어 기의 사람들이 '도착. 곧 도착하실 것이다'라고 시카마^{飾磨} 방면의 가로수 길에서 네거리의 목책과 길가의 경비들에게 신호를 하며 달려 나가자 큰길의 밤하늘은 한층 더 밝게 횃불을 올리고 거리의 연도는 갑자기 얼어붙은 것처럼 조용해졌다.

백성들은 한 명도 남김없이 모두 처마 밑에 앉아 있었다. 살얼음까지 깔린 차가운 밤의 대지에 멍석조차 깔지 않았다. 그런데 시간이 흘러도 성주의 행렬은 좀처럼 모습을 드러내지 않았다. 히데요시는 그날 아마가사키^{尼ヶ崎} 부근에서 배에 올라 해로의 북풍을 등에 업고 지금 막 시카마 항구에 도착했지만 많은 수행원과 마필, 짐 등을 내리는 데 시간이 걸렸다.

무릎을 꿇고 앉아 기다리는 백성들의 등에 하얀 서리가 내린 듯 여겨졌다. 여기저기서 기침 소리도 들려왔다.

"오시려면 아직 멀었다. 한밤중에나 오실 거야. 큰 마님께서도 걱정하시니 모두 문을 닫고 들어가 잠을 자도록. 안으로 들어가, 집으로 들어가서 자도록 해라."

성의 무사가 돌아다니며 거듭 타일렀으나 그렇게 말하면 말할수록 무릎을 꿇은 백성들은 더 들어가려 하지 않았다. 그러는 사이 시카마로 통하는 길의 가로수 위로 밝은 빛이 확 번지기 시작했다. 횃불이 하나하나 다가오기 시작했다. 얼어붙은 땅에서 따각따각 말발굽 소리가 들려왔다.

많은 숫자가 아니었다. 측신, 시동, 짐꾼까지 해서 칠팔십 명쯤 되는 행렬이었다. 하시바 지쿠젠노카미의 입국치고는 지나치게 적다 싶을 정도의 인원이었다. 그날 다짐하자마자 뛰쳐나온 것이었기에 수행할 신하들도 제대로 따라나서지 못했던 것이리라.

"오오, 건강하신 듯하군."

"작년보다 더 건강하신 것 같아."

"믿음직한 대장의 모습."

눈앞을 지나는 히데요시를 보고 무릎을 꿇은 백성들은 크게 기뻐했다. 히데요시는 금빛 안장 위에 있었고 백성들은 얼음 위에 조아리고 있었으나, 그 사이에 존재하는 계급의 차이야말로 오히려 백성들이 크게 안심하는 바였다. 국주國主와 백성 사이에는 어떠한 대립도 없었으며, 백성의 마음이 곧 국주였고 국주의 마음이 곧 백성이었다. 요컨대 두 가지가 완전히 하나의 경계 안에 있었기 때문이었다.

"오…… 그래, 그래."

히데요시는 말 위에서 길 오른쪽을 보고, 왼쪽을 보며 감탄사를 터뜨리고 있었다. 횃불이 앞뒤에서 그의 옆얼굴을 붉게 비추고 있었으며, 그의 입에서는 하얀 숨결이 뿜어져 나왔다.

수행원으로는 하치스카 부자, 이코마生駒, 이나바, 호리오堀尾, 와키자카 등의 부장이, 시동으로는 가토, 가타기리, 이시다石田, 후쿠시마福島 등의 무리가 따라나섰다. 백성들에게는 모두 낯익은 사람들이었다.

"날도 추운데."

히데요시의 말은 무릎을 꿇고 있는 사람들에게 전해졌다.

"우리를 걱정해주신 것이다."

백성들은 직감했다. 그 순간 한층 더 머리가 숙여져, 거리와 길가 끝까지 나란히 무릎을 꿇은 백성들의 그림자가 바람에 나부끼듯 더욱 낮게 엎드려졌다.

"어느 집이나 가가미모치鏡餅5)가 커다랗구나."

---

5) 신불에게 바치거나, 설이면 장식 공간에 차려두는 둥근 떡.

히데요시의 목소리였다. 마을 안에 말발굽 소리가 천천히 들려오고 있었다.

땅으로 쏟아지는 자비로운 눈빛과 올려다보는 무수한 신뢰의 눈빛. 양자는 완전히 하나였다. 다른 몸이 아니라 같은 몸이었다. 만약 따로였다면 이러한 광경은 땅에서 볼 수가 없다. 교만과 비굴의 대립에서 평등을 빙자한 투쟁이나, 끝없는 인간의 욕망에서 일어난 끝없는 갈등이 영원히 피로 피를 씻기 시작할 것이다.

참된 평등은 형식적으로 만들어진 평면이 아니다. 엄연한 상하에 있다. 말 그대로 상하가 참으로 일심동체가 되었을 때 존재하는 것이다. 무사(武士)는 곧, 아래에 앉은 모습을 나타낸 것이다. 무사의 본질도 아래에 앉은 모습이다. 그 무문 아래에 무릎을 꿇은 백성도 강요에 의한 것이 아니라 스스로의 신뢰와 안도감에서 그런 모습을 보이는 것이다.

오늘 밤, 히데요시를 보고 눈물을 흘리는 노인도 적지 않았다. 맹신에 의한 그릇된 섬김이라고 보기에는 너무나도 진지하고 소박한 눈물이었다. 눈물은 그들의 커다란 안도감에서 흘러나온 것이었다.

사람들은 '이 어른 아래서 살고 있기에'라고 생각하며 감사해했고, '나라에 이 사람만 있다면'이라고 생각하며 신뢰했다. 그리고 오늘도, 내일도 앞날을 알 수 없는 전국 시대에서의 생애를 모두 히데요시의 품속에 맡겨두었다.

이 지방도 오닌(応仁)[6] 이후의 어둡고 난마와도 같은 시대적 고난의 기다란 흐름 속에 존재할 수밖에 없었다. 지금의 노인, 장년, 청년은 모두 예전의 오랜 피와 기아 속의 방랑을 직접 체험했다. 예전 불안했던 시대에는 오늘 밤처럼 땅바닥에 무릎을 꿇고 싶어도 진심으로 우러를 사람이 없었

---

6) 일본의 연호. 1467~1469년.

던 것이다. 홀연 나타났다가 홀연 사라지는 사병私兵적 세력이나, 그들을 몰아내고 국수國守나, 군수郡守를 칭하는 사람이 나타났다 할지라도 덕이 없고 위엄이 없고 오랜 계획이 없었다. 그저 백성들에게 의지해서 혈세를 추구하는 데만 능했다. 그랬기 때문에 아래에서도 역시 위를 놓고 왈가왈부했으며, 관리의 위법이나 서로의 악행만을 들춰냈다. 이래서는 당연히 망할 수밖에 없었다. 그리고 다시 비슷한 국수가 일어났다가 마찬가지로 멸망해 갔다. 하지만 끝을 알 수 없는 불행은 오히려 백성들 속에 있었다. 진심으로 존경해서 땅에 무릎을 꿇고 앉을 수 있을 만한 사람을 갖지 못한백성은 진심으로 편안함을 얻지 못하기 때문이다.

"……."

히데요시는 활활 타오르는 횃불 속을 지나 벌써 성안으로 들어가 있었다. 그 성대한 경관을 보고 가장 크게 기뻐한 사람은 히데요시가 아니라 히데요시의 영민領民들이었다.

큰길 난간이 달린 다리 부근에 집안 무사의 가족들이 모두 나와 히데요시를 맞이했다. 또 성문으로 들어서서는 수많은 문과 망루, 현관에 오르는 계단에서부터 앞마당에 이르기까지, 성안의 모든 가신들과 하인들이 땅바닥에 무릎을 꿇고 히데요시를 맞이했다.

"오오, 모두 무사했구나. 건강한 모습을 보니 다행이다, 건강해서 다행이야."

히데요시는 새카만 말 위에서 친히 둘러보고 기쁨을 함께 나누며 지나갔다. 마침내 자신의 집에 돌아왔다는 마음이 든 모양이었다. 그는 말을 묶는 곳 앞에서 훌쩍 뛰어내려 고삐를 하인에게 건네준 뒤, 일순 감개무량한 표정으로 성안을 둘러보았다.

'마침내 살아 돌아왔구나.'

히데요시는 새삼스레 그렇게 생각했다.

작년 6월 여름, 다카마쓰高松 성을 공격하던 병사들을 거두어 일거에 야마자키를 향해 한달음에 달려가 고 노부나가의 복수전에 임했을 때는 '살아서 다시 돌아올 날이 있을까?'라고 생각하며 문을 나섰다. 미요시 무사시노카미三好武藏守, 고이데 하리마노카미小出播磨守 등에게 '만약 히에요시가 졌다는 소식을 들으면 우리 권속도 모두 처분하고 성안에 집 한 채도 남기지 말고 불태워버리게'라는 명령을 남기고 떠났을 정도였다. 그런데 오늘 그 집으로 다시 돌아왔다. 덴쇼 11년(1583년) 첫날 한밤중에 돌아온 것이다. 그러니 감회가 새롭지 않을 수 없었다.

'만약 그때 나가하마의 처자 권속에게 마음이 이끌리고 성 하나에 집착하여 여기서 목숨을 다하겠다는 생각에 출진하지 않았다면 서쪽은 모리의 대군에게 압박을 받았을 것이며, 동쪽은 아케치의 강화로 인해 결국 오늘과 같은 귀추는 볼 수 없었을 것이다.'

한 개인의 경우도, 한 나라의 경우도 흥망의 경계는 생사를 어디에 거느냐에 달려 있다. 사즉생死卽生, 생즉사生卽死다.

성에 남아 성을 지키다 히데요시를 맞은 무리와 말단의 하인들까지 그날 밤 몸을 아끼지 않고 주인이 승리해서 얻은 존귀한 '목숨'을 위로하기 위해 앞다투어 노력한 것도 당연한 일이었다. 하지만 히데요시는 휴식을 취하기 위해 돌아온 게 아니었다. 혼마루에 들어서자마자 여장도 풀지 않고 고이데 하리마와 미요시 무사시 등 성을 지키는 무리들을 불러 모았다.

"음, 음……. 그런가? 그래, 잘 처리했네. 그런데 그 문제는?"

그들에게서 최근의 주고쿠 정세와 영지 안 사정을 귀 기울여 듣고 궁금한 것들을 연달아 물었다.

자정시子正時, 밤은 심경深更이었다. 가신들은 '하루 종일 쌓인 피로도 있을 텐데'라고 생각하며 너무나도 왕성한 정력이 주인의 몸을 상하게 할까 봐 걱정했다.

"자당께서도, 네네 마님께서도 저녁부터 학수고대하고 계셨습니다. 우선은 안채로 건너가셔서 나리의 건강한 모습을 보여드리는 것이 어떻겠습니까?"

미요시 무사시노카미 가즈미치三吉武藏守一路는 히데요시의 자형이었다. 그러다 보니 그렇게 권할 수도 있었던 것이다. 가신들과 머리와 무릎을 맞대고 있던 히데요시는 그제야 한밤중이라는 사실을 깨달았다는 듯 '음' 하고 고개를 끄덕였다. 그러고는 자리에서 일어나 이렇게 말하고 안으로 들어갔다.

"내일은 모두 마음껏 쉬도록 하게. 설을 마음껏 즐기도록 하게."

커다란 자비

안채로 들어가자 노모와 아내와 조카딸과 처제 등이 잠도 자지 않고 히데요시를 기다렸다. 한데 모여 절을 하는 가족들에게 히데요시는 미소로 화답했다. 그리고 누구보다도 먼저 노모 앞으로 가서 얼굴을 보았다.

"이번 설에 마침내 약간의 말미를 얻어 잠시 뵙고 인사를 드리러 왔습니다."

아랫자리에 앉아 어머니에게 절하는 히데요시의 모습은 그야말로 노모가 지금도 입버릇처럼 말하는 '그 아이'의 모습 그대로였다. 희고 부드러운 비단 두건 속에서 노모의 얼굴은 말이 없었으나, 말 이상의 기쁨을 내보이고 있었다.

"지금까지 고생 많았다. 특히 작년은 쉽지가 않았을 테지. 하지만 잘 견뎌주었구나. 무엇보다 축하할 일이다."

"이번 겨울은 전례 없이 추웠던 듯한데 어머니는 생각보다 더 건강하신 듯합니다."

"그래, 모두 우리 나리 덕분으로 이렇게 오래 살게 되었구나. 나이는 기억하는 것이 아니라고들 하지만 나도 어느 틈엔가 고희를 하나 넘어서

게 되었구나."

"그러고 보니 올해로 일흔한 살이 되셨습니다."

"뜻밖에도 장수를 하는구나. 이렇게 오래 살 줄은 꿈에도 몰랐었는데."

"아닙니다. 백 세까지 사셔야 합니다. 이 히데요시도 아직 이렇게 어린 아이에 불과하니."

"호, 호, 호. 우리 나리도 이번 봄에 마흔여덟 살이나 되셨는데……. 호 호호호호. 어찌 어린아이라고."

노모가 웃음을 터뜨렸다. 네네도 따라 웃었다.

"하지만 어머니께서도 늘 '그 아이, 그 아이' 하고 말씀하지 않으십니까?"

"그건 입버릇이다."

히데요시가 크게 기뻐하며 말했다.

"부디 언제까지고 그렇게 불러주십시오. 나이만은 먹어도 이 히데요시, 솔직히 말씀드리면 마음은 나이만큼 자라지 못했습니다. 게다가 어머니라도 안 계시면 이 어린아이는 긴장을 놓아 성장을 멈출지 모릅니다."

조금 뒤늦게 이곳으로 온 미요시 무사시노카미가 노모와 이야기 나누는 히데요시의 모습을 보고 어처구니없다는 표정으로 말했다.

"나리, 아직도 여장을 풀지 않으셨습니까?"

"무사시인가? 우선 앉게."

"앉기야 하겠습니다만, 우선 욕실로 가서서 목욕이라도 하고 오시는 것이 어떻겠습니까?"

이곳에서는 무사시노카미도 밖에서와는 달리 히데요시의 자형이니, 가족 중 한 사람이었다. 히데요시는 자형의 말에 순순히 고개를 끄덕였다.

"그래, 그래야겠군. 네네, 안내를 해주오."

네네는 천천히 일어나 턱을 치켜들고 나갔다. 얼굴에 기쁨이 가득했다. 그것은 바로 '네' 하고 남편의 목소리에 응해 따라나간 아내에게서 볼 수 있는 모습이었다.

위대한 남자를 남편으로 둔 여자는 선택받은 행복한 사람이라고 할 수 있으나, 여자의 좁은 마음으로는 그러한 남편을 둘 수 없게 마련이다. 집에 없는 날이 많고 가끔 집에 있을 때도 수많은 공무와 가신과 근친들이 남편 주위를 둘러싸고 있다. 그리고 남편이 끊임없이 싸우고 있는 창조의 세계는 자칫 아내를 멀어지게 한다. 하지만 아내는 어디까지나 이해하고 받들어야만 한다. 그렇게 좋은 아내여야만 한다.

네네는 욕실 옆방에 벗어던진 남편의 옷을 손수 개고 있었다. 무사의 겉옷, 소매가 좁은 옷, 속옷 등이 오래 갈아입지 않은 듯 때에 절어 있었다. 남편의 옷가지를 보며 집에 머물러 있다는 사실이 미안하게 여겨져 '곁에 있었다면' 하는 생각이 문득 들지 않은 것도 아니었다. 하지만 이는 평소 히데요시 곁에 있는 사람이 소홀하기 때문이 아니었다. 한 가지 일에 몰두하기 시작하면 그 관문을 뛰어넘을 때까지 몸에서 냄새가 나든, 이가 생기든 수십 일이고 아무렇지도 않게 지내는 것이 남편의 습관이었다. 그랬기에 그럴 때면 하녀들에게 옷을 치우게 할 때도 주의를 주며 건넸다.

"이가 생겼을지도 모르니 따로 보관하도록 하고, 속옷은 뜨거운 물에 담갔다가 빨도록 해라."

익숙하지 않은 시녀는 웃음을 참느라 고생을 한다. 하지만 하시바 가와 이는 끊으려야 끊을 수 없는 관계에 있다. 네네가 열여섯 살, 히데요시가 스물여섯 살이었던 옛날, 기요스에 있던 처마가 기울어진 궁수들의 숙소에서 두 사람이 그저 형식뿐인 식을 올린 날 밤부터 이 친척 아닌 친척은 이미 부부의 생활에 섞여들어 있었던 듯하다. 신부가 처음으로 신랑의 옷을 빨았을 때, 그녀는 남편의 친구들을 속옷의 바늘땀에서 발견하고 눈

156

을 둥그렇게 떴다. 그 뒤 아내는 남편에게 이렇게 말했다.

"제가 사람들의 웃음거리가 됩니다."

하지만 남편은 이렇게 대답했다.

"저절로 생기는 걸 어쩌겠는가?"

그렇게 이는 젊은 부부의 싸움의 원인이 되는 적도 종종 있었다. 결국 네네가 남편을 이해하게 되면서, 또 전장이 곧 가정이고 가정이 곧 전장이라는 듯 거칠게 몰아치는 바람이 잦아들 줄 모르는 시대를 살아가면서 이문제는 자연스럽게 해결되었다.

남편의 속옷에서 이를 발견하는 날이면 오히려 남편이 아내에게도 말하지 못한 고생이 떠올라 눈물이 났다. 치열한 에이로쿠永祿, 겐키元龜, 덴쇼 시대를 살아가며 네네도 히데요시에게 뒤지지 않을 만큼 하루하루 여러 가지를 배우고 있었던 것이다.

"아아…… 극락이 따로 없구나, 극락이 따로 없어."

욕실 안에서 들려오는 목소리였다. 그러더니 성급하게 대여섯 번 물을 뒤집어쓰는 소리가 들렸다.

"네네, 등을 닦아줘."

드르륵, 나무문이 열렸다. 썩 훌륭하지 않은 등이 네네 쪽을 향하고 있었다.

네네의 명령에 따라 갈아입을 옷과 버선, 신변의 물품 등을 들고 온 시녀들은 히데요시의 등을 보고 기겁을 해서 옆방으로 물러나버렸다. 그리고 모두 얌전히 기다리고 있자니 듣지 않으려 해도 목소리가 들려왔다.

"어때? 살이 좀 붙었지?"

"호, 호, 호. 그렇게까지는."

"잘 보라고, 이 부근을."

히데요시는 그렇게 자랑하며 자신의 손으로 몸을 찰싹찰싹 때리는 모양이었다.

"예전에 비하면 지금은 천하장사가 됐어."

"어머, 속옷을 어서 입으세요."

"잠깐, 잠깐."

"뭐 하시는 거예요?"

"모르겠나? 씨름꾼의 자세잖아. 네네, 한판 붙겠는가?"

시녀들은 입을 가리고 웃음을 참느라 힘들어했다. 이게 쉰 살에 가까운 부부인가 싶어 어처구니없다는 듯 눈과 눈을 서로 마주 보고 있었던 것이다.

히데요시의 가족들은 이미 익숙해져 있었다. 예전부터 히데요시의 사생활에는 일정하게 정해진 시간이 없었다. 침식, 출입이 때에 따라서 달랐다. 오늘 정한 것이 내일의 예는 아니었으며, 내일의 예정은 결코 내일의 규칙이 아니었다. 모든 것을 공적 생활에 바탕을 두었으며, 사생활은 그 사이사이에, 시운의 완급에 따라서 적절하게 영위했다. 그러다 보니 자연스럽게 하루하루의 변화가 심했다. 어제는 이에게 목덜미를 물어뜯겼으나, 오늘은 목욕을 하며 왕자다운 쾌적함을 맛보았다.

오늘 밤도 벌써 축시丑時(오전 2시)를 알리고 있었다. 하지만 지금 막 욕실에서 나온 히데요시는 지금부터 시작이라는 듯한 모습이었다. 깔끔해진 얼굴을 다시 노모가 있는 방의 불빛에 내보이며 말했다.

"그럼, 바로 먹겠습니다. 이 히데요시, 배가 고픕니다."

히데요시는 벌써부터 상 앞에 자리를 잡고 앉아 술잔을 들고 국을 마셨다. 젓가락을 집었다. 다시 술잔을 들었다. 참으로 분주했다.

미요시 무사시노카미가 노모와 함께 웃으며 그 모습을 지켜보았다.

"배가 많이 고팠던 모양입니다."

"음, 음. 벌써 술기운이 오르네."

히데요시는 그렇게 말하고 자형인 무사시노카미에게 술잔을 건넸다.

"네네, 더운 물에 만 밥을 줘."

"술은?"

"내일도 있으니 그만두기로 하지. 밥, 밥."

히데요시는 오는 동안 바다 위도 추웠고 배 안에서도 여러 가지 진미를 늘어놓게 하기는 했으나 이렇게 노모의 얼굴을 보고, 다 함께 먹는 즐거움을 생각해서 애써 과하게 먹지 않고 배 속을 비운 채 왔다며 더운 물에 만 밥을 먹었다. 그리고 흥에 겨워 이야기를 하며 문득 젓가락으로 집은 머위의 어린 꽃줄기를 잠깐 바라본 뒤, 앞니로 씹으며 맛을 보았다.

"이건 진미로구나."

다시 젓가락을 머위의 어린 꽃줄기에 가져갔다. 그리고 더운 물에 만 밥을 한 그릇 더 비웠다. 노모의 눈가에 기쁨이 물결처럼 번졌다. 노모가 시중을 들던 네네를 돌아보고 속삭였다.

"마음에 든 모양이로구나."

네네도 방긋 웃으며 고개를 끄덕였다. 마치 보답을 받은 사람처럼 가슴이 벅차오른 모양이었다.

"잘 먹었다."

하지만 히데요시는 그렇게 한마디 말만 한 뒤 젓가락을 내려놓고 자형과 이야기를 나누었다.

"누님과 아이들 모두 건강하신지?"

"무탈하게 지내고 있습니다. 조만간 함께 신년 인사를 올리겠습니다."

"잘 있다니, 굳이 만날 건 없겠소. 집안일을 하도록 내버려두게. 안살림을 하는 것도 쉬운 일은 아니니. 작년에 이 성을 돌보는 안주인 역을 맡느라 어깨가 무거웠을 것이오."

"서쪽 나라들에 대해서는 늘 만일의 사태가 벌어지면 목숨을 바치겠다는 태도로 견제를 해왔습니다만, 성의 관리를 맡은 뒤 비로소 사람 부리는 일이 어렵다는 것을 알게 되었습니다. 여러 사람을 한 사람처럼, 또 수족처럼 움직이는 것은 참으로 어려운 일입니다."

"어렵다고 하면 어렵고, 쉽다고 하면 쉽지."

"물론 나리와 같은 기량을 가진 사람이라면 그럴 테지만……."

"그렇지만도 않네."

"아니, 누구나 할 수 있는 일이 아닙니다. 여러 사람을 거느릴 그릇이 아니라면."

"그릇?"

"그렇습니다."

"자형, 이 히데요시를 그렇게 작게 보셨소?"

"작게 본 것이 아니라…… 나리의 기량을 칭찬한 것입니다. 스스로 제후들을 이끌 기량을 갖추신 것이라고."

"그릇 가지고는 아직 멀었소. 너무 작아. 히데요시를 비유하는 데는 어울리지 않소."

"어째서?"

"아무리 커다랗다 할지라도 그릇에는 형태가 있고 한도가 있소. 담기에 적당한 것과 담을 수 없는 것이 있지 않소."

"그렇다면?"

"성 하나를 인솔하는 자, 그것은 그릇이면 충분할 것이오. 군 하나를 다스리는 자, 그것도 그릇이면 충분하오. 하지만 삼천 세계의 지식석학^{知識}^{碩學} 및 불기견개^{不羈狷介} 및 우부나부^{愚夫懦夫}, 모든 범인까지 담으려면 그릇으로는 감당할 수가 없을 것이오."

"글쎄, 모르겠습니다."

"당연한 일 아니오."

"그렇다면 히데요시란 인물은 대체 무엇입니까?"

"그렇게 묻는다면……. 글쎄, 뭘까? 셋쓰攝津 두 개군 하리마播磨의 국수 평조신좌근위소장國守平朝臣左近衛少將은 대체 뭘까?"

히데요시는 짐짓 고개를 까닥여 보이다 다시 말했다.

"아아, 잊고 있었군. 생각해보니 너무 커다란 걸 잊고 있었어. 이 몸도 역시 인간이었군. 자형, 잘 보시오. 이 히데요시는 인간이오."

"호호호호."

"호, 호, 호."

히데요시의 익살을 종종 보아왔던 노모와 아내와 하인들은 주위에서 웃음을 터뜨렸다. 하지만 히데요시와 무사시노카미 사이에는 그야말로 쉽게 볼 수 없는 진지한 눈빛이 오갔다.

"이 히데요시가 인간이기에 인간 그 누구의 마음도 알 수가 있는 것이오. 백성들 밖에 따로 마련한 그릇이 아니라, 백성들과 같은 히데요시요. 히데요시는 백성과 하나요. 그렇게밖에는 대답할 수가 없소."

"……."

"그렇기 때문에 모든 정사에도 어려움이 없는 것이오. 지식인과 현인까지도 포함해서 사람은 무릇 범인이라 생각하오. 하나…… 범인이라고는 하지만 깊고 깊은 곳에는 일이 생기면 눈물도 흘리고, 화가 나면 하늘까지도 치는 영혼의 샘물을 모두 가슴에 가지고 있소. 누구에게는 있고 누구에게는 없는 그런 것이 아니오. 스스로는 깨닫지 못하는 범우凡愚도 가지고 있소. 이 나라에 태어난 자의 천성, 그것만은 틀림없는 사실이오. 그것을 무엇이라 하면 좋겠소? 신이라고 해도 상관없소. 부처라 이름 붙여도 좋을 것이오. 어쨌든 무한한 영의 샘물, 백성에게 있는 마음 깊은 곳의 우물. 정치가 됐든, 싸움이 됐든, 이 히데요시는 단지 그곳에 있는 두레박이오. 그저 위와 아래를 오가고 있는 것에 불과하오."

"그것을 헤아릴 수 없습니다. 제게는 헤아릴 능력이 없습니다."

"아니, 헤아리려 하지 않는 것이겠지. 우물의 수면만을 들여다보고 이건 오염된 우물이네, 이건 마른 우물이네 하며 대중을 잘못 보고 두레박이나 우물만 탓하는 것을 능사로 삼지는 않았는지? 바닥 깊은 곳의 맑은 물이 콸콸 솟아오를 때까지 진심을 다해보았는지?"

"……."

"무릇 각 주의 국수들도 그렇고 군수들도, 특히 영지 안의 백성들을 볼 때면 더욱 심한데, 하늘 아래의 대중을 볼 때면 대중이란 낮은 자, 지혜 없는 자, 아무래도 상관없는 자들로 여기나 이 히데요시에게는 이해할 수 없는 일이오."

"그렇다면 나리의 눈에는 어떻게 보입니까?"

"대중은 커다란 지식이오. 이 히데요시라 할지라도 속일 수가 없소. 농간을 부려서는 뜻대로 움직일 수가 없소. 그들을 움직여 생사와 고락을 함께하려면 오로지 진심과 성의를 보일 수밖에 없소."

노모와 네네는 참견을 하지 않고 깜빡이는 촛불과 함께 조용히 앉아 있었다. 자형인 무사시노카미는 때때로 뜨끔한 모양이었다. 히데요시가 이처럼 진지하고 진실하게 속내를 이야기하는 것은 드문 일이었다. 그것은 그가 천하에 포부의 시초를 펼치려 함에 있어서 올해 초를 참으로 중대한 시기라 보고 '바깥보다는 안에서 지지 않기 위한 준비'를 일족인 무사시노카미에게 은근슬쩍 알려둔 것으로 여겨지기도 했다. 자형인 무사시노카미도 이심전심으로 히데요시의 뜻을 잘 알았다. 그만큼 히데요시가 자신에게 의지하는 부분이 크다는 사실도 잘 알았다.

특히 그의 큰아들인 마고시치로 히데쓰구孫七郎秀次(훗날 도요토미 히데쓰구)는 히데요시의 손에 의해 미요시 야스나가三好康長의 양자가 되었으며, 아직 열여섯 살이었으나 가와치河內 기타야마北山에서 이만 석이라는 두터운 대우를 받고 있기도 했다.

히데요시는 어머니를 극진히 생각하는 천성으로 골육을 대했다. 아니, 그러한 심정으로 영민들을 대했으며, 천하의 백성과도 즐겁게 살아가자는 것이 인신人臣으로서의 그의 비원인 듯 여겨졌다. 하지만 그가 우려하는 것은 그 커다란 비원도 간신히 시작되었을까 말까 한 상황인데 자신의 권속이나 가신들 속에서 지금의 작은 성과에 자만하는 듯한 기운이 전혀 없지 않다는 점이다. 특히 권력을 가진 관리들 사이에서 종종 듣기 싫은 소리가 들려왔다.

백성과 하나인 그는 자신 밑에 있는 관리가 백성에게 매정하거나 부당한 사권을 휘둘렀다는 소리를 들으면 그때마다 어딘가 아픈 듯한 얼굴을 했다. 실제로 가슴이 욱신욱신 아파왔다. 그럴 수밖에 없는 게 그는 어렸을 때 빈곤하고 방랑한 온갖 하류 생활을 해왔다. 그랬기에 권세와 매정한 채찍이 몸의 살갗에, 살에, 골수에 어떤 맛을 주는지 길가의 개가 사람 손에 쥐어진 돌멩이를 보는 것처럼 너무나도 잘 알고 있었다. 그러면서도 백성의 공사를 듣고 소송의 판결 등에 임할 때면 참으로 가혹했다. 놀라울 정도로 엄하게 다스렸다.

히메지에서는 그럴 만한 여유도 없었으나 오래 머물렀던 나가하마나 교토의 정치소에서는 관리와 함께 법무를 처리하는 경우도 있었다. 그의 단죄는 단순해서 대부분 세 가지 벌로 나뉘었다. 그 세 가지 벌이란 야단치고 때리고 베는 것이었다. 물론 죄의 성질에 따른 것이기는 했으나 참형을 내리는 경우도 종종 있었다. 베는 것을 대수롭지 않게 여기고 있는 것처럼 목을 베게 했다. 때로는 형리들이 봐도 지나치게 중한 게 아닐까 여겨질 정도였다. 한번은 형리가 매우 조심스럽게 히데요시에게 뜻을 밝혀 재고를 요청했더니 히데요시가 그 형리를 이렇게 야단쳤다.

"한심한 놈. 사랑스러운 백성을 좋아서 죽이는 사람이 어디 있겠느냐?"

그러고는 바로 말을 바로잡았다.

"죽이는 것이 아니다."

다시 빠른 어조로 덧붙였다.

"일살다생一殺多生이다. 만 명을 잘 살아가게 하기 위해 때론 한 사람을 희생으로 삼는 일 따위는 아무것도 아니다. 하물며 엄한 규율로도 도저히 바로잡을 수 없는 악성惡性을 거기에 쓰는 것은 히데요시의 커다란 자비라고도 할 수 있다."

그렇게 커다란 소리로 꾸짖었을 때 히데요시의 빨간 얼굴이 눈 속까지 빨개지더니 당장이라도 울음을 터뜨릴 것처럼 보였다. 그것은 나가하마 시대에 있었던 일이었는데, 무사시노카미는 지금 문득 그 일을 떠올렸다. 그는 마음에 짚이는 것이 있었다. 커다란 자비, 그것을 가지고 백성과 하나가 되는 지휘자라면 백성의 무한한 마음속 샘물에서 무한한 힘을 길러 낼 수도 있으리라는 생각이 든 것이었다. 그리고 원나라의 침공과 같은 국난이 일어난 경우라면 당대의 선도자들은 여러 백성들의 분노를 몸에 두르고, 백성 가운데서 게으르고 비겁한 사람을 악마의 채찍으로 때리지 않을 수도 없는 법이다. 도저히 깨우칠 수 없는 사람을 베어 저잣거리에 내건다 할지라도 하늘은 이를 무도한 짓이라고 하지 않을 것이다.

단, 그것은 한 치도 사심이 없어야 하고 권력이 문란하지 않아야 하고 백성과 하나가 된 사람의 커다란 자비심 아래서 행해지는 것이어야 한다.

'불가능해……. 불가능하기 때문에 존귀한 거야. 따라서 만약 그런 사람이 나타난다면 일세의 태양, 백성의 사부가 될 게야.'

무사시노카미는 그렇게 반성을 하며 잠시 성을 맡아 다스렸던 때의 정치를 되돌아봤다. 그리고 '비슷한 정도로도 하지 못했다'며 솔직히 부끄러워했다.

밤에 책상다리를 하고 앉아 그렇게 이야기를 나누는 일은 거의 없었다. 사경 무렵, 가신들도 없고 친인척들뿐이었다. 네네와 노모에게 폐가 된다는 것은 알았으나 무사시노카미는 자신의 생각을 토로하며 히데요시에게 물었다.

"조금 전 어렵다고 하면 어렵고, 쉽다고 하면 쉽다, 정치도 싸움도 한 가지라고 말씀하시고, 히데요시도 인간, 백성과 하나라고 하셨습니다만, 그 인간이란 대체 보이는 겉모습이 본성일까요, 속 깊이 있다고 말씀하신 선미善美가 본성일까요? 어느 것이 참된 인간의 본성일까요?"

히데요시가 평소와 달리 진지하게 말했다.

"그렇게 정해놓고 보는 것이 잘못일세. 이보게, 자형. 서로 몸의 모습은 하나지만, 마음의 모습은 하나가 아닐세. 자네의 성정 속에도 선과 악이 있으며, 히데요시의 성정 속에도 범우와 총명함이 있다네. 단지 대중, 그 어지럽고 탁한 대해에서 진심을 퍼 올리고 아름다움을 일으킬 뿐이라네."

"바로, 그것입니다만."

"생명력일세. 생명력이 풍부한 백성이 아니고는 구해도 퍼 올릴 수가 없을 게야. 그리고 생명력이 풍부한 자일수록 죽음도 두려워하지 않아. 이 히데요시는 젊은 무사들에게서 그것을 늘 보아왔네. 하지만 인간은 모두 살고 싶어 하는 법일세. 결국 백성은 그것일세. 참으로 작은 소망 아니겠나? 가엾고 사랑스럽다네. 우리 무문은 백난고전百難苦戰에 정면으로 맞서 나아간다 할지라도 백성의 부녀노소婦女老少는 활기차고 즐겁게 살아가며 따라오도록 하고 싶다네."

"누구나 생각하고 있는 일입니다만."

"우리의 영지도 언제 아수라장이 될지 모르나 바로 그렇기에 더욱 그런 것이야. 무릇 인간의 생명력이란 자식을 낳고, 먹고, 싸우고, 사문沙門에서 말하는 애욕즉시도愛慾卽是道, 음식즉시도飮食卽是道, 투쟁즉시도鬪爭卽是道 세 가지로 귀결된다고 들었어. 게다가 모두 보살로 통하는 업이라고 하질 않나. 싸움은 우리가 할 것이야. 지켜보고 있으라고 해도 지켜보고 있지 못하는 것이 백성의 본능이지. 그 싸움이 더욱 치열해진다 할지라도 먹는 것, 자식을 낳는 것 두 가지만은 결코 소홀히 해서는 안 돼."

"……."

"그리고 너무 지나치게 간섭하지 않는 것도 필요해. 정치가 너무 촘촘하면 백성은 창의성을 잃고 백성의 힘도 약해진다고 하질 않나."

"그러한 때의 커다란 자비란?"

"분노의 부동不動이면 충분해."

"그렇다면 부동명왕처럼."

"부동명왕과 관세음보살은 두 모습을 하고 있으나 사실은 하나의 부처일세. 표리 하나의 커다란 사랑을 나타낸 것이지. 그래, 그래……. 자네에게 주기로 하지. 네네, 자네 방에 조그만 금색 관음상이 있었지? 그것을 내일이라도 자형의 지불持佛로 드리도록 하게."

쐐기

닭소리에 놀라 잠깐 눈을 붙이기는 했으나 거의 밤새워 이야기했다고 해도 좋을 것이다.

이른 새벽의 북소리와 함께 히데요시는 벌써 의관을 갖추고 히메姫 산의 사원 앞에서 아침 예배를 올렸다. 그다음 네네의 방에서 떡국을 먹었다. 그리고 혼마루로 나갔다.

정월 초이틀, 히데요시가 왔다는 사실을 알고 아침부터 원근에서 연하 인사를 올리기 위해 성으로 들어오는 사람들이 끊이질 않았다. 히데요시는 일일이 맞아들여 잔을 건넸고, 바로 물러나려는 하객들을 만류했다.

"천천히 한잔하고 가게."

"자, 이쪽으로 오십시오."

시동들이 다른 편안한 방으로 부지런히 안내를 했다. 그곳에는 선객들이 밝은 얼굴로 앉아 있었다. 혼마루, 니시마루에 걸쳐 손님이 없는 방은 없었으며, 저쪽에서 노래를 부르면 이쪽에서도 노래로 답해 성안 가득 활기차고 화기애애한 기운이 감돌았다.

정오가 지나서도 히데요시 앞에는 여전히 새로운 하객이 끊이지 않았으나 히데요시는 그 사이에도 서기 세 명을 옆에 두고 여러 잡다한 장부를 펼치게 해서 누구에게는 옷을 한 벌 주라는 둥, 누구에게는 칼을 내리라는 둥, 다기 중에는 무엇이 있냐는 둥, 그에게는 다기가 좋겠냐, 말이 좋겠냐는 둥 이야기하며, 지난해의 공에 따라 혹은 평소의 인물을 감안해 자신이 없는 동안 성을 지킨 무사들에게 내릴 은상을 정했다.

"하리마를 불러오게."

히데요시는 황혼이 질 무렵에서야 총 팔백육십 명에 이르는 가신들에 대한 논공행상을 마쳤다. 서기에게 적게 한 장부를 일괄해서 고이데 하리마노카미에게 건네주고 그대로 실행할 것을 명했다.

"4일까지 모두 준비하도록 하게. 5일 아침에 상을 내려 다 함께 기뻐하는 모습을 볼 생각이니."

아무리 히데요시라 할지라도 피곤했는지 '아아' 하는 소리라도 내고 싶다는 듯 허리를 폈는데 좌우에는 이미 촛불이 밝혀져 있었다. 안채에 있는 네네가 보낸 사람이 와서 이렇게 고했다.

"마님께서 '아무리 바쁘셔도 체력에는 한계가 있는 법. 적당히 하시고 하다못해 오늘 저녁만이라도 일찍 안채로 드셔서 편안히 쉬시라고 어머님께서 간곡히 부탁하셨습니다. 언제쯤 건너오실 수 있으신지, 어머님과 저도 식사를 하지 않고 건너오시기를 기다리고 있겠습니다'라고 말씀하셨습니다."

히데요시는 안채에서 온 사람에게 곧 가겠다고 대답해 돌려보내고 서기들과 하리마노카미에게 나머지 일에 대해 물었다.

"빠진 것은 없겠지?"

서기들과 하리마노카미가 서류를 정리하며 대답했다.

"없습니다."

히데요시도 함께 자리에서 일어났다. 수면 부족과 피로 때문에 일어선 순간 현기증이 났다. 방마다 노랫소리와 북소리가 촛불과 함께 활기차게 들려왔으나 그것조차 머리에 울려 머리가 아픈 듯한 기분이 들었다.

그때 다시 우르르 한 무리의 하객과 시동들의 발소리가 들려왔다. 하리마 시소宍粟 군 야마자키 성의 구로다 간베 요시타카黑田官兵衛孝高가 아들 기치베 나가마사吉兵衛長政를 데리고 지금 막 도착했다는 것이었다.

그 말을 듣고 히데요시는 안채로 들어가려다 이렇게 말했다.

"뭐, 간베 부자가 왔다고? 들라 하게, 들라 해."

히데요시와 구로다는 보통 사이가 아니었다.

히데요시가 손을 흔들고 있는 사이 간베는 벌써 가까이 와 있었다. 그는 황혼이 물든 방 한가운데 서 있었다.

시동들이 서둘러 촛불과 방석을 준비했지만 기다리지 않고 선 채로 인사를 했다.

"오오, 건강하셨습니까?"

히데요시도 선 채로 기다리고 있었다.

"아아, 간베 왔는가? 잘 왔네, 잘 왔어."

히데요시는 성큼성큼 다가가 두 손으로 간베를 와락 끌어안았다.

"아차차."

간베는 절름발이였다. 그러다 보니 히데요시의 손을 쥔 채로 방석이 없는 곳에 쿵 하고 주저앉아버렸다. 예전에 아라키 무라시게荒木村重가 반란을 일으켰을 때 홀로 아리오카有岡 성으로 들어가 왼쪽 다리를 잃었다는 사실을 히데요시는 떠올렸다. 자신의 몸이 아니니 순간 뒤늦게 깨달을 수밖에 없었다. 히데요시도 간베의 손을 맞잡은 채 절름발이처럼 함께 무너져 앉았다.

"참으로 기쁘구나."

"참으로 기쁩니다."

간베도 화답했다. 두 사람은 계속 서로를 끌어안고 있었다.

히데요시가 문득 멀리 떨어져 조용히 서 있는 간베의 아들을 보고 말했다.

"저 아이가 마쓰치요松千代인가? 정말 많이 자랐군."

"관례식도 치렀습니다."

"그런가? 이름은 뭐라고 지었지?"

"제 어릴 적 이름인 기치베를 물려주어 기치베 나가마사라고 지어주었습니다."

"기치베라. 가까이 오너라, 가까이."

히데요시는 손짓으로 가까이 부르더니, 올해 열다섯 살이라는 말을 듣고 자신의 아이라도 되는 양 싱글벙글 웃으며 바라보았다. 그는 마음이 즐거울 때면 말투가 흥분되었다. 그래서 상대도 저절로 그 사실을 알 수 있었다. 히데요시는 촛불이나 방석에서 떨어져 차가운 맨바닥에 아무렇게나 앉아 있다는 사실도 잊고 곁에서 지켜보던 시동들을 향해 턱을 흔들며 말했다.

"뭣들 하고 있는 게냐? 술과 음식을 왜 빨리 내오지 않는 게냐?"

시동들이 웃으며 공손히 대답했다.

"자리와 상 모두 저쪽에 벌써 마련해두었습니다."

히데요시도 씁쓸하게 웃으며 돌아보았는데, 주인의 자리와 아랫사람의 자리가 서로 떨어져 놓여 있었다. 그게 마음에 들지 않아서인지 움직이기가 귀찮다는 듯한 표정으로 간베와 무릎을 맞대고 앉은 채 말했다.

"이쪽으로 가져오너라. 상도 같이 가져오고."

그렇게 자리를 잡고 앉아서는 도소주를 주고받았다.

"우선은"

히데요시는 기치베에게도 손수 술을 따라주며 정월은 지금부터라는 듯 떡하니 자리를 잡고 앉았다.

"오랜만일세. 자, 마셔보세. 밤늦도록 이야기를 나누세."

그때 서원의 구석에서 시녀 하나가 머리를 조아렸다. 이번에도 네네가 보낸 사람이었다.

"큰 마님도, 작은 마님도 식사를 하지 못하고 계십니다만……."

히데요시가 앉은 자리에서 큰 소리로 말했다.

"먼저 드시라고 해라, 먼저……. 나를 기다리다 보면 한밤중이 될지 내일 아침이 될지 모른다고 말씀드려라."

"늦게 찾아뵈서 죄송합니다."

간베는 안채 사람들의 마음과 히데요시의 진심 어린 환대를 잘 알기에 미안해하는 표정을 지었다.

"아닐세, 아니야."

히데요시는 그런 생각이 들게 해서는 안 된다는 듯 자신도 술을 마시고 그에게도 술을 권했다.

"요즘 다리는 어떤가?"

간베가 좋지 않은 쪽 무릎을 쓰다듬으며 대답했다.

"날이 추워지면……."

그리고 살짝 아프다는 표정을 지어 보였다.

히데요시가 온천에라도 가보는 게 어떻겠느냐고 권하자 간베는 씁쓸한 웃음으로 입가를 일그러뜨렸다.

"아닙니다. 가까이에 완전히 잊을 수 있는 장소가 있기에 기다리고 있습니다."

"어디? 어디로 가려는 겐가?"

간베가 다시 웃으며 말했다.

"나리께서 더 잘 아시지 않습니까?"

그러자 히데요시가 파안일소하더니 고개를 끄덕이며 말했다.

"하하하하. 그런가……. 전장을 말하는 게로군."

"간베를 주고쿠의 시골 한쪽에 은거하도록 내버려두기는 아직 이르지 않습니까? 이번에는 데려가주시기 바랍니다. 아들놈도 데려가지 않을 수 없으니."

"그래서 아까부터 살짝 마음이 상했던 게로군. 자네는 싫증을 아주 잘 내는군."

"어째서?"

"다카마쓰에서 물러난 이후, 아직 반년도 못 쉬지 않았는가?"

"보기에만 그럴듯하게 모리를 감시하는 역할 아니었습니까? 다른 사람에게 시켜주십시오. 이 간베에게는 적합하지 않습니다."

"아니, 적합했다네, 적합했어."

"적합하지 않습니다."

"이 산요山陽에 앉아 서쪽의 네 나라까지 노려보아 움직이지 못하게 할 정도의 인물, 자네 말고 또 누가 있겠는가?"

"전 고마이누狛犬7)가 아닙니다."

"잘 말해주었네. 꼭 닮았어, 꼭 닮았어."

"그런 한심한 소리를."

"화내지 말게, 화내지 말아."

"어쨌든 이번에는 무슨 일이 있어도 따라나서겠습니다. 눈이 녹을 때까지 기다리지는 않으실 테니."

"대체 무엇을 말하는 겐가?"

"시치미를 떼실 겁니까? 과연 지쿠젠 나리, 섭섭합니다."

---

7) 신사나 절 앞에 돌로 사자와 비슷하게 조각해서 쌍으로 마주 놓은 상.

간베는 정말로 울적해지기 시작했다. 그 모습에 히데요시도 가엾다는 생각이 들었는지 갑자기 낮은 목소리로 말했다.

"기타노쇼 말인가?"

히데요시가 진지한 얼굴로 말했다.

간베가 기분을 풀고 고개를 끄덕이며 웃어 보였을 때였다. 밤이 되어서도 또 성으로 찾아온 사람이 있다는 전갈이 왔다.

하리마 시키사이飾西 군 오키시오置塩 성의 성주인 아카마쓰 지로노리후사赤松次郎則房가 같은 성의 야사부로 히로히데弥三郎廣英를 데리고 왔다는 것이었다. 그는 아카마쓰의 후손으로 주고쿠 지방의 토착 호족이었다. 히데요시가 주고쿠 지방의 책임자로 임한 이후, 노부나가에 속해서 자연스럽게 히데요시를 따르게 되었으며 구로다 간베의 가계를 살펴보면 주류에 해당하는 사람들이었다. 그러한 인연을 들어 히데요시의 휘하로 들어오게 한 것도 오로지 간베의 운동 덕이었다.

"마침 잘됐군."

이로써 새로운 손님을 위한 상이 더 늘었다. 잠시 뒤 미요시 무사시노카미까지 자리를 함께했다. 하치스카 히코에몬 부자도 자리를 잡았다. 성안에 있는 측신 중 이 사람도 오라고 하고, 저 사람도 오라고 해서 어느 틈엔가 그 방은 손님과 주인, 신하로 가득 들어찼다.

네네와 노모의 말에 따라 때때로 상황을 엿보러 온 안채의 하인은 성대한 남자들의 모임을 보고는 히데요시에게 말을 고하지도 못하고 그저 원망스럽다는 얼굴로 오갈 뿐이었다. 결국 안채로 들어가 히데요시가 잠자리에 든 것은 그날 밤의 자시도 지난 시각(오전 1시)이었다.

정월 첫날의 정오에 산성에서 나와 육로와 해로를 거쳐 같은 날 밤에 입국, 이튿날 2일도 인사를 받고 가신들에게 내릴 은상을 정하느라 계속 깨어 있다가 비로소 잠자리에 든 것이었다. 그 놀라운 정력에 집안사람들도, 측신들도 어처구니가 없을 정도로 놀라고 말았다.

그 뒤 5일에는 각 사람들에 대한 은상까지 모두 내렸고, 그날 저녁에는 내일 상경하겠다며 사람들을 재촉해서 준비를 하게 했다.

"이건 또 웬 날벼락이냐?"

늘 성급하다는 것은 알고 있지만 사람들은 이번에도 당황했다. 적어도 이번만은 중순께까지 머물 것이라 여겼다. 실제로 그날 낮까지도 히데요시의 모습에서 떠날 듯한 기미가 보이지 않았으니 여러 무사들이 당황할 만도 했다. 하지만 훗날이 되어서는 사람들도 '그렇게 된 것이었구나' 하고 고개를 끄덕였다. 히데요시는 다음과 같은 동기로 때를 놓치지 않으려고 즉각 움직이기 시작한 것이었다.

세키 모리노부關盛信라는 장수가 있었다. 그는 이세 가메야마龜山의 성주로 간베 노부타카를 섬기고 있었는데 일찍부터 히데요시와 친분을 쌓았기에 이세에서는 의심할 여지도 없이 '두 마음을 품은 자'로 여겨지고 있었다. 그 외에도 스즈카鈴鹿 군 미네노峰ノ 성의 성주 대리인 오카모토 시게마사岡本重政가 역시 의심을 받고 있었으며, 아울러 간베 노부타카가 기후를 잃은 일 때문에 그곳의 형세가 갑자기 소란스러워진 모양이었다.

그런데 그해 정월, 그처럼 험악한 주변 분위기 속에서 가메야마의 세키 모리노부가 큰아들 가즈무네一致를 데리고 은밀히 히메지로 와서 인사를 올리고 이후의 계책을 듣고 있었다.

그때 전령이 왔다. 이세에서 온 사람이 모리노부 부자에게 고했다.

"자리를 비운 사이 가신인 이와마 산다유岩間三太夫 등이 가메야마 성을 점령했고, 다키가와 가즈마스의 명령에 따라 가즈마스 군 또한 나가시마長島에서 나와 오카모토 시게마사 나리를 내쫓고 미네노 성 이하 부근의 각 성을 남김없이 점령한 뒤 스즈카 일대를 엄중히 지키고 있습니다."

때가 때인 만큼 그 소식을 들은 히데요시는 지체하지 않고 히메지를

떠났다. 같은 날 밤 다카라데라 성에 도착했으며, 7일에 조정으로 들어갔다가 이튿날 아즈치로 갔고, 9일에는 산포시를 배알했다. 그날 시즈가타케賤ヶ嶽 결전의 쐐기를 박은 것이라 해도 좋을 것이다.

히데요시는 올해로 네 살이 된 산포시를 배알하면서 장난감 말 등 여러 가지 선물을 늘어놓고 '기분이 좋으신 모양이구나. 오오, 기쁘신 듯해'라며 천진하게 상대가 되어주었다. 그리고 잠시 뒤 어린 주군 앞에서 물러나 아즈치의 한 방에 모습을 드러냈다. 그곳에는 산포시를 섬기는 신하들도 있었고 가모 우지사토도 있었다. 세키 모리노부, 가즈무네 부자도 히메지에서 따라왔다. 야마오카 가게타카山岡景隆, 하세가와 히데카즈長谷川秀一, 다가 히데이에多賀秀家 등과 같은 주변국의 무사들도 모여 있었다.

"다키가와 가즈마스를 정벌하는 일, 지금 막 산포시 님으로부터 허락이 떨어졌다네."

히데요시는 자리에 앉자마자 바로 선언했다. 이런 커다란 일을 공이라도 던지듯 자리에 있던 사람들에게 툭 던진 것이었다. 하지만 아직 이세 방면의 변을 정확히 모르는 사람도 있으리라 생각했기에 세키 모리노부에게 말할 기회를 주고 자신은 입을 다물었다.

"자세한 내용은 세키 모리노부에게 듣기로 하지. 모리노부, 일동에게 얘기하게."

그는 백 마디 말보다 더한 분노를 보라는 듯 침묵을 지키고 있었다.

성을 비운 사이에 가신인 이와마 산다유에게 배신을 당해 자신의 성과 미네노 성까지 빼앗긴 모리노부의 감정은 그것을 전염시켜 일동의 의분을 사기에 충분한 것이었다. 특히 가모 우지사토의 여동생은 모리노부의 아들인 가즈무네의 아내였다. 두 집안은 인척 관계에 있었다. 우지사토의 눈가에서는 누구보다도 강한 결의를 볼 수 있었다.

"첫 번째 소식은 히메지에서 받았고 여기에 오는 도중에도 차례차례

보고를 받았는데, 그 뒤로 이와마 산다유 놈은 당연히 다키가와 가즈마스와 합류했고 가즈마스는 영을 내려 미네노 성에는 조카인 다키가와 노부마스瀧川詮益를, 세키에는 다키가와 노리타다瀧川法忠를, 가메야마에는 사지마스우지佐治益氏를 각각 배치하고 스즈카 입구를 점령한 채 이쪽으로 남하하기 위해 단단히 벼르고 있다고 하오."

모리노부가 말을 마치자 히데요시가 덧붙였다.

"다키가와 따위는 문제될 것도 없으나 중요한 것은 시바타 가쓰이에의 움직임에 있소. 시바타 없이는 그런 움직임을 취할 다키가와가 아니오. 따라서 시바타의 북쪽 병사들이 나서기 전에 이세 일원을 정리하지 않으면 안 될 것이오. 야나가세, 시즈가타케 등 경계를 이루는 산들이 지금은 천 길 눈에 쌓여 자연의 방어벽을 이루고 있다는 점이야말로 무엇보다 든든한 강점이오. 참으로 적당한 때에 이와마 산다유라는 자가 다키가와를 어쩔 수 없이 이 지쿠젠의 공격 아래로 끌어내주었소."

히데요시는 웃음을 터뜨렸으며, 그 쓴웃음 뒤에 이렇게 말했다.

"다키가와 역시 한심하기는 마찬가지요. 가즈마스는 아마도 그 벗어진 이마를 두드리며 자신이 조금 성급했다고 후회하고 있을 것이오."

히데요시는 훨씬 전부터 이세를 공략하겠다는 뜻을 세웠지만 사람들이 모인 가운데서 언명한 것은 이번이 처음이었다. 히데요시의 말을 통해서도 히데요시가 이와마 산다유의 무모한 행동을 천혜의 기회라고 생각하며 은밀히 얼마나 기뻐했는지 엿볼 수 있었다.

하지만 히데요시는 결코 일을 서두르려다 순서를 그르치는 우를 범하지 않았다. 들어가서는 조정에 절하고, 나와서는 산포시를 알현했다. 그런 다음 평의에 부칠 필요도 없었으나 각 장수들을 모아놓고 명분을 명백하게 밝혔다. 그리고 그곳에서 격문을 띄웠다. 영지에 있는 무리에게는 물론 우방의 장수들에게도 널리 전해 함께 정대한 병사를 아즈치에 집합시킬 것을 요구했다.

가엾게도 어두운 책략을 가진 사람은 기타노쇼의 깊은 눈 속에서 아름다운 여인 오이치를 안채로 맞아들인 뒤, '따뜻한 봄, 눈이 녹기만 하면' 하고 덧없이 자연에 의존하고 있던 시바타 슈리 가쓰이에였다.

천 길의 눈. 가쓰이에가 철벽이라 보고 계략을 세웠던 눈의 장벽이 봄도 되기 전부터 무너지기 시작할 줄 누가 알았겠는가. 가쓰이에라고 그 울림을 듣고 놀라지 않았을 리 없었다.

기후가 함락되고, 나가하마에서 반란이 일고, 간베 노부타카가 히데요시의 군문에 항복했다는 보고가 이어지고, 뒤이어 최근에는 '지쿠젠이 격문을 띄워 이세 공략을 꾀하고 있다. 다키가와 역시 부지런히 움직이고 있다'는 소리를 듣고 더욱 안절부절못했을 것이다. 하지만 고에쓰江越의 국경은 눈이 쌓여 있으니 촉도蜀道와 다를 바 없었다. 병사도 치중부대도 넘을 수 없을 터였다.

'히데요시가 공격해올 일은 없다.'

가쓰이에가 '눈이 녹는 날 안심하고 움직이리라' 여기며 남몰래 의지했던 눈은 일이 이 지경에 이르고 보니 적국의 방어벽이 되어 있었다. 결국 자신의 병사들을 빙설 안에 어쩔 수 없이, 또 손을 쓸 수도 없이 넣어둔 꼴이 되어버리고 말았다.

'가즈마스처럼 노련한 자가 가메야마와 미네노 성 등을 빼앗는 데 어찌 때도 가늠하지 않고 함부로 병사를 움직였단 말인가? 어리석구나.'

가쓰이에는 진심으로 화가 났다. 커다란 계획에 있어서 자신의 계책이 이미 그릇된 것이었다는 사실은 생각하지 않고 때를 기다리지 않고 일어선 다키가와 가즈마스의 행동을 어리석다고 탓한 것이었다.

이처럼 돌이킬 수 없을 정도로 일이 크게 어긋나면 아군은 아군을 더욱 격려해야 했지만 묘하게도 실제로는 아군이 아군을 온갖 말로 분개하는 경향을 보였다. 일심동체라는 감정이 있어서 다른 곳에서의 실책도 자신의 실책처럼 여겨지기에 스스로에게 화를 내고 스스로를 부끄럽게 생각하는 마음이 있어서일 테지만, 가쓰이에의 경우는 그 분노가 전혀 엉뚱한 곳으로 향하고 있었다.

가쓰이에는 화를 내려면 정면에 있는 적, 히데요시를 향해 화를 냈어야 했다. 설령 다키가와 가즈마스가 가쓰이에의 지시를 지켜서 눈이 녹을 무렵까지 가만히 움직이지 않았다 할지라도 이미 적의 의중을 간파하고 있던 히데요시가 그때까지의 시간을 그냥 지나쳤을 리 없다. 다시 말해 히데요시는 가쓰이에의 허를 찌른 것이다. 가쓰이에가 화담을 위한 사자를 보냈을 때부터 가쓰이에의 깊은 속까지 꿰뚫어보고 있었던 것이다.

히데요시에게 격분하지 않고 아군인 다키가와 가즈마스를 탓하는 것을 보면 시바타 슈리 정도의 인물도 나이가 들기 시작하면서 왕년의 명성이 바랜 듯한 느낌이 들었다. 그렇다고 앉아서 그것을 지켜보고만 있을 사람은 아니었다. 다시 사자를 파견해서 빈고備後의 도모노쓰鞆の津에 있는 아시카가 요시아키에게 밀서를 보냈으며, 서쪽에서 모리를 움직이기 위해 노력했고, 한편으로는 하마마쓰의 도쿠가와 이에야스에게도 사자를 보내 극력 도움을 청한 듯했다.

그런데 이에야스는 1월 18일을 전후에서 무슨 생각을 품은 것인지, 또 어떠한 연락을 취한 것인지, 오카자키岡崎까지 가서 오다 노부오와 은밀히 회견을 나누었다. 국외중립을 엄중히 표방하고 있던 그가 대체 어떤 마음을 품고 있는 건지 알 수 없었다.

때가 때인 만큼 방심할 수 없는 사내와 속내가 뻔한 사내의 화합에 주변에서도 신경을 곤두세웠다. 하지만 '사람이 어찌 그 속내를 알겠느냐'며 시치미를 떼고 모두 입을 다물어 소문이 소문을 낳는 것을 경계했다.

백성과 그 나라

대세에 어두워도 너무 어두웠다. 좀 더 심하게 말하면 자기 지위의 무게도 알지 못하고 수치도 모르는 야비한 행위라는 소리를 들어도 어쩔 수가 없었다. 오다 노부오를 말하는 것이었다. 아무리 이에야스가 초청했다고는 하지만 이러한 때에 그가 옳다구나 싶어 천연덕스럽게 오카자키까지 찾아간 것은 체면과 개성을 중히 여겼던 덴쇼 시절의 인사들 사이에서는 이해하기 어려운 것이었다.

틀림없이 '그 양반의 마음은 그 양반이 되어보지 않고는 알 수 없다'고 여겨졌을 것이다. 하지만 이와 같은 시대의 격류에 떨고 있는 명문가의 2세를 자신의 밀실로 불러 환대하고 은밀한 말을 건넨 이에야스야말로―당시 사람들은 아직 도카이도東海道의 일개 젊은 장수라고밖에는 주의를 기울이지 않았던 듯하나―참으로 방심할 수 없는 존재라 할 수 있을 것이다.

이에야스가 노부오를 대접하는 것은 마치 어른이 아이를 어르는 것과 같았다. 두 사람의 회견이 어떤 내용으로 매듭지어졌는지는 '사람이 어찌 그 속내를 알겠느냐'는 말처럼 알 수 없는 것이었다. 이른바 비밀 중의 비밀이라 여겨지고 있었다.

어쨌든 노부오는 커다란 기쁨에 휩싸여 기요스로 돌아갔다. 필부가 기뻐서 어쩔 줄 몰라 하는 모습과 다를 게 없었다. 하지만 소심한 그는 그러한 모습에서까지 떳떳하지 못한 게 느껴졌다. 히데요시의 눈을 극도로 의식한 모양이었다.

한편 1월 18일 전후 히데요시는 심복 십여 기만을 데리고 아즈치에서 고호쿠에 걸친 고에츠 국경 지대의 산지를 은밀히 둘러보고 있었다. 그는 시바타보다 선수를 쳐서 각 주에 다키가와 토벌에 대한 격문을 띄우고 난 뒤, 곧장 나가하마로 가서 가벼운 차림으로 북쪽 국경의 산악 지방을 돌아본 것이었다.

이번이 두 번째 시찰이었다. 연말에 나가하마를 취하고 오가키를 공략한 뒤 돌아오던 길에도 은밀히 시즈가타케에서 야나가세까지 둘러보았다. 시바타 가쓰이에와 곧 결전을 펼쳐야 할 곳에 대한 실지 답사가 목적이었다.

"덴진天神 산이란 말이지? 저기에도 망루를 하나 세우게. 저기, 저기의 산에도 급히 요새를 구축해두게."

히데요시는 며칠에 걸쳐 눈이 더욱 깊어진 산촌, 계곡, 고지대를 돌아다녔다. 그리고 지팡이 삼아 짚고 있던 대나무 끝으로 요지를 가리키며 수시로 명을 내렸다. 그는 진지의 구축과 수비를 시바타 가쓰토요의 가신인 오가네 도하치로大金藤八郎, 야마지 마사쿠니山路正國 등에게 명하고 돌아왔다.

"자세한 사항은 니와 고로사에게 묻도록 하게."

니와 마사히데를 감시역으로 두겠다는 뜻이었다.

이듬달인 2월 7일, 교토에 머물던 히데요시는 서운사西雲寺(사이운지)의 주지를 사자로 보내 신슈 가이즈海津 성의 스다 사가미노카미須田相模守에게 글을 보냈다. 스다 사가미노카미는 우에스기 가게카쓰上杉景勝의 신하였다. 히데요시가 맡긴 글의 내용은 짐작되고도 남았다. 히데요시는 호쿠에쓰의 우에스기 가게카쓰와 결탁하기로 하고, 공수동맹의 약속을 자신이 먼저 요구한 것이었다.

서면은 신하인 마스다 니에몬增田仁右衛門, 기무라 야에몬木村弥右衛門, 이시카와 효스케石川兵助 세 사람의 이름으로 보내게 했으며, 스다를 매개로 하여 우에스기에게 전달되었는데, 히데요시의 가슴에는 처음부터 '이 일은 반드시 이루어질 것이다'라는 자신감이 있었다. 시바타 가쓰이에와 우에스기는 수년 동안에 걸친 혈전 속에서 일진일퇴를 거듭했기에, 양국 휘하의 무사들에게 풀려고 해도 풀 수 없는 골육의 숙원이 깊이 쌓여 있었다. 가쓰이에는 이제 원한을 풀어 후방의 근심을 없앤 뒤, 정면의 히데요시에게 전력을 집중하고 싶었을 테지만, 그의 자의식과 오만한 기질로는 그와 같은 속내가 담긴 경략은 해낼 수 없을 거라고 히데요시는 판단하고 있던 것이다.

북쪽의 우에스기에게 2월 7일자로 글 하나를 보내놓고, 그로부터 사흘 뒤 히데요시가 세이슈勢州로의 출진을 명하자 전군은 물밀 듯 남하하기 시작했다. 삼군이 세 갈래 길로 전진하여 깃발과 북소리는 구름을 찌를 듯했으며, 발소리는 험한 산을 뒤흔들었다.

같은 날 같은 시각, 아즈치에서 피어오른 한 줄기 봉홧불을 보고 일제히 출진한 삼도 삼군이 편제되었다.

좌군은 사와야마를 출발해 도키타라土岐多良를 넘어가며 병력이 이만 오천 명이었고, 중군은 다카미야高宮를 출발해 다가多賀, 오지가하타大君ヶ畑를 넘어가며 병력이 이만 명이었고, 우군은 아즈치를 출발해 미즈구치水口를 지나 안라쿠安樂를 넘어가며 병력이 삼만 명이었다.

통솔하는 장수는 좌군에 하시바 고이치로 히데나가羽柴小一郎秀長에 쓰쓰이 준케이筒井順慶, 이도 스케토키伊東祐時, 이나바 잇테쓰, 우지이에 유키히로 등을 배속했고, 중군에 미요시 마고시치로 히데쓰구三好孫七郎秀次에 나카무라 가즈우지中村一氏, 호리오 요시하루堀尾吉晴와 그 외 미나미오우미南近江 일원의 병력을 배속했고, 우군에 하시바 히데요시는 히데카쓰秀勝를 이끄는 것 외 니와, 가모, 호소카와, 모리森, 하치야 등의 협력자들을 비롯해서 하치스카, 구로다, 아사노淺野, 호리堀, 야마노우치山內 등의 직계 막료들을 배속해 그의 전 세력을 총망라한 듯한 모습이었다.

하지만 히데요시가 이번 출진에 쓴 칠만 오천 병력은 그가 가진 세력의 일부에 지나지 않았다. 비젠備前의 우키타宇喜多는 병력을 전혀 동원하지 않았으며, 오다 노부오의 병력도 가담하지 않았다. 이케다, 쓰쓰이의 병력도 일부만 참가했으며, 이나바因幡의 미야베宮部, 아와지淡路의 센고쿠仙石 등도 특별히 소집하지 않았다.

우키타와 미야베는 주고쿠의 모리를 견제하기 위해서, 이케다와 센고쿠는 아와阿波 및 도사에 걸쳐 있는 조소카베 모토치카長曾我部元親를 견제하기 위해서였다. 그리고 빈틈을 이용해서 일어날 우려가 있는 네고로根來와 사이가雜賀의 도둑 떼와도 같은 무리에 대해서는 하타게야마 사다마사畠山貞政와 쓰쓰이의 일부 세력으로 견제하게 했다. 또 눈이 아직 녹지 않은 고에쓰 방면의 국경에도 히데요시는 그 전부터 수하의 무장들을 떼어서까지 몇 개의 부대를 눈에 띄지 않을 정도로 보내놓았다.

이렇게 해서 히데요시는 후방에 대한 근심을 전혀 하지 않게 되었다. 적어도 후방 방어에 만전을 기한 뒤 출진한 상태였다. 히데요시가 다키가와를 짓밟기 위해 일 개월 동안 한 준비는 약간 길고, 지나치게 규모가 큰 것처럼 보이기도 했다. 하지만 1월 7일에 히메지에서 나선 뒤 히데요시는 다키가와 하나만을 적의 전모로 여기고 있지 않았다. 충분히 중시 여긴 것이 바로 시바타였다. 히데요시가 두 번이나 눈을 헤치고 야나가세, 시즈가타케 등의 경계를 순시한 것에서도 알 수 있듯 그는 자연과 세월에도 의지하지 않았다.

전쟁은 언제나 인지를 뛰어넘었다. 내가 주목한 곳에는 적도 당연히 신경을 썼다. 이에 히데요시는 생각했다.

'녀석은 눈이 녹기를 기다리지 못할 것이다. 틀림없이 곰처럼 굴에서 기어 나올 것이다.'

그렇다고 한쪽 면만 대비하지 않았다. 주고쿠와 아와와 시코쿠와 교토 부근까지 대비를 하고 있었다. 일을 할 때면 집중하는 모습이 그의 참된 면모였다. 일이 크고 작은 것은 상관없었다. 전후의 계책을 가지고 당면한 일에 집중했다. 전쟁뿐만 아니라 일상의 시무에서도 마찬가지였다.

어쨌든 세 갈래 길의 군은 오우미, 이세의 세키료關梁 산맥을 넘어 마침내 남하하기 시작했으며, 미리 짜놓은 작전대로 목표인 구와나桑名, 나가시마 부근에서 합류했다. 다키가와 가즈마스가 그곳에 있었다.

"히데요시의 싸우는 모습을 한번 지켜보기로 할까."

다키가와 가즈마스는 적이 밀려온다는 소리를 듣고는 좌우의 사람들에게 거침없이 내뱉었다. 그에게도 그만한 자부심은 충분히 있을 만했다. 하지만 마음속으로는 어쩔 수 없이 '조금 빨랐다'는 시기의 문제가 하나의 엇갈림으로 남아 있었다. 개전의 시기를 잘못 판단한 것이었다. 그것은 가쓰이에와 노부타카와 자신 세 사람만의 밀계密契로 일족, 막료에게도 굳게 숨겼기에 오히려 안에서 때를 서두르는 아군이 맹목적으로 도화선에 불을 댕기고 만 것이었다. 남을 탓하기에 앞서 너무 지나치게 비밀을 유지한 수뇌부 자신을 탓하지 않을 수 없었다.

비록 일은 엇갈렸지만 '일이 여기에 이르렀으니 어쩔 수 없다'고 일축하고 다급한 사태에 모든 것을 쏟아부었다. 기후와 에치젠에 다급한 사태를 알리고, 나가시마 성에는 일족인 다키가와 겐파치瀧川源八, 다키가와 히코지로瀧川彦次郎 등의 병사 이천을 두었다. 그리고 다키가와 가즈마스는 헤키 고로사日置五郎左, 다니자키 다다우谷崎忠右, 고바야시 나오하치小林直八, 다마

이 히코조玉井彦三 등의 하타모토旗本 정예를 이끌고 구와나 성에 의지해 있었다.

한쪽 면에는 바다를 두르고 있고, 다른 한쪽 면의 시외에는 구릉을 가지고 있는 구와나 성은 나가시마보다 지키기에 좋고 적을 치기에도 유리했다. 그렇다고 해서 가즈마스 역시 이 좁은 지형에 의지해 오로지 지구전을 펼칠 계획만 가지고 있었던 것은 아니다. 세이슈 서쪽의 산지에서부터 스즈카 부근에 이르는 구역에 미네峰, 고쿠후國府, 세키關, 가메야마 등의 성이 산재해 있었다. 적은 육만여 병력 가운데 일부를 기후 방면의 견제를 위해 나눌 수밖에 없으며, 나가시마에도 몇 개의 부대를 배치할 터였다. 게다가 각 성에 공격을 가하고 이 구와나에도 공격해 들어오려면 당연히 병력이 몇 개로 분산될 테니 설령 주력군이라 할지라도 이른바 노도와 같은 기세는 올리지 못하게 될 것이었다.

더군다나 적의 숫자가 아무리 많은 대군이라 할지라도 미쿠니三國, 스즈카 등의 험준한 비코尾甲 산맥을 넘어 먼 길을 온 군대였다. 군수, 식량 등을 나르는 치중대가 많은 부분을 차지할 것이라는 점은 쉽게 예상해볼 수 있었다.

그러다 보니 가즈마스는 내심 '히데요시를 깨는 것은 어렵지 않다'고 생각했으며, '끌어들여서 한껏 치다가 때를 봐서 노부타카를 다시 궐기케 하고 기후의 병사까지 아울러 나가하마로 쇄도해들겠다'고 꾀하는 듯했다. 물론 이번에는 어긋남이 없도록 가메야마, 세키, 고쿠후, 미네 등의 수장들에게도 방침을 미리 전달해두었다.

휘하의 장병들 역시 '최근 들어 교만한 얼굴을 하고 있는 하시바 군에게 드디어 맛을 보여줄 때가 왔다. 노련한 다키가와 군의 창과 철포가 어떤 맛인지 보여주겠다'며 사기가 매우 높아진 상태였다.

결과가 나온 뒤에 살펴보면, 그처럼 강한 척하는 것도 역시 커다란 형세를 보는 눈이 어두운 지방적 인식에 지나지 않다고 볼 수 있으나, 다키가와의 가신이나 일족은 누가 뭐래도 간베 노부타카의 존재와 시바타 가쓰이에의 세력을 매우 중요하게 생각하고 있었다. 그뿐 아니라 다키가와 사콘쇼겐 가즈마스라는 자신들의 주인과 히데요시를 단적으로 비교해봐도, 히데요시가 지휘하는 병사에게 패할 대장이라고는 여기지 않았다.

물론 가즈마스 휘하의 무사들은 대세에는 어두웠으나, 그 지방과 연이 깊은 토착 세력이라는 강점을 가진 사람들이었다. 가즈마스가 이 지방 고가甲賀 대평원 출신이기 때문이었다.

고가 가운데서도 다키가와라는 성을 쓰는 일족은 모두 유서 깊은 집안이었다. 가즈마스도 그 피를 물려받았다. 무예로 단련된 것은 물론 젊은 시절에는 꽤나 고생도 했다. 그 역시 아케치, 하시바처럼 노부나가의 눈에 띄면서 세상에 알려지게 되었다. 하지만 그는 나이나 집안으로 봐서도 당연히 아케치보다 위에 있었으며 히데요시 따위와는 비교도 할 수 없었다.

흔히 세상에서는 노부나가가 히데요시를 아꼈다는 사실을 이야기하지만, 히데요시가 대성해서 주인의 사랑을 세상에 활용했기에 듣게 된 말이지 노부나가는 이른바 무사를 사랑했던 것이다. 마찬가지로 미쓰히데도 아꼈으며, 가쓰이에도 아꼈고, 가즈마스 역시 범상치 않은 자질을 아꼈던 것이다. 그런 뜻에 부응하듯 가즈마스의 무공은 헤아릴 수 없을 정도로 대단했으며, 한때는 다키가와 부대의 창 앞에 맞설 적이 없을 정도였다.

가즈마스는 무사들 중에서 드물게도 경영의 재능까지 겸비하고 있었다. 노부나가가 뜻을 중앙으로 펼치기 시작했을 때, 후방에 있는 미카와의 이에야스를 설득해서 오다, 도쿠가와 동맹을 성공으로 이끌었다. 그러다 보니 니와, 시바타 등과 함께 숙로라 여겨지게 된 것도 당연한 일이었다.

가니에蟹江, 나가시마를 영지로 삼아 지방에서 신망이 매우 두터웠다. 원래 이 지방에는 견고한 세력들이 뒤섞여 있었기에 가쓰이에도 애를 먹었으며, 노부나가도 다스리기 어려워했다.

노부나가가 세상을 떠났을 때, 그는 조슈에서 물러나던 도중 호조 세력에게 막혀 기요스 회의에 늦으며 좋지 않은 모습을 보였다. 하지만 언제나 그런 실수를 범하는 것은 아니었다. 이 지방을 잘 다스려왔다는 점만 봐도 그가 심상한 범인이 아니라는 점은 증명하고도 남는다. 게다가 수많은 전투로 단련된 휘하의 정예는 여전히 '다키가와 군'이라는 이름을 자부하는 강용한 부대였다.

히데요시는 앞에 있는 그 적을 결코 가볍게 보지 않았다. 구와나로 진격하기에 앞서 스즈카 군 가와사키川崎 촌의 미네노 성에 일부 병력을 남겨 지키게 하고 고베神戸, 시라코白子 등의 민가를 불태우며 곳곳에서 맞서는 적의 소병력을 개수일촉鎧袖一觸의 기세로 제압해 마침내 야다矢田에 진을 쳤다. 도키타라를 넘어온 일군도, 오지가하타를 넘어온 일군도 역시 구와나 공략을 위한 위치에 자리했다.

가즈마스의 예상과는 달리 히데요시는 각지의 작은 성은 돌아보지도 않고 적의 중심을 향해 전 세력을 쏟아부었다. 그리고 포진이 끝나자 이렇게 주의를 주었다.

"적을 가벼이 보아 성벽 밑으로 다가가서는 안 된다. 자리를 지켜라."

히데요시의 명령은 겁을 먹은 것이 아닐까 여겨질 정도로 신중했다. 하지만 히데요시는 적의 화기를 가볍게 보지 않았다. 예전부터 세상 사람들이 다키가와가 아케치 다음으로 총화기에 정통하다고 전했던 말을 잊지 않았던 것이다.

"우선은 성 밑에 불을 질러라."

아울러 그 성의 창고에는 반드시 다량의 화약이 저장되어 있을 것이라 생각했기에 적의 턱 밑까지 파고들었지만 군이 서두르는 모습을 보이지 않았다.

히데요시의 명령에 따라서 공격 부대의 병사들이 건초와 화약을 사용해 거리에 불을 지르기 시작했다.

대개 적국을 침공할 때면 건초와 화약을 다량으로 가져갔다. 화공은 전략 수행을 위한 주요한 전법이었다. 이번 세이슈 공략에서도 히데요시 군은 연도의 민가에서부터 야다 본진 부근의 촌락까지 남김없이 불태웠다. 광풍 같은 연기가 곧 성 아래를 뒤덮었다. 바로 눈앞에 있던 구와나 성도 보이지 않을 정도였다. 거리에는 춤추는 불과 집들의 잔해와 연기에 휩싸인 갑주의 그림자밖에 없었다.

기습을 감행하기에 좋았다. 성안의 병사들은 화염과 연기에 뒤섞여 뛰쳐나와 곳곳에서 공격 부대의 병사들 뒤로 돌아가 따로따로 포위해서 몰살하는 계책을 썼다. 그리고 시장의 창고나 민가를 방패삼아 철포로 저격했다. 그것도 공격 부대를 괴롭히는 일이었다.

"엄마."

"할머니, 할머니."

그렇듯 가엾은 목소리는 갑주를 두른 사람들에게서 나오는 외침이 아니었다.

포위 이틀 뒤에도 여전히 남아 있던 서민들이 있었다. 소소한 식기와 가재도구를 들고, 노인네를 들쳐 업고, 병든 사람을 달래고, 젖먹이를 안고, 다리가 약한 사람을 끌고 불속의 집에서 나와 창검 밑을 달리는 봉두난발의 사람들이 무사들의 눈앞을 몇 번이고 스쳐 지나갔다. 참으로 가슴 아픈 광경이었다. 하지만 전쟁이었다. 전쟁과 불은 떼려야 뗄 수 없었다. 전쟁이 시작되자마자 연기를 볼 수밖에 없었다. 하루나 이틀 전에 전조를 봤으면서도 피할 틈조차 없는 것이 전쟁이기도 했다.

연기가 피어오르는 점포에서 어머니를 부르고, 창검 사이에서 아이를 불렀다. 하지만 절대 있을 수 없는 커다란 변이라며 놀라지는 않았다.

"전쟁, 전쟁이다!"

서로를 격려하고 도울 뿐이었다. 당시 사람들은 전쟁이 없는 세상은 없으며, 전쟁이 없는 생애 따위는 생각할 수도 없었다. 아니, 이 전국 시대뿐만이 아니었다. 예전의 오닌^{応仁}(1467~1469년) 시절 전후, 겐무^{建武}(1334~1336년), 쇼헤이^{正平}(1346~1370년) 시절 무렵, 가마쿠라^{鎌倉} 시절(1185~1333년), 멀리로는 오진^{応神} 천황(5세기 초), 스이코^{推古} 천황(554~628년), 우타^{宇多} 천황(867~931년), 고우타^{後宇多} 천황(1267~1324년) 등의 연대에 걸쳐서도 외이^{外夷}의 정벌, 내적의 토벌 등 땅 위에 전쟁이 없었던 날이 과연 얼마나 되었을까?

문화가 활짝 꽃피운 시기라 일컬어지며 봄날 햇살 아래서 상하 모두가 태평하게 생활했을 것이라 여겨지던 시대, 그《만요슈^{万葉集}》가 태어난 시대, 후세 사람들은 노래만 보고 덴표호지^{天平宝字} 시절(757~765년)의 찬란함을 그리워하지만 사실은 약 사백 년 동안 국가에는 외정^{外征}, 외구의 변, 국내의 난, 기근, 천변지재 등이 끊임없이 있었다.

어쨌든 전쟁은 지진이 일어났던 빈도만큼 일어났다. 특히 전국 시대의 백성은 그 가운데서 고락을 맛보았으며, 그 아래서 새로운 해를 맞이했다. 교토의 구석구석까지도 병화^{兵火}의 재로 이루어지지 않은 지층이 거의 없다고 해도 좋을 정도였다.

구와나도 히데요시 군이 몰려들기 전에 성에서 이미 영지 안의 백성들에게 '달아날 자는 얼른 달아나라'고 포고령을 내렸으나 역시 많은 사람이 남아 있었던 모양이다. 가련하고 가엾은 사람들이었다. 그래도 탄식하지 않고 살기 위해 달려 벗어나려고 끈질기게 노력했다. 그들에게는 갑주를 입은 무사가 흘리는 피와는 또 다른 다기찬 부분이 있었다.

긴 역사를 통틀어 가장 강인한 것은 무엇일까? 백성의 굽히지 않는 의지만큼 경탄의 대상이 되는 것도 없을 것이다.

예전에 아사마浅間 산이 대분화를 일으켰을 때 기슭의 마을들은 하룻밤 사이에 모습을 감추었으며 땅 위의 물건은 모두 재에 덮여버렸다고 한다. 재가 흙으로 변해서 나무가 자라고 밭이 생기고 마을이 형성되자 다시 대분화가 일어났다고 한다. 그래도 어느 틈엔가 다시 마을이 생겨 도회와 이어지고, 삼짇날에는 떡을 찧고, 추석에는 햅쌀로 술을 빚어 메밀국수와 함께 먹었다.

역사상 아무리 격렬한 전란이라 할지라도, 그것에 의한 변화라 할지라도 이처럼 백성이 보이는 커다란 힘보다 더 큰 힘은 없었으며, 이 꺾이지 않는 행위에 비할 것은 없었다. 이는 전쟁과는 다르나, '백성의 근성이라는 것은 이 정도이다'라고 말하기에는 충분한 예가 되리라. 그리고 그 극기와 전쟁의 고통을 비교해보면, 전화戰火 따위는 아무것도 아니다. 아무리 치열하다 할지라도 사람과 사람의 싸움에 지나지 않는다.

전국 시대의 백성이 끊임없이 전란 중에 놓여 있었으면서도 그처럼 느긋한 마음을 가지고 끝내 다이고모모야마醍醐桃山의 문화를 이루어낸 것도 원래 이러한 근성을 가진 백성이었다는 점을 생각한다면 그리 놀라울 것도 없는 일인지 모르겠다. 하지만 옛날부터 당시에 이르기까지도 일단 전쟁이 일어나면 그 부근 일대에서는 적국 병사의 모습을 가장 먼저 보았으며 봄에는 보리를, 가을에는 벼를, 밭의 온갖 작물까지 불에 타고, 베어가고, 약탈당하고, 집은 물론 남김없이 불에 타버렸다.

마을을 불태우고, 거리를 불태우고, 다리를 불태워 적을 끊었다. 이는 성을 공격할 때나 야전을 펼칠 때의 상투적인 정공법인데 병가에서 보면 참으로 진부한 공격법에 지나지 않는다. 하지만 그때마다 농민과 거리의 서민을 만나게 된다. 그들은 불에 쫓기기도 하고 총알과 칼날, 창끝에 쓰러졌다. 피에 미끄러지고, 시체에 발이 걸리고, 떨어져가는 산성의 밤에는 또 떠돌이 도적 떼와 무뢰한들이 기다리고 있었다.

그러한 백성들에게 먹을 것을 주는 사람은 아무도 없으며, 오히려 그들이 가지고 달아난 얼마 되지 않는 식량마저도 빼앗는 사람들만이 들판과 산속에 있었다. 하지만 그 뒤에도 그들이 다시 무리를 지어 불에 타고 남은 곳으로 돌아오는 모습을 보면 며칠이고 먹을 것도 없었을 텐데 참으로 밝고 온화하며 내일에 대한 희망으로 반짝이고 있었다.

무엇이 그들을 그렇게 불사신으로 만들었는가 하면, 그들은 물자가 부족하면 부족할수록 더욱더 서로를 돕고 마음과 마음의 교류로 더 강하고 아름답게 살아가는 길을 알고 있었기 때문이다. 그리고 밭으로 돌아가면 다시 묵묵히 밭을 갈았으며, 거리로 돌아가면 다시 부지런히 오두막을 세웠다.

얼마 전 농성과 함께 성으로 들어가 성안의 무사를 돕던 젊은 사내들이 각자의 흙과 집으로 돌아왔다. 무릇 일할 수 있을 정도의 사내들은 성주의 평소 은혜를 생각해서 집안의 무사들과 함께 성으로 들어가는 것을 서민의 도리로 여겼다. 백성들의 마음은 그랬다. 따라서 에이로쿠 시절 이후 백성을 갖게 되었다 할지라도 이러한 백성의 마음을 잘 품지 못하는 국주라면 한결같이 망할 수밖에 없었다.

마음의 귀와 때를 보는 눈

서로 보병을 내보내 곳곳에서 기습과 역습을 주고받기는 했으나 구와나 공수 양군 사이에서 아직 커다란 전투는 없었다.

온종일 결전 직전의 팽팽한 긴장감을 품고 있었으나 양쪽 모두 본격적인 움직임은 보이지 않고 며칠이 흘러갔다. 그러는 사이에 다키가와 가즈마스는 히데요시의 본진이 있는 야다 산의 정황을 충분히 정찰한 듯 성안의 수뇌부를 모아 '어떤 작전'을 계획하고 있었다.

히데요시 역시 곧 그것을 감지한 듯 전선의 첨병 진지에서부터 산기슭의 요소에 이르기까지 호를 파고 목책을 세우게 했다. 그리고 이렇게 명령했다.

"오늘 밤부터 각 진지에 밤새도록 횃불을 밝혀라."

성안 병사들이 움직이려고 하는 기미를 느끼자 틀림없이 대대적인 야습을 감행하려는 것이리라 예감하고 선수를 친 것이었다. 아니나 다를까 다키가와 군은 이튿날 밤, 성안의 정예병사 수천을 일곱 갈래로 나누었다. 한 부대는 성의 북문을 나서 시가지로, 다른 부대는 서쪽으로 나서서 평소와 다름없이 소규모 기습을 감행하는 것처럼 보이게 했다. 그리고 또 다른 대부대는 어둠 속에서 뒷문을 통해 시외로 멀리 우회해서 전군이 하무를 물고 필살의 의지를 품은 채 야다 산에 있는 적의 본영을 향해 나아갔다.

"아, 잠깐."

가즈마스가 갑자기 말 위에서 말했다.

"기다려라. 병사를 멈추어라."

가즈마스는 흘러가는 대열 속에서 말 머리를 돌려 그 흐름을 막았다. 전후에 있던 막료들의 그림자도 무슨 일인가 의심하듯 그를 따라 말을 멈췄으나 앞서 가던 부대는 그 사실을 모른 채 앞으로 나아가고 있었다. 당연히 중군과의 사이가 반정 半町 정도 벌어졌다.

"미루기로 하자……."

가즈마스의 말에 부장들은 뜻밖이라며 하나같이 눈을 동그랗게 떴다.

"오늘 밤의 야습 말입니까?"

"그렇다. 얼른 선봉을 되돌리도록."

"네!"

이유를 묻고 있을 때가 아니었다. 네다섯 기가 바로 달려 나갔다. 이상히 여긴 채 발걸음을 멈춘 후속 부대에도 부장들이 갑작스러운 명령을 전달하고 있었다.

"돌아가라. 돌아가라."

야마다 산까지는 아직 십여 리가 남아 있었다. 어째서 갑자기 야습의 결행을 미룬 것인지 성으로 돌아가 가즈마스의 입을 통해 직접 설명을 듣기까지는 누구도 그 마음을 알 수가 없었다.

"안 되겠다. 과연 지쿠젠, 벌써 야습에 대비하고 있다. 그걸 어떻게 알았느냐고? 참으로 어리석은 질문이구나. 그 정도 마음의 귀와 때를 보는 눈이 없어서야 어찌 전쟁을 할 수 있겠느냐? 잘 들어보아라, 잠시 뒤 척후병이 돌아와서 보고하는 내용을."

머지않아 척후병이 성으로 돌아와 상세한 내용을 보고했다. 그로 인해 가즈마스의 말이 틀리지 않았음을 알 수 있었다.

적의 야다 산 부근에 하루 사이에 새로운 목책과 참호가 설치되었으며, 각 진지에서 횃불이 활활 타오르는 것으로 봤을 때 한밤중이라고는 하지만 전의로 가득 차 있고 조금의 빈틈도 보이지 않는다는 것이었다.

"아아, 큰일 날 뻔했구나."

장수들 모두 가즈마스의 밝은 헤아림에 감탄했다. 그리고 적인 히데요시에게도 감탄했다. 히데요시 역시 마음의 귀와 때를 보는 눈이 있는 대장이라고 남몰래 생각했다. 하지만 그 히데요시는 그날 밤 이미 야다 산의 본진에는 없었다.

히데요시의 주력은 갑자기 방향을 바꾸어 스즈카 입구를 공략하기 위해 나섰다. 구와나에는 단지 성을 포위할 수 있을 정도의 병력만을 남겨둔 채 남진한 뒤 16일부터는 이 지방의 작은 성채 가운데 주요한 곳이라 여겨진 가메야마 성을 공격하고 있었다.

"짓밟아라."

히데요시의 명령은 그뿐이었다. 구와나를 공격할 때의 기백과 이곳을 공격할 때의 기백은 전혀 다른 것이었다. 구와나에서는 장기전을 각오했으나, 가메야마에서는 한시의 지체도 용납하지 않고 맹공을 퍼붓게 했다. 앞서 가즈마스와 대립했을 때 히데요시의 전술을 남몰래 답답히 여겼던 장수들은 앞다투어 성벽을 향해 달려들었다. 하지만 성을 지키는 장수인 사지 신스케 마스우지佐治新助益氏 역시 이름이 알려진 무사였다. 그는 참으로 훌륭하게 성을 지켰다.

"잘도 막는구나, 사지 놈. 잘도 막아."

히데요시는 때때로 입술을 씹으며 그렇게 말했다.

산성이었기에 해자는 없었으나 광산의 광부들을 데려다 성 주위에 구덩이를 깊이 파고 그곳에 스즈카 강의 계류를 끌어들여 공격 부대가 건너기 어렵게 만들었다. 북서쪽에 산이 있어서 지켜야 할 부분을 좁게 만든 것도 이 성의 강점이었다. 공격 부대의 출혈과 희생이 없고는 도저히 다가갈 수 없는 험한 지세와 준비 태세를 갖추고 있었던 것이다.

매일 총공격을 감행했지만 오늘 떨어질 줄 알았던 성이 내일도 떨어지지 않았으며, 그다음 날에도 떨어지지 않았다.

"겨우 이 작은 성 하나 때문에……."

하시바 군이 부대를 바꿔가며 공격할 때마다 부장들은 가장 먼저 성으로 들어가겠다고 다짐했으나 견고한 가메야마는 함락되지 않았다. 그렇게 해서 하시바 군의 주력도 보름 가까이 발이 묶이고 말았다. 그사이 점령한 곳은 겨우 동쪽 성벽에 접한 한구석의 땅뿐이었다.

"작은 성은 오히려 공격하기에 어려운 법이지. 큰 성은 삼엄한 듯 보이나 사실은 허점을 보이기 쉽고 안의 균열을 이끌어낼 방법도 찾아낼 수 있지. 수천에 미치지 못하는 병력이라 할지라도 작은 성에 의지해 한마음으로 굳게 지키면 이는 십 주의 병사를 쫓는 것보다 어려운 법이야."

히데요시는 조금 지친 듯 그렇게 말했으나 결코 아무런 계책도 없이 말만 내뱉지는 않았다. 며칠 전부터 이미 병사들에게 동쪽 성벽 밑에서부터 성안을 향해 깊은 갱도를 파게 한 것이었다. 일종의 두더지 전술이라고도 할 수 있었다. 이는 전례가 없는 전법이 아니라, 성벽이 극단적으로 높고 견고한 중국에서는 예로부터 행해져왔던 전법이었다. 그리고 그곳에서 나온 흙으로 성 밖의 해자를 척척 메워나갔다. 그러자 성안에서도 동요하는 게 느껴졌다.

"성이 떨어질 날도 얼마 남지 않았다."

히데요시는 속으로 은밀하게 결론을 내렸다. 그런데 지하 돌격로가 성안까지 뚫릴 날도 얼마 남지 않았다고 여겼던 어느 날, 커다란 폭음이 땅을 뒤흔들었다.

"아, 무슨 일이냐?"

성과 가까운 산 위에 있던 히데요시가 자신도 모르게 걸상에서 벌떡 일어났다. 이윽고 그쪽을 담당하고 있던 호리 히데마사堀秀政가 잠시 뒤 숨을 헐떡이며 달려왔다.

"적도 성안에서부터 같은 방향으로 갱도를 파온 모양인데, 그들이 폭약을 사용해서 갱 안의 아군 대부분이 전멸하고 말았습니다."

갱도 돌격대가 전멸했다는 비보에 히데요시는 '보' 자만 듣고 무릎을 쳐서 '비' 자를 털어냈다.

"아아, 그럼 갱도는 뚫렸구나. 됐다, 길은 열렸다."

히데요시의 눈동자를 바라보며 장수들은 말없이 한 손을 땅에 대고 눈을 반짝이고 있었다.

"우지사토, 나가요시長可, 그 갱도를 통해 당장 성안으로 들어가라. 적은 화약으로 두 번, 세 번 메워 막으려 할 테지만 이제는 어려울 것 없네. 때를 놓치지 말게."

"네! 다녀오겠습니다."

가모 우지사토, 모리 나가요시가 바로 일어나 각자 휘하가 있는 곳으로 달려갔다.

"아아, 이 작은 성에서 뜻밖에도 장기전을 펼쳤지만 이제는 승산이 있다."

히데요시는 그렇게 중얼거리며 걸상에서 일어났다. 막사 밖으로 나가자 여기저기서 하늘을 지붕 삼고 풀을 요 삼아 잠을 자고 있는 무사들의 모습이 보였다.

"나팔수!"

히데요시가 부르자 나팔수가 '넷' 하며 대답했다. 그리고 부근의 갑주가 소리를 내며 일제히 자리에서 일어섰다.

"불어라, 총공격이다."

"네!"

나팔수는 한 단 높은 바위 위로 달려 올라갔다. 그 그림자가 저녁 하늘 위로 선명하게 떠올랐다. 나팔 소리가 높게, 낮게 울렸다.

나팔을 부는 데도 여러 복잡한 방법이 있다고 한다. 부는 소리로 신호를 보냄과 동시에 그 속에 추상과 같은 군기가 담겨 있어야 한다. 나아갈 때는 죽음을 초월케 하고, 물러날 때는 흐트러짐이 없도록 엄숙함을 느끼게 해야 한다. 이에 들을 줄 아는 귀를 가진 장수는 나팔 소리를 듣고 그 병사가 얼마나 용감한지를 알 수 있다고 한다. 그리고 마음의 귀를 가진 명장은 아무리 잘 부는 사람이 분다 할지라도 적의 거짓을 간파하고, 허실을 살피고, 날카로움을 측량할 수 있기에 결코 그 귀를 속일 수 없다고 한다. 따라서 나팔수의 기氣는 곧 아군의 사기이기도 하다. 그러니 강하고 기가 센 무사가 나팔수로 뽑히는 것은 당연한 일이다. 하지만 개중에는 '나팔 소리로 그런 것까지 알 수 있을 리 없다'고 의심하는 사람도 있다. 의심을 하는 것은 애초부터 귀는 있지만 마음의 귀를 가지고 있지 않기 때문이라고 주장하는 사람도 있다.

"그렇다면 마음의 귀란?"

누군가 이렇게 묻는다면 그것은 말로 가르칠 수 없는 것이라고 대답할 수밖에 없다. 하지만 다茶나 선禪 등에 정진한 사람이라면 바로 깨달을 수 있을 것이다.

한 예가 있다. 차 마시는 자리에 들 때의 예법으로 울리는 징, 그것은 여운을 매우 중히 여긴다. 손님은 주인이 울리는 소리 하나하나에 몸을 가라앉히고 마음으로 그 소리를 듣기 때문이다.

징은 남만, 조선, 명, 일본 등에서 만들어 여러 가지가 있다. 그런데 이

론의 여지가 없는 사실은, 그 나라가 번성해서 백성의 힘이 흥한 시절에 만들어진 징은 '징~' 하고 한 번 울린 뒤 소리가 끝으로 갈수록 맑게 하늘로 올라가는 듯한 여운을 남기지만, 그에 반해 나라의 쇠퇴기에 만들어진 징은 아무리 잘 치는 사람이 친다 할지라도, 소리가 아무리 아름답다 할지라도 여운은 음울하게 땅으로 꺼져 들어가 즐길 만한 소리를 띠지 못한다고 한다.

그리고 노래와 음악도 알게 모르게 백성의 의기를 이끈다고 여겨져 왔기에 예로부터 명재상은 저잣거리의 동요도 결코 허투루 듣지 않았다. 이러한 이야기들을 놓고 보면 나팔수가 부는 소리도 듣는 귀에 따라서 무서운 것이라고 하는 말이 사실일지도 모르겠다.

"성문을 열어라. 남동쪽의 창고를 제외하고 각 부문의 수비병 몇만을 남겨둔 채 각 방면에서 일거에 돌격하라."

성안의 장수인 사지 신스케가 급히 명령했다. 심복 중 노장 하나가 주의를 주었다.

"저 소리를 들어보십시오. 공격 부대 쪽에서 지금 총공격의 나팔 소리를 세차게 불고 있습니다."

신스케는 쓸쓸히 웃고 있었다.

"노인, 바로 그렇기 때문에 성을 나서려는 것이오."

"이 망루와 해자에 의지해서 지키면 싸움에 유리할 것입니다."

"해자는 이미 메워졌소. 성벽에 의지하고 있을 때도 아니오. 적이 넘어오기 전에 성 밖에서 마음껏 짓밟고 오겠소. 그런 다음에 지켜도 늦지는 않을 것이오. 노인, 때를 봐서 물러나라는 북을 울리시오."

사지 신스케는 그렇게 말하고 말 위에 올라 창을 꼬나들고 문밖으로 달려 나갔다.

스즈카 산이라 여겨지는 곳에서 하늘의 석양이 땅 위를 붉은빛으로 물들이고 있었다. 적을 베기 위해 넓은 곳으로 나선 성안의 병사와 북소리를 울리며 좁은 땅으로 밀려든 공격 부대가 함성을 올리며 흥분한 말을 달려 맞부딪혔다.

공격 부대에게 성안 병사들의 맹렬한 출격은 뜻밖의 일이었다. 보름 동안 지키기만 했으니 상당히 지쳤을 것이라 생각했으며, 또 이처럼 총공세를 가하면 당연히 망루와 성문을 더욱 굳게 지킬 것이라 예상하고 뛰어든 것이기 때문이었다.

그런데 나팔 소리와 함께 성문을 열고 나온 성안의 병사들이 오히려 공세를 취하며 돌격해 들어왔다. 병사를 늘어놓고 철포를 쏠 여유도 없었다. 공격군은 모든 부대가 오로지 성안으로 가장 먼저 들어갈 생각만 하고 창을 든 장병들이 대열에서 벗어나 달려온 참이었다. 따라서 당시의 야전에서는 거의 볼 수 없었던 창과 창, 칼과 칼, 말과 말의 대결이 전군에 걸쳐 전개되었다. 그 모습을 높은 곳에서 바라보면 흙먼지와 함성 속에서 반짝이는 무수한 바늘처럼 보였다.

아무리 히데요시의 병사라 할지라도 필사적으로 맞서는 병사에게는 밀리지 않을 수 없었다. 산 위에 있던 히데요시는 꼼짝도 하지 않고 바라보며 침을 삼키고 있었다. 평소 그의 얼굴에서 볼 수 없었던 주름이 한두 개 더 보였다. 그러다 마침내 히데요시가 주름을 펴고 말했다.

"아…… 우지사토로군, 나가요시야. 벌써 성안으로 들어갔어. 갱도가 뚫렸다."

히데요시는 미친 듯이 울려대는 적의 퇴각을 명하는 북소리를 온몸으로 들으려는 듯 걸상에 앉아 몸을 앞으로 수그렸다.

사지 신스케를 시작으로 성안의 병사들이 깨끗하게 물러났다. 밀어붙일 기회라 여겨 적과 거리를 두지 않고 따라가던 공격 부대는 바로 눈앞에 성벽이 보였는가 싶었는데 그 아래 엎드려 몸을 숨기고 있던 성병들이

와아 하고 일어났기에 뜻밖에도 물러나는 발걸음이 어지러워졌다. 그 순간 성벽 위에서도 성문 위에서도 일제히 저격이 시작되었다.

이는 성안에 있던 노련한 장수가 출격했던 아군을 정체되지 않고 받아들이기 위한 묘책이었다. 순식간에 성의 철문이 굳게 닫혔다. 그리고 그다음 성벽 위로 모습을 드러내더니 기어오르려는 공격 부대의 머리 위로 불화살과 돌을 어지러이 쏟아부었다.

그러한 가운데 성에서 떨어져 움직이지 않는 군단이 있었다. 그들은 적인지 아군인지 분간할 수 없는 위치에 시커멓게 모여 있었다. 산야는 짙은 보랏빛으로 물들어가고 있었으며 떨어지는 햇살이 비추는 풀과 땅만 빨간빛이었다.

히데요시는 문득 이상한 군단이 들판 한가운데 자리를 잡은 채 움직이지 않고 있는 모습을 보면서 좌우의 사람들에게 물었다.

"저건 누구의 부대인가?"

시동 가운데 이시다 사키치石田佐吉가 분명하게 대답했다.

"아군은 아닙니다."

"뭐, 아군이 아니라고?"

히데요시는 놀란 모양이었다. 한참 동안 그곳을 바라보았다.

어지러운 싸움 끝에 적은 모두 성안으로 물러났고 아군은 그들을 따라 모두 성벽 바로 아래까지 몰려 들어간 때라 적의 일군이 본진 가까이에 남아 있으리라고는 생각하지도 못했다.

"음, 대단한 놈이로구나."

히데요시는 적을 칭찬하듯 중얼거리고는 주위를 향해 강한 어조로 그 적을 살펴보고 오라고 명령했다. 세 무사가 곧장 달려 나갔다. 잠시 뒤 세 무사의 그림자들이 말에 올라 움직이지 않는 적을 향해 기슭에서부터 다가갔다.

번뜩하고 적의 앞쪽에서 초연이 피어올랐다. 세 명 중 두 명은 말 위에서 떨어졌다. 하지만 그중 한 명이 돌아와 걸상 앞에서 상황을 보고했다.

"적장 사지 신스케의 노신인 우도노 이쓰키鵜殿齋宮의 부대입니다. 인수는 삼백 명이 되지 않습니다."

"과연 노련하구나. 어지러운 서전에는 신경도 쓰지 않고 가만히 움직임 없이 남아 있다니, 죽음을 결심한 듯 날이 어두워짐과 동시에 이 본진으로 뛰어들어 목숨을 버릴 각오인 듯하구나. 참으로 위험한 일이다."

히데요시가 그렇게 중얼거리는 사이, 아군의 작은 부대가 히데요시의 명령을 기다리는 것도 답답하다는 듯 진을 치고 있던 기슭의 성긴 숲 사이에서 움직이지 않는 적군 속으로 함성을 올리며 한꺼번에 달려드는 게 보였다.

"누가 나간 것이냐?"

좌우의 무사들이 저마다 흥분된 목소리로 답했다.

"이에몬입니다. 이에몬입니다!"

"야마노우치 이에몬 가즈토요山內猪右衛門一豊의 부대인 듯합니다."

히데요시는 자신도 모르게 외쳤다.

"이에몬이란 말이냐? 적은 필사의 각오를 한 병사, 안심할 수 없으나 이에몬이라면 그도 살아 돌아올 마음으로 나서지는 않았을 게야."

아니나 다를까, 야마노우치 가즈토요의 병사들은 그들과 맞부딪치자 놀라울 정도로 과감한 모습을 보였다. 필사의 각오를 한 채 움직이지 않던 적군도 공격을 받자 잠자던 호랑이가 한번 울부짖고 일어선 것처럼 맹위를 떨쳐 거의 비슷한 숫자의 양 부대가 널따란 지역으로 흩어지지도 않고 소용돌이가 되어 서로 맞붙었다. 이쪽도 필사적이었고, 저쪽도 필사적이었다. 그야말로 선혈 한 빛깔로 전투도戰鬪圖가 그려졌다.

함성이 뚝 끊겼다. 들판에는 이미 땅거미가 내려앉았다. 승패는 한순간에 갈리고 말았다. 이에몬 가즈토요와 몇 명의 그림자가 물에 젖은 솜처럼 싸움에 지쳐 돌아왔다. 말의 발걸음까지 비틀거리는 듯 보였다.

약 삼백 명이었던 병사 가운데 겨우 사오십 기만이 돌아왔다. 그때 히데요시 곁에서 명령을 받은 비토 간자에몬尾藤勘左衛門이 급히 아래로 달려 내려갔다. 그리고 중턱의 바위 위에서 아래를 지나는 가즈토요를 향해 큰 목소리로 축하했다.

"이에몬, 이에몬. 그대의 활약을 보시고 지쿠젠 나리께서 매우 기뻐하시며 '잘한다, 잘한다' 하고 벌떡 일어나시다 엉덩방아를 찧으실 뻔했소. 대단한 명예요!"

이에몬이 말에 탄 채 위를 올려다보고 이를 드러내며 싱긋 웃더니 말했다.

"너무 과장스럽게 말하지 마시오. 부끄럽소."

가메야마 성은 그날 밤 떨어졌다. 성을 지키던 장수 사지 신스케 이하 병사들이 잘 방어했으나 성안에서 불이 일어나자 신스케는 마침내 힘이 다했는지 두꺼운 포위 속에 갇히고 말았다.

일설에 의하면 몸을 히데요시의 군에 맡겨 성안 수천에 이르는 사민士民의 목숨을 빌었다는 이야기도 있다.

공격 부대가 물불 가리지 않는 두더지 전법으로 희생을 무시한 채 성안으로 들어간 것이 치명타가 됐지만, 그처럼 견고하던 성이 마지막으로 버텨야 할 때에 그렇게 급히 깨져버린 이유는 무엇보다 지휘자가 기회를 잘 포착해서 '지금이다'라고 느꼈을 때 즉각 행동으로 옮겨 적을 깰 기회를 놓치지 않았기 때문이다.

'기회를 포착'해야 한다는 것은 누구나 알고 있는 상식에 불과하지만, 어려운 때의 크고 작은 기회를 그대로 놓쳐버리고 마는 것도 그 상식의 병이라 할 수 있을 것이다. 패한 군의 곁에서 지켜봐도 결코 비상식을 책략으로 써서 지는 것이 아니라 대부분은 상식을 거쳐 상식에게 지고 만다.

가메야마 성이 떨어진 것은 3월 3일로 히데요시는 이튿날인 4일에 사로잡았던 장수 사지 신스케의 오랏줄을 풀어 그를 놓아주었다.

"나가시마로 돌아가라."

신스케는 어리둥절했다. 히데요시의 뜻을 이해할 수 없다는 듯한 표정이었다.

"머지않아 다키가와 나리와도 이렇게 만나게 될 것이다. 구와나에도 들러서 있는 그대로 전해주기 바란다."

히데요시가 웃으며 신스케를 진문 밖으로 내쫓았다.

6일, 히데요시는 부대 하나를 남겨두고 고쿠후 성으로 이동했다. 며칠 만에 고쿠후도 떨어뜨리고 부대를 돌려 스즈카구치에 결집했다. 그리고 병력을 나누어 세키노 성을 손에 넣었으며, 주력은 미네노 성을 공격했다.

미네는 가메야마보다 더 작은 성이었다. 그곳을 지키는 병사도 일천이백 명 정도로 적은 수에 불과했다. 하지만 험한 산을 등에 업고, 계곡을 앞에 두고 있어서 공격 부대의 작전 행동은 극히 협소하고 불리한 지형에서만 허락되는 조건이었다. 게다가 그곳을 지키는 다키가와 기다유^{瀧川儀太夫}는 숙부에게도 뒤지지 않는 용장이었다. 숙부란 다키가와 가즈마스로, 기다유는 가즈마스의 조카였다.

공격 부대의 주요한 선봉은 센고쿠 곤베^{仙石權兵衛}, 기무라 히타치^{木村常陸}, 와키자카 나카쓰카사^{脇坂中務}, 핫토리 우네메^{服部采女} 등의 부대였다. 이른바 날카로운 기백의 신진 하타모토들이었다. 기습, 맹공, 야습 등 성안의 병사들에게 쉴 틈도 주지 않고 공격을 퍼부었다. 하지만 미네는 미동도 하지 않았다. 때때로 망루 위로 빙그레 웃으며 성 밖을 내다보는 것 같은 수장 다키가와 기다유의 모습이 보였다.

"이놈, 한 방에……."

공격 부대의 진지에서 기다유를 보고 좋은 사냥감이라며 방아쇠를 당겨 앞다투어 쏘았으나 그 당시 철포는 탄알이 거기까지 미치지 못했다.

열흘 만에 공격 부대는 수많은 희생을 치렀다. 단번에 떨어뜨릴 수 있는 성으로 보이지는 않았다. 이 성에 대해서는 아직 묘책이 떠오르지 않은 듯 특별히 새로운 명령이 내려오지도 않았다. 이러한 때에 고호쿠에서 급사가 달려왔다. 나가하마, 사와야마 등에서 차례로 보고가 들어온 것이었다. 사태는 심상치 않았다. 세상을 뒤덮은 시운時雲, 급조急潮는 하루가 다르게 변해가고 있었다.

"에치젠의 선봉이 야나가세를 지났으며, 일부는 이미 고호쿠를 공략하고 있습니다."

다음 전령도 상황을 보고했다.

"시바타 가쓰이에가 결국 눈이 녹기까지 기다리지 못하고 수만 명의 일꾼을 동원해서 연도의 눈을 치우며 주력 대군을 서서히 남진시키고 있습니다."

또 다른 급보도 사태의 긴박함을 대대적으로 알려왔다.

시바타의 군세는 3월 2일쯤에 기타노쇼를 출발한 것으로 보인다. 그 선봉이 5일에는 오우미 야나세 부근, 그리고 쓰바키椿 고개까지 진출했다. 7일 한 부대는 벌써 아군의 덴진 산까지 접근할 기세를 보였으며, 다른 부대는 부근의 촌락인 이마이치今市, 요고余吾, 사카구치坂口 부근에 불을 지르며 돌아다녔고, 이후 대장 가쓰이에 이하 마에다 도시이에 등의 중군 약 이만 명이 속속 남하 중인 듯하다.

히데요시는 전령들의 보고와 급보를 종합해서 한나절 사이에 가쓰이에의 움직임을 앉은 자리에서 거의 파악했다. 이제 남은 것은 이 커다란 사태를 막기 위해 어떤 명령을 내릴 것이냐 하는 문제였다.

"마침내 기다리지 못하고 전면에 나섰구나……."

히데요시는 가쓰이에에 대해 그렇게 말하고는 바쁜 와중에도 더없이 싱글벙글했다.

"눈에 갇혀 있던 구멍 속의 곰도 이렇게 되고 보니 더는 봄의 긴 햇살을 기다릴 수 없게 된 모양이구나."

히데요시는 벌써부터 짐작하고 있던 일인 듯했다. 히데요시의 말투에서 가쓰이에의 출격 시기를 비판하는 게 느껴졌다.

만약 자리를 바꿔서 히데요시가 에치젠에 있었다면 이 시기에 출동했을까? 아마도 상당한 차이가 있었을 것이다. 이처럼 정석에 따라서 후속 조치를 취하지는 않았을 것이다. 지금 수만 명의 인부를 징용해 고에쓰 국경에 위치한 산들의 눈을 치우며 진군을 하든, 그것을 좀 더 이른 1월에 결행하거나 작년 겨울에 단행했어도 결국 어려운 점에 있어서는 차이가 없었을 것이다. 그런데 '눈이 녹을 때까지' 하며 유유히 덧없이 세월을 보냈다는 점에서 가쓰이에의 '상식'이 상식을 그대로 답습한 것이라 해도 좋을 것이다.

게다가 기후, 세이슈 방면 등의 사태가 일어나자 도저히 눈이 녹기까지 기다릴 수 없게 되었다. 다시 말해 사태를 보고 사태에 따라 움직이게 된 것으로, 극단적으로 말하면 가쓰이에가 방책을 가지고 있었든 가지고 있지 않았든 같은 결과를 맞이하게 된 셈이었다.

적어도 히데요시는 그와 같은 어리석음은 결코 범하지 않았다. 무릇 필연적으로 일어날 사태에 대해서는 모든 수단을 동원해 미리 포석을 해놓은 뒤 세이슈의 진에 임했다.

예를 들어 나가하마의 시바타 가쓰토요를 항복하게 만든 것도 그러한 수 가운데 하나였으며, 기후를 공략한 것도 급속한 선수先手 중 하나였다. 적의 출동로인 고호쿠의 각 요지를 순시한 뒤 진작부터 요새를 여러 개 짓게 한 것도 그러한 일 중 하나였다. 그리고 사자를 멀리까지 보내서 에치고의 우에스기 가게카쓰에게 친교의 글을 보내는 등 빈틈없이 선수를 쳐놓았다. 하지만 선수를 치는 것은 범인의 상식으로는 잘 이해할 수가 없는 일이었다. 그것은 마음의 귀로 듣고, 때를 보는 눈으로 보는 사람의 담략에 따른 것이었다.

요새

　히데요시는 이미 마음을 정했다. 그것이 하나의 명령이 되어 행동으로 옮겨지게 되면 일은 간단한 것처럼 보이지만, 만약 수뇌부가 '결단'을 내리지 못한다면 끝없이 망설이기만 해야 할 것이다. 그리고 시바타 군의 파죽지세와도 같은 출동에 중대한 '때'를 짓밟히고 말았을 것이다.

　다키가와의 본성인 구와나는 아직 떨어지지 않았으며 나가시마도 건재했다. 한때는 히데요시의 군문에 사과문을 보냈던 간베 노부타카의 미노 세력도 가쓰이에가 남하했다는 소식을 들으면 곧 돌변해 가즈마스와 함께 번거로움의 불씨가 될 게 뻔했다.

　가메야마도 함락시켰고 고쿠후도 손에 넣었다고는 하나 그곳들은 지방의 조그만 성에 지나지 않으며, 세이슈 공략은 아직 적지에 발을 들여놓은 것일 뿐이었다. 이러한 때에 에치젠의 시바타 군이 범의 기세로 야나세 부근의 국경을 넘어 남진해온다니, 세이슈에 있는 하시바 군은 위치상 결코 쉽게 방도를 정할 수 없었다. 하지만 히데요시는 명령을 내리는 데 쓸데없이 시간을 허비하지 않았다.

　"바로 철수 준비를 하라."

히데요시가 진영 안에서 명령을 내리고 뒤이어 '기타오우미北近江'로 향하라고 방향을 정한 것은 보고를 받은 그날 저녁에서 자정까지의 사이에 만반의 준비를 모두 마치고 난 뒤였다.

즉 세이슈 방면의 이후 작전은 오다 노부오와 가모 우지사토 두 장수에게 맡기고 그 휘하에 세키 모리노부, 야마오카 가게타카, 하세가와 히데카즈, 다가 히데이에 등의 부대를 남겨두는 것이었다.

"요로는 끊고 성은 포위하고, 공격해 들어오면 맞서되 굳이 추격하지는 말고, 자리를 지켜 다키가와의 교묘한 유인술에 넘어가지 않도록 하라."

히데요시는 그렇게 주의를 준 뒤 이튿날 군대를 돌려 도키타라를 넘어 오지가하타의 고갯길을 통해 오우미 쪽으로 향했다. 그리고 히데요시의 주력 부대가 사와 산에 도착한 것은 3월 15일이었다. 16일에는 나가하마로 옮겼으며, 이튿날인 17일에는 호숫가의 길을 따라 기타고슈北江州로 전진해가는 금 표주박의 깃발 속에서 말을 타고 얼굴에 봄바람을 맞으며 가는 히데요시의 모습을 볼 수 있었다.

국경인 야나세 방면 산에는 아직도 눈이 남아 있었다. 북국에서 그곳을 넘어 호수로 불어오는 바람은 무사들의 코를 빨갛게 만들 정도로 차가웠다.

저물녘, 야나세 부근에 도착하자마자 전군 모두 흩어져 각자의 위치에 포진했다. 그 부근까지 오자 벌써부터 어디선가 적의 냄새가 나는 듯했다. 물론 적의 모습은 한 줄기 연기조차 보이지 않았다.

"덴진 산, 쓰바키 고개 부근에는 시바타의 선봉이 상당수 있다. 기노모토木之本, 이마이치, 사카구치坂口 부근에도 대부대가 주둔하고 있다고 하니 잠을 잘 때도 방심해서는 안 된다."

각 조의 장수들은 코앞에 있지만 보이지 않는 적을 병사들에게 인지시켰다. 하지만 밤안개가 하얗게 드리웠고, 싸움이 있는 세상이라고는 여겨지지 않을 정도로 조용한 봄밤이 찾아왔다.

탕탕탕탕, 어디선가 총성이 들리기 시작했다. 끊겼다가는 다시 들려왔다. 모두 하시바 쪽에서 쏘는 소리일 뿐 적은 잠이 든 것인지 밤새도록 한 발의 총성도 들리지 않았다.

날이 밝을 무렵, 조총 부대들이 세 방향에서 돌아왔다. 밤새도록 들린 총소리는 그 부대들이 탐색을 위해 적이 있는 방향으로 쏜 것인 듯했다.

"그래……. 음, 음."

이른 아침, 히데요시는 조총 부대의 대장을 불러 적의 상황을 보고받았다. 그렇게 해서 그의 머릿속에는 적의 포진에 대한 대략적인 그림이 그려졌다.

우선 제1선에는 벳쇼^{別所} 산에 마에다 도시이에와 그의 아들인 도시나가의 군, 도치다니^{橡谷} 산 방면에 가나모리 나가치카와 도쿠아먀 노리히데의 부대, 그리고 하야시타니^{林谷} 산에 후와 가쓰미쓰, 나카타니^{中谷} 산에 하라 후사치카^{原房親}의 부대를 배치한 듯했다.

제2선에는 사쿠마 모리마사^{佐久間盛政} 형제의 대부대가 교이치^{行市} 산에 의지해서 팔방으로 견고한 진용을 구축하고 있었으며, 그 부근에서부터 안쪽 나카오^{中尾} 산 정상까지 폭 두 간 정도의 새로운 도로를 만들고, 거기에 총대장 시바타 가쓰이에의 본진을 두어 시야를 확보하고 연락을 취하는 데 부족함 없이 대비하고 있는 듯했다.

"삿사의 진이 보이지 않는구나."

히데요시가 확인했다.

조총 부대의 대장 세 명이 한결같이 대답했다.

"삿사 나리마사의 깃발은 어디에서도 보이지 않았습니다. 이번 출병에는 가담하지 않은 듯합니다."

히데요시는 예상하고 있었다는 듯 고개를 끄덕였다. 가쓰이에가 출진하려면 배후의 우에스기를 돌아보지 않을 수 없었다. 그러다 보니 틀림없이 삿사 나리마사 정도의 인물을 남겨두고 왔을 것이다.

"그래 알았다. 물러가서 자도록 하라."

그들이 나간 뒤 어젯밤 정찰을 나갔던 부장 두 명이 들어왔다. 이들 세작 부대의 정보도 앞선 보고와 크게 다르지 않았다.

"아침 밥!"

그렇게 보고를 받고 난 뒤 히데요시는 밥을 먹었다. 받아든 야전 식량은 떡갈나무 잎으로 싼 색이 검은 주먹밥이었다. 안에는 된장이 들어 있었다. 히데요시는 그것을 오물오물 씹으며 시동인 이시다 사키치, 후쿠시마 이치마쓰福島市松, 가타기리 스케사쿠 등과 이런저런 이야기를 나누었는데, 주먹밥을 아직 반도 먹지 못했을 때 사키치를 제외한 시동들이 다 먹어치우는 모습을 보며 물었다.

"너희는 밥을 씹지 않는 것이냐?"

시동들이 웃으며 대답했다.

"나리께서 너무 늦게 드시는 겁니다. 밥을 빨리 먹고 변을 빨리 보는 것은 저희의 습관입니다."

"마음가짐은 그것으로 충분하다. 변을 빨리 보는 것도 좋다. 하지만 밥은 사키치처럼 먹지 않으면 안 된다."

그 말을 듣고 가타기리와 와키자카를 비롯한 무리들이 모두 사키치를 바라보았다. 히데요시와 마찬가지로 사키치 역시 아직 손에 절반쯤 밥을 남겨둔 채 할머니처럼 꼭꼭 씹어 먹고 있었다.

히데요시가 말했다.

"오늘처럼 전투를 하는 날에는 빨리 먹는 것도 좋지만 성으로 들어가 한정된 식량을 하루라도 더 오래 먹어야 할 때에는 소량의 식사를 잘 씹어서 먹는 것과 그렇지 않은 것에는 성을 지키는 데 있어서도 그렇고, 몸의 건강에도 큰 차이가 생기기 때문이다. 그리고 산성, 계곡의 깊은 곳으로 들어가 먹을 것 없이 지구전을 펼쳐야 할 때는 풀뿌리, 소나무 뿌리 등 닥치는 대로 씹어서 허기를 달래야 해. 평소에 그런 버릇을 들여놓지 않으면 그러한 때에 뜻대로는 잘되지 않는 법이다. 사키치가 씹는 것을 보아라. 여러 가지를 생각해서 잘 씹고 있지 않느냐?"

히데요시는 걸상에서 벌떡 일어나더니 손짓으로 시동들을 부르며 말했다.

"모두 따라오너라. 후무로父室 산으로 가보자."

후무로 산은 크고 작은 두 개의 호수인 히가시아사이東淺井 군의 요고노우미余吾/湖 호수와 니시아사이西淺井 군의 비와琵琶 호수 북단에 있는 여러 산 중 하나다. 기슭인 후무로 마을에서 정상까지 표고는 이천육백 척, 거리는 이십여 리였다. 그 험한 길을 오르려면 한나절은 족히 걸렸다.

"나가신다, 나가신다."

"나리께서?"

"갑자기 어디로?"

부근을 경비하고 있던 무사들이 시동들의 모습을 보고 뒤따라왔다. 히데요시는 가느다란 청죽靑竹을 지팡이 삼아 마치 매사냥을 나설 때처럼 가벼운 마음으로 터벅터벅 앞서 걸어가고 있었다.

"산에 오르실 생각이십니까?"

뒤따라온 히토쓰야나기 이치스케一柳市助, 기무라 하야토노스케木村隼人佑, 아사노 휴가淺野日向 등이 숨을 헐떡이며 묻자 히데요시가 돌아보고 청죽을 들어 중턱의 한 고지대를 가리키며 대답했다.

"그래, 저 부근까지."

산을 삼분의 일 정도 오르니 평지가 나왔다. 히데요시는 이마의 땀을 말리며 바람 속에 서 있었다. 그곳에 서니 야나가세에서 시모요고下余吾까지의 산하를 한눈에 굽어볼 수 있었다. 산을 뚫고 마을을 연결하는 가도도 한 줄기 띠처럼 눈으로 따라갈 수 있었다.

"나카오 산은?"

"저쪽입니다."

히데요시의 눈은 나카무라 하야토가 가리킨 곳으로 향했다. 적의 주력이 진을 치고 있는 곳이었다. 수많은 기치가 산의 골짜기를 따라 기슭까지 이어져 있었으며 그 기슭에도 한 군단이 자리하고 있었다.

더욱 시선을 돌리자 이쪽의 산과 산, 저쪽의 봉우리와 봉우리, 혹은 도로의 요충지를 점령한 상태였다. 주요 지점이라 생각되는 곳에 북국 세력의 깃발이 보이지 않는 곳이 없었다. 마치 병법의 묘수妙手가 이곳의 천지를 기반으로 삼아 포진을 시험해보고 있는 것처럼 느껴졌다. 절묘한 포진과 주요한 곳을 놓치지 않은 배치는 그야말로 빈틈이 없었다. 또 이미 적을 집어삼킬 것처럼 기세도 한껏 올라 있었다.

"……."

히데요시는 말없이 둘러보다 시선을 시바타 가쓰이에의 주력이 있는 나카오 산 쪽으로 돌렸다. 자세히 살펴보니 나카오 산 진지의 남쪽으로 개미처럼 움직이는 사람들이 보였다. 한두 곳이 아니었다. 약간 높은 지대에서는 하나같이 어떤 움직임이 보였다.

"오호라…… 그렇다면 가쓰이에는 장기전을 펼칠 생각이로구나."

히데요시는 답을 얻었다.

적은 진지의 남쪽에 여러 단으로 요새를 구축하는 중이었다. 중군에서부터 펼쳐진 전체적인 포진 역시 주로 지키기 위한 형세를 취하고 있는 것으로 봐서 급히 나서려는 기세는 조금도 보이지 않았다.

"그렇군."

히데요시는 적의 의도를 파악했다. 요컨대 가쓰이에는 이곳으로 히데요시의 주력을 끌어들여 일단 위급한 세이슈를 구하고 이곳에서는 가능하면 지구전으로 시일을 끌 계획이었다. 그리고 그 사이 이세, 미노와 그밖의 아군에게 충분한 시간을 벌어주었다가 때가 무르익으면 남북에서 대공세를 펼쳐 히데요시를 어려움에 빠지게 만들겠다는 계획이었다. 히데요시가 헤아린 것 역시 바로 그것이었다.

"돌아가자."

히데요시가 산 밑을 바라보며 내려가다 일행에게 물었다.

"올라온 길과 다른 길로 내려갈 수는 없느냐?"

"있습니다."

가타기리 스케사쿠가 알고 있다는 표정으로 옆을 지나쳐 앞장섰다.

"좁고 험한 길입니다만 저기서 왼쪽으로 내려가면 덴진 산의 서쪽, 이케노하라^{池ノ原}가 나옵니다."

"스케사쿠는 이 부근 출신도 아닌데 어떻게 좁은 길까지 알고 있느냐?"

"작년 말, 이 부근을 둘러보셨을 때 시간을 내서 혼자 여기저기 돌아다녔습니다."

"흠, 무슨 생각으로?"

"나리께서 두 번이나 둘러보셨으니 훗날 반드시 이곳에서 시바타와 결전을 펼치게 되리라 생각했기에."

"그러냐?"

히데요시는 그저 고개를 끄덕일 뿐이었으나 그의 눈은 그를 사랑스럽게 바라보았다.

늘 그의 곁에 있는 시동들 중 와키자카 진나이 야스하루^{脇坂甚内安治}가 서른 살로 나이가 가장 많았으며 그다음이 스케사쿠로 스물여덟 살이었다.

참고로 다른 시동들을 살펴보면 히라노 곤페이平野權平와 오타니 헤이마 요시쓰구大谷平馬吉繼가 동갑으로 스물다섯 살, 후쿠시마 이치마쓰가 스물네 살, 가토 도라노스케加藤虎之助가 스물두 살, 가토 마고타로 요시아키加藤孫太郎嘉明가 스물한 살이었다.

그 외에 히데요시 곁에는 있지 않았으나 이번 전진에 참가한 젊은이로 히토쓰야나기 시로우에몬一柳四郎右衛門이 열여덟 살, 구로다 기치베 나가마사가 열여섯 살, 스가 로쿠노조菅六之조가 열일곱 살, 시바타 히데카쓰가 열여섯 살이었으며, 아마도 최연소라 여겨지는 시동은 니와 나가히데의 아들로 열두 살인 니와 나베마루丹羽鍋丸였다.

이들은 모두 무장의 아들, 명문가의 자제였으나 창을 쓰는 부대와 치중부대, 그 외의 부대에도 열대여섯 살 먹은 홍안의 병사는 아주 많았다. 그들 모두 실전에 참가하고 싶다고 아들이 졸라서, 혹은 아버지가 원해 온 것이었다.

삶과 죽음 사이를 지나지 않고는 어엿한 인간으로서 성장할 수 없으며, 전장에서 배우지 않고는 무문의 아들로서의 교학도 없었기 때문이다.

이곳에서 볼 수 있는 하시바 가의 신하들도 나가하마의 시동들이 묵는 방에서 지냈을 무렵에는 하나같이 누런 콧물을 흘릴 것 같은 어린아이들 뿐이었으나 지금은 '어떻게?'라고 의심이 들 정도로 어느 틈엔가 각자 뛰어난 인품과 무사로서의 면모를 갖추었다. 그뿐 아니라 어지러운 천하의 대란을 구할 사람은 '바로 나'라고 나선 히데요시의 좌우에 머물며 크고 작은 일에 부족함 없이 쓰일 수 있는 교양을 갖게 되었다. 이는 결코 평소 책상에 앉아 닦은 학문에 의해 길러진 게 아니었다.

오랜 세월 전장을 돌아다니느라 주인인 히데요시마저도 책을 붙들고 공부다운 공부를 할 여유가 없었다. 병서, 국학, 도의를 가르치는 책 등을 짬짬이 손에 쥐기는 했으나 그것도 전장의 등불 아래에서나 적 앞에서 잠시 한가로울 때나 볼 수 있었다. 그의 시동들이 코흘리개 시절부터 오늘에 이르기까지 공부를 한 과정 역시 마찬가지라 할 수 있다.

하지만 히데요시를 비롯해 그들은 서툴기는 하나 일본 고유의 정형시도 읊으려면 읊을 수 있었으며, 필서와 여러 도까지 남들만큼은 즐기고 있었다. 그들의 학문은 책상이라는 것을 모르고, 오로지 생사의 도를 본보기로 삼아, 인간 세태의 현실을 교훈과 반성으로 삼아, 천지자연을 스승으로 삼아 체득한 것이었다.

다른 쪽으로 내려오다 보니 갈수록 동쪽의 평지가 펼쳐져 보였다. 히데요시가 갑자기 발을 멈추고 기노시타 휴가노카미木下日向守를 돌아보며 말했다.

"저 연기는 뭔가?"

"다카토키高時 강 부근의 마을이 타고 있는 것 같습니다."

"그 너머의 연기는?"

"신도新堂인 듯합니다."

"조금 오른쪽으로 커다란 연기가 보이는 곳은 어느 부근인가?"

"이마이치의 번화가와 기쓰네즈가狐塚 부근이라 여겨집니다."

"시바타 놈……. 불을 질렀구나."

히데요시가 히가시아사이의 절반에 가까운 면적을 뒤덮은 연기를 바라보며 문득 입술을 씹듯 중얼거렸다.

"두고 보아라. 곧 이 불길이 야나세를 넘어 기타노쇼까지 번질 테니."

히데요시는 갑자기 빨리 걷기 시작했다. 수행원들 모두 그의 뒤를 따라 내리막길을 내려갔다. 히데요시의 가슴에 뭔가 갑작스러운 분노가 솟구친 듯했다.

히데요시가 주력을 이끌고 이곳으로 오기까지 시바타 군이 방화를 하고 논밭이나 곡창 등을 유린한 지역이 상당히 많았다. 이미 보고를 듣기는 했으나 그 피해를 눈으로 직접 보니 격한 분노가 치밀어 오르는 것을 금할 길이 없었다. 그런데 그가 감정에 휩싸이지 않을 수 없을 정도로 도회지, 마을, 논밭, 산림까지 훼손하고 다니는 시바타 군의 저의는, 요컨대 히데요시의 그러한 기분을 이끌어내리려는 것으로 이른바 '미리 대비를 해두고 적을 끌어들여 치겠다'는 책략임에 분명했다.

"왜 이렇게 늦는 게냐, 너무 늦는구나."

기슭에 도착하자 히데요시가 뒤따라오는 사람들을 돌아보며 큰 소리로 말했다. 그리고 수행원들이 가까이 오자 자신의 건각을 자랑했다.

"어떠냐, 빠르지? 이 지쿠젠 아직 나이를 먹지 않았다."

초토에서 피어오르던 연기를 멀리서 바라보다 갑자기 변한 감정은 이미 얼굴 어디에도 없었다.

"오호, 야생 매화가 피었구나."

좁은 숲길을 가는 동안 대나무 지팡이로 장난을 치기도 하고 아름다운 모습을 보고는 잠시 황홀하다는 듯 지켜보기도 했다. 덤불에 사는 휘파람새의 소리도 들려왔다. 세상에서는 전쟁이 벌어졌는데 새는 처량하게 울고 있었다.

히데요시가 좌우를 향해 말했다.

"봄인데 봐주는 사람이 아무도 없구나. 가끔은 봐주는 것도 길을 가는 사람의 정이다. 누가 시를 읊어보지 않겠느냐?"

"……."

잠시 모두 입을 다물었다. 햇살에 피어오르는 매화향이 모두의 얼굴에 가만히 닿았다. 오타니 헤이마 요시쓰구가 운을 띄웠다.

"오는 이에게 말을 걸고 싶어지는 야생 매화로구나."

그러자 히라노 곤페이 나가야스가 다음 구를 덧붙였다.

"꽃은 지나치나 기다려라 이길 날까지."

히데요시는 기분 좋다는 듯 '그래, 그래' 하고 호응하며 다시 걷기 시작했다. 걸으면서 입으로 조금 전 시를 중얼거렸다.

덴진 산과 이케노하라 사이까지 오자 아군의 진지 하나가 있었다. 깃발을 보니 호소카와 요이치로 다다오키細川与一郎忠興의 진지였다.

"목이 마르구나. 물이라도 마시고 가자."

히데요시는 그렇게 말하며 진문 가까이로 갔다. 다다오키와 가신들은 이만저만 놀란 것이 아니었다. 갑작스럽게 진영을 둘러보는 것이라고 생각한 모양이었다.

"아닐세, 후무로에 올랐다가 돌아가는 길일세. 그래도 생각난 김에 말해두기로 하지."

히데요시는 더운 물을 마시며 다다오키에게 명을 내렸다.

"자네는 바로 이곳의 진을 철수해 본국으로 돌아가게. 그리고 단고丹後 미야즈宮津 일원의 병선을 모두 동원해서 적의 에치젠 연해를 위협하도록 하게."

다다오키는 히데요시가 떠나자 곧 진을 철수하고 미야즈로 돌아갔다. 그리고 일 개월 뒤, 마침내 이곳에서 시즈가타케 결전이 펼쳐지자 호소카와 군은 수군이 되어 에치젠의 영해를 물 위에서 습격했다.

히데요시는 산에 올라서도 수군을 떠올리는 사람이다. 이러한 구상은 히데요시가 아니면 할 수 없는 것이다. 이와 같은 두뇌의 활동과 육안의 시계는 그다지 관계가 없다.

그야 어찌 됐든 그날 히데요시는 다다오키에게 갑작스럽게 퇴각 명령을 내리고 더운 물 한 잔으로 목을 축였다. 그러고는 걸상에서 일어나 다다오키에게 귀국하면 후지타카에게 안부를 전해달라는 등의 말을 하며 진 밖으로 나섰다. 그렇게 헤어지자마자 히데요시는 다시 뒤돌아서 다다오키를 불렀다.

"요이치로, 요이치로."

아직 명령할 것이 남았나 싶어 다다오키가 달려가자 히데요시가 이렇게 말했다.

"요이치, 이 지쿠젠에게 말 한 필을 주지 않겠는가?"

명마를 바라는 것인가 싶어 다다오키가 당황한 듯 대답했다.

"저의 애마는 드릴 수 없습니다만, 다른 말이라면."

히데요시는 전혀 신경 쓰지 않았다. 그러고는 말뚝으로 직접 가서 벌써 말 하나에 올라 있었다.

"이걸 가져가기로 하지."

그가 탄 말은 안장이 놓여 있기는 했으나 짐꾼이 타는 말로 그저 튼튼하기만 한 볼품없는 말이었다.

'대장은 말을 보는 눈이 없구나.'

젊은 다다오키는 문득 히데요시를 가볍게 보다가 언젠가 사와 산성 안에서 아버지 후지타카가 타이르던 말이 문득 떠올랐다.

'아니, 그렇게 봤다면 나야말로 사람을 보는 눈이 없는 자일지도 몰라.'

다다오키는 바로 반성하며 말을 타고 가는 히데요시의 모습을 바라보았다.

히데요시가 말 위에서 수행원 중 가토 도라노스케를 불렀다.

"도라노스케."

"무슨 일이십니까?"

도라노스케가 안장 옆으로 다가가 올려다보니 히데요시가 안장을 고치고 있었다.

"이 말은 성깔이 있는 놈 같구나. 자꾸만 왼쪽으로 치우쳐 가려 하니. 어떻게 된 걸까?"

"하하하. 그럴 겁니다."

"다리가 안 좋은 것이냐, 안장이 비뚤어진 것이냐?"

"아닙니다, 한쪽 눈이 좋지 않습니다."

"뭐? 한쪽 눈이?"

히데요시가 크게 웃으며 말했다.

"요시로가 말을 아끼는 것은 무사로서 당연한 일이라 생각하고, 이 지쿠젠이 진지로 돌아갈 때까지만 쓰기에는 짐말이면 충분하다 싶어 일부러 짐말을 골라왔더니 그게 애꾸일 줄은 몰랐구나. 이거 애물단지를 얻어 가지고 온 셈이로군."

"신경 쓰실 것 없습니다. 제가 부리망을 잡아 잘 끌도록 하겠습니다."

"이런 말도 부리기 나름이라는 말이냐?"

"그렇습니다."

신도에서 십 리쯤 지나 다카토키 강 부근에 도착했다. 그 부근의 마을은 적에 의해 모두 불에 타 있었다. 자세히 둘러보던 히데요시는 때때로 마음이 아프다는 듯 눈썹을 찌푸렸다. 특히 이마이치의 번화가로 들어서자 잿더미 외에는 아무것도 눈에 들어오지 않았다. 듣자 하니 이틀 전 밤에 적이 불을 질렀다고 하는데 이후 비가 내리지 않았던 탓인지 아직도 연기가 피어오르고 있었다.

히가시아사이의 이마이치는 추억이 깊은 나가하마 시절의 영지였다. 대부분의 백성들이 모두 산지로 달아나 보이지 않았으나, 불에 타고 남은 널따란 지역에는 불에 탄 모습 그대로 무엇인가를 찾듯 돌아다니는 사람들이 있었다. 그러한 모습과 길가에 허무하게 쓰러져 있는 시체 등 무엇을 보든 히데요시는 가슴이 아팠다. 오랜 세월 자신의 손으로 돌보던 영지의 백성들이었다. 그들 모두가 예전에 영지를 둘러보던 때 말 앞에서 보았던 사람들처럼 느껴졌다.

'가엾은 백성들이여, 전란의 세상에서 이와 같은 일을 당하는 것은 늘 있는 일이라고는 하지만 이 지쿠젠은 백성들 위에 있으면서 그들의 힘이 되어주지 못하는구나. 게다가 불시에 에치젠 군의 출격이 있으리라는 사실을 예전부터 알고 있었으면서 적으로 하여금 이렇게 자부심에 젖게 한 것은 오로지 나의 불찰이다. 용서해주기 바란다, 용서해주길.'

히데요시는 죽은 사람과 잿더미는 물론 살아 있는 사람의 그림자를 향해 사과를 했다. 그러는 사이에 그는 무엇을 보았는지 말의 부리망을 멈추게 했다.

"도라노스케, 기다려라."

"저쪽 불에 탄 자리에 집을 잃은 자들이 여럿 모여 초토에 엎드려 있는데 무슨 일이냐? 굶주린 것이냐 울고 있는 것이냐?"

히데요시의 말에 기무라 하야토노스케, 아사노 휴가 등의 시동들은 비로소 황량한 초토 가운데 이상한 무리의 사람들이 있다는 사실을 알고 가만히 바라보았다.

"아, 알았습니다."

이시다 사키치였다. 문득 무릎을 치더니 말 위에 올라 있는 주인에게 말했다.

"저건 틀림없이 이마이치 관세음이 있던 자리입니다. 관세음당이 불탄 자리입니다."

"관세음당이 있던 자리란 말이냐?"

"그렇습니다. 가람과 누문, 나무들까지 모두 불타버리고 말았습니다만."

"아아……."

히데요시는 놀라 감탄했다. 사람들의 진실한 마음에 감동을 받은 듯한 표정이었다. 불에 타 무엇 하나 남아 있지 않은 잿더미 속에서 서민들은 여전히 관세음의 실재를 보고 있었던 것이다. 그리고 재생에 대한 약속을 하고 있는 것처럼 보였다.

황량한 초토뿐 눈에 들어오는 것은 아무것도 없었으나 전화를 입은 백성들이 엎드려 있는 곳 앞에는 그야말로 대자비, 빛의 관음이 내려앉아 있었다. 히데요시의 눈에도 그것이 보였다.

히데요시는 말에서 내려 백성들을 향해 합장을 했다. 그리고 다시 안장에 올라 그곳을 떠났다. 백성들은 깨닫지 못한 듯했으나 히데요시는 본진에 돌아와서도 초토 속에서 본 그 장면이 머리에서 떠나지 않았다.

한나절에 걸친 전장 시찰로 히데요시의 작전 구상은 거의 마무리가 된 듯했다. 히데요시는 그날 밤 진영으로 각 진지의 장수들을 모아 방침을 주었다. 즉, 적의 지구전에 맞서 보루를 더 구축해서 지구전으로 대치하겠다는 방침이었다.

요새의 구축이 개시되었다. 토목공사는 백성의 마음을 활발하게 했다. 히데요시는 백성들 사이에 잠재되어 있는 적개심을 전쟁에 모두 집결시키기 위해서라도 대대적인 토목공사가 필요하다고 보았다.

대결전 직전에 적 앞에서 토목공사를 실시한다는 것은 무모하기도 하고 대담하기도 한 일이었다. 만약 패한다면 패인의 죄는 오로지 적 앞에서 토목공사를 일으킨 어리석음에 있다고 세상의 웃음거리가 될 게 뻔했다. 하지만 그는 굳이 그 어리석음을 택했다. 우선 백성을 결집시키기 위해서였다. 그가 섬겼던 노부나가는 언제나 파죽지세로 진군해 '노부나가가 가는 곳에는 초목도 마른다'는 말을 들을 정도였으나 히데요시는 조금 성격이 달라서 그가 가는 곳, 진을 친 곳에는 저절로 백성들이 모여들었으며 시장을 이루었다. 또 백성들을 잘 아우르는 것을 적에게 이기는 것보다 중요한 일로 여겼다. 매섭고 엄한 군율은 군기의 기본이 되는 것이지만, 피바람이 몰아치는 가운데서도 그가 앉은 곳에는 어딘가 봄바람이 감돌고 있었다. 누군가가 글에서 '봄바람은 도키치로藤吉郎가 있는 곳'이라고 말했는데, 정말로 그런 기운이 느껴졌다.

요새를 설치할 곳은 북국 가도 나카노고中之鄕의 기타北 산에서 히가시노東野 산, 단기堂木 산, 신메이神明 산까지의 제1선 지구와 이와사키岩崎 산, 오가미大上 산, 시즈가타케, 다가미田上 산, 기노모토 등의 제2선 지구에 걸친 광범위한 곳으로, 당연히 매해 수십만 명의 인력이 필요했다.

히데요시는 나가하마의 영지 안에서 사람들을 징집했다. 특히 전쟁으로 화를 입은 지역에는 방을 내걸게 했다.

1. 남녀노소 불문, 꼽추, 절뚝발이도 무방함. 흙을 질 수 없는 자는 새끼 꼬는 일을 시킴.

1. 그 자리에서 쌀과 소금을 지급하겠음. 훗날에는 집안의 소작료를 일 년 면제해주겠음. 집을 잃은 자에게는 협력하도록 하겠음. 시장은 이번 여름부터 설 것임. 추석에는 축제가 있을 것임.

1. 늦지 않도록 할 것. 서로 살펴서 게으른 자를 집에 두지 말 것. 이는 중죄가 되리라.

며칠 지나지 않아서 각 산들은 사람으로 메워졌다. 나무는 베어지고 길은 뚫리고, 여기저기 보루가 하나씩 놓였다. 곧 일대 요새 지역이 출현할 것처럼 여겨졌다. 하지만 실제 공사는 그렇게 쉬운 것이 아니었다. 그 보루 하나에만도 망루도 필요하고 막사도 필요했다. 해자도 만들어야 하고 둑도 만들어야 했다. 산기슭에는 가시나무 울타리를 두르고, 중턱에는 미로를 만들고, 첫 번째 목책, 두 번째 목책, 세 번째 목책에는 문을 만들고, 적이 공격로로 오를 만한 길 위에는 커다란 나무와 바위를 쌓아두는 등 곳곳에 전략적 시설도 필요했다.

특히 첫 번째 전투 구역인 히가시노 산에서 단기 산까지의 사이는 목책과 참호로 길게 연결되었다. 그 흙을 파내는 것만 해도 큰일이었다.

하지만 그러한 대대적인 토목공사도 겨우 이십 일 만에 완료했다. 그것이 가능한 했던 것은 방에 쓰인 글 그대로 노인도 여자도 아이들도 참가했기 때문이다. 소쿠리 가득 흙을 끌어안고 비틀비틀 옮기는 모습까지 눈에 띄었다. 젖먹이를 업은 아낙이 취사장에서 밥 짓는 모습도 보였다. 애초부터 그러한 사람들이 힘이 되기는 어려웠다. 하지만 그러한 모습은 건강한 사람들의 분투를 자극하는 힘이 되었다. 그들은 전쟁으로 입은 화의 슬픔도 잊고 토목공사에 희망찬 내일을 걸고 있었던 것이다.

"좋구나."

히데요시가 각 요새를 한 바퀴 둘러보고 고개를 끄덕였다.

요새의 공사만으로 마음이 든든했던 것은 아니었다. 이로써 백성들의 가슴에도 '마음의 요새'가 굳게 세워졌다고 생각했기 때문이다.

군민이 하나가 된 '마음의 요새'와 지역의 모든 물자를 동원해 만든 요새의 공사가 모두 끝나자 히데요시는 그곳에 각 장수들을 배치했다.

제1선 지구의 히가시노 산 요새에는 호리 히데마사의 오천 병력과 가도의 북쪽에 오가와 사헤이지 스케타다小川佐平次祐忠의 일천 병력을 배치했다. 그리고 단기 산에는 야마지 쇼겐 마사쿠니山路將監正國, 기노시타 한에몬 등의 부대를 각각 오백 명씩 배치했다.

신메이 산에는 오가네 도하치로와 기무라 하야토노스케 시게노리의 부대를 각각 오백 명씩 배치했다. 이곳은 원래 시바타 가쓰토요가 지켜야 할 곳이었으나 가쓰토요가 다시 병을 앓았기에 그의 가신인 오가네 도하치로와 야마지 쇼겐이 대신 지휘를 하게 되었다.(가쓰토요는 그로부터 얼마 지나지 않아 교토에서 병사했다.)

제2선 지구에는 이와사키 산에 히데요시 직속의 다카야마 우콘나가

후사高山右近長房, 오이와大岩 산에 나카가와 기요히데中川淸秀, 시즈가타케에 구와야마 시게하루桑山重晴의 부대를 각각 일천 명을 배치해 중추적인 역할을 맡게 했다. 그리고 다가미 산에는 하시바 히데나가의 일만 오천 명을 두었으며, 각 보루를 이곳의 위성으로 여겼다.

이 외에도 객장이라 할 수 있는 니와 나가히데에게 호수 북쪽의 경비를 맡겼으며 가이즈 근방에 칠천여 병력을 배치했다. 그의 아들인 니와 나가시게丹羽長重도 삼천 명을 이끌고 쓰루가敦賀 방면을 견제했다. 물론 이것이 히데요시 군의 전모는 아니었으나 대체로 이와 같이 병력을 배치한 뒤 히데요시는 마음속으로 홀로 한 가지 계획을 구상하고 있었다.

하지만 아직 그 누구에게도 말하지 않고 며칠 동안 적의 동향을 가늠하고 있었다. 히데요시 쪽에서 각 요새를 구축하기 시작하자 시바타 군은 한동안 야간 기습과 여러 가지 작은 책략을 써서 활발하게 방해를 했으나, 늘 대비를 하고 있는 적에 대해서는 아무런 효과도 없다는 사실을 깨달았는지 이후부터는 산처럼 전혀 움직이지 않아 오히려 불안하게 여겨질 정도였다.

어째서 쉽게 움직이지 않았던 것일까? 히데요시는 그 이유를 알고 있었다. '섣불리 맞설 수 없는 강적'이기 때문이었다. 가쓰이에는 히데요시의 생각대로 자중에 자중을 했다. 그리고 그 외에도 중대한 이유가 있었다.

이곳은 이미 충분히 준비되었지만 다른 방면에서는 자신이 쓸 수 있는 아군 부대가 전면적으로 동원되기에는 아직 때가 아니라고 생각한 것이었다. 자신이 쓸 수 있는 아군 부대란 기후의 간베 노부타카였다. 노부타카가 일어나야만 다키가와 가즈마스도 구와나 성에서 적극적인 공세에 나설 수 있게 되고, 그래야만 비로소 가쓰이에가 생각하고 있는 일이 전략상으로 실제화될 수 있었다.

'그렇지 않고는 이번 전쟁에서 쉽게 이길 수 없다.'

가쓰이에는 처음부터 은밀히 그러한 계산을 하고 있었다. 그 계산은 피아의 국력 비교에서부터 시작된 것이었다.

당시 히데요시는 야마자키 전투 이후 급격히 세력을 더했기에 동맹국은 반슈播州, 다지마但馬, 셋쓰, 단고, 야마토大和를 비롯해 다른 몇 개 주에 걸쳐 이백육십만 석에 이르렀으며 병력은 육만 칠천을 움직일 수 있었다. 거기에 오다 노부오의 오와리, 이세, 이가伊賀에 산재해 있는 병력과 비젠에 있는 우키타와 그 외의 세력을 합치면 무려 십만에 이르렀다.

시바타 쪽은 에치젠 기타노쇼를 주력으로 노토의 마에다, 가가 오야마尾山의 사쿠마 모리마사, 에치젠 오노大野의 가나모리 나가치카, 가가 맛토의 도쿠야마 노리히데, 엣추越中 도야마富山의 삿사 나리마사 등을 더해 백칠십여만 석이었으며, 동원 병력도 사만 오천에 지나지 않았다. 거기에 미노, 이세의 노부타카, 가즈마스의 국력을 더해야 비로소 적과 거의 대등하게 맞설 수 있는 육만 이천 명의 병력을 갖게 되는 것이었다.

모략

떠돌이 승려가 장부와 같은 발걸음으로 집복사集福寺(슈후쿠지) 언덕을 오르고 있었다. 그 부근은 니시아사이의 구쓰카케沓掛, 집복사, 야나가세 등 산에서 산으로 이어지는 샛길이었다. 그리고 시바타 군의 주력 진지를 이루는 교이치 산에서 나카오 산까지의 경비 구역 안이기도 했다. 귀가 밝은 한 무리의 보초병이 갑자기 나무 그늘을 헤치고 나와 승려 앞에서 창으로 담을 쌓았다.

"어디로 가는 거냐?"

"날세."

승려가 쓰고 있던 두건을 벗었다. 보초병들이 실수를 사과하고 뒤쪽의 목책을 향해 수신호를 보냈다. 나무 문 쪽에는 다른 부대 하나가 모여 있었다. 승려는 그곳의 부장을 향해 무엇인가 이야기를 했다. 말을 빌려달라고 청한 모양이었다. 성가시기는 했으나 거부할 수 없는 중요한 임무를 띤 사람이었는지 부장이 직접 끌고 와서 건네주었다. 승려는 말에 오르더니 교이치 산의 진영을 향해 전보다 한층 더 서둘러 떠났다.

교이치 산의 진영은 사쿠마 겐바노조 모리마사佐久間玄蕃允盛政 형제의 진영이었다. 승려의 모습을 한 사내는 겐바의 동생 야스마사安政의 신하인 미즈노 신로쿠水野新六라는 사람으로 은밀한 명령을 받아 어딘가 사자로 다녀온 듯했다. 반 각 뒤에 그는 주인인 구에몬 야스마사久右衛門安政의 막사 안에 엎드려 있었다.

"지금 막 돌아왔습니다."

"결과는 어땠는가?"

야스마사가 기다리고 있었다는 듯 물었다.

"우선은 됐습니다."

신로쿠가 대답했다.

"만났단 말이냐? 잘했구나."

"적의 감시가 삼엄해서 야마지 나리에게 접근하는 것조차 쉬운 일이 아니었습니다."

"그랬겠지. 바로 그래서 특히 자네를 보낸 것 아니겠나. 그래, 쇼겐의 의중은?"

"여기에 가져왔습니다."

신로쿠가 삿갓 안쪽에서 끈이 달린 부분을 힘껏 뜯어냈다. 그러자 안에서 서장 한 통이 그의 무릎 아래로 떨어졌다. 신로쿠가 구겨진 부분을 펴서 주인 야스마사의 손에 건네주었다.

야스마사가 봉인한 표식을 가만히 살피고는 말했다.

"음, 이건 틀림없이 쇼겐의 필적……. 그런데 이건 형님 앞으로 보내는 글이로구나. 신로쿠, 따라오너라. 바로 형님께 보여드리고, 또 나카오 산의 본진에도 급히 보내 기뻐하시는 얼굴을 보기로 하자."

"잠시만 기다려주십시오."

신로쿠는 창황히 다른 막사로 들어가더니 승복을 벗어버리고 갑옷으로 갈아입었다.

"모시겠습니다."

주종은 그곳의 목책에서 나와 교이치 산의 정상으로 올랐다. 병마, 책문, 막사의 배치는 위로 올라갈수록 더욱 긴밀해졌다. 그리고 마침내 임시성이라 할 수 있는 혼마루의 막사와 여러 작은 막사가 산 위에 펼쳐져 있었고 중앙에 깃발 등이 세워져 있는 곳이 바로 사쿠마 겐바노조가 머무는 곳이었다.

"구에몬 야스마사일세, 형님께 말씀 전하게."

야스마사가 진문의 부장에게 말하자 측신인 곤도 무이치近藤無一가 달려나와 말했다.

"오셨습니까? 그런데 나리는 안 계십니다."

"나카오 산에라도 가신 겐가?"

"아니, 저기에 계십니다."

무이치가 가리킨 곳을 보니 형 겐바노조는 무엇을 하는 것인지 혼마루에서 떨어진 잔디밭 위에 네다섯 명의 무사와 시동들과 함께 앉아 있었다.

다가가 보니 겐바노조는 시동 한 명에게 거울을 들게 하고, 또 다른 한 명에게 작은 대야를 들게 한 채 푸른 하늘 아래서 수염을 깎기에 여념이 없었다.

그날은 4월 12일(양력 6월 2일)이었다. 천지는 이미 여름으로 접어들어 강남의 역참길이나 평야의 성시城市에서 벌써 더위가 느껴질 때였다. 하지만 이 산과 일대의 산악지대는 지금이 한창 봄이었다. 나무에 잎이 새로 돋고, 연둣빛 계곡 곳곳에는 철쭉이 불타오르고, 벚꽃이 만개했다.

"형님, 여기에 계셨습니까?"

야스마가사 잔디 위에 무릎을 꿇었다.

"오오, 아우 왔는가."

겐바노조가 슬쩍 곁눈질을 했다. 하지만 여전히 시동이 들고 있는 거울 앞으로 턱 끝을 내민 채 수염을 깎았다. 수염을 다 깎고 나서 면도칼을 놓고 대야의 물로 푸르스름한 수염 자국을 씻은 뒤에야 비로소 야스마사를 향해 앉았다.

"무슨 일인가? 야스마사."

"시동들을 물려주시기 바랍니다."

"막사로 가서 이야기할까?"

"아니, 잠시 밀담을……. 이곳이야말로 사방을 살피기에 좋은 자리입니다."

"그러냐. 그렇다면."

겐바노조가 시동들을 돌아보며 명령했다.

"모두 멀리 물러나라."

시동들이 거울과 대야를 들고 물러났다. 측근들도 물러났다. 산 위의 잔디밭에는 마주 보고 앉은 사쿠마 형제만이 남아 있었다. 아니, 한 사람 더 있었다. 야스마사와 함께 온 미스노 신로쿠였다. 신로쿠는 신분상 멀리 떨어져 머리를 조아리고 있었다.

그제야 겐바노조가 신로쿠의 존재를 깨닫고 말했다.

"신로쿠가 돌아왔구나."

"무사히 돌아왔습니다. 맡은 일도 잘 처리한 듯합니다."

"고생 많았구나. 그렇다면 야마지 쇼겐의 대답은?"

"신로쿠가 가지고 돌아온 쇼겐의 서장입니다. 우선 살펴보시길."

"그래…… 어디 보자."

겐바노조는 서장을 손에 쥐자마자 바로 개봉했다. 입가와 눈에서 숨길 수 없는 기쁨이 묻어났다. 어떤 비밀스러운 일을 성공했기에 그토록 기뻐하는 것인지 그는 가만히 있을 수 없다는 듯 어깨를 흔들었다.

"신로쿠, 좀 더 가까이 오라. 거기는 너무 멀다."

"쇼겐의 글을 보니 자세한 내용은 사자에게 전하겠다고 했는데, 쇼겐의 전언을 남김없이 말해보도록 하라."

"야마지 나리께서 구두로 전달하신 내용을 말씀드리면, 누가 뭐래도 자신과 오가네 도하치로는 원래 나가하마의 신하였으며, 나가하마가 그렇게 되기 전부터 가쓰토요 님과 의견을 달리했다는 사실을 히데요시를 비롯해 휘하의 각 장수들도 알기에 단기 산과 신메이 산의 보루를 맡기면서도 방심하지 않고 다시 히데요시의 심복인 기무라 하야토노스케를 붙여 감시하게 한 것이며, 그러다 보니 마음대로 움직일 수 없는 형편이라고 했습니다."

"하지만 서면에는 내일 아침 오가네 도하치로와 함께 단기의 요새를 빠져나와 우리의 진소에 반드시 투항하겠다고 적혀 있는데……."

"그 일은 비밀 중의 비밀이기에 글 속에는 적지 않았습니다. 하지만 계책을 써서 기무라 하야토노스케를 살해한 뒤 모든 세력을 이끌고 시바타 쪽으로 달려와 항복할 것이라고 확약했습니다."

"내일 아침이라면 얼마 남지 않았군. 이쪽에서도 도중까지 사람을 보내 맞이하도록 하게."

겐바노조가 야스마사의 눈을 보고 말한 뒤 다시 신로쿠에게 물었다.

"히데요시는 지금 진중에 있는 것 같기도 하고, 나가하마에 있는 것 같기도 하다는 소리가 들리던데 자네가 본 바로는 어떤가? 정확히 어디에 있는가?"

"그것만은 정확한 내용을 전혀 알 수가 없습니다."

미즈노 신로쿠가 솔직히 대답했다.

"모른단 말인가."

겐바노조도 한탄하듯 말했다. 시바타 측에게 히데요시가 전선에 있는지, 나가하마에 있는지는 커다란 수수께끼였다. 아무리 염탐을 해봐도 정확한 사실을 알 수 없었기 때문이다. 특히 지난 며칠 동안에는 하시바 군에서도 미묘한 기운이 감지되었고, 아군의 작전도 무르익어가고 있었으나 정작 중요한 히데요시의 소재가 정확하지 않다 보니 지금의 상황에서는 한 걸음도 적극적으로 나설 수 없었다.

왜냐하면 시바타 군은 어디까지나 일방적인 침공을 방책으로 삼고 있지 않기 때문이었다. 그들은 간베 노부타카의 기후 군이 궐기할 날이 오기를 오래도록 기다렸다. 그와 함께 이세의 다키가와 가즈마스도 공세로 전환해 세이슈와 미노가 히데요시의 배후를 위협하기를 기다렸다. 그런 다음 이곳의 이만여 세력이 일거에 물밀듯이 쳐들어가 니시아사이, 히가시아사이의 각 요새를 짓밟고 히데요시를 나가하마, 사와 산의 한쪽 구석으로 몰아 완전한 승리를 이루길 기대하고 있었다.

기후의 노부타카는 이미 '조만간 군대를 일으키고, 세이슈와도 연락해서 히데요시의 배후를 치겠다'고 가쓰이에에게 밀서를 보냈다.

만약 히데요시가 나가하마에 있다면 히데요시는 이미 그 사실을 깨닫고 기후와 야나가세를 대비하고 있다고 봐도 좋을 것이다. 그렇다면 그들도 그에 대해 충분히 주의를 해야 했다. 하지만 만약 히데요시가 아직도 고호쿠의 전선에 있다면 노부타카가 일어날 때는 바로 지금이었다.

시바타 군으로서는 그에 앞서 히데요시를 이곳에서 교착상태에 빠지게 만드는 방책을 써서, 노부타카가 작전을 쓰기에 유리한 정세를 속히 전개해둘 필요가 있었다.

"히데요시가 어디에 있다는 것만은 모르겠단 말인가."

겐바노조가 다시 한 번 입안에서 되풀이했다. 그의 왕성한 전의나 평소의 성격으로 봐서, 그는 한 달 넘게 계속된 무위에 가까운 장기전에 더는 견딜 수 없는 답답함을 느끼고 있었을 것이다.

"아니, 욕심을 부리면 한도 끝도 없지. 이번에는 야마지 쇼겐을 끌어들였다는 사실만으로도 축하할 일이라고 해야 할 게야. 어쨌든 기타노쇼 나리에게도 얼른 보고하기로 하지. 야스마사, 너는 가쓰마사勝政(막냇동생)와 잘 상의해서 내일 아침에 야마지가 내응의 신호를 보내면 빈틈없이 잘 처리할 수 있도록 준비해두어라."

"알겠습니다."

"신로쿠에게는 훗날 상이 있을 것이다."

"황공합니다."

야스마사와 신로쿠는 먼저 일어나 각자의 진영으로 돌아갔다. 겐바노조는 손짓으로 시동을 불러 애마 '세이란靑嵐'을 끌고 오게 해서 무사 열 명 정도와 함께 바로 나카오 산의 본진으로 향했다.

교이치 산에서 나카오 본진까지의 군용도로는 폭 두 간 정도의 새로 닦은 길로 이십여 리가 구불구불 능선을 따라 나 있었다. 마침 깊은 산 가득 봄이 찾아와 있었다. 명마 세이란을 타고 한들한들 가자니 겐바노조의 거친 가슴에는 풍류를 억누르지 못하고 시를 읊고 싶은 마음이 생겼다.

나카오 산의 본진은 몇 겹의 목책으로 둘러싸여 있었다. 그는 문을 지날 때마다 말 위에서 보초를 서는 장병을 내려다보며 '겐바노조다'라고 한마디 던지고는 그대로 지나쳤다. 혼마루 안쪽의 문에서도 얼굴을 보이고 지나려 하자 수비를 맡은 장수가 엄하게 제지했다.

"기다려라, 어디로 가는 것이냐?"

그렇게 말하고는 말 위의 겐바노조를 검문했다. 그러자 겐바노조가 힐끗 돌아보며 말했다.

"그래, 멘주로毛受구나. 숙부님을 뵈러 가는 길이다. 숙부님은 안에 계시냐?"

겐바노조는 안내를 하라는 듯한 말투였다. 그러자 멘주 쇼스케 이에테루毛受勝助家照가 씁쓸한 표정으로 겐바노조 앞으로 돌아가 타일렀다.

“우선 말에서 내리십시오.”

“뭐라고?”

“이곳은 대장의 장막에서 가까운 진문입니다. 어떠한 분이라도, 또 아무리 급한 용무라도 말을 탄 채 들어갈 수는 없습니다.”

“그러냐, 멘주?”

겐바노조가 쓸쓸하게 웃으며 말에서 내렸다. ‘이놈!’ 하는 반감이 들었으나 군기에는 반항할 수가 없었다. 그 대신 상대방의 요구대로 말에서 내리자 말투가 더욱 거칠어졌다.

“숙부님은 어디에 계시느냐?”

“회의 중이십니다.”

“어떤 자들이 참석했느냐?”

“하이고 나리, 오사_툰 나리, 하라 나리, 아사미 나리입니다. 그리고 아드님이신 곤로쿠 가쓰토시^{權六勝敏} 나리까지 더해 막료들하고만 막사에서 회의를 하고 계십니다.”

“그렇다면 상관없겠군. 그곳으로 가겠다.”

“아니, 말씀을 여쭙겠습니다.”

“그럴 필요 없다.”

겐바노조는 그대로 들어가버리고 말았다.

멘주 쇼스케는 그 뒷모습을 바라보았다. 문득 감출 수 없는 근심의 빛이 눈가를 스치고 지나갔다. 그가 면전에서 타박을 준 것은 그저 군율만이 아니라, 평소 겐바노조의 태도에 대해 은밀히 반성을 유도하고 싶었기 때문이다. 그만큼 겐바노조는 걸핏하면 가쓰이에의 총애를 자랑하려는 듯한 태도를 보였다. 쇼스케는 기타노쇼의 수뇌부에 일족 사이의 사사로운 정인 맹목적인 사랑과 지나친 은총이 짙게 배어 있는 것을 볼 때마다 견고한 진영도 불안하게 느껴져 견딜 수가 없었다. 적어도 군중에서만은 대군의 총사를 '숙부님'이라는 사칭으로 부르게 하고 싶지 않았다. 하지만 당사자인 겐바노조는 쇼스케 이에테루의 근심 따위는 애초부터 마음에 두지 않았다. 그는 직접 숙부인 가쓰이에의 막사로 들어가 자리에 있던 신하들을 무시한 채 가쓰이에에게 속삭였다.

"자리가 끝나면 은밀히 드리고 싶은 말씀이 있습니다."

겐바노조는 그렇게 말하고 가쓰이에 곁에 놓인 걸상에 한동안 앉아 있었다.

가쓰이에는 서둘러 평의를 마치고 장수들을 물린 뒤, 무슨 일이냐는 듯 조카와 무릎을 맞대고 앉았다. 겐바노조는 우선 빙그레 웃어 보인 뒤, 숙부를 기쁘게 하려는 듯 말없이 야마지 쇼겐의 답서를 보여주었다.

"음, 성공했구나."

가쓰이에는 이만저만 만족한 게 아니었다. 이는 원래 그가 착상해서 겐바노조에게 공작을 펼치도록 한 음모였던 만큼 '모략에 성공했다'는 쾌감이 누구보다 클 수밖에 없었다. 특히나 가쓰이에는 음모를 좋아한다고 세상에 정평이 나 있었다. 그러니 그가 쇼겐의 서장을 말아 쥐며 침을 흘릴 듯 크게 기뻐한 것은 당연한 일이었다.

모략을 은근히 자랑스러워하는 가쓰이에가 야마지 쇼겐에 주목한 것은, 과연 '적의 환부'를 잘 꿰뚫어본 일이었다. 적의 약한 부분에 병균을 심어 적의 내장을 안에서부터 갉아먹는 것이 모략의 목적이었다. 히데요시의 전열 가운데 야마지 쇼겐 마사쿠니와 오가네 도하치로가 있다는 사실은 가쓰이에의 눈에 더할 나위 없는 모략의 온상이었다. 그가 그 존재를 어떻게 해서 '적 속의 아군'으로 만들 것인가를 놓고 부심한 것은 말할 필요도 없다.

거듭 말할 필요도 없이 야마지 쇼겐과 오가네 도하치로는 원래 시바타 가쓰토요의 가신이었는데, 가쓰토요가 히데요시에게 항복한 뒤로 시바타

쪽 진영에 있게 되었다.

"이들과 내통하고 설득해서 적을 안에서부터 무너뜨리는 것이 좋겠다."

가쓰이에는 모략의 방침을 은밀히 겐바노조에게 내렸고, 겐바노조는 동생들과 논의해서 적의 배 속에 몇 번이고 은밀히 독을 넣으려 했다. 하지만 단기 산, 신메이 산 두 요새는 기무라 하야토노스케의 군이 엄중하게 감시하는 곳이라 모두 성공을 거두지 못했다. 그리고 당사자인 쇼겐에게 다가가지도 못하는 게 아닐까 싶어 모처럼 세운 모략도 허무하게 포기하려던 참이었다. 그러던 차에 미즈노 신로쿠가 마침내 쇼겐을 만나 쇼겐의 답서를 들고 온 것이었다. 사쿠마 형제는 자부심을 느꼈다.

"정말 고생 많았다."

노병 가쓰이에는 자신의 술책이 성공을 거두었다며 한없이 희열을 느끼고 그것을 조카인 겐바노조의 수훈으로 돌려 노고를 치하했다.

모략을 꾀할 때 이득을 나누어주는 것은 예로부터 늘 써오던 방법이었다. 가쓰이에도 달콤한 먹이로 야마지 마사쿠니를 설득했다. 즉 에치젠 사카이坂井 군의 마루오카丸岡 성과 그 부근의 합 십이만 석을 주겠다고 약속했다. 마사쿠니는 거기에 눈이 어두워졌다. 그는 이유를 들어 자신의 추함에 양심의 눈이 쏠리는 것을 막으려 했을 테지만, 이미 이익에 눈이 어두워 가문의 명예와 생애까지 팔아버린 사람이 되어버리고 말았다.

노회한 가쓰이에는 쇼겐의 이용 가치는 높이 봤지만 인물은 높이 보지 않았다. 그는 이미 쇼겐을 이利에 움직일 사람이라고 보고 있었던 것이다. 그에게 어떤 달콤한 먹잇감을 약속하든 전쟁이 끝나고 나면 뒤처리는 마음대로 할 수 있었다.

예로부터 적에 내응해서 모반을 꾀한 사람이 이익을 추구했음에도 이익을 얻어 평생을 영화롭게 산 예가 없었다는 점 또한 신기한 일이다. 훗날 그 약속이 무시되어 이익 대신 참수나 독살을 당하거나, 혹은 자멸을 하게 되어도 천하가 조소할 뿐, 그 말로를 가엾이 여기는 사람은 아무도 없었다.

그러한 역사상의 수많은 예를 모를 리 없는 야마지 쇼겐이 어째서 그처럼 어리석은 행동을 하게 된 것일까? 그 역시 '이번 일만은 뜻대로 풀릴 것이다. 기타노쇼 나리도 확약을 하지 않았는가?'라고 자신의 경우만은 예외로 여기고, 또 전쟁이 시바타 측의 승리로 끝날 것이라고 굳게 믿었던 것이다. 그것은 놀라울 정도의 망동이라고 할 수밖에 없다. 하지만 나중에는 그도 번민했다. 양심의 가책도 느꼈을 것이다.

어쨌거나 이미 승낙의 뜻을 밝히는 글을 건넨 뒤였다. 후회해도 소용없는 일이었다. 무슨 일이 있어도 내일 아침에는 내응을 결행하여 그 요새로 시바타 군을 맞아들여야 할 운명을 스스로 만들어버리고 말았다.

안에서 패한 자

12일 자시 무렵이었다. 자시는 그야말로 한밤중이라 횃불도 어둡고 산속의 군영도 고요함에 잠겨 솔잎 소리나 이슬 떨어지는 소리밖에 들려오지 않았다.

"문을 열어주시오. ……잠시 문을 열어주시오."

누군가가 목책의 문을 자꾸만 두드렸다. 무엇인가를 두려워하듯 기어 들어가는 목소리였다.

그곳은 모토야마의 혼마루였다. 모토야마란 단기 산, 신메이 산의 총 칭이었다. 원래는 야마지 쇼겐이 진을 치고 있었으나, 히데요시는 조금 전 배치를 바꾸어 야마지와 오가네를 성곽의 바깥쪽에 두고 기무라 하야토 노스케 시게노리를 혼마루에 앉혔다.

"누가 문을 두드리는 것이냐?"

목책 안에서 무사가 밖을 내다보았다. 어둠 속에 서 있는 얼굴은 혼자 인 듯했다.

"오사키^{大崎} 나리를 불러주십시오."

문밖에 있는 사람이 말했다. 그러자 보초를 서던 사람이 안에서 꾸짖

듯 말했다.

"이름을 대라. 어디의 누구라고, 먼저 말해라. 아니면 말씀을 전할 수
없다."

"……."

문밖에 있는 사람은 떠나지도 않았다. 비가 뚝뚝 떨어졌다. 먹물을 뿌
려놓은 것 같은 하늘이었다.

"여기서는 말할 수가 없습니다. 수상한 자가 아닙니다. 이곳을 지키는
부대의 부장인 오사키 우에몬大崎宇右衛門 나리를 목책까지 불러주시기 바랍
니다. 이렇게 청합니다."

"아군이냐?"

"당연합니다. 이 부근까지 적이 쉽게 드나들 수 있을 만큼 수비가 허술
할 리 없습니다. 또 적의 첩자라면 이렇게 문을 두드릴 리도 없을 것입니
다."

일리 있는 말이었다. 보초를 서던 사람이 고개를 끄덕이더니 마침내
부장인 오사키 우에몬에게 고한 모양이었다. 우에몬이 다가왔다.

"무슨 일이냐?"

"오사키 나리입니까?"

"그렇다, 오사키다."

"저는 시바타 가쓰토요 나리의 신하로 노무라 가쓰지로野村勝次郎라고 하
는데 지금은 야마지 쇼겐의 휘하에 속해 신메이 산의 두 번째 망루에 진
을 치고 있는 자입니다."

"자네가 무슨 일이 있어서 이 깊은 밤에 혼마루의 문을 은밀히 두드린
것인가?"

"저를 기무라 하야토노스케 나리께 안내해주시기 바랍니다. 물론 이
렇게 말씀드리면 의심스러우실 테지만 긴히, 또 다급히 말씀드려야 할 중

요한 일이 있습니다."

"내게는 밝힐 수 없는 일인가?"

"직접 뵙지 않고는 말씀드릴 수 없습니다. 다짐을 위해서 이것을 맡기겠습니다. 한시가 급한 일이니 모쪼록 급히 처분해주시기 바랍니다."

노무라 가쓰지로는 큰 칼과 작은 칼을 풀어 목책 사이로 우에몬에게 건네주었다. 우에몬은 그의 성의를 생각해서 그를 안으로 들어오게 했다. 그리고 부하 열 명에게 그를 둘러싸게 한 뒤 앞장서서 기무라 하야토노스케의 막사로 데려갔다.

우선 우에몬이 먼저 들어가 근신을 통해 하야토노스케를 깨웠다. 전진이었기에 밤도 없었고 새벽도 없었다. 이윽고 하야토노스케의 방에서 촛불이 흔들리기 시작했다. 잠시 뒤 시동 두 명이 나와서 말했다.

"들어오십시오."

부하 열 명을 밖에 남겨둔 채, 우에몬이 노무라 가쓰지로를 데리고 방으로 들어갔다. 혼마루라고는 하지만 임시로 지은 방이라 그저 판자를 두른 것이나 다를 게 없었다. 잠시 뒤, 하야토노스케가 그곳으로 와서 자리에 조용히 앉더니 노무라를 똑바로 쳐다보며 말했다.

"무슨 일인가?"

옆에서 비추는 빛 때문인지 가쓰지로의 얼굴이 창백하게 보였다.

"내일 아침 신메이 산에 있는 야마지 쇼겐의 막사에서 나리를 주객主客으로 하는 아침 다도회가 열리는 것으로 알고 있습니다만…….쇼겐이 나리께 그 초대장을 보내지 않았습니까?"

가쓰지로의 눈에서는 절박한 감정이 불타오르고 있었다. 심야의 음산한 정적은 말투의 미묘한 떨림까지 전달했다. 하야토노스케와 우에몬은 심상치 않은 기분에 휩싸였다.

"보냈네. 틀림없이 쇼겐이 초대장을 보냈다네."

하야토노스케가 간단하고 명료하게 대답했다. 그러고는 의심하지 않는 태도로 이 정직해 보이는 사람이 어렵지 않게 말할 수 있도록 귀를 기울였다.

"그렇다면 거기에 참석하겠다고 벌써 약속하셨습니까?"

"그렇다네. 일부러 불러주셨으니 내일 아침 참석하겠다고 심부름 온 자에게 대답해 돌려보냈다네."

"언제쯤의 일이었습니까?"

"오늘 정오 무렵쯤이었던가?"

"그렇다면 급히 떠올린 계책인 듯합니다."

"계책이라니?"

"내일 아침 모임에는 결코 참석하시면 안 됩니다. 아침에 차를 대접하고 싶다는 것은 모두 거짓말입니다. 쇼겐은 나리를 다실에 가두어 살해하겠다고 손에 침을 뱉어가며 기다리는 것입니다."

"……."

"쇼겐은 이미 시바타 쪽의 밀사를 만나 적에게 약속의 글을 건네주었습니다. 그를 위해서 우선은 모토야마의 수장인 나리를 살해하고 곧 반기를 들어 시바타 군을 단기, 신메이 두 요새로 끌어들이기 위해 획책하고 있는 것이 틀림없습니다."

"자네는 그 사실을 어떻게 알았는가?"

"쇼겐이 조상님의 기일이라며 근처 집복사에서 승려 세 사람을 진 안으로 불러들였습니다. 그저께의 일이었습니다. 그런데 승려 중 한 명은 낯이 익은 자로 미즈노 신로쿠라는 시바타의 신하임에 틀림없었습니다. 어라, 싶어서 주의해 지켜보고 있자니 아니나 다를까 제를 마치고 식사가 끝난 뒤, 승려 세 명 중 두 명만 돌아가고 한 명은 배가 아프다며 야마지의 진중에서 묵었습니다. 그리고 이튿날 아침, 집복사로 돌아간다며 문을 나

섰는데 혹시나 해서 부하에게 뒤를 밟게 했더니 역시나 집복사로는 돌아
가지 않고 사쿠마 겐바노조의 진중으로 달려갔다고 합니다."

"그래, 있을 법한 얘기로구나."

하야토노스케는 많은 말을 들을 필요도 없다는 듯 고개를 끄덕였다.

"잘 알려주었네. 전부터 야마지와 오가네 두 사람은 방심할 수 없는 자
라며 지쿠젠 나리께서도 마음을 주지 않으셨지. 그들의 역의는 이미 명백
한 사실…… 우에몬, 어떻게 하는 게 좋겠는가?"

오사키 우에몬이 가까이 다가가 자신의 생각을 말했다. 그리고 가쓰지
로의 생각도 받아들여 그 자리에서 한 가지 계책을 세웠다. 우에몬은 밖에
두었던 부하 열 명을 극비리에 나가하마로 서둘러 가게 했다. 그 가운데
한 명만이 우에몬의 지시를 받아 밤중에 뒷문으로 나섰다.

기무라 하야토노스케는 그사이 편지 한 통을 써서 우에몬에게 맡겼다.
야마지 쇼겐에게 보내는 거절 편지였다.

> 밤사이 감기 기운이 들어서 죄송스럽게도 아침 다도회에는 참석할
> 수 없을 듯합니다. 봄바람 여전하니 다시 기회가 있을 것입니다. 조만
> 간 사과를 드리러 찾아갈 테니 용서해주시기 바랍니다.

날이 밝자 우에몬은 그 편지를 가지고 신메이산의 쇼겐이 있는 곳으로
찾아갔다.

그 무렵에는 진중에서도 곧잘 다도회를 열었다. 하지만 임시로 다실을
지은 데다 거친 멍석을 깔고, 단지에 들꽃을 꽂은 정도로 간소한 자리였
다. 중요한 것은 마음을 기르는 것이었다. 그리고 오랜 진중 생활에 지치
지 않기 위한 것이었다.

그날 아침, 야마지 쇼겐은 이른 새벽부터 이슬에 젖은 땅을 쓸고 물 끓

일 화로의 숯을 만들고 있었다. 잠시 뒤 오가네 도하치로와 기노시타 한에몬이 찾아왔다. 두 사람 모두 시바타 이가노카미 가쓰토요의 가신으로, 쇼겐의 속내를 듣고 이번 배신에 행동을 같이하기로 깊이 맹세한 무리였다.

"하야토노스케가 늦는군."

어느 막사에서 기르고 있는 것인지는 몰라도 닭 울음소리가 들려오자 도하치로와 한에몬이 과민한 눈빛을 보였다. 하지만 쇼겐은 느긋한 주인의 모습을 보이며 침착하기만 했다.

"곧 올 테지."

이윽고 기다리던 사람의 모습은 보이지 않고 오사키 우에몬이 하야토노스케의 편지를 들고 찾아왔다. 참석이 어렵다는 내용의 편지였다. 세 사람은 얼굴을 마주 보았다.

"사자 우에몬은?"

하인에게 물으니 편지를 놓자마자 바로 돌아갔다는 것이었다.

"그렇다면 눈치챘다는 말인가?"

세 사람은 같은 표정을 지어 보였다. 불안에 휩싸인 것이었다. 아무리 용맹한 자들이라 할지라도 이처럼 뒷맛이 좋지 않은 파탄을 맞이하게 되면 평소의 얼굴빛을 잃고 만다.

"그토록 은밀히 준비한 일이 어떻게 새어나간 거지?"

그러한 말도 푸념과 다를 게 없었다. 이미 비밀이 새어나갔으니 다도회가 문제가 아니었다. 이곳에서 어떻게 탈출하느냐가 문제였다. 두 사람은 한시라도 빨리 서두르기 위해 안절부절못했다.

"어쩔 수 없소. 이렇게 된 이상……."

쇼겐의 입에서 그런 말이 나온 순간 두 사람은 다시 한 번 가슴이 덜컥 내려앉았다. 하지만 쇼겐은 굵은 눈썹으로 당황하지 말라고 꾸짖듯 두 사람을 노려보았다.

"귀공들은 당장 수하를 이끌고 이케노하라까지 달려가 그곳의 커다란 소나무 부근에서 기다리도록 하시오. 나는 글 하나를 써서 나가하마에 전령을 보낸 뒤 바로 뒤따라가겠소."

"나가하마에 어떤 사자를?"

"우리 노모와 처자가 아직 나가하마 성에 머물고 있다네. 내 몸 하나야 어떻게든 이 진에서 벗어날 수 있을 테지만, 노모와 처자는 때를 놓치면 당연히 인질이 되어버리고 말 걸세."

"아, 너무 늦은 것 아닙니까? 과연 늦지 않았을지."

"어찌 됐든 그냥 버리고 갈 수는 없다네. 도하치로 자네의 붓을 좀 빌려주게나."

쇼겐은 붓으로 글을 쓰기 시작했다. 그때 부하 하나가 들어와 고했다. 어젯밤부터 두 번째 목책의 문을 지키는 무사 노무라 가쓰지로의 모습이 보이지 않는다는 것이었다. 쇼겐이 붓을 내던지고 고함을 쳤다.

"바로 그놈이로구나. 평소 좀 아둔해 보이기에 방심한 것이 잘못이다. 이놈, 두고 보자."

저주하는 듯한 눈빛이었다. 아내에게 보내는 글을 봉인하는 손조차 부들부들 떨렸으며, 목소리도 매우 신경질적이었다.

"노가미野上와 잇페이타逸平太를 불러라."

잇페이타가 바로 모습을 드러내자 쇼겐이 그에게 명령했다.

"급히 말을 달려 나가하마로 가서 노모와 처자를 만나라. 재물 따위에는 눈길도 주지 말고 오로지 몸만을 배에 싣게 해서 호수를 건너 시바타 나리의 진소로 데려가주게. 부탁하네. 한시가 급하네. 서둘러 출발하게."

쇼겐은 말이 채 끝나기도 전에 갑옷을 집어 몸에 두르고 커다란 창을 꼬나들고 막사 밖으로 달려 나갔다.

오가네 도하치로와 기노시타 한에몬 두 사람은 이미 부하들을 모아 기슭 쪽으로 물러나 있었다.

그 무렵, 날이 밝기 시작했으며 모토야마의 기무라 하야토노스케의 명령에 따른 배치가 시작되자 산 곳곳에서 서로를 부르는 소리와 격려하는 소리가 들려왔다.

"배신자를 놓쳐서는 안 된다."

"신메이 요새가 배반을 했다."

"아군끼리 싸워서는 안 된다. 모반자는 옛 시바타 가쓰토요의 가신들 뿐이다."

오가네와 기노시타 두 부대가 기슭까지 가는 동안 오사키 우에몬의 수하가 매복하고 있다 그들을 공격했다. 오사키 우에몬 군의 공격에서 겨우 빠져나온 병사들은 이케노하라의 커다란 소나무 아래서 야마지 쇼겐이 오기를 기다렸다. 하지만 얼마 뒤 기무라 하야토노스케가 단기 산의 북쪽을 우회해서 오더니 앞길을 차단하고 포위하기 시작했다. 오가네와 기노시타 부대는 다시 뿔뿔이 흩어져버리고 말았다.

야마지 쇼겐 역시 한발 늦게 부하들과 이곳으로 달려 내려왔다. 사슴 뿔을 세운 투구에 검은 가죽으로 지은 갑옷을 입고 커다란 창을 겨드랑이에 끼고 말 위의 바람을 가르며 나온 무사의 모습은 가쓰토요 휘하 중 가장 용맹스러워 보였으나, 아무리 용맹스럽다 할지라도 이미 무문의 대도에서 벗어났기에 발걸음에 정정당당한 위풍은 느껴지지 않았다. 낯빛은 심상치 않아 보였지만 어딘가 어지러운 듯한 모습이었다.

완전히 포위한 기무라 하야토노스케의 부하들이 긴 창을 휘두르며 앞과 뒤에서 쇼겐을 쫓으며 온갖 욕설을 퍼부었다.

"배신자, 어디로 달아나려는 것이냐?"

"이 부끄러운 줄도 모르는 놈아!"

"추악한 놈! 짐승보다 못한 놈!"

하지만 쇼겐은 필사의 각오로 혈로를 뚫어 마침내 철통같은 포위 속에서 탈출했다. 그리고 이십 리 정도 달려 미리 연락을 해두었던 사쿠마 야스마사의 군이 야영을 하는 곳에 이르렀다. 기무라 하야토노스케를 모살하게 되면 쇼겐이 봉홧불을 올리고 그것을 보자마자 단기, 신메이 두 요새로 공격해 들어가 바로 점령할 생각이었다. 하지만 계획이 틀어졌기에 야마지 쇼겐의 몸만을 간신히 구해 교이치 산에 있는 자신들의 진으로 물러나버리고 말았다.

그 뒤로 오가네와 기노시타도 교이치 산으로 와서 투항했다. 하지만 그들도 쇼겐처럼 단신이나 다를 게 없었다. 대부분의 부하들이 도중에서 목숨을 잃거나 흩어져 달아났기에 수하를 얼마 데려오지 못했다.

"뭣이? 오늘 새벽에 일이 새어나가 하야토노스케가 선수를 쳤단 말이냐? 아아, 쇼겐이 일을 어찌 그리 허술하게 처리했단 말이냐. 어쨌든 하는 수 없구나. 세 사람을 이리로 데려오라."

사쿠마 겐바노조는 동생 야스마사에게서 보고를 듣고 한없이 씁쓸한 표정을 지었다. 사전에는 온갖 수단을 다 동원해서 쇼겐의 내응을 유도해냈으면서 일이 뜻대로 풀리지 않자 마치 애물단지라도 대하는 듯한 말투로 바뀌었다.

쇼겐을 비롯해 오가네와 기노시타는 극진한 대접을 꿈꾸고 있었다. 그러다 보니 겐바노조의 태도에 더욱더 실망하고 말았다. 하지만 한편으로는 자신들의 실수를 돌아보고 가슴을 쓸어내리고 있었다. 그리고 그 실수를 만회하고도 남을 만한 중대한 기밀을 기타노쇼 나리를 만나 직접 고하겠다고 말했다.

"흠, 듣던 중 반가운 말이로구나."

겐바노조는 마음이 조금 풀렸다. 하지만 여전히 오가네와 기노시타에게는 무뚝뚝하게 말했다.

"자네들은 여기서 기다리고 있게. 본진에는 쇼겐 한 사람만 데리고 갈 테니."

겐바노조와 쇼겐은 그날 아침 나카오 산으로 출발했다.

13일 밤에 있었던 일은 벌써 상세한 내용까지 가쓰이에의 귀에 들어가 있었다. 가쓰이에는 겐바노조가 야마지 쇼겐을 데리고 온다는 소식을 듣고 자리에 엄숙하게 앉아 기다리고 있었다. 그는 그렇게 무슨 일에 있어서나 위엄을 보이고 싶어 하는 사람이었다. 그것은 그에게 극히 자연스러운 일이었다.

"쇼겐, 이번에는 실수를 했더군."

잠시 뒤 쇼겐이 막사로 들어와 인사를 하자 가쓰이에가 본심을 털어놓았는데 그때의 표정은 매우 복잡한 것이었다. 타산적인 성질은 시바타 숙질叔姪의 공통적인 성격인 듯, 가쓰이에 역시 겐바노조처럼 쇼겐을 매우 냉정하게 대했다.

"방심하고 말았습니다."

야마지는 사과를 할 수밖에 없었다. 이제 와서 남몰래 후회도 했을 테지만 다시 돌아갈 곳도 없었다. 수치심을 참고 화를 억누르며, 오만하고 이기적인 상대 앞에서 그저 머리를 조아려 사과할 수밖에 없었다.

"오늘 새벽의 실수는 오로지 저의 얕은 생각 때문이었습니다."

하지만 쇼겐은 다른 계책 하나를 내서 가쓰이에의 기색을 살피고 공을 세워 은상의 약속을 받아내는 것을 잊지 않았다.

히데요시가 어디에 있는지가 문제였다. 쇼겐이 그 문제를 이야기하자 전부터 관심이 많았던 가쓰이에와 겐바가 열심히 귀를 기울였다.

"그래, 히데요시는 지금 어디에 있는가?"

쇼겐이 고했다.

"지쿠젠이 머무는 곳은 아군들 사이에서도 늘 극비에 부쳐지고 있습

니다. 요새를 구축하는 동안에는 가끔 모습이 보였으나 최근 한동안은 진
지에서 볼 수가 없었습니다. 틀림없이 나가하마에 머물며 한편으로는 기
후의 움직임에 대비하고, 다른 한편으로는 이곳의 움직임을 살펴 변화에
응할 생각인 듯합니다."

"역시 그렇단 말인가?"

가쓰이에가 엄숙하게 고개를 끄덕인 뒤 겐바노조의 얼굴을 마주 보며
중얼거렸다.

"그 헤아림대로 나가하마에 있는 듯하군."

겐바노조가 다시 물었다.

"어떤 확증이라도 있는 것인가?"

"제가 어찌 거짓을 고할 수 있겠습니까? 어쨌든 며칠만 더 말미를 주
신다면 지쿠젠의 동정을 더욱 자세히 아뢸 수 있을 것입니다. 나가하마 쪽
에 제가 눈여겨봐온 자들이 수십 명 있으니, 제가 기타노쇼 나리의 진영에
가담했다는 사실을 알면 반드시 나가하마에서 탈출해서 찾아오는 자들이
몇 명쯤은 있을 것입니다. 그리고 따로 풀어두었던 세작들의 보고도 있을
것입니다."

쇼겐은 기대하는 바를 말한 뒤, 신념에 찬 목소리로 다시 말을 이었다.

"보고가 들어오고 나면 하시바 군을 궁지로 몰 좋은 계책도 하나 말씀
드리고 싶습니다."

"만전을 기하자는 말이로군. 그렇다면 쇼겐의 말에 따르기로 하지."

가쓰이에가 기뻐하며 말했다. 겐바노조 역시 흡족한 마음으로 곧 찾아
올 기회를 기다렸다.

며칠이 지난 19일 아침의 일이었다. 야마지 쇼겐은 사쿠마 겐바노조
와 함께 다시 가쓰이에의 막사를 찾아갔다. 그리고 가쓰이에에게 전날 밤
들은 적의 중대한 기밀과 그에 따른 작전상의 진언을 했다.

항복한 장수인 야마지 쇼겐 마사쿠니가 그날 아침 한 이야기는 틀림없이 중대한 것이었다. 겐바노조는 이미 들은 내용이었으나 처음 듣는 가쓰이에는 순간 눈이 번쩍이고 전신의 털이 곤두서는 듯한 느낌을 받았다. 적어도 그의 긴장된 전의에 커다란 충격을 준 것만은 틀림없는 사실이었다. 쇼겐도 흥분한 듯한 말투였다.

"얼마 전부터 나가하마로 물러나 있던 히데요시가 지난 17일에 갑자기 병사 이만 명을 이끌고 나가하마 성에서 나와 오가키로 들어간 것이 틀림없습니다. 기후의 간베 나리를 단번에 쳐서 후환을 없앤 뒤, 전 병력을 풀어 저희와의 결전을 펼칠 각오인 듯합니다."

쇼겐이 다시 덧붙여 말했다.

"나가하마를 떠나기에 앞서 예전에 아즈치에 억류해둔 간베 나리의 인질을 모두 베었다고 합니다. 그것으로 지쿠젠이 기후로 떠날 때의 마음가짐이 어떠했는지를 잘 알 수 있습니다. 그리고 어제 18일에는 휘하의 이나바 잇테쓰, 우지이에 히로유키 등의 선봉이 각지에 불을 지르고 순식간에 기후 성에 공격을 퍼부을 듯한 맹렬한 기세를 내보이고 있다고 하니 지쿠젠의 이번 결의와 움직임에 천천히 대비하자며 여유를 가지고 보아서는 결코 안 될 듯합니다."

"……"

가쓰이에, 겐바노조, 쇼겐 세 사람 모두 한동안 입을 다물고 있었다. 각자의 눈빛을 보니 하나의 일을 놓고 깊이 생각하는 듯했다.

'이때를 놓쳐서는 안 된다. 기다리고 기다리던 때가 왔다.'

가쓰이에가 입술을 핥으며 생각했다. 젊은 겐바노조는 같은 생각을 더욱 뜨겁게 했다. 하지만 이 호기를, 더할 나위 없는 절호의 기회를 어떻게 잡아야 한단 말인가? 그것이 중대한 문제였다.

전쟁에 있어서 작은 기회, 작은 운은 여러 번 찾아오지만, 흥망을 단번에 결정지을 참된 기회는 거듭되지 않는다.

'바로 지금이다. 이 기회를 잡느냐, 잡지 못하느냐에 달렸다.'

가쓰이에는 생각할수록 침이 말랐다. 겐바노조의 입술은 평소보다 훨씬 붉었다. 또 평소와 달리 말수도 적었다.

"쇼겐……."

가쓰이에가 마침내 입을 열었다.

"뭔가 계책이 있다고 하지 않았던가? 말해보게, 숨김없이."

"황공하옵니다. 제 어리석은 생각으로는 이번 기회를 놓치지 말고 적의 이와사키 산 요새와 오이와 산 요새를 공격해 멀리 기후에 있는 간베 나리에게 호응의 불길을 보이고 히데요시의 신속함에 뒤지지 않도록 아군 역시 파죽지세로 하시바의 요새를 짓밟아야 한다고 믿고 있습니다."

"물론 그렇게 하고 싶소만……. 하지만 쇼겐, 말은 쉬우나 적에게도 사람이 없는 것은 아니고, 또 요새도 허투루 짓지는 않았을 게요."

"아니, 히데요시의 포진에도 안에서 보면 커다란 틈이 있습니다. 가만히 살펴보시기 바랍니다. 적의 이와사키, 오이와 요새는 아군의 진과 가장 멀리 떨어진 곳에 있으며, 적에게는 중핵을 이루는 견고한 요새처럼 보이지만, 그런 만큼 두 개의 요새는 사실 다른 곳보다 허술하게 구축되어 있습니다. 게다가 그곳을 지키는 장병들도 그 진지에 적의 습격이 있을 리 없다며 지리적 위치만을 믿고 수비를 게을리하는 듯한 분위기입니다. 지금 전격적으로 허를 찌르려면 그곳을 쳐야 합니다. 게다가 적의 중핵을 단번에 쳐서 무너뜨리면 다른 요새 따위는 크게 걱정할 것도 없습니다."

적진 속으로

"그렇군. 역시, 역시."

가쓰이에는 감탄의 말을 되풀이했다. 그리고 쇼겐의 계책에 일단 고개를 끄덕였다. 겐바노조도 쇼겐의 계책을 찬성하며 온갖 말로 칭찬했다.

"쇼겐의 달견은 틀림없이 적의 허를 찌른 것이오. 그 계책을 쓴다면 지쿠젠의 간담을 서늘하게 할 수 있을 것이오."

쇼겐은 항복한 뒤 처음으로 이와 같은 대접을 받았다. 사실 그는 그동안 불만스럽고 즐겁지 못했다. 하지만 지금 그는 갑자기 낯빛을 바꾸어 가져온 지도를 펼치며 말했다.

"우선 이것을 보시기 바랍니다."

지도에는 단기, 신메이 두 요새 외에도 요고노우미 동쪽에 떨어져 있는 이와사키 산, 오이와 산의 요새, 그리고 바로 남쪽에 위치한 시즈가타케에서 다가미 산 등의 보루와 북국 가도를 따라 깔린 일련의 진지선과 곳곳의 병력에 이르기까지 손바닥을 들여다보듯 그려져 있었다. 그리고 부근 일대의 지세, 호수와 연못, 산야, 샛길까지 상세히 표시되어 있었다.

있을 수 없는 일이 펼쳐진 것이었다. 이처럼 상세한 지도가 싸우기도 전부터 적군의 막사 안에서 펼쳐졌으니 히데요시 측이 크게 불리할 것임은 말할 필요도 없을 것이다. 그만큼 가쓰이에의 기쁨은 더 컸다고 할 수 있다. 그는 눈을 커다랗게 뜨고 그것을 검토하다 다시 한 번 쇼겐을 과장스럽게 칭찬했다.

"이건 커다란 선물일세. 쇼겐, 큰일을 했구먼."

옆에 있던 겐바노조 역시 지도를 들여다보고 있었다. 그러다 지도에서 얼굴을 들더니 순간 무엇인가 확신을 품게 된 듯 눈동자에 열의를 가득 담아 숙부를 힘차게 불렀다.

"숙부님! 불시에 적 속으로 들어가 적의 이와사키, 오이와 두 보루를 빼앗자는 쇼겐의 지금 계책, 그 선봉으로 저를 꼭 써주시기 바랍니다. 이 겐바라면 과감하고 신속하게 처리해야 하는 기습을 잘해낼 수 있습니다."

"잠시 기다려라, 잠시……."

가쓰이에가 말을 막았다. 조급하게 나서려는 예기를 경계하듯 눈을 감고 깊이 생각했다. 그러자 겐바노조의 자부심과 뜨거운 피가 바로 반발하고 나섰다.

"이러한 때에 무엇을 생각하십니까? 더 생각할 필요도 없는 일입니다."

"아니, 그렇지 않다."

"천기는 우리를 기다리지 않습니다."

"……"

"이러고 있는 사이에 기회를 놓칠지도 모를 일입니다."

"조급하게 굴지 마라, 겐바."

"아니, 지금은 숙고할 때가 아닙니다. 이처럼 승산이 있는데 여전히 결단을 내리지 못하시다니, 아아, 귀신 잡는 시바타 나리께서도 나이를 드신 듯합니다."

"허튼소리 마라. 너야말로 아직 풋내기라고 할 수 있다. 싸움에 임해서는 강하나 전략에 있어서는 아직 풋내가 난다, 풋내가 나."

"어, 어째서입니까?"

겐바노조의 낯빛이 바뀌려 했으나 가쓰이에는 과연 흥분하지 않았다. 백전의 노장다운 침착함을 잃지 않고 타일렀다.

"겐바, 생각해봐라. 무릇 적진의 중핵으로 깊이 들어가 공격하는 것만큼 위험한 전법도 없는 법이다. 그러한 위험을 감수하면서까지 취할 만한 계책인지, 어떤지……. 훗날 후회하지 않도록 신중하게 생각해봐야 할 것이다."

그 말을 듣고 겐바노조가 큰 소리로 웃었다.

'안심하시기 바랍니다.'

겐바의 웃음은 그렇게 말하고 있었다. 젊은이의 철과 같은 의지가 노령의 분별과 망설임을 쓸데없는 걱정이라고 말하며 비웃는 듯했다. 하지만 가쓰이에는 그러한 조카의 거칠 것 없는 조소에 '무엇을 비웃는 것이냐?'고 타박할 생각도 없는 듯했다. 오히려 그러한 무례한 행동까지 '사랑스러운 녀석'이라는 감정으로 바뀌는 듯했다. 그리고 그처럼 혈기 왕성한 모습을 남몰래 아끼고 있었다.

평소 숙부의 총애에 익숙해져 있던 조카는 벌써부터 그러한 마음을 읽고 쉽게 맞설 수 있겠다며 다시 이렇게 주장했다.

"이 겐바, 아직 젊기는 하나 적 속으로 들어가는 전법이 위험하다는 것 정도는 잘 알고 있습니다. 그렇기 때문에 앞장서서 어려움 속으로 들어가려는 것이지 단지 계책에 의존해서 공을 세우려는 것이 아닙니다."

그래도 시바타 가쓰이에는 쉽게 '알았다'고 말하지 않았다. 여전히 숙려하는 듯한 모습이었다. 겐바노조가 떼를 쓰다 지친 듯한 목소리로 문득 쇼겐을 돌아보며 말했다.

"조금 전의 지도를 다시 한 번 보여주게."

그리고 걸상에 앉아 지도를 다시 펼친 뒤 한손으로 턱을 괸 채 그 역시 언제까지고 입을 다물었다. 그렇게 반 각이 흘렀다.

가쓰이에는 조카가 열의를 불태우며 말하는 동안에는 불안한 생각이 들었으나 입을 다문 채 지도를 가만히 들여다보며 생각하는 모습을 보자 갑자기 듬직하다는 생각이 들었는지 마침내 자신의 생각에 결단을 내려 겐바노조에게 이렇게 말했다.

"그래, 알았다. 빈틈이 있어서는 안 된다, 겐바. 오늘 밤의 기습, 네게 명하겠다!"

"네!"

겐바노조는 얼굴을 들더니 걸상에서 일어나 뛸 듯이 기뻐했다.

"그럼 제게 맡겨주시겠습니까?"

겐바노조는 정중하게 예를 표했다. 자칫하면 목숨을 잃을지도 모를 기습의 선봉에 서는 것을 이처럼 솔직하게 기뻐하는 조카를 보면서 가쓰이에는 마음속으로 대견하게 생각했다. 그렇지만 그는 다시 한 번 굳게 주의를 주었다.

"다시 한 번 당부하겠다. 이와사키 산, 오이와 산의 요새를 짓밟아 목적을 달성한 뒤에는 신속히 병사를 모아 아군의 후진까지 바람처럼 물러나야 한다."

"네."

"말하지 않아도 잘 알 테지만 싸움에서는 들고 날 때의 신속함이 중요하다. 특히 적 속으로 들어가 싸울 때 신속함을 잃으면 공든 탑도 단번에 무너져버리고 만다. 모쪼록 물러날 때를 놓쳐서는 안 된다. 바람처럼 들어갔다가 바람처럼 빠져나오기 바란다."

"훈계, 마음 깊이 새기겠습니다."

희망은 이미 이루어졌기에 겐바노조의 태도는 매우 온순했다. 이윽고 가쓰이에가 전령을 불러 각 진지의 장수들을 집합시켰다. 그날 막사로 모인 사람은 마에다 도시이에 부자를 비롯해서, 가쓰이에의 양자인 도시마사, 후와 히코자에몬 가쓰미쓰, 도쿠야마 고혜 노리히데, 가나모리 고로하치 나가치카, 하라 히코지로 후사치카原彦次郎房親, 하이고 고자에몬 이에요시, 오사 구로자에몬 쓰라타쓰長九郎左衛門連龍, 야스이 사콘노다유 이에키요安井左近太夫家淸 등이었다. 그곳에 모였다가 떠나는 장성들의 입가에도 어딘가 엄숙한 기운이 감돌고 있었다.

저물녘까지 각 부대에 명령이 전달되었고, 부대에서도 만반의 준비를 마친 모양이었다. 때는 덴쇼 11년(1583년) 4월 19일 밤이었다. 정확히 말하면 20일이었다. 선봉, 선봉의 본대, 중군, 감시대 등 총 일만 팔천여 병력이 각자의 진영에서 은밀하게 움직이기 시작한 시각은 자정시(오전 1시) 무렵이었으니 말이다.

총군은 적 속으로 들어가 육박 돌격에 임할 선봉과 선봉의 본대로 나뉘어 있었다. 이는 각각 사천, 합쳐서 팔천 명의 병력으로 집복사 언덕에서 시오쓰塩津 계곡으로 내려갔으며, 다루미足海 고개를 넘어 요고의 서쪽 기슭을 향해 갔다. 그리고 그와는 별도로 가쓰이에의 본군을 포함한 일만 이천의 주력은 견제를 목적으로 전혀 다른 길을 취해 북국 가도를 따라 서서히 남동진에서 내려왔다. 요컨대 이 방면으로의 진출은 사쿠마 모리마사, 후와 히코자에몬이 적 속으로 들어가 펼치는 기습 공격의 성공을 돕고 적의 다른 보루의 움직임을 견제하기 위한 것이었다.

이 주력의 견제군 가운데 시바타 가쓰마사의 부대 삼천 명은 이이노우라飯浦 언덕의 남동쪽에 깃발을 숨기고 시즈가타케 방면에 있는 적의 움직임을 감시했다.

마에다 도시이에 부자의 임무는 시오쓰에서 단기, 신메이 산에 걸쳐 있는 곳을 경계하는 것이었는데, 그를 위해 마에다의 이천 병력은 곤겐權現 고개에서 가와나미川並 촌의 고지대인 시게茂 산 부근까지 주둔하고 있었다. 그 무렵 총대장인 시바타 가쓰이에는 칠천 명의 병력을 이끌고 나카오 산의 본영에서 나왔다. 그들은 북국 가도를 따라 내려가 기쓰네즈카까지 전진했는데, 히가시노 방면의 유력한 적—호리 히데마사의 오천 병력—을 유인해서 움직이지 못하게 하기 위해 일부러 기치를 당당하게 세우고 진출했다.

그날 음력 4월 20일은 양력 6월 10일로 전보다 훨씬 밤이 짧아진 상태였다. 해는 새벽 4시 26분에 떠올랐다. 바로 그 무렵 기습의 선봉인 후와 히코자에몬과 도쿠야마 고헤, 하라 후사치카, 하이고 고로자에몬, 야스이 사콘노다유, 그리고 겐바노조의 동생인 사쿠마 야스마사 등의 장수들은 새벽어둠 아래로 요고노우미의 하얀 물결을 내려다보았을 것이다.

그 사천 병력 바로 뒤에는 사천 병력의 부대가 하나 더 있었다. 이는 기습 본대로 그 속에는 사쿠마 겐바노조 모리마사도 있었다.

안개가 깊었다. 요고노우미의 호수 가운데로 무지갯빛 불빛이 오도카니 보였다. 그것만이 간신히 새벽을 밝히고 있을 뿐 앞서가는 아군 말의 엉덩이조차 잘 보이지 않을 정도로 초원의 길은 어두웠다. 마치 물속을 걷는 것처럼 깃발과 갑주와 창의 손잡이와 짚신, 정강이 싸개까지 안개에 흠뻑 젖어 있었다.

'이미 적지로 들어섰구나……'

몸에서 긴장감이 느껴졌다. 눈썹과 콧수염을 적시는 안개도 차가웠다. 많은 병마가 함께 걷고 있는 것처럼 느껴지지 않을 만큼 적에 대한 접근은 은밀히 행해졌다.

그때 요고의 동남쪽 물가에서 텀벙텀벙 물소리가 들려왔다. 소리 높여 웃으며 이야기하는 소리도 들려왔다. 기습 부대의 척후병이 바로 몸을 엎드려 안개 속에 있는 사람들을 살펴보았다. 그들은 오이와 산 요새를 지키는 나카가와 세베中川瀬兵衛의 부하인 듯했는데 무사 두 명, 마졸 열 명 정도가 호수의 얕은 곳에 들어가 말을 씻기고 있었다.

"……."

척후병은 선봉대가 다가오기를 기다렸다가 소리 없이 뒤쪽을 향해 수신호를 보냈다. 그리고 적병 중 맨 앞에 있는 사람을 벤 뒤 소수의 적을 향해 일제히 고함을 치며 달려들었다.

"생포하라!"

아무것도 모르고 말을 씻기고 있었던 마졸과 무사들은 '앗' 하고 물을 차며 급히 달아났다.

"적이다! 적!"

대여섯 명은 달아났으나 그 가운데 반은 사로잡히고 말았다.

"첫 번째 수확물이다. 우선은 보고를 하자."

시바타 군이 그들의 멱살을 쥐고 부장인 후와 히코자에몬의 말 앞으로 끌고 갔다.

주변이 삼엄한 창으로 둘러싸인 곳에서 히코자에몬이 심문을 해보니 한 사람은 이케다 센에몬池田専右衛門이라는 나카가와 세베 부대의 무사였고, 나머지는 그 아래의 마졸들이라는 사실을 알 수 있었다. 본대의 사쿠마 겐바노조에게 그들의 처분 문제로 전령을 보냈는데, 이내 전령이 돌아와 답을 전했다.

"그와 같은 자들에게 시간을 빼앗겨서는 안 된다. 목을 베어 희생물로 삼고 곧 오이와 산의 요새로 진격하라."

말에서 내린 후와 히코자에몬이 칼을 뽑아 직접 이케다 센에몬의 목을 베었다. 그리고 큰 소리로 선봉 전원에게 호령했다.

"여기에 희생양이 있다. 다른 목들도 모두 베어 전쟁의 신에게 바치고 함성을 올리며 오이와 요새로 공격해 들어가라."

"이놈들."

좌우의 휘하들이 앞다투어 마졸들의 목을 베었다. 선혈을 바친 사람들의 피 묻은 칼을 새벽하늘 높이 치켜들고 '와아' 하고 아수라阿修羅를 부르자 전군도 '와아아' 하고 함성을 올렸다. 그리고는 노도와 같은 기세로 앞다투어 아침 안개를 뚫고 꿈틀꿈틀 움직였다. 사나운 말들이 뒤엉켜 앞을 다투었으며, 창을 든 부대는 창끝을 서로 부딪히며 달려 나갔다.

이미 총성이 요란하게 들리고 창끝과 칼날의 빛이 오사키 산의 한 목책에 이르러 이상한 소리를 내기 시작했으나, 짧은 밤의 남은 꿈은 아직 깊은 듯 히데요시 측 요새 지대의 중핵으로 나카가와 세베가 지키는 오이와 산의 안쪽도, 다카야마 우콘이 수비를 맡고 있는 이와사키 산의 품속도 산 위아래 모두 하얀 구름의 띠에 갇힌 채 고요하기만 했다.

성의 곽郭은 바깥쪽 울타리를 말하며, 누壘는 각 부분의 담을 말하고, 채砦는 그 중심 전체를 말한다. 급히 만들어 조잡하기는 하지만 성곽의 형태를 갖추고 있으니 오이와 산의 요새도 성이라고 할 수 있을 것이다.

나카가와 세베 기요히데는 전날 밤 중턱의 한 보루에 있는 작은 침실에서 잠을 잤다.

"응?"

기요히데는 물건의 소리인지 규환인지 모르는 소리를 듣고 갑자기 벌떡 일어났다.

"무슨 일이지?"

기요히데는 비몽사몽간 일어나 직감적으로 머리맡에 있는 갑옷을 챙겨 입었다. 그때 밖에서 침소의 문을 부서져라 두드리는 사람이 있었다. 그러더니 또 다른 사람이 몸을 문에 부딪쳤는지 문이 부서지고 부하 서너 명이 굴러 들어왔다.

"시, 시바타 군입니다!"

"벌써 밀고 들어오고 있습니다, 대군입니다."

호숫가에서 달려온 오타 헤이하치太田平八와 말을 돌보는 하인들이었다.

"침착해라."

세베가 꾸짖었다.

오타 헤이하치와 마졸들은 무척이나 들떠 있었다. 그러다 보니 그들이 고하는 내용은 적의 병력, 공격 방향, 주장 등 무엇 하나 알 수 없는 것이었다.

"대담하게도 이 깊은 곳까지 기습을 감행한 자라면 그리 만만한 적은 아니다. 시바타의 휘하 가운데 그 정도의 사람은 겐바노조 모리마사밖에 없을 것이다."

세베 기요히데의 판단은 정확했다. 그런 생각이 들자 온몸이 부르르 떨려왔다.

'강적!'

어쩔 수 없이 그런 생각이 들었다. 하지만 그 압도감에 대해 마음 깊은 곳에서 또 다른 힘이 솟아올라 '오냐, 어서 오너라' 하며 반발하고 있었다.

떨림은 전혀 상반된 두 개의 감정이 의식을 통하지 않고 일으킨 순간의 충동이었다고 할 수 있었다.

"어디 맞서보자, 이놈!"

세베가 침소 바로 앞에 있는 야트막하게 흙이 쌓인 곳 위에서 커다란 창을 들고 외쳤다.

총성이 요란하게 들렸다. 기슭 쪽에서도 들렸으나 의외로 가까운 산 중턱의 남서쪽에 있는 나무들 사이에서도 들려왔다.

"샛길로도 왔구나."

안개가 껴서 적군의 기치가 시야에 들어오지 않다 보니 오히려 더 초조했다.

"이놈들!"

세베가 다시 소리쳤다. 목소리가 산 깊은 곳까지 메아리쳤다.

요새를 지키던 나카가와의 일천 병력은 갑작스러운 기습에 눈을 떴다. 산 전체에서 분주히 움직이는 소리가 들려왔다. 그렇다고는 하지만 허를 찔린 것만은 틀림없었다.

이곳은 시바타 군의 적진지에서 멀리 떨어진 후방이었다. 그러다 보니 병사들은 설마 여기까지 적이 올까 하며 안이한 생각을 가지고 있었던 게 사실이다. 오라고 기다리는 곳에는 적이 오지 않는다. 안심하고 있다는 것을 알게 된 순간 적은 질풍처럼 습격해온다.

세베는 발을 구르며 아군을 독려했다.

"구마다 마고시치熊田孫七는 어디 있느냐? 가야노 고스케榧野五助는 무엇을 하고 있느냐! 모리모토 도토쿠森本道德, 야마기시 겐모쓰山岸監物 어서 나와서 맞서라! 도리가이 헤이하치鳥飼平八, 깃발을 여기에 세워라!"

"네, 여기 있습니다."

"나리, 여기에 계셨습니까?"

서로가 서로를 찾고 있었던 듯 각 조장들과 그 부하들이 깃발을 보고 세베의 목소리를 듣고는 달려와 세베를 중심으로 둥그런 진 하나를 만들었다.

"공격 부대는 시바타의 조카인 겐바노조 모리마사가 지휘하고 있느냐?"

"그렇습니다."

도리가이 헤이하치가 대답했다

"병력은?"

세베가 다시 물었다.

"일만이 되지 않습니다."

"한 갈래냐, 두 갈래냐?"

"두 갈래인 듯합니다. 겐바의 부대는 니와토노하마庭戸ノ浜에서 기슭으로 공격해 들어오고, 다른 한 부대는 후와 히코자에몬, 도쿠야마 고헤 등의 지휘로 오노지尾野路 산의 샛길을 통해 산 중턱부터 공격해 들어오고 있습니다."

병사를 모두 동원해도 일천 명밖에 되지 않는 요새였다. 그에 반해 몰려오는 적은 약 일만 명이었다.

샛길도 그렇고, 기슭의 목책도 그렇고 말할 것도 없이 병력은 많지 않았다. 때를 놓치면 전멸할 게 뻔했다.

"후치노스케瀬之助! 샛길로 가거라."

세베는 심복인 나카가와 후치노스케에게 병사 삼백 명을 주어 먼저 내보낸 뒤 틈을 주지 않고 다시 빠른 어조로 명령했다.

"이리에 도사入江土佐, 후루타 기스케古田喜助, 구보 진고久保甚五 너희는 오십 명쯤 데리고 혼마루로 들어가라. 겐쇼보玄正坊도 함께 가라. 다른 자들은 이 세베를 따라오너라. 셋슈播州 이바라키茨木의 패배를 모르는 나카가와 군이다. 눈앞의 적에게는 한 치의 땅도 양보해서는 안 된다."

세베는 휘하의 무사들을 격려한 뒤 깃발과 기치 앞에 서서 기슭을 향해 똑바로 달려 내려갔다.

"나리! 나리! 잠시 기다리십시오."

뒤에서 가야노 고스케가 불렀다. 뒤돌아보니 고스케가 사자를 데리고 달려왔다.

"사자입니다. 구와야마 나리께서 보내신 사자가 드릴 말씀이 있다고 합니다."

"무슨 일인가?"

세베의 눈은 이미 적과 싸우고 있었다. 사자는 일의 다급함을 알고 말로 내용을 전했다.

"주인이신 슈리다이부修理大夫(구와야마 시게하루桑山重晴)께서 말씀하시길, 오늘 새벽 기습을 감행한 적은 대군인 데 반해 이곳은 소수여서 아무리 나카가와 나리께서 용맹스럽다 할지라도 도저히 막을 수 없다고 하셨습니다. 안타깝지만 얼른 물러나 다른 아군과 합류하는 것이 좋을 듯하다고 걱정하고 계십니다……."

세베가 무겁게 고개를 흔들며 사자에게 이렇게 대답했다.

"쓸데없는 걱정이다. 두터운 정은 참으로 고마우나 기요히데의 담력은 아직 그렇게까지 시들지 않았다. 요고 호수에 면한 이 오사키의 두 요새는 적어도 아군 진지의 중핵을 이루는 요지다. 세베가 이곳에 머물다 적의 숫자가 많다는 것을 알고 다른 곳으로 옮겼다는 소리가 퍼지면 대대로 세상의 웃음거리가 될 것이다. 그러면 자손들의 수치가 어찌 가엾지 않겠는가?"

세베는 그렇게 말한 뒤 뒤따라 달려온 휘하의 무사들이 모여 있는 것을 보고 그들에게도 들리게 다시 말을 이었다.

"우리는 셋쓰 이바라키에서 몸을 일으켜 겐키 원년(1570년)에 와다 이가노카미和田伊賀守를 치고, 집안사람 모두 나카가와 군이라는 이름 하나로 무문을 닦아왔으며, 작년에 있었던 야마자키의 일전에서 장수 아케치, 미마키 산자에몬御牧三左衛門, 이세 사부로 사다오키伊勢三郎貞興를 멸할 때까지 전장에서 적에게 뒤를 보인 적이 없었다. 싸우지 않고 달아날 병사는 한 명도 없다. 큰소리를 치는 듯하지만 그것이 사실이다. 구와야마 나리께 이 세베가 그렇게 말하더라고 있는 그대로 전하기 바란다."

"네!"

사자가 얼굴을 들었을 때 세베의 모습은 벌써 보이지 않았으며, 세베의 뒤를 따르는 무사들이 산사태와도 같은 소리를 올리며 아래로, 아래로 몰려 내려가고 있었다.

구와야마 시게하루는 나카가와 세베와 같은 숫자의 병력으로 시즈가타케를 지키고 있었다. 시즈가타케는 여기서 산길을 따라 십여 리 남짓한 남쪽에 있었는데, 이와사키 산, 오이와 산, 차우스※曰 산, 다루미 고개 등 요고노우미를 둘러싼 여러 봉우리 중 주산을 이루는 위치에 있었다.

사자가 돌아가 시게하루에게 상황을 그대로 전했다.

"세베답군. 그럴 테지."

시게하루는 그렇게 중얼거렸으나, 예순 살의 분별로 재차 급사를 보내 세베에게 물러날 것을 권했다.

서전 승리

《무장감상기武將感狀記》에는 이런 구절이 있다.

겐바모리마사 측에 노련한 무사가 있어서 시즈가타케志津ヶ嶽(오이와 산의 잘못)로 향할 때, 나카가와 세베 기요히데의 방루防壘는 급히 쌓은 지 얼마 되지 않았으니 담의 흙도 아직 마르지 않았을 것이다. 이를 공격할 때는 담 너머로 창을 휘두르는 것이 유리하리라 보았기에 십자 모양, 낫 모양의 창은 버리게 하고 자루가 긴 창을 나누어주었다. 아니나 다를까 담 너머로 긴 창을 휘둘렀기에 매우 유리했다.

그리고 같은 곳에 이런 기사도 있다.

겐바의 부하 가운데 노련한 자가 겐바 앞으로 나가 말했다.

"나카가와는 용勇을 좋아하는 장수입니다. 적이 다가온다는 소리를 들으면 앉아서 기다리지 않고 반드시 중간까지 나와서 싸우려 할 테니 다른 샛길로 병사를 보내 요새의 배후로 돌아가게 해서 막사 곳곳에 불을 지르게 하면 나카가와 군은 불을 보고 뒤에서도 싸움이 벌어진 것이라 생각하여 급히 돌아가려 할 것입니다. 이를 복병으로 치면 아군의 승리는 정해진 것이나 다름없습니다."

겐바노조의 좌우에는 용감한 무사가 많았다. 하지만 그에게 이처럼 좋은 계책을 알려준 노련한 무사란 누구를 말하는 것일까? 도쿠야마 고헤노리히데나 하이고 고로자에몬이 아닐까 여겨진다. 특히 하이고는 이름이 알려진 무사로 가가 다이쇼지에 성을 가지고 있으며, 지모도 있고 무용도 떨치던 노장이었다. 그러니 겐바노조를 도와 적진 속으로 기습을 감행한 작전을 성공시킨 측근이라면 우선 이 정도의 인물은 되어야 할 것이다.

어쨌든 이날 아침, 사쿠마 군은 그 기습의 서전에서 자신들의 뜻대로 적 속으로 육박해 들어가 허를 찔렀다. 이른바 서전에서 승리를 거둔 셈이었다.

"단번에 짓밟아라!"

"일거에 빼앗아라!"

사쿠마 군의 부대는 첫 번째 목책을 돌파해 요새 정면에 있는 묘켄妙見 고개를 올랐다. 이들 목책에는 기껏해야 부장 한 명에 칠팔십 명의 병사들이 배치되어 있을 뿐이었다. 노도와도 같은 사천의 군마에 부딪치자 그야말로 개수일촉, 용감히 외로운 창을 휘둘러 맞선 병사는 곧 피를 흘리며 땅바닥에 나뒹굴었고 대부분은 뿔뿔이 흩어져 다음 망루로 달아났다.

바로 그때 주장인 나카가와 세베와 그 휘하들이 한 무리가 되어 산 위에서 요격을 위해 맹렬히 달려왔다.

"무례한 잡병 놈들, 여기가 아무도 없는 요새인 줄 알고 함부로 뛰어든 것이냐?"

무리의 가장 앞에 서서 창을 붕붕 휘두르며 달려온 무장은 틀림없이 세베였다. 말의 배도 창끝도 이미 피에 젖었으며, 말발굽이 춤추는 곳 앞에도 더 이상 적이 없었다.

"겐바, 어디 있느냐!"

세베의 목소리는 적과 아군 모두에게 들릴 정도였다. 스스로 창의 명수라 자부하는 그는, 기타노쇼의 조카로 이름을 떨치고 있는 사쿠마 겐바를 오늘에야말로 만나고 싶다며 돌아다니고 있었다.

그러한 장수 아래 총칼로 유명한 나카가와 군이 있었다. 모리 곤노조森権之丞, 가야노 고스케, 도리가이 시로다이부鳥飼四郎大夫, 야마기시 겐모쓰 등 사백여 명은 눈앞에 있는 적의 십분의 일에 지나지 않았으나 각자 필사의 각오로 곁눈질 한번 하지 않고 창을 휘두르며 사쿠마 군의 창 속으로 뛰어들었다. 맞부딪치는 창의 울림이 함성, 절규, 말이 울부짖는 소리와 뒤섞였다.

무릇 소수를 대하는 다수는 전체적으로는 강하지만 국부적으로는 피할 수 없는 약점을 가지고 있는 법이다. 나카가와 부대 사백 명은 필사의 각오로 적을 맞아 사쿠마 군 속에서 마음껏 날뛰었다. 사쿠마 군은 열 배에 달하는 대군이었으나 좁은 국지전에서 그 숫자만큼 힘을 쏟아붓지 못했다.

"물러나라! 기슭까지."

너무 많은 희생자가 나오자 사쿠마 군의 부장이 찢어질 듯한 목소리로 외쳤다. 하지만 그 많은 병사가 물러나는 데는 당연히 시간이 걸릴 수밖에 없었다.

"지금이다. 따라가서 베어라."

세베 기요히데를 필두로 나카가와 군은 닥치는 대로 적을 몰살할 것처럼 기세를 올렸다. 게다가 나카가와 군은 지세도 유리했다.

사쿠마 군의 병사들은 밤새 한잠도 자지 못했다. 처음에 '와아' 하고 공격을 위해 지르던 함성이 덧없는 소리로 바뀌었다. 한번 무너지기 시작하면 어쩔 수 없는 법이다. 사쿠마 군은 앞다투어 기슭 쪽으로 달려 나갔다. 그리고 남아서 지키는 병사들까지 낯빛을 잃은 아군에 떠밀려 달려야 했다.

"에치젠의 군, 한 놈도 살려 보내서는 안 된다."

세베는 정신없이 사쿠마 군을 뒤쫓으며 아군에게 말했다. 이미 이겼다고 생각했는지 끝까지 추격을 해나갔다.

"위험하다……."

세베의 휘하 중 누군가는 더 나아가면 위험하다고 느꼈지만 주인의 모습을 보니 물러설 수 없었다. 묘켄 고개를 내려가 오노지노하마의 물가가 보이는 평지까지 나아가자 갑자기 양쪽에서 사쿠마 군의 북소리가 귀를 찢을 듯 울려 퍼졌다. 그러고는 앞이 보이지 않을 정도의 탄연彈煙이 나카가와 부대를 감싸기 시작했다.

세베 주변에서만도 몇 사람이 쓰러졌다. 하지만 이와 같은 사지에 익숙한 세베는 그다지 놀라지도 않았다.

"겐바, 어디에 있느냐. 겐바노조 이리 나와라."

세베는 처음과 다를 게 없는 커다란 소리로 외쳐댔다.

"오오, 나카가와 나리 아니시오."

적 가운데서 누군가가 말했다. 그는 크고 검은 물결처럼 세베 바로 옆으로 말을 몰아왔다.

"이 늙은이를 몰라볼 테지만, 가가 다이쇼지의 성주 하이고 고로자에몬이라 하오. 가치 있는 목을 만났으니 가져가기로 하겠소."

두 사람은 창을 맞대며 싸웠다. 세베는 말과 말 사이가 너무 가깝다 보니 몸을 획 돌려 창을 높이 치켜들었다가 뒤로 내찔렀다.

"네놈의 얼굴에 바치겠다."

고로자에몬은 말의 갈기 위에 바짝 엎드렸다. 그의 커다란 창과 눈은 적의 몸을 보고 피하며 찌르는 두 가지 동작을 동시에 하고 있었다.

"빗나갔구나."

세베는 물러서다 고로자에몬의 창과 엉키자 다시 공세를 취했다. 그때 적의 보병인 듯한 무사가 세베 뒤쪽으로 다가섰는지 세베는 창을 돌려 뒤쪽을 베었다. 그러자 한 무사가 나는 듯이 달려 나와 털썩 쓰러진 사람의 수급을 주웠다.

"도리가이냐? 앞을 열어라."

주인의 목소리에 도리가이 시로다이부는 세베 앞으로 나가 하이고 고로자에몬과 맞섰다. 그사이 세베는 순간적으로 말을 옆으로 달려 핏발 선 눈으로 적 속에서 장수의 깃발을 찾으며 돌아다녔다.

아수라장 속에서도 진공과 같은 정적이 흐른다. 그것은 용감한 사람의 모습에만 있는 것이다. 부처의 후광과도 같은 것이라고 할 수 있다.

용勇의 극치는 시원한 법이다. 막힘이 없는 자유자재의 경지에 있기 때문이다. 자신도 없고 눈에 넘치는 적의 대군도 없다. 무아무상無我無想 속에 있는 것은 오로지 무문의 혼, 그것뿐이다.

나카가와 세베 기요히데는 틀림없이 그러한 경지에까지 도달한 용장이기는 했다. 하지만 무용에도 한계라는 게 있다. 그와 함께 분전했던 시동들과 병사들은 끊임없이 밀려드는 적의 손에 대부분 목숨을 잃고 말았다. 그사이 아군인 구와야마 시게하루의 사자가 후퇴를 권하기 위해 세베를 몇 번이나 찾아왔다. 이와사키 산의 다카야마 우콘이 보낸 전령도 달려 왔다.

"무슨 일이 있어도 이번만은 물러나셔서 몸 하나만이라도 무사히 지켜야 한다고 주인 우콘 님이 아침부터 당신의 일처럼 마음 아파하고 계십니다."

다카야마의 전령은 그렇게 말하며 세베가 탄 말의 부리망을 잡고 억지로 끌어 물러나게 하려고 했다.

"무슨 소리를 하는 게냐! 여기서 어찌 물러날 수 있단 말이냐. 이곳을 적에게 넘기고 물러나라는 것은 이 세베에게 사내로서의 자존심과 이름을 버리라는 말과 같은 것이다. 그처럼 심상치 않은 일이라고 생각했다면 시즈가타케의 구와야마 슈리도, 너의 주인인 다카야마 우콘도 어째서 얼른 수하를 모아 달려오지 않는 것이냐?"

세베는 더욱 발끈하며 질타했다. 그리고 창의 손잡이 끝으로 사자를 밀어 쓰러뜨리고 다시 아수라가 되어 적병을 맞아들였다.

세 정 정도 사이를 두고 밀고 밀리는 일진일퇴의 혈전을 열세 번이나 거듭했다. 이른 새벽인 인시(오전 5시) 무렵부터 진시(오전 9시)에 이르는 네 시간 동안 참으로 잘도 싸웠다. 눈에 거의 핏빛밖에 보이지 않을 정도로 분투를 펼쳤다.

"이, 이렇게까지 싸우셨으니…… 더, 더는 여한이 없을 터……. 잡, 잡병들의 손에 목숨을 잃기 전에."

아군 중 한 명이 세베가 탄 말의 부리망을 끌고 요새 쪽으로 곧장 달려나갔다. 그토록 용맹하던 세베도 숨을 헐떡였으며 눈동자가 화염을 보고 있는 것처럼 뜨거웠는지 모든 것이 희미하게 보였다.

"누, 누구냐?"

"후, 후, 후치노스케 시게사다瀨之助重定입니다."

"그래, 시게사다냐. 샛길은……. 새, 샛길은 어떻게 되었느냐?"

"깨졌습니다. 분합니다."

"무엇을 한탄하는 게냐. 구와야마, 다카야마야말로 그렇게 말해야 할 것이다. 마음껏 싸운 우리에게 후회는 없다."

"아니, 적의 계책에 떨어진 것이 분하다는 말입니다. 무슨 일이 있어도 혼마루 근처에 적을 들여서는 안 된다며 한 사람이 열 명의 적과 맞서 맹렬히 싸웠습니다. 하지만 뒷산의 막사에서 갑자기 불길이 이는 것을 보고 아뿔싸, 적이 뒤쪽으로 돌아들었구나 싶었고 그때부터 무너지기 시작해서 결국에는 어느 곳도 막지 못하고 말았습니다."

"그렇다면 저 불길은 뒷산의 막사에서 이는 것이란 말이냐?"

"적인 도쿠야마 노리히데가 소수의 병력을 데려와서 지른 불의 연기에 지나지 않습니다."

세베가 갑자기 말의 등자를 밟고 올라서서 말했다.

"아, 잠시 멈춰라. 후치노스케 나를 어디로 데려갈 생각이냐?"

"싸움도 여기까지인 듯하니 혼마루로 돌아가서 조용히 할복하시기 바랍니다."

"뭐, 할복을 하라고? 무, 무슨 소리냐. 이 세베는 그냥 배를 가를 수 없다. 놓아라, 놓아. 말의 부리망을."

세베는 혼자가 되어서도 여전히 일전을 펼치겠다는 생각을 버리지 않았다.

"배를 가르기보다 가치 있는 적과 칼을 주고받은 뒤 죽기로 하겠다. 후치노스케…… 덧없는 죽음의 장소로 나를 데려가지 마라. 죽는 모습 따위는 아무래도 상관없다. 나는 다시 한 번 적진으로 뛰어들겠다. 너는 네가 원하는 모습으로 목숨을 버리기 바란다."

세베는 말을 마친 뒤 고삐를 잡아당겨 말 머리를 힘껏 흔들게 했다.

"그렇게까지 말씀하신다면."

그 순간 부리망에서 손을 뗀 나카가와 후치노스케의 눈에는 눈물이 고여 있었다. 혈연으로 맺어진 동족이자, 야마자키 전투에서도 시종 생사를 함께해온 주인이기도 했다.

"앗, 뒤따라왔습니다."

"왔느냐. 다행이로구나."

세베는 뒤에서 다가오는 함성을 향해 곧 말 머리를 돌리려 했으나, 안타깝게도 이미 말은 지쳐 있었다. 그는 초조한 마음에 등자의 뒤꿈치로 말의 배를 걸어찼다. 하지만 붉게 물든 말의 커다란 몸은 한번 울부짖고는 비틀거릴 뿐이었다. 바로 그때 앞쪽에서 목소리가 들려왔다.

"나카가와 세베 기요히데는 여기에 있다! 세베가 여기에 있다. 자, 자, 덤벼라."

세베가 깜짝 놀라 뒤를 돌아보았다. 그 순간 말의 무릎이 꺾였고, 안장 위에 앉은 세베도 땅바닥으로 쿵 떨어지고 말았다.

"아아, 후치노스케 놈이 나인 척하고 팔방의 적과 싸우고 있구나. 자신이 적을 막을 테니 나보고 달아나라는 말이냐."

세베는 기뻤지만 눈물을 흘리지 않았다. 오히려 싱긋 웃는 것처럼 보였다. 후치노스케 시게사다의 마음과 그의 마음이 하나였기 때문이다.

"후치노스케, 죽음의 길도 함께하자꾸나."

세베는 앞쪽을 향해 큰 소리로 외치며 양 손바닥을 땅바닥에 문질렀다. 피범벅이 되어 미끈미끈한 창의 손잡이가 손에서 미끄러지면 자연히 전력을 발휘할 수 없었기 때문이다.

이윽고 세베가 달려갈 필요도 없이 적이 먼저 다가왔다. 번뜩이는 창을 나란히 든 한 무리의 갑주가 물결을 이루며 그의 앞까지 달려와 소리만 질러댔다.

"진짜 세베는 이놈이다. 이놈이 바로 적장인 기요히데다!"

한 무사가 소리를 지르며 한 발 앞으로 나와 세베를 찌르려 했다. 하지만 뜻을 이루지 못했다. 또 다른 사람이 나섰다. 그러자 세베는 그에 맞서 창으로 앞을 찌른 뒤 다시 손잡이 끝으로 뒤를 찔렀다.

그 순간 난투가 벌어졌다. 사람은 쉽사리 죽지 않는 법이다. 세베는 몇 번이나 붉은빛을 뒤집어쓰며 비틀거렸으나 표범처럼 일어나 다시 적을 쓰러뜨렸다. 그는 적의 숨통을 이빨로 물어뜯을 듯한 기세로 싸웠다. 너무나도 처참했으며 간담이 서늘할 정도로 섬뜩했다. 적병들도 무너지기 시작했다. 아직 살아 있는 세베는 부러진 창을 들고 도깨비불이 공중을 떠다니는 것처럼 흐느적흐느적 혈로를 뚫었다.

희미한 눈동자에 언덕길이 들어왔다. 하지만 그곳을 오를 힘이 없었다. 그때 포복으로 뒤따라오던 사쿠마 군의 무사 중 하나가 벌떡 몸을 일으켰다.

"사쿠마 나리의 신하인 곤도 무이치다."

그는 창과 함께 세베의 몸을 향해 달려들며 자신의 이름을 외쳤다. 두 개의 몸이 함께 나뒹굴었다. 다시 일어선 무이치가 선혈이 떨어지는 수급을 높이 치켜들고 절규했다.

"베었다! 나카가와 나리의 목, 곤도 무이치가 베었다!"

결국 오이와 산은 떨어졌다. 나카가와 세베가 목숨을 잃은 순간, 산 위의 혼마루에서도 뭉게뭉게 검은 연기가 솟아올랐다. 안에 있던 나카가와 군 오십여 명도 그때 모두 목숨을 잃은 모양이었다.

산기슭의 북쪽에서부터 동쪽에 걸쳐 있던 막사와 마구간에서도 연기가 났으며, 때때로 화약이 터지는 폭발음도 들렸고 생나무가 타는 열풍과 함께 나뭇잎의 재가 눈처럼 내렸다.

"방심해서는 안 된다. 마음을 놓기는 아직 이르다."

사쿠마 겐바노조는 부서의 장병들에게 그렇게 외치고는 막료 수십 기, 병사 이천을 데리고 불이 활활 타오르는 산 위로 올라갔다.

마침내 승리의 함성이 울려 퍼졌다. 천둥소리처럼 하늘까지 울려 퍼진 소리에 응해서 기슭의 니와토노하마와 오노지 산의 샛길과 곳곳에서 경비를 서고 있던 아군의 부대도 자신들이 있는 곳에서 '와아' 하고 승리의 함성을 올려 축복했다. 그때 시각은 미시(오전 10시) 무렵이었다.

"지금 휴대용 식량을 먹으며 휴식을 취하라."

장병들에게 명령이 떨어졌다. 명령은 나팔 소리로 전해졌으며, 주의
사항은 전령을 통해 각 부대의 부장들에게 전달되었다.

이번 기습은 결과가 좋아 아군의 대승으로 끝났으나 시즈가타케, 이
와사키 산, 호리 히데마사가 지키는 히가시노 산에서 단기 산에 걸친
적의 움직임이 분명하지 않다. 밥을 먹는 동안에도 방심해서는 안 된
다. 산 위에서 깃발로 보내는 신호, 봉화, 혹은 수시로 나팔을 불어 알
리는 영에 늘 신경을 쓰기 바란다.

불길과 연기가 조금은 잦아들었다. 불에 타고 남은 곳 근처에 본진을
설치한 사쿠마 겐바노조 주변은 마치 불꽃놀이라도 벌어진 듯 떠들썩했
다. 겐바노조의 기분이 매우 좋았던 것이다. 그는 걸상에 앉아 차례차례로
가져오는 수급을 지켜보고 있었다. 으뜸가는 공로자는 누가 뭐래도 세베
의 목을 벤 곤도 무이치였으나 무이치는 공을 전우들에게 돌리며 장부에
자신의 이름이 오르는 것을 애써 사양했다.

"제가 목을 베기는 했으나 그를 쓰러뜨린 것은 수많은 아군입니다. 제
이름 하나만 장부의 가장 위에 적어 넣을 수는 없습니다."

무이치는 스물한 살이었다. 훌륭한 무사이니 잘 보살피라고 가쓰이에
가 말한 적이 있을 정도였다. 사쿠마 가에는 그러한 무사가 적지 않았다.

승리에 대한 보고서와 함께 나카가와 세베의 수급은 곧 기쓰네즈카에
있는 시바타 가쓰이에의 본영으로 보내졌다. 그와 함께 겐바노조는 전령
에게 이렇게 명했다.

"밤새 먼 길을 온 뒤 새벽부터 전투를 벌여 병마 모두 크게 지쳐 있으

니 오늘 밤은 이곳에서 보낼 생각이다. 그러니 걱정 마시라고 전해라."

기쓰네즈카까지 우회로로 가면 사오십 리나 되지만, 직선으로 가면 십여 리밖에 되지 않았다. 가쓰이에가 세베의 수급을 본 것은 같은 날 정오 무렵이었다.

"조카 놈이 해냈구나."

가쓰이에는 크게 기뻐했다. 하지만 겐바노조가 오늘 밤에 그곳의 진지에서 묵는다는 말을 듣고 갑자기 눈썹을 찌푸렸다.

"당치않은 짓을……."

가쓰이에는 엄하게 반대했다. 승리에 취해 교만해지는 것은 병가의 금기 사항이었다. 한시라도 빨리 적진에서 발을 빼지 않으면 독 안에 든 쥐꼴이 되고 말 것이라며 단단히 일러 사자를 돌려보냈다.

교만한 군대

같은 날 아침이었다. 비와 호수 가운데를 물새 떼처럼 북상하는 예닐곱 척의 병선이 있었다. 선루船樓를 감싸고 있는 군막에서는 커다란 제비붓꽃 문양이 펄럭이고 있었으며 장막 안에는 총신과 창날이 빽빽하게 세워져 있었다.

"응? 저 연기는?"

니와 고로사에몬 나가히데丹羽五郎左衛門長秀는 선루에 서 있었는데, 문득 호수 북쪽과 이어져 있는 산에서 피어오르는 검은 연기를 보고 큰 소리로 물었다.

"오이와 부근일까, 시즈가타케일까?"

"시즈가타케인 듯합니다."

사카이 요에몬坂井与右衛門, 에구치 사부로우에몬江口三郎右衛門 등의 막료가 대답했다.

산들이 중첩되어 있다 보니 오이와 산의 불길도 마치 시즈가타케의 불길처럼 보였다.

"하지만 이해할 수 없구나."

나가히데는 눈썹을 찌푸린 채 여전히 그곳을 바라보았다. 그가 이해할 수 없다고 생각한 것은 자신의 예감이 정확히 맞아떨어졌기 때문이다.

20일 새벽, 가이즈에 머물고 있는 아들 나베마루가 전령을 보내왔다.

"어젯밤부터 시바타, 사쿠마 등의 영 안이 어딘가 어수선한 게 수상합니다."

그 순간 나가히데는 '적의 기습'을 직감했다. 히데요시가 17일 이후부터 오가키를 떠나 기후에 대한 작전을 준비하고 있다는 사실을 알았기에 적이 때를 놓치지 않고 허를 찌를 것이라 예측하고 있었던 것이다.

나가히데는 '어젯밤부터 적의 움직임이 수상하다'는 전령의 말을 듣자마자 대여섯 척의 병선에 수하 일천여 명을 싣고 떠났다.

"이러는 동안에도 마음을 놓을 수 없구나. 구즈오^{葛尾} 부근으로 출동하라."

그렇게 해서 배를 타고 온 것이었다. 그런데 아니나 다를까 시즈가타케 방면에서 연기가 보였을 뿐만 아니라, 구즈오 부근에 다다르자 요란스러운 총성까지 들려왔다.

"적은 벌써 모토야마의 요새를 공략해서 취한 듯하구나. 시즈가타케도 위험하다. 틀림없이 이와사키 산도 견디기 어려울 것이다. 요에몬, 사부로 너희는 어떻게 생각하느냐?"

나가히데가 의견을 묻자 막료 두 사람이 솔직하게 대답했다.

"참으로 쉽게 볼 사태는 아닌 듯합니다. 적은 필시 대군을 움직여 왔을 것입니다. 그러니 지금의 이 적은 병력으로 파죽지세와도 같은 적에게 맞서봐야 아군을 도울 수는 없을 것입니다. 지금 상황에서는 사카모토로 돌아가 사카모토 성을 지키는 것이 상책일 듯합니다."

"한심한 소리를……."

나가히데는 막료들의 말을 흘려들었다. 그리고 오히려 두 사람에게 급히 명령을 내렸다.

"어서 배를 물가에 대고 병마를 모두 뭍에 내려라. 그리고 너희는 급히 배를 돌려 가이즈에 주둔하고 있는 나베마루에게 군세 중 삼분의 일을 떼어 즉각 이곳으로 달려오라고 전하도록 하라."

"하지만 오십 리에 이르는 물길을 오가서는 눈앞의 전투에 늦을 것입니다."

"전투 중에 평소의 셈법은 모두 무익한 것이다. 고로사에몬 나가히데가 이곳에 병사를 내렸다는 소리만 적이 들어도 이미 효과는 있는 것이다. 설마 이처럼 소수의 병력이라고는 적도 예상치 못할 것이다. 반드시 한쪽에 틈이 생길 것이다. 작은 사려, 분별은 모두 버리고 어서 배를 저어 가이즈로 가라."

니와 나가히데가 상륙한 지점은 구즈오 촌의 오자키尾崎였다. 배는 곧 돌아갔다. 채비를 갖추는 데 일 각 남짓한 시간을 소비했다. 총과 창과 기마와 치중대 등 대오가 갖춰지자 그들은 곧 시즈카타케를 향해 급류처럼 진군하기 시작했다.

도중에 나가히데는 한 마을에서 말을 멈추었다. 한 무리의 마을 사람들이 보이자 정보를 얻기 위해서였다. 마을 사람들이 말했다.

"새벽의 전투는 뜻밖의 일로 어떻게 되었는지 전혀 알 수 없으나, 이 부근까지 탄알이 날아오더니 곧 오이와 산 쪽에서 불길이 치솟고 함성이 몇 번이고 해일처럼 들려왔습니다. 그리고 사쿠마 부대의 무사가—아마 척후병일지도 모르겠습니다만—몇 번이고 요고 쪽에서 말을 달려와 마을을 지나갔습니다. 소문에 따르면 나카가와 세베 님의 군세는 요새를 지키다 한 사람도 남김없이 목숨을 잃었다고 합니다. 앞으로 일이 어떻게 될지 저희끼리 이야기를 나누고 있던 중이었습니다."

그리고 시즈가타케 방면의 아군에 대해 뭔가 아는 것이 없냐고 물었더니 마을 사람들은 입을 모아 이렇게 대답했다.

"시즈가타케의 구와야마 시게하루 님은 조금 전에 요새의 병력을 이끌고 기노모토 쪽으로 산을 타고 급히 가셨습니다."

그 말은 나가히데를 아연실색하게 했다. 가세를 해서 그곳에 함께 머물려고 왔는데 당사자인 구와야마의 부대는 나카가와 부대가 전멸한 것도 돌아보지 않고 요새를 버리고 달아났다는 것이었다. 이 무슨 추태란 말인가. 나가히데는 슈리 시게하루의 허둥대는 모습에 연민의 정까지 느껴질 정도였다.

"지금 막 보았다고 했는가?"

"네, 네. 아직 열 정도 가지 못했을 겁니다요."

"이노스케."

나가히데가 보병 중 한 명을 불러 급히 명령을 내렸다.

"구와야마의 부대를 뒤쫓아가 슈리 나리를 만나서 나가히데가 여기에 왔다는 사실을 고하게. 함께 시즈가타케를 지킬 수 있도록 얼른 돌아오시라고 전하게."

"알겠습니다."

전령인 안요지 이노스케安養寺猪之助는 말에 채찍을 가해 기노모토 쪽으로 서둘러 갔다.

구와야마 시게하루는 오늘 아침 이후 나카가와 세베에게 세 번씩이나 퇴진을 권하기만 했을 뿐 협력하지도 않고 사쿠마 군의 맹렬한 기습에 당황하기만 했다. 그리고 나카가와 군이 전멸했다는 소식을 듣고는 허둥대기만 할 뿐 아군의 중핵을 이루는 진지의 궤멸을 앞에 두고 총알 하나, 창질 한 번의 반격도 시도하지 않은 채 시즈가타케를 버리고 서둘러 달아나는 중이었다. 그는 기노모토에 있는 아군과 합류해 하시바 히데나가의 명령을 받을 생각이었다. 그러던 중 니와 가의 안요지 이노스케를 만나 나가

히데의 원군이 도착했다는 소식을 듣고 용기를 얻었다.

"그래, 니와 나리께서 힘을 보태기 위해 달려오셨단 말이냐? 그렇다면……."

시게하루는 부하들을 모아 다시 시즈가타케로 돌아갔다. 그사이 나가히데는 주변 마을의 주민들을 안심시키고 시즈가타케로 올라가 구와야마 시게하루와 합류했다. 그리고 글 하나를 써서 미노 오가키의 진에 머물고 있는 히데요시에게 전령을 보내 사태의 중대함을 급히 알렸다.

그날 저녁, 하시바 히데나가의 명령을 받은 도도 다카토라藤堂高虎도 부대를 이끌고 와서 시즈가타케의 사수에 가담했다.

한편 오이와 산의 사쿠마 군은 승리감에 젖어 오시(정오)부터 일 각 정도 천천히 휴식을 취했다. 어젯밤 이후부터 먼 길을 달려와 격전을 치르다 보니 장병 모두 지쳐 있었다. 하지만 병사들은 식량을 먹은 뒤에도 피투성이가 된 손발을 서로 자랑하느라 피곤한 줄도 몰랐다. 부장들이 각 부대에 명령을 전달했다.

"잠을 자두도록 하라. 지금 한잠 자두어야 한다. 오늘 밤에도 어떻게 될지 모른다."

구름에도 여름의 기운이 감돌고 있었다. 새잎이 돋은 나무에서는 매미의 첫 울음소리도 들려왔다. 호수에서 호수로 건너가는 산 위의 바람은 특히 시원했다. 병사들은 배를 채우고 나니 졸음이 쏟아졌는지 창과 총을 끌어안은 채 여기저기에 눕기 시작했다. 말들도 나무 그늘 아래서 눈을 감았으며 부장들도 나무에 기대어 졸고 있었다.

"……."

진영은 조용했다. 격전 뒤에 잠시 눈을 붙일 때만큼 적막감을 느끼게 하는 시간도 없는 법이다. 조금 전 새벽까지 적군이 꿈을 꾸고 있던 막사는 모두 재가 되어버렸으며, 적군은 하나도 남김없이 시체가 되어 수풀 속에 버려졌다. 한낮이기는 하나 섬뜩한 기운이 느껴졌다. 보초병의 모습 외에는 막사 안까지 고요함에 잠겨 있었다. 그곳에서 우뢰만큼은 아니었으나 주장인 겐바노조 모리마사의 코고는 소리가 마치 기분 좋다는 듯 흘러나오고 있었다.

그때 따각따각, 대여섯 기가 어딘가에서 멈춰 섰다. 곧 갑주를 입은 한 무리의 사람들이 달려왔다. 겐바노조 주변에서 앉은 채로 잠을 자고 있던 막료들이 번쩍 눈을 떠 바로 밖을 바라보며 소리를 질렀다.

"무슨 일이냐?"

"마쓰무라 도모주로松村友十郞, 고바야시 즈쇼小林図書 등 정찰을 갔던 자들입니다."

"들어와라."

겐바노조가 말했다. 갑자기 일어나 커다랗게 뜬 눈은 아직 잠이 부족한 듯 붉게 충혈되어 있었다. 눈을 붙이기 전 술을 마신 듯 자리 한편에 붉은색의 큰 술잔 하나가 비어져 있었다.

마쓰무라 도모주로만이 막사 안으로 들어와 무릎을 꿇었다. 그리고 정찰 결과를 보고했다.

"이와사키 산에는 이미 적병이 하나도 없습니다. 혹시 깃발을 숨기고 매복한 것이 아닐까 싶어 주의 깊게 살펴보았으나 수장인 다카야마 우콘 나가후사 이하 전원이 일 각 반쯤 전에 다가미 산(하시바 히데나가의 진지)의 기슭 부근까지 멀리 퇴각한 듯합니다."

겐바노조가 손뼉을 치며 큰 소리로 웃었다.

"달아났단 말이냐."

그리고 막료들을 돌아보고 다시 온몸을 흔들며 웃었다.

"우콘이 달아났다고 하네. 참으로 빠르기도 하군. 와하하하하."

축배로 마신 술의 기운이 아직 완전히 가시지 않은 모양이었다. 겐바노조가 여전히 웃음을 그치지 않고 말했다.

"예전에 후지富士 강의 다이라平가가 있었다면, 지금은 이와사키 산의 다카야마 우콘이 있구나. 참으로 우스운 광대로다. 어쩌다 무문에서 태어났는지. 웃음을 참을 수가 없구나."

그때 시바타 가쓰이에에게 승리를 보고하기 위해 기쓰네즈카로 보냈던 전령이 돌아왔다.

"전령, 돌아왔는가?"

"네, 지금 막 돌아왔습니다."

"본진인 기쓰네즈카 쪽에 적의 움직임은 없었는가?"

"특별한 움직임은 없었습니다. 나리께서도 자못 기분이 좋으신 듯했습니다."

"틀림없이 기뻐하셨겠지?"

"그렇습니다."

사자는 다그쳐 묻는 듯한 겐바노조의 질문에 땀을 훔칠 여유도 없이 대답했다.

"오늘 새벽부터 있었던 전투 상황을 상세히 보고하자 '그런가, 그런가. 조카 놈의 모습이 눈에 선하구나'라고 평소의 입버릇처럼 말씀하시며 이만저만 기뻐하신 것이 아니었습니다."

"그렇다면 나카가와의 수급은?"

"바로 보시고 '틀림없이 세베로구나'라고 말씀하신 뒤 좌우의 사람들을 돌아보며 '좋은 징조로다. 기뻐해야 할 일이야'라고 흥겹게 말씀하셨습니다."

"그랬겠지."

겐바노조도 기분이 좋았다. 가쓰이에가 기뻐했다는 말을 듣는 것은 동시에 그의 자부심을 즐겁게 하는 일이기도 했다. 그는 숙부를 더욱 기쁘게 해주겠다는 의지를 불태웠다.

"이와사키 산의 요새까지 우리 수중에 들어왔다는 사실은 기타노쇼 나리께서 아직 모르시겠지. 하하하하……. 그렇다면 만족하시긴 아직 이르군."

"아니, 이와사키 산의 일은 제가 물러나려 할 무렵 기쓰네즈카에 전달되었습니다."

"그렇다면 전령을 다시 보낼 필요는 없겠군."

"전할 말씀이 그것뿐이라면……."

"어차피 내일 아침이 되면 시즈가타케도 우리 손에 떨어질 게야. 같이 말씀을 올려도 늦지 않겠지."

"저…… 그 일 말씀입니다만."

"그 일이라니?"

"대승에 취해 적을 너무 얕잡아보는 것은 실패의 근원이라고 멀리서나마 걱정하고 계신 듯합니다."

겐바노조는 일소에 부쳤다.

"쓸데없는 걱정. 이 겐바, 이 정도의 승리에는 취해 있지 않다네."

"하지만 나리께서는 출발하기 전에 특별히 일러둔 말―적진에 들어가서는 신속히 물러나는 것이 무엇보다 중요하니 한 번의 승리를 거둔 뒤 오래 머무는 것은 쓸데없는 짓―을 오늘도 되풀이하시며 그 뜻을 꼭 전하라고 말씀하셨습니다."

"바로 돌아오라는 말인가?"

"어서 물러나 후방의 아군과 합류하라는 말씀이셨습니다."

"어찌 그리 배짱이 없는지."

겐바노조가 희미하게 웃으며 강한 어조로 중얼거리고는 대답했다.

"어쨌든 알겠네."

그때 정찰대의 보고 하나가 더 들어왔다. 니와 나가히데가 이끄는 삼천 병력이 구와야마의 부대에 가세해 함께 시즈가타케로 들어가 방비를 굳건히 하고 있다는 소식이었다. 내일 아침에 시즈가타케를 공략하겠다고 혼자 결심하고 있던 겐바노조에게 있어서 이는 불에 기름을 붓는 격이었다. 이러한 때일수록 맹장의 용맹스러움은 더욱 맹렬하게 전의를 불태우는 법이다

"재미있군."

겐바노조가 막사 밖으로 나가 눈썹으로 불어오는 상쾌한 바람을 맞으며 남쪽으로 이십여 리 떨어진 시즈가타케를 바라보았다. 그때 기슭에서 한 장수가 부하 몇 명을 데리고 올라오는 게 보였다. 그리고 그를 안내하기 위해 목책의 수장이 앞장서서 서둘러 올라오고 있었다.

"뉴도 아닌가?"

겐바노조가 혀를 차며 말했다. 그 사람이 언제나 숙부 곁에 있는 아사미 뉴도도세이淺見入道道西라는 사실을 알고는 그가 사자가 되어 이곳으로 찾아온 이유도 바로 알 수 있었기 때문이다.

"오……. 여기에 계셨습니까?"

뉴도도세이는 땀을 흘리고 있었다. 겐바노조는 막사 안으로 그를 안내하지도 않고 쌀쌀맞은 눈으로 바라보았다.

"쓰시마對馬 나리 아니오. 무슨 일이오?"

뉴도도세이가 여기서 말씀드리기 좀 그렇다는 뜻을 몸짓으로 보였으나 겐바노조는 다른 말은 듣지 않겠다는 듯 먼저 입을 열었다.

"오늘 밤에는 여기서 머물고 내일 철수할 생각이오. 조금 전에 기쓰네즈카에도 보고를 해두었소만."

"저도 들었습니다."

뉴도도세이가 다시 한 번 정중하게 예를 갖췄다. 그리고 오이와 산에

서의 대승을 장황하게 축하했다. 겐바노조는 생각했다.

'이 녀석에게 붙들려서는 버티지 못할 거야.'

겐바노조가 무뚝뚝하게 말했다.

"숙부께서 또 무슨 쓸데없는 걱정이 있으셔서 자네를 이곳으로 보내신 것인가?"

"밝히 살피신 대로 이곳에서 묵으신다고 하신 것을 심히 걱정하고 계십니다. 적에게 미련을 두어 밤을 보내지 말고 곧 본진으로 돌아오라는 말씀이셨습니다."

"걱정할 것 없네, 뉴도. 겐바 휘하의 정예는 나아갈 때면 파죽지세, 지킬 때면 철벽. 지금껏 수치를 맛본 적이 단 한 번도 없었다네."

"물론 그 점은 나리께서도 굳게 믿고 계시는 바이옵니다만, 병법에 의하면 적진 속으로 들어가 응체凝滯하는 것은 아무래도 좋은 계책이 아니기에……."

"잠깐 기다리게, 뉴도. 응체의 진이라는 것은 변통자재變通自在가 결여된 죽은 진을 말하는 것일세. 이 겐바가 병법을 모르는 줄 아는가? 그것은 자네의 말인가, 숙부님께서 하신 말씀인가?"

겐바노조가 그렇게까지 말하자 뉴도도세이는 두려움에 입을 다물어 버릴 수밖에 없었다. 그리고 이와 같은 문제로 사자를 맡는 것은 위험한 일이라고 생각했다.

"그렇게까지 말씀하신다면 어쩔 수 없는 일입니다. 굳은 신념, 나리께 말씀드리도록 하겠습니다."

뉴도도세이는 창황히 그곳을 떠났다.

막사로 돌아온 겐바노조는 곧 지휘를 시작해서 이와사키 산에 한 부대를 보내고, 시즈가타케와 오이와 산 중간에 있는 간논觀音 언덕과 하치가미네蜂ヶ峰에도 감시를 위해 각각 소규모의 부대를 보냈다. 그로부터 얼마 지

나지 않아 다시 사람이 찾아왔다는 전갈을 받았다.

"고쿠후 조에몬國府尉右衛門 나리께서 기쓰네즈카 본진의 군령을 받들고 지금 막 이곳에 도착하셨습니다."

이번 전령은 단순히 면담을 하거나 가쓰이에의 뜻을 전하러 온 게 아니라 정식 군령을 전하러 왔다. 그러다 보니 겐바노조는 걸상을 내주지 않을 수 없었다. 하지만 명령의 내용은 조금 전 말을 되풀이하는 것에 지나지 않았다. 겐바노조는 얌전히 듣기는 했으나 여전히 자신의 주장을 고집하며 명령에 따르려는 빛조차 보이지 않았다.

"이미 이번 기습의 일전에서는 지휘와 진퇴 모두 겐바에게 일임한다고 하셨소. 지금의 말씀을 받아들인다면 이번 작전도 화룡정점을 찍지 못하게 될 것이오. 그러니 이번에는 한 번 더 겐바노조의 지휘에 맡겨두셨으면 하오."

겐바노조는 사람을 보내 살살 타일러도 안 되고, 총대장으로서 명령을 내려도 따르지 않았다. 그러한 자아를 방패로 삼아 고집을 부리는 사쿠마 겐바노조 앞에서는 아무리 가쓰이에가 보낸 고쿠후 조에몬이라 할지라도 그 고집을 꺾을 수가 없었다.

"어쩔 수 없는 일."

조에몬은 곧 단념하고 말았다. 군령을 들고 왔지만 단념하지 않을 수 없었다.

"나리의 뜻을 헤아릴 수는 없으나 대답하신 대로 말씀 올리겠습니다."

조에몬은 조금 노여운 듯한 기색마저 내보이며 그렇게 말했다. 여담은 단 한마디도 하지 않고 다리가 튼튼한 준마에 채찍을 가해 돌아갔다.

그렇게 세 번째 사자가 돌아가자마자 네 번째 급사가 도착했다. 이미 해는 서쪽으로 뉘엿뉘엿 기울어가고 있었다.

가쓰이에의 나이 든 측신인 오타 구라노스케太田內藏助라는 무사가 온갖 말로 설득을 하러 온 것이었다. 즉 숙질 사이에 서서 혈기왕성한 겐바노조의 고집스러운 성격을 살살 달래러 온 것이었다.

"물론 높으신 뜻도 있으시겠지만…… 나리께서는 일족 중에서도 귀하를 각별히 생각하시기에 그렇게 걱정을 하시는 것입니다. 특히 이렇게까지 적의 일각을 무너뜨렸으니 지금부터는 진세를 견고히 해서 승산이 있는 곳부터 천천히 적을 깨뜨려 나가면 저희 시바타 가가 생각한 천하의 계획도 틀림없이 이루어질 것입니다. 그러니 겐바 나리, 이번만은 뜻을 꺾으셔서……."

"노인, 해가 떨어지면 가는 길이 위험하오. 그만 돌아가시오."

"안 되겠습니까?"

"무엇을 말이오?"

"결의는?"

"그런 결의는 애초부터 하지 않았소."

결국 구라노스케도 아무런 소득 없이 돌아가고 말았다. 그리고 다섯 번째 급사가 왔다. 그러자 겐바노조의 강경한 성격에 뿔이 났다. 방자함도 여기에 이르면 고집이 되어버린다.

"만나지 않겠다고 해라."

쫓아 보내려 했으나 사자로 온 야도야 시치자에몬은 소홀히 할 수 있는 무사가 아니었다. 오늘 사자로 온 사람들 모두 쟁쟁한 장수들이었으나 특히 시치자에몬은 주군 곁에 있는 영웅이었다.

"저희가 사자로 부족하다는 점은 잘 알고 있으나, 가쓰이에 나리께서 직접 이곳으로 모시러 오겠다고 하시는 것을 저희 측신들이 우선은 말리고 부족하나마 이 시치자에몬이 이렇게 나리 대신 온 것입니다. 부디 잘 헤아리셔서 한시라도 빨리 이곳 오이와 산에서 물러나시기 바랍니다."

시치자에몬이 막사 밖에 엎드려 고했다. 하지만 그와는 달리 겐바노조의 가슴에는 이런 생각이 있었다. 오가키에 있는 히데요시가 변을 알고 제아무리 빨리 달려온다 한들 오가키에서 이곳까지는 약 백삼십 리니 밤이나 되어야 오늘 소식이 전해질 것이었다. 그리고 그렇게 빨리 기후의 진지를 떠날 수도 없었다. 히데요시가 아무리 빨리 온다 해도 내일 밤이나, 모레가 될 것이었다. 겐바노조가 고집스럽게 뜻을 꺾지 않은 것은 이와 같은 계산이 있었기 때문이다.

"겐바 놈이 아무래도 말을 듣지 않는다면 내가 직접 가서라도 오늘 밤안으로 끌고 오겠다."

시바타 가쓰이에의 초조함은 병가의 노련함에서 나온 초조함이라 해도 좋을 것이다. 그러다 보니 겐바노조의 헐거운 공산과는 커다란 차이가 있었다.

그날 기쓰네즈카의 본진에서는 기습을 감행한 군이 쾌승을 거두었다는 보고를 듣고 환호로 들끓었으나 가쓰이에의 전투관에 따른 급속한 후퇴 명령이 전혀 지켜지지 않았을 뿐 아니라, 쟁쟁한 무사들을 차례로 보냈는데도 겐바노조가 하나같이 그들을 거부하며 돌려보냈기에 근심이 깊어질 수밖에 없었다.

"조카 놈은 이 가쓰이에의 주름진 배를 가르게 할 놈이로구나. 아아, 어찌 된 놈이란 말이냐."

가쓰이에는 몸부림치듯 겐바노조의 고집을 한탄했다. 그렇게 막사 안의 내분이 흘러나가자 중군의 분위기도 어딘가 침울한 느낌이 들었다.

"또 사자가 나서는군."

"아, 이번에도."

사자들이 오이와 산을 빈번하게 다녀오는 모습에 장병들까지 가슴 아파했다.

가쓰이에도 한나절 동안 목숨이 줄어든 것 같은 기분이 들어서인지 다섯 번째 사자인 야도야 시치자에몬이 돌아오기를 기다리는 동안 자리에 가만히 앉아 있지 못했다.

"시치자는 아직인가?"

진소는 기쓰네즈카의 한 절에 있었는데, 가쓰이에는 그곳의 회랑을 말 없이 걷다가 산문 쪽을 바라보며 측근들에게 몇 번이나 물었다.

"벌써 땅거미가 내려앉았구나."

물들어가는 저녁 빛마저 가쓰이에를 초조하게 했다. 하지만 해가 가장 길 시기였다. 종루 부근에는 아직도 저녁 해가 걸려 있었다.

"야도야 나리께서 돌아오셨습니다."

산문을 지키던 무사가 섬돌 아래까지 달려와서 고했다. 가쓰이에는 백발이 섞인 눈썹을 찌푸리며 다가오는 시치자에몬의 그림자를 보자마자 무릎을 꿇을 틈도 주지 않고 먼저 물었다.

"시치자, 어떻게 되었는가?"

시치자는 겐바노조가 만나지 않겠다고 하는 것을 억지로 만나 몇 번이나 뜻을 전했으나 결국 '오가키에 있는 히데요시가 여기까지 달려오려면 아무래도 하루 이틀은 걸릴 것이며, 또 신속히 왔다 할지라도 먼 길을 오느라 지친 병사들이니 이를 치는 것은 그리 어려운 일이 아니라 여겨진다. 그러니 무슨 일이 있어도 오이와 산에 머물 각오라고 말씀드리게'라며 뜻을 꺾으실 것 같은 기색을 보이지 않아 어쩔 수 없이 돌아왔다고 있는 그대로 보고했다. 그러자 가쓰이에가 눈을 번뜩이더니 분노가 섞인 골육의 감정을 그대로 드러내며 피를 토하듯 외쳤다.

"하, 한심한 놈."

그리고 커다란 신음과 함께 몸을 부르르 떨며 다시 외쳤다.

"이 무슨 터무니없는 짓이란 말인가!"

가쓰이에는 오른쪽을 보고, 왼쪽을 보더니 옆방을 향해 큰 소리로 외쳤다.

"야소! 야소!"

"요시다 야소吉田弥惣 나리를 찾으십니까?"

멘주 쇼스케가 반문하자 가쓰이에가 쇼스케에게 화풀이하듯 말했다.

"그렇다. 어서 불러라. 야소에게 당장 이리로 오라고 전해라."

이윽고 요란스럽게 달려가는 발소리가 들렸다. 그리고 얼마 뒤 요시다 야소는 가쓰이에의 명령을 받고 바로 오이와 산으로 말을 달려갔다.

긴 해도 마침내 지고 어린잎의 나무 그늘에 횃불의 빛이 흔들리기 시작했다. 마치 가쓰이에의 가슴속을 나타내는 듯했다.

왕복 이십여 리는 준마에 채찍을 가하면 금방 다녀올 수 있는 거리였다. 요시다 야소가 곧 돌아왔다.

"이것이 마지막 말씀이라고까지 간곡히 간했으나 겐바노조 님께서는 끝내 받아들이지 않으셨습니다."

여섯 번째 보고도 마찬가지였다. 가쓰이에는 이제 화를 낼 기력도 없는 듯했다. 만일 이곳이 전장이 아니었다면 눈물을 흘렸을지도 모를 정도로 참담한 모습을 하고 있었다. 그저 탄식에 잠겨 자신을 책망하며 '내가 어리석었다……'고 평소 겐바노조에게 보인 맹목적인 사랑을 후회하기 시작했다.

오로지 군율 하나로 엄숙히 통솔되어야 할 전장에서 겐바노조는 평소와 다름없이 숙질 사이의 감정에 따라 버릇없는 태도로 흥망의 처결을 향해 자신의 독단을 고집했다.

'난처하게 되었구나!'

가쓰이에는 속으로 그렇게 생각하며 뼈저리게 후회했다. 가쓰이에의 주먹은 무릎에서 부르르 떨고 있었다. 하지만 젊은 겐바노조로 하여금 그토록 방자하게 굴도록 한 사람이 누구인가? 누구도 아닌 숙부 자신의 맹목적인 사랑 아니었는가? 겐바노조의 소질을 지나치게 사랑한 나머지 얼마 전에는 양자인 가쓰토요와 나가하마 성을 잃었으며 지금은 전 시바타 군의 운명보다 더욱 커다란, 다시 돌이킬 수 없는 기운을 잃게 생겼다. 시바타 슈리 가쓰이에는 누구도 원망할 수 없는 회한의 밑바닥에서 암울한 기분에 잠기지 않을 수 없었다.

요시다 야소가 계속 겐바노조의 말을 전했다. 요시다 야소의 말에 따르면 겐바노조는 야소의 간곡한 권유를 일소에 부치며 다음과 같이 야유하고 조금도 들으려 하지 않았다.

"예전에는 시바타 나리 하면 귀신이라고도 불리고 신산귀모神算鬼謀의 대장이라고도 불렸을지 모르나, 지금은 기타노쇼 나리의 전법도 모든 명령도 이미 시대에 맞지 않는 낡은 것이 되어버렸다. 낡은 군략으로는 요즘의 전투를 수행할 수 없다. 이번 기습도 처음에는 좀처럼 허락하지 않으셨다. 어쨌든 이번 일은 겐바에게 맡기고 슈리 숙부께서는 기쓰네즈카에 머물며 한 이틀쯤은 구경을 하시는 것이 좋으리라 생각한다."

그렇게 말하는 사이에도 간논 고개와 하치가미네 방면의 새로운 지점에 적극적으로 소규모 부대를 파견하는 듯했다고 야소는 숨김없이 이야기했다.

가쓰이에의 근심과 참담한 마음은 차마 눈뜨고 볼 수 없는 것이었다. 가쓰이에가 그렇게 까지 절망한 이유는 히데요시의 진가를 누구보다도 잘 알고 있었기 때문이다. 평소 겐바노조나 측신들에게 들려준 평은 적을 두려워하지 않게 하기 위한 전략적 언사에 지나지 않았던 것이다. 가쓰이에는 주고쿠에서 물러난 이후 히데요시가 얼마나 무서운지 야마자키 전투에서도, 기요스 회의 때도 질릴 정도로 맛보았다. 지금 그 강적을 앞에 두고 건곤일척의 일전을 펼치기 위해 나선 첫 출진에서 뜻밖에도 아군에서 차질이 빚어진다면 아무리 가쓰이에 스스로 가쓰이에를 자부한다 할지라도 결전을 앞두고 어려움을 느끼지 않을 수 없었다.

"터무니없는 녀석이로구나. 이 가쓰이에, 지금까지 단 한 번도 불찰로 인해 적에게 빈틈을 보인 적이 없었는데……. 아아, 어쩔 수 없구나."

침통한 탄식 속에 밤이 깊어갔다. 결국 가쓰이에는 포기할 수밖에 없었다. 그 뒤로 더는 그곳으로 사자를 보내지 않았다.

그날 안으로

오가키에 있는 히데요시의 진소로 하시바 히데나가의 보고가 처음 도착한 날은 20일 오시(정오) 무렵이었다.

"오늘 새벽, 사쿠마 군 팔천 명이 샛길로 기습을 감행해 오이와 요새의 세베가 고전하고 있습니다."

기노모토에서 오가키까지는 백삼십 리였다. 파발마를 달렸다 해도 상당히 빠른 시간이었다. 그리고 얼마 뒤 바로 두 번째 보고가 전해졌다.

"시바타 가쓰이에의 본군 일만 이천 명도 같은 시각에 움직이기 시작했다고 합니다. 그들은 기쓰네즈카를 중심으로 북국 가도를 따라 히가시노 산 방면으로 포진해 심상치 않은 기운을 보이고 있습니다."

때는 마침 히데요시가 로쿠^{呂久} 강변으로 나가 불어나는 물의 기세를 가늠하고 돌아온 순간이었다. 그제부터 어젯밤에 걸쳐서 미노 방면에 호우가 쏟아져 오가키와 기후 사이에 있는 고토^{合渡} 강과 로쿠 강 모두 범람했다. 그로 인해 작전에 커다란 차질이 빚어지고 있었다. 예정대로라면 전날인 19일에 기후 성을 향해 일거에 총공격을 개시할 생각이었으나, 큰비가 쏟아지고 로쿠 강이 범람하자 강을 건널 수 없어서 하루 이틀 대기 상태로 있어야 했다.

히데요시는 진 밖의 말 위에서 첫 번째 전령의 보고를 받았다. 그는 고삐를 쥔 채 안장 위에서 전령이 건넨 글을 읽었다.

"큰일이로구나."

히데요시는 전령에게 그렇게 말했을 뿐 아무런 표정의 변화도 보이지 않고 진 안으로 돌아왔다.

"유코由子, 차를 한잔 내오게."

이윽고 유코가 차를 내오고 히데요시가 차를 거의 다 마셨을 무렵 두 번째 보고가 전해졌다. 그리고 겨우 반 각(한 시간)도 지나지 않아 세 번째 전령이 도착했다. 그는 호리 히데마사가 보낸 사람이었다. 히데마사의 글을 통해 선전을 펼치던 나카가와 세베가 목숨을 잃은 사실과 다카야마 우콘이 이와사키 산의 요새를 포기해 그곳을 잃었다는 사실 등 비교적 자세한 내용을 알 수 있었다.

히데요시는 막사 안의 걸상으로 자리를 옮겼다. 그리고 여러 막료들을 불러 모아 담담히 말했다.

"히데마사로부터 지금 이런 보고가 왔네만……."

각 장수들의 눈은 심상치 않은 빛을 띠었고, 히데요시 역시 세베가 전사했다는 보고를 전하면서 순간 눈을 감고 말았다.

"이처럼 안타까운 일이……."

각 장수들의 얼굴에 처연한 기운이 감돌았다.

"오이와 산의 세베는 이미 목숨을 잃었단 말인가."

장수들의 입에서 침통한 물음이 나왔다. 그리고 위기를 어떻게 대처할 것인지, 히데요시의 얼굴에서 읽어내려 하듯 모두 한곳을 응시했다. 그때 히데요시가 말했다.

"세베가 전사한 것은 참으로 안타까운 일이고 가여운 일이다. 하지만 헛된 죽음이 되도록 하지 않겠다…….”

히데요시는 한층 더 큰 소리로 말했다.

“기뻐하라, 기쁨을 세베에게 공물로 바쳐라. 싸움은 마침내 우리의 대승으로 끝날 것이라고 하늘도 고하고 있다. 오래도록 험한 지세에 의지해 숨은 채 나오지 않아 칠 방도가 없었던 시바타 놈도 지금은 스스로 요새에서 나와 승리를 자랑하며 멀리 진을 펼치고 있으니 이는 가쓰이에의 운이 다한 것이다. 놈이 진영을 펼치기 전에 무너뜨리면 잠시도 버티지 못할 것이다. 천하의 자웅을 겨뤄 우리의 커다란 뜻을 이룰 때는 바로 지금이다. 때가 찾아왔다. 모두 긴장을 늦추지 마라.”

위기를 알리는 청천벽력과도 같았던 비보는 히데요시의 한마디에 오히려 맑은 하늘을 가리키는 쾌보快報가 되었다. 히데요시가 ‘우리는 이미 대승을 거두었다’고 각 장수들에게 분명히 말한 것이었다.

히데요시는 곧바로 잠시도 틈을 주지 않고 속속 명령을 내리기 시작했다. 명령을 받은 각 장수들도 ‘때가 왔다’며 히데요시 앞에서 물러나 각자의 진영으로 달려갔다.

한때는 ‘이거 큰일이로구나’ 하며 위기를 느꼈던 사람들도 ‘이번 싸움의 승리에 기여하지 못하고 뒤에 남겨지는 게 아닐까’ 하며 걱정했다. 그러다 보니 히데요시의 명령이 떨어질 때까지 걸리는 시간조차 답답하다는 듯 긴장을 하고 있었다.

좌우의 시동과 측근을 제외하고 장수들 대부분이 명령을 받고 준비를 하기 위해 물러났다. 하지만 우지이에 유키히로, 이나바 잇테쓰와 같은 그 지방의 무사 두어 명과 직속 부하인 호리오 모스케 요시하루堀尾茂助吉晴에게만은 아직 아무런 명령도 떨어지지 않았다. 그러자 우지이에 유키히로가 기다릴 수 없다는 듯 먼저 히데요시에게 물었다.

“저희 부대도 함께 나설 준비를 하고 싶습니다만.”

"아니, 자네는 오가키에 남아 있게. 기후를 견제하기 위해."

그리고 호리오 요시하루에게도 명령을 내렸다.

"모스케, 자네도 남도록 하게."

히데요시는 그렇게 마지막 명령을 내리고 막사에서 나갔다. 그러더니 바로 큰 소리로 사람을 불렀다.

"사쿠나이, 사쿠나이! 조금 전에 말해두었던 전령들은 어떻게 되었나? 모두 모였는가?"

"네, 저쪽에서 명령을 기다리고 있습니다."

가토 사쿠나이 미쓰야스加藤作内光泰가 바로 달려가 한편에서 기다리게 했던 약 오십 명의 건각들을 히데요시 앞으로 데리고 왔다. 조금 전 히데요시는 미쓰야스에게 '발이 빠르고 튼튼한 자로 오십 명 정도 준비해 두어라' 하고 명령을 해두었던 것이다.

히데요시가 건각들에게 직접 말했다.

"오늘은 우리의 생애에 두 번 다시 찾아오지 않을 날이 될 것이다. 그날의 선봉으로 뽑힌 너희야말로 사내로 태어난 보람이 있다고 할 수 있을 것이다. 각자 평소 단련해온 다리를 뽐내기 바란다."

히데요시는 그렇게 말하고는 명령을 내렸다.

"스무 명은 다루이垂井, 세키가하라, 후지카와藤川, 마케馬上, 나가하마 사이에 있는 마을의 백성들에게 해가 떨어지면 길 곳곳에 횃불을 밝히고 통행에 방해가 되는 수레나 소나 목재 등을 길에 두지 말고 아이들은 모두 집 안에 머물게 하고 위험한 다리는 당장 손을 보라고 큰 소리로 전하며 다녀라."

"네."

오른쪽 끝에서부터 스무 명이 일제히 고개를 끄덕였다. 나머지 서른 명에게는 다시 이런 명령을 내렸다.

"나머지 자들은 나가하마까지 한달음에 달려가 성안을 지키고 있는 자들과 힘을 합쳐, 거리의 노인과 각 마을의 백성들에게 기노모토까지 우리가 지나가는 길 곳곳에 간격을 두지 말고 먹을 것을 늘어놓으라고 전하라. 따뜻한 물, 횃불, 말먹이 등도 함께 놓으라고 전하라. 싸움이 끝나고 나면 너희에게도 상을 내릴 것이다. 어서 가라."

건각 오십 명이 바로 달리기 시작했다.

"말을 가져오너라!"

이윽고 와키자카 진나이가 말을 끌고 오자 히데요시가 오르려고 했다.

"나리, 잠시만."

그 순간 갑자기 우지이에 유키히로가 달려오더니 히데요시의 안장에 기대어 소리 없이 눈물을 흘렸다. 우지이에 유키히로는 오가키 성의 성주로 지역 무사의 우두머리라고 할 수 있었다.

히데요시는 기후를 견제하기 위해 우지이에만을 남겨두는 것을 불안해했을 뿐 아니라 간베 노부타카와 내통해 배반할지도 모른다고 의심하고 있었다. 그러다 보니 적을 견제하는 데 또 견제가 필요했던 것이다. 히데요시가 호리오 모스케에게 우지이에와 함께 남으라고 명령한 것은 그 때문이었다.

'의심을 받고 있구나.'

유키히로는 뜻밖이라고 생각했다. 그와 더불어 자기 때문에 호리오 모스케까지 천재일우의 결전장에서 제외되었다는 생각이 들어 견딜 수가 없었다. 유키히로가 진심을 호소하기 위해 히데요시의 말 앞에 기대서서 단도를 잡아 빼며 말했다.

"제가 따라가지 못하는 것은 어쩔 수 없는 일이나 호리오 나리는 꼭 데려가시기 바랍니다. 유키히로, 이 자리에서 배를 갈라 나리의 후환을 끊도록 하겠습니다."

"덤빌 것 없다, 유키히로."

히데요시가 채찍을 들어 그의 손을 쳤다.

"그렇게 지쿠젠을 따라오고 싶다면 뒤따라오기 바란다. 하나, 모두 떠난 뒤에 따라오라. 물론 모스케만 오라고는 하지 않겠다. 자네도 뒤따라오도록 하라."

"네, 저까지도?"

유키히로가 뛸 듯이 기뻐하며 막사 안을 향해 큰 소리로 말했다.

"호리오 나리, 호리오 나리. 허락을 받았습니다. 따라오라고 명령을 내리셨습니다."

호리오 모스케가 달려 나왔다. 두 사람 모두 땅바닥에 엎드렸다. 하지만 획 바람을 가르는 채찍 소리가 들렸을 뿐, 히데요시의 말은 벌써 저 멀리 달려가고 있었다.

"앗, 출발하셨다."

당황한 측근들이 앞다투어 달려가며 외쳤다.

"뒤처져서는 안 된다!"

"뒤처질 수 없지."

그대로 달리기 시작하는 사람, 말 위로 뛰어오르는 사람 할 것 없이 대오를 맞추지도 않고 무리를 이루지도 않고 한꺼번에 우르르 주인의 뒤를 따라 달려 나갔다. 때는 미시(오후 2시) 무렵이었다. 첫 번째 전령이 도착한 뒤 히데요시가 출발하기까지 일 각(두 시간)밖에 지나지 않았다. 그 일각 사이에 히데요시는 고호쿠에서의 패배를 오히려 하늘이 내린 승기라 단정하고, 그 자리에서 전군의 커다란 방침을 정한 뒤 건곤일척의 대도 백삼십여 리에 걸친 길에 포고령까지 내리며 태세를 갖추었다. 그리고 총병력 일만 오천의 선두에 서서 질풍처럼 달리기 시작했다.

하시바 군 이만 명 가운데 오천 명은 뒤에 남고 일만 오천 명이 방향을 틀어 히데요시의 뒤를 따랐다. 하지만 선두를 홀로 달리는 히데요시를 따라붙은 사람은 몇 되지 않았다. 기수인 이시카와 효스케, 군 전반의 행정을 맡고 있던 히토쓰야나기 이치스케와 가토 미쓰야스 두 사람, 시동 중에는 가토 도라노스케, 와키자카 진나이, 히라오 곤페이, 이시다 사키치, 가스야 스케에몬糟屋助衛門 등 일고여덟 명의 무리가 히데요시 주변에서 달리고 있을 뿐이었다.

나가마쓰, 다루이, 세키가하라를 지나 산 사이로 접어들자 말없이 달리던 사람들은 처지기 시작했다. 그 대신 말을 탄 사람들이 앞서 달려 나갔다. 하지만 히데요시의 모습은 여전히 선두에 있었다. 후와를 지나자 앞서 달리던 히데요시와 일고여덟 기의 그림자가 갑자기 가도에서 모습을 감추고 말았다.

"앗, 어디로 갔지?"

정신없이 달려오던 기마, 그리고 기마의 흐름에 맞춰 달려온 무사들이 다마玉 촌 부근의 가로수에 둑처럼 멈춰 있었다.

"대체 어디로 가신 거지?"

"이쪽 길에는 보이지 않아."

"아뿔싸, 다른 길로 가신 것이 틀림없어."

"그렇다면 이부키의 기슭으로 난 길일 거야. 다마 촌에서 강 쪽으로 돌아들면 후지藤 강, 상평사上平寺(조헤이지) 아래, 슌소春照 촌을 지나 이 가도를 가는 것보다 틀림없이 스무 정 정도는 빠를 거야."

"그래, 그 길이다. 돌아가자."

"모두 발걸음을 돌려라."

"뒤에 오는 자들은 발걸음을 돌려라."

여전히 달려오는 사람들과 돌아서려는 사람들로 소용돌이와도 같은 혼란이 빚어졌다. 개중에는 그런 시간조차 아깝다는 듯 그대로 북국 가도를 따라 채찍을 들어 곧장 달려 나가는 사람도 있었으며, 다마 촌의 갈림길에서 이부키 산의 기슭을 바라고 좁은 샛길로 서둘러 가는 사람들도 있었다.

어쨌든 히데요시를 따르던 수많은 장병이 히데요시에게서 떨어지지 않기 위해, 또 다른 사람에게 앞자리를 양보하지 않기 위해 예기를 겨루며 앞을 다투었다. 전국 시대 곳곳에서 크고 작은 전투는 끊임없이 일어났으나 그날처럼 선두 경쟁이 치열했던 적은 없었다.

당시에도 앞서 달려가는 것이나 아군끼리 다투는 것은 군율로 엄하게 금지하고 있었다. 하지만 그날 히데요시는 평소의 규율을 풀어 장병들의 기개와 뜻에 모든 것을 맡긴 것이었다. 그것도 말이나 법문으로 보인 것이 아니었다. 그 자신이 가장 먼저 달려 나가 아군 일만 오천의 선두에 선 것이었다.

게다가 그날 그가 내린 커다란 방침도 그렇고, 달려가고 있는 전장도 그렇고 모든 사항이 장막 안에서 짧은 시간 동안 단번에 결정되었기에 상세한 내용을 자세히 알고 있는 사람은 수뇌부뿐이었으며 일만 오천의 병사 대부분은 그저 기노모토로, 기노모토로 달려가며 '이번 싸움은 우리가 이겼다고 대장께서 말씀하셨다'는 것 말고는 무엇 때문에 급히 서둘러 가는 것인지 아무것도 모른 채 달리고 있었다. 하지만 병사들은 '대장께서 급히 서두르시니⋯⋯' 하고 신념과 신뢰만으로 앞서가는 사람을 뒤따르고 있었다.

"죽고 사는 것은 이미 정해진 일. 어차피 생사를 초월할 바에는 우리 대장에게 모든 것을 맡기자. 지쿠젠노카미 님을 따라가자!"

바로 그것이 병사들의 기백이었다. 거짓 없는 마음이었다. 그들은 말을 탄 장수에게 뒤떨어지지 않도록 부지런히 달렸으며, 개중에는 피를 토하며 쓰러진 병사도 적잖이 나왔다. 병사들이 그러한데 벚꽃의 꽃망울과도 같은 한창 나이의 시동들은 말할 것도 없었다.

"이랴, 이럇. 앞에 가는 말, 너무 느리다. 비켜라. 비키지 않으면 다친다."

산기슭의 샛길은 좁았다. 그러다 보니 등자 하나만큼만 벗어나도 뒤따르는 사람이 고함을 질렀다. 아니, 아무런 이유가 없어도 앞에 가던 사람에게 따라붙으면 뒤에 있는 사람은 앞에 있는 사람을 위협해서 한 사람이라도 더 추월하려 했다. 그러한 경쟁은 한시라도 히데요시 곁에서 떨어지는 것을 수치스럽게 여기는 시동들 사이에서 가장 치열하게 벌어졌다.

앞뒤 가리지 않고 모두 한꺼번에 앞을 다투자 말과 말이 부딪치는 바람에 앞발을 쳐들고 울부짖는 말들도 적지 않았다.

"앗, 다리가 부러졌다."

가토 도라노스케는 안장 위에서 말의 머리를 뛰어넘어 땅 위에 섰다. 채찍을 너무 맹렬하게 가했기에 그가 자랑하던 준마도 마침내 쓰러지고만 것이었다. 그 말은 그가 세이슈 미네노 성을 공격했을 때 적의 철포 대장인 오우미 신시치近江新七를 쓰러뜨린 공으로 히데요시에게 받은 흑마였다. 말을 받았다는 것은 주인으로부터 '말을 타도 좋다'는 허락을 받은 것이나 다를 게 없었다. 그래서 안장을 얹기는 했으나 말을 가지고 있지 않은 동료들의 마음을 생각해서 아직 말에 오른 적은 없었다. 그저 고삐를 잡고 끌고 다니며 자랑스러워하기만 했다. 하지만 오늘이야말로 하사받은 준족을 자랑할 때라며 시종 히데요시의 뒤에서 떨어지지 않고 달려왔으나 이제는 어쩔 수 없이 그것을 버릴 수밖에 없었다. 그는 부지런히 뒤따라오는 부하를 불렀다.

"이봐, 마타조又藏. 갈아탈 말을 끌고 오너라. 빨리 와!"

그러는 사이에도 기마, 보병은 그의 모습에 눈길 한 번 주지 않고 질풍처럼 달려 나갔다. 도라노스케는 초조해서 견딜 수가 없었다.

"이봐 마타조, 로쿠스케 빨리 와!"

도라노스케가 발을 동동 구르며 외쳤다. 그때 평소 얼굴을 알고 지내던 다니 헤이다유谷兵太夫가 하마터면 말 머리로 그를 들이받을 뻔했다. 헤이다유가 깜짝 놀라 고삐를 당기며 고함쳤다.

"멍청한 놈. 좀 더 길가로 물러나 있어!"

도라노스케도 지지 않고 맞받아쳤다.

"말을 똑바로 달리게 하지 못할 바에는 그 말을 내게 넘겨."

"애송이가 무슨 소리를 하는 거야. 도중에 다리가 부러지는 말을 가진 주제에 시건방진 소리 하지 마. 조심스럽지 못한 풋내기 녀석. 앞으로는 조심해!"

헤이다유가 뒤돌아 땅 위를 힐끗 돌아보고 그대로 달려 나가려 했다. 그러자 도라노스케가 헤이다유의 등자를 쥐고 말했다.

"다니 나리, 잠시만. 말은 쓰러졌으나 도라노스케의 다리는 보시는 것처럼 건강하오. 곧 적의 명마를 빼앗아 보이겠소. 창을 쓰는 것도 나리께 뒤지지는 않을 것입니다. 잘 기억해두시기 바랍니다."

"시건방진 소리 하지 마."

헤이다유는 채찍을 휘둘러 다른 말들의 무리 속으로 달려 들어갔다.

마침내 도라노스케의 창을 든 사람과 갈아탈 말을 끄는 사람이 뒤따라왔다. 하지만 그 갈아탄 말도 곧 쓰러져버리고 말았다.

"에잇, 귀찮구나."

도라노스케는 타고난 다리로 땅을 힘껏 박차고 나갔다. 하지만 갑옷이 무거워 달리는 데 거추장스러웠기에 결국에는 그것을 벗어 하인에게 지게 하고 단지 하얀 천에 붉은 뱀의 눈이 그려진 겉옷 하나만을 입고 바람처럼 달렸다. 그리고 어느 틈엔가 다시 히데요시 옆까지 따라붙었다.

히데요시가 오가키에서부터 타고 온 말 역시 숨이 끊어지고 말았다.

어쩔 수 없이 도중에서 말을 갈아탔다. 그곳은 이부키 산기슭의 마케라는 마을이었다. 히데요시가 말을 갈아타고 있자니 그곳 절의 승려 부부가 경단을 바치러 왔다.

"행군 중의 즐거움 삼아."

"보시인가? 고맙소."

히데요시가 말 위에서 바로 경단을 먹으며 물었다.

"여기는 무슨 마을인가?"

"마케 촌입니다."

그 답이 마음에 들지 않았기에 히데요시가 다시 물었다.

"마케지馬上寺 촌, 마케지 촌 아닌가?"

승려는 '마케[8]'라는 말이 불길하다는 사실을 깨닫고 다시 말했다.

"네, 네. 마케지 촌입니다."

히데요시는 껄껄 웃으며 채찍으로 먼 곳을 가리키고 있었다. 질주하는 말의 등에서 때때로 햇발을 바라보았다. 잠시도 시간이 흐르는 것이 아까운 모양이었다.

산기슭 샛길에서 벗어나자 다시 원래의 가도가 나왔다. 산길에서는 황혼에 가까운 것이 아닐까 여겨졌는데 밝고 넓은 곳으로 나오자 석양까지 아직 꽤 시간이 남아 있었다.

"어찌 된 일이냐?"

히데요시가 전후의 신하들에게 물었다.

"지금까지는 연도의 마을 모두 미리 말해둔 대로 식량, 횃불을 빈틈없이 잘 준비해두었는데, 이 부근에는 명령이 전달되지 않은 듯하구나."

"그럴 만도 합니다."

---

8) '마케'는 일본말로 '지다, 패하다'라는 뜻. '마케지'는 '지지 않다'라는 뜻.

이시다 사키치가 바로 대답했다.

"명을 받든 무리는 모두 두 다리로 먼저 달려 나갔으니 아무리 발이 빠르다 할지라도 그렇게 언제까지고 나리의 말보다 앞서갈 수는 없었을 것입니다. 벌써 모두 추월당해 뒤에 있는 듯합니다."

"그런가? 아니, 그 말이 맞겠군. 그렇다면 우리가 가며 말을 전해야겠군."

마을이 나타날 때마다 히데요시는 타고난 커다란 목소리로 외쳤다.

"마을 사람 모두 들으시오. 히데요시, 오늘 밤 안으로 '시바타 가쓰이에를 무찌를 방도가 있기에 달려가고 있소. 집집마다 쌀과 콩을 미지근한 죽으로 쑤어서 뒤따라오는 무사들에게 먹게 해주시오. 밤이 되면 횃불을 밝혀 달려가는 무사들의 편의를 도와주시오. 전쟁이 끝나면 상을 내릴 것이며, 쌀과 콩은 모두 열 배로 갚아주겠소."

그렇게 해서 이시다石田 촌, 주조十條, 난고南鄕를 순식간에 달려 마침내 가로수 너머로 호수가 보이기 시작했다.

"오, 나가하마."

"벌써 나가하마다."

쩔그럭쩔그럭 흔들리며 울리는 마구와 갑주의 격류 속에서 사람들은 목소리로, 또는 채찍으로 서로를 격려했다.

나가하마의 번화가는 솥이 끓는 것처럼 떠들썩했다. 이곳은 기노모토, 시즈가타케와 가깝다 보니 오늘 새벽 이후부터 전선의 붕괴에 전전긍긍하고 있었다. 그렇게 극단적으로 떨고 있는 민심은 히데요시 군의 선두가 달려오자 그만큼 더 반동적으로 들끓어 올랐다.

"오가키의 아군들이 돌아왔다."

"지쿠젠 님께서 선두에 섰다."

"됐다, 이제 안심이야."

"정말 빠르기도 하지!"

백성들은 히데요시의 모습을 보고 크게 감동한 듯 '와아, 와아' 하고 환호인지 울음소리인지 분간할 수 없는 절규를 올리며 미친 듯이 손을 흔들었다.

히데요시와 선두에 선 부대가 나가하마에 들어선 것은 신시(오후 5시)였다. 그리고 일만 오천 명에 이르는 후속군이 꼬리에 꼬리를 물고 속속 도착했으며, 그 무렵 오가키에서는 마지막 인마가 출발했다. 그렇게 많은 병사가 뒤따라오니 히데요시가 떠나기 전 연도의 민가에 횃불과 식량을 준비하라고 명령한 것이었다.

히데요시는 나가하마에 도착하자마자 선봉을 위한 준비도 게을리하지 않았다. 그는 갑작스러운 변을 당해 그저 신속하게 움직이는 것만이 아니라 고도의 전략으로 움직였다. 그 부분에 대해서는 가와스미 도오쿠川角道億가 그 상황을 자세히 묘사하고 있다.

길 곳곳의 촌장, 부농 등을 불러 모아 말여물까지 함께 준비하라. 모두 가지고 있는 쌀을 내서 밥을 짓도록 하라. 쌀은 농민들 자신의 쌀이라면 열 배로 쳐서 후에 갚으리라. 급히 서두르라며 자신이 직접 이야기했다.

밥이 되면 빈 가마니를 찢고 그 끝을 그대로 두어라. 가마니를 두 개로 자르고 소금물에 잘 적셔 밥을 넣어라. 준비를 마쳤으면 우마로 시즈가타케를 향해 급히 나르라.

여물에는 나뭇가지나 종이 등으로 표시를 해라. 계속해서 뒤따라오는 사람이 늘어나면 지친 자들도 많을 것이다. '이것을 먹고 가라, 먹고 가라'고 말해주어라. 틀림없이 먹어야 할 자들이 많을 것이다. 빼앗아 먹으려는 자가 있으면 그대로 먹게 하라. '옷에 싸가지고 가라',

'헝겊 등에도 싸가지고 가라'고 이야기해주어라.

설령 빼앗아 가져간다 해도 후에는 모두 함께 먹을 수 있을 것이다. 여물을 먹으려고 하는 자가 있으면 '이는 말의 여물이나 필요하다면 주겠다'고 말하고 그것 역시 건네주어라.

이와 같은 주도면밀한 준비는 사람의 미묘한 심리를 잘 이용한 데서 나온 듯싶다. 그 시대의 성격상 군민의 참된 협력을 얻어내기란 쉬운 일이 아니었다. 목숨을 바치겠다는 장병과 사사로운 정을 가지고 있는 백성들을 하나로 묶는 것은 결코 쉬운 일이 아니나, 히데요시는 별 어려움 없이 그들을 하나의 밧줄로 연결해놓았다.

히데요시라 할지라도 싸움인 이상 사실은 승패의 귀결을 예측하기 어려웠을 테지만, 우리가 이긴 싸움이라고 말해 사기를 올렸으며, 민중에게 희망의 대도를 내보였다. 그러니 백성들이 협력하지 않을 리 없었다.

쌀은 한 집당 한 되씩 내오라고 했으나 그들은 다섯 되고 한 말이고 짊어지고 나왔다. 노인과 어린아이는 집에 있으라고 했으나 장작을 나르고 물을 퍼 날랐으며, 지나는 병사들에게 더운 물을 주고 먹을 것을 바쳤다.

여자들도 순수한 마음과 정을 담아 부지런히 일했다. 특히 아가씨들이 흔드는 손이나 보내는 눈길은 젊은 무사들에게 애호의 감정을 품게 했다.

횃불과 모닥불이 길가에 끝도 없이 늘어서 있었다. 그 불은 번화가에서 마을을 지나 호숫가의 물에 반사되었으며, 산그늘과 산기슭을 따라 이어졌기에 땅거미가 질 무렵에는 일대 장관을 이루었다.

히데요시는 말 위에서 주먹밥을 먹고 더운 물로 잠시 목만 축인 상태로 벌써 나가하마를 벗어나 소네, 하야미速水를 달려가고 있었다. 그리고 목적지인 기노모토에 도착한 것은 술시(오후 8시)로 아직 초저녁이었다. 오가키에서부터 어림잡아 다섯 시간이 걸렸다. 한걸음에 주파한 것이었다. 당시로서는 놀라운 속도라고 해도 좋을 것이다. 하지만 문제는 속도가 아니었다. 그의 대범하고 명쾌한 통솔과 거침없는 방략의 결단에 있었다.

타나가미 산에는 하시바 히데나가의 휘하 일만 오천이 있었다.

기노모토는 산의 동쪽 기슭을 따라 난 가도의 역참 중 하나로 산 위 부대의 일부가 그곳에 주둔하고 있었으며 마을 끝의 아자지조字地藏라는 곳에 지붕이 없는 망루를 설치해서 척후 진지로 삼고 있었다.

"여기는 어디냐?"

히데요시가 힘차게 달리던 말을 급히 멈춰 세운 뒤 말 등에 찰싹 달라붙은 채 물었다.

"지조입니다."

"기노모토의 진지 근처입니다."

저마다 대답했지만 히데요시는 다 흘려듣고 안장에 앉은 채 말했다.

"더운 물을 한 모금, 냉수여도 상관없다."

히데요시는 국자의 손잡이를 짧게 잡아 벌컥 한 모금 마신 뒤 비로소 가슴을 폈다.

주둔 부대의 부장이 말 앞으로 달려와 인사를 했으나 히데요시의 주의를 끌 시간도 없었다. 히데요시와 동시에 말에서 내린 사람들, 다섯 미신, 열 마신, 또는 반 정, 한 정 정도의 차이로 연달아 달려온 사람들이 우르르 한꺼번에 말에서 내렸기 때문이다. 부근은 삽시간에 노도에 휩싸이고 말았다.

"꽤나 높구나."

히데요시는 바로 발걸음을 옮겨 망루 아래쪽까지 다가가 허공을 올려다보고 있었다. 지붕이 없는 망루였기에 계단도 없었다. 받침대를 밟으며 기어 올라가야 했다.

그는 갑자기 젊은 시절 일개 병사였던 때의 일이 떠오른 모양이었다.

감즙으로 물들인 부채(지휘할 때 썼다)의 끈을 허리에 찬 칼의 고리에 묶더니 망루의 받침대로 발을 가져갔다. 시동들이 엉덩이를 차례차례 밀어 올려 인간 사다리를 만들었다.

"앗, 위험합니다."

"지금 곧 사다리를."

멀리서 외쳤으나 히데요시의 모습은 이미 두 길이 넘는 허공에 서 있었다.

그날 밤, 하늘은 청명했다. 비노尾濃 평야를 지난 폭풍의 여파도 가라앉아 조용히 별이 빛났으며, 비와, 요고 두 호수는 크고 작은 거울을 던져놓은 것처럼 보였다.

히데요시는 조금 전 말 위에서는 지쳐 보이더니 그곳에 서자 의연한 그림자를 우주에 내보이는 것처럼 보였다. 그에게 즐거움은 있어도 피로는 없는 것처럼 보였다. 위기가 크면 클수록, 노고가 깊으면 깊을수록 정반대가 되는 보람을 품는 것이리라. 역경을 극복한 뒤, 역경을 돌아봤을 때의 쾌감, 큰 일이든 작은 일이든 이는 어렸을 때부터 맛보아온 것이었다. 인생의 참된 즐거움은 성공하느냐, 실패하느냐 하는 괴로운 갈림길에 있다고 스스로 이야기하는 이유이기도 했다.

히데요시는 그곳에서 가까운 시즈가타케, 오이와 산 등을 내려다보며 승산이 있다고 판단했다. 하지만 그는 누구보다 조심스러운 사람이었다. 그의 습성에 따라 일단 조용히 눈을 감고 있었다. 그리고 자신을 적도 아니고 아군도 아닌 대우주 위에 놓았다. 천지의 운행과 인간 항쟁의 지도를 아울러 살펴보며 자신이 이길지, 상대가 이길지 사심 없이 냉정하게 둘러보았다. 병력의 많고 적음이네, 우리 하시바 군이네, 이 히데요시네 하는 모든 자가당착에서 벗어나 순수하게 우주의 마음이 되어 천의天意의 답을 들은 것이었다. 마침내 히데요시가 중얼거렸다.

"우선, 대충은 끝났구나······."

그리고 미소를 보였다.

"사쿠마 놈이 섣불리 나섰구나. 애송이, 무엇을 꿈꾸는가."

그날 밤, 망루에서 적의 진지를 둘러본 히데요시가 '대충은 끝났구나'라고 말한 것으로 봐서 그가 이미 모든 전국에 대해 침착하게 여유를 갖게 되었다는 사실을 알 수 있다. 《무가군기武家軍紀》의 기록에 따르면 히데요시는 혼잣말 뒤에 펄쩍 뛰며 기뻐했다고 한다.

사쿠마 놈이 섣불리 나섰구나. 모두 몰살하겠다며 작약했다. 비토 진에몬尾藤甚右衛門, 도다 사부로시로戸田三郎四郎 등이 아래서 듣고 주인이 어째서 기뻐하시는 것이냐 하며 웃었다.

여기서 주인이란 물론 히데요시를 말한다. 여러 장수들이 '어째서 기뻐하시는 것이냐'라고 말할 정도이니 그가 망루에서 적진을 둘러본 순간 '이젠 됐다'고 손뼉을 치며 얼마나 기뻐했는지를 가늠해볼 수가 있다. 그가 무엇을 그렇게 기뻐했는지는 '사쿠마 놈이 섣불리 나섰구나'라는 말 한마디에 잘 드러나 있다. 사쿠마 겐바노조가 위험을 무릅쓰고 적신 속에서 오이와, 이와사키 두 요새를 일거에 빼앗아 교만한 깃발을 내걸고 '천하에 이 겐바 님만 한 전략가도 없다'며 자부했지만 히데요시의 눈으로 보면 풋내가 나는 '애송이 겐바' 정도에 지나지 않았던 모양이다.

병법에 따르면 주목해서 봐야 할 적의 아홉 가지 부분이 있다. 그 요강을 '상相', '체體', '용用'의 삼위三位, 삼단三段으로 나누어 아홉 개의 주목할 부분과 아홉 개의 계戒와 아홉 개의 대사大事를 보인다. 그리고 미묘한 움직임 모두 여기에 있다고 주장하는 것이다.

(상)……절切……분紛……위位

(체)……극隙……응凝……이弛

(용)……기起……거착居着……진盡

겐바노조의 경우를 보면 싸우기도 전에 그는 적과 대치하는 '상'의 기간에 히데요시의 '분'을 잡아 '극'을 잘도 찔러 기습을 성공시킨 것이라 할 수 있다. 다시 말해 '용'의 용병, 서전의 일어섬—기—의 질풍신뢰疾風迅雷라는 점에 있어서는 유감이 없었으나, 가쓰이에가 여섯 번에 걸쳐 보낸 사자를 물리침으로써 '절'을 취하지 않고 그날 밤 진지를 움직이지 않았던 것은 병법에서 꺼리는 '거착'의 경계를 무시한 것이었다. 히데요시가 둘러보고 '애송이, 머물러 있구나'라며 손뼉을 쳐서 뜻대로 되었음을 나타낸 이유가 바로 여기에 있었던 것이다.

망루에서 내려온 히데요시는 바로 미노베 간자에몬美濃部勘左衛門이라는 그 지방의 무사를 길잡이로 삼아 다가미 산 중턱으로 올라갔다. 그곳에서 하시바 히데나가의 영접을 받고 지시를 내린 뒤 다시 산을 내려왔다. 그리고 구로다黑田 촌을 건너 간논 고개를 지나 요고의 동쪽에 있는 차우스 산에 접어든 뒤에야 비로소 걸상, 아니 궤짝 위에 자리를 잡고 앉았다. 그 무렵까지 뒤따라 달려온 장병의 숫자만 해도 이천 명에 이르렀다.

궤짝에 앉은 히데요시는 낮부터 흘린 땀과 먼지로 뒤범벅된 감색 겉옷을 입고 감즙으로 물들인 부채를 천천히 움직여 전투 지휘를 하고 있었다. 때는 한밤중, 시각으로 따지면 해시에서 자시로 넘어갈 무렵(오후 11시)이었다.

후군後軍

가미네蜂ヶ峰는 하치가미네鉢ヶ峰라고도 쓴다. 시즈가타케에 이어진 동쪽의 한 산을 말한다.

사쿠마 겐바노조는 저녁에 한 부대를 그곳에 올라가게 했다. 이튿날 아침에 있을 시즈가타케 공격에서 이이우라飯浦 고개, 시미즈清水 계곡 등의 북서쪽에 있는 아군 선봉 부대와 호응해서 적을 고립 상태에 빠뜨릴 의도였다.

별은 하늘 가득 흩어져 있었다. 하지만 산속의 밤은 매우 어두웠다. 숲과 관목으로 뒤덮인 산들도 어둠에 잠겼으며 큰길과 좁다란 산길이 한 줄기 뻗어 있을 뿐이었다.

"뭐지?"

한 사람이 중얼거렸다. 네다섯 명의 초계병 사이에서 나온 소리였다.

"뭐가 뭐란 말이야?"

또 다른 사람이 물었다.

"이리 좀 와봐."

조금 떨어진 곳에서 처음 말한 사람이 보초병들을 불렀다. 그러자 바삭바삭 관목을 밟는 소리가 들리더니 보초병들이 한곳으로 모여들었다. 한 사람이 남동쪽을 가리키며 말했다.

"저쪽 하늘이 묘하게 밝은 것 같은데."

하지만 다른 보초병들의 눈에는 갑자기 알아볼 수 있을 정도의 이변은 없었다.

"어디를 말하는 겐가?"

"아니, 그쪽이 아니야. 저기, 저 커다란 노송나무 오른편에서부터 훨씬 남쪽에 걸쳐서."

"난 또 뭐라고."

보초병들이 모두 웃었다.

"저건 오쓰나 구로다 촌 부근이니 농민들이 뭔가 태우고 있는 거겠지."

"마을에 사람들은 없을 텐데. 모두 산으로 달아났잖아."

"그럼 기노모토에 머물고 있는 적의 횃불이겠지."

"아닐세, 구름이 낮은 밤이라면 모르겠지만 이렇게 맑은 밤에 저 정도로 하늘을 물들였으니 조금 이상해. 그래, 여기는 눈을 가리는 나무가 많지만 저 절벽 위로 올라가면 잘 보일 거야."

"그만두게, 위험해."

"발을 헛디디면 계곡 밑으로 떨어질 게야."

보초병들이 말렸으나 처음 말을 꺼낸 병사는 벌써 덩굴을 붙들고 기어오르기 시작했다. 기어오른 병사의 그림자가 바위산 정상에서 원숭이처럼 보였다. 그 순간 그 병사의 입에서 외침이 들려왔다.

"아, 큰일이다."

아래서도 놀랐다.

"뭐야! 뭐가 보이는가?"

"……."

위쪽의 그림자는 얼이 빠져 몸이 굳어버린 모양이었다. 아래 있던 병사들도 하나하나 위로 올라갔다. 그리고 모두 밤바람 부는 하늘에 몸을 움츠렸다. 그곳에 올라서면 요고, 비와 두 호수는 물론 호수를 따라 남쪽으로 한 줄기 뻗은 북국 가도와 이부키의 기슭까지 한눈에 내려다보였다.

밤이라 정확히 알 수는 없었으나 나가하마 부근이라 여겨지는 지점을 관통해서 이곳 기슭 가까이에 있는 기노모토까지 한 줄기 광염光焰이 강처럼 흐르고 있었다. 횃불, 모닥불의 흐름이 끊임없이 이어지고 있었다. 활활, 그리고 점점이 끝도 없이 불빛이 흐르고 있었다.

"세상에!"

한동안 눈을 빼앗겼던 보초병들은 부대의 진지로 알리기 위해 미끄러지듯, 뒹굴듯 달려갔다.

"빨리 서둘러."

겐바노조는 내일을 기다리며 일찍부터 막사에서 잠을 자고 있었다. 병사들도 잠을 자고 있었다. 말도 잠에 빠져 있었다.

해시(오후 10시) 무렵, 겐바노조는 몸을 벌떡 일으켰다. 무엇인가가 예민한 그의 긴장을 흔들어 깨운 모양이었다.

"쓰시마!"

겐바노조가 쓰시마노카미를 불렀다. 같은 막사 안에서 팔을 베개 삼아 자고 있던 오사키 쓰시마노카미大崎對馬守가 벌떡 일어섰을 때, 겐바노조 역시 일어나 무의식적으로 시동의 손에서 창을 낚아챘다.

"말의 울부짖음이 들렸다. 보고 와라."

"네."

쓰시마노카미가 장막을 걷어 올린 순간 '앗' 하고 외치는 사람이 있었다. 시미즈 계곡에 진을 치고 있던 사쿠마 가쓰마사의 부하 이마이 가쿠지

310

今井角次였다.

"큰일입니다."

가쿠지의 첫마디에 겐바노조의 목소리도 흥분되었다.

"무슨 일이냐?"

가쿠지는 당황한 나머지 화급을 알리는 보고치고는 횡설수설했다.

"지금, 보초병의 보고에 따르면 미노지美濃路에서 기노모토까지 수십 리 사이에 수많은 횃불과 모닥불이 시뻘겋게 움직이고 있어 심상치 않은 기운이 있다고 합니다. 가쓰마사 님께서도 필시 적의 움직임일 것이라며 얼른 보고하라고 하셨기에 급히 달려왔습니다."

"뭣이, 미노지에서부터 불의 행렬이라고?"

겐바노조는 이해할 수 없다는 듯한 표정을 지어 보였다. 하지만 시미즈 계곡에서의 급보와 거의 비슷한 때에 하치가미네의 하라 후사치카에서도 보고가 전해졌다.

진중의 장병 모두가 일어나 어두운 소란 속에 있었다. '미노지를 통해 히데요시가 돌아왔다'는 소식이 전해졌기 때문이다. 하지만 겐바노조는 여전히 반신반의하는 듯한 모습이었다.

"설마 벌써?"

겐바노조는 도저히 이해할 수 없다는 듯한 얼굴이었다.

"쓰시마, 확인하고 오너라."

겐바노조는 명령을 내린 뒤 걸상에 앉아 애써 여유 있는 태도를 보이려 했다. 자신의 얼굴을 살피는 신하들의 심리가 미묘하게 움직이고 있기 때문이었다.

잠시 뒤, 오사키 쓰시마노카미가 말에 채찍을 가해 돌아왔다. 시미즈 계곡, 하치가미네는 물론 방향을 바꾸어 차우스 산에서 간논 고개까지 둘러보고 오는 길이었다.

"횃불, 모닥불은 물론 귀를 기울여보니 말의 울부짖음, 말발굽 소리처럼 기노모토를 중심으로 심상치 않은 소리가 들려왔습니다. 속히 대책을 세우지 않으면 안 될 듯싶습니다."

"그렇다면 지쿠젠이란 말인가?"

"히데요시가 곧바로 돌아온 듯합니다."

"쳇, 이렇게까지 빠를 줄이야……."

새삼스럽게 놀란 겐바노조는 입술을 씹은 채 한동안 창백한 얼굴을 말없이 쳐들고 있었다.

잠시 뒤 겐바노조는 소의 울부짖음과 같은 목소리로 갑자기 철수를 명령했다.

"물러나자. 물러날 수밖에 없지 않은가. 적은 대군, 우리는 고립된 군이니."

조금 전 저녁때까지만 해도 숙부 가쓰이에의 명령에도 따르지 않고 강경하게 고집을 부리던 겐바노조는 발등에 불이 떨어진 듯 '어서 서두르라'며 하타모토와 시동들에게 철수 준비를 재촉했다.

"하치가미네에서 온 전령은 돌아갔느냐, 아직 있느냐?"

겐바노조가 말 등에 오르며 좌우에게 물었다. 아직 있다는 답을 듣자 말 앞으로 그를 불렀다.

"곧장 돌아가 히코지로(하라 후사치카)에게 전해라. 우리 본대는 지금부터 이곳을 출발해 시미즈 계곡, 이이우라 고개를 넘어 가와나미, 시게 산을 거쳐 물러날 생각이니 히코지로의 부대는 후군이 되어 뒤따라오라고……."

겐바노조는 명령을 내리자마자 하타모토들과 한 무리가 되어 새카만 어둠에 잠긴 산길을 달려 나갔다.

"히코지로를 뒤에 두면……."

그런 생각에 마음의 여유가 조금 생기기 시작했다. 그렇게 해서 사쿠마의 본대가 총퇴각을 시작한 것은 해시(오후 11시) 무렵으로, 그날 밤 달이 뜬 것은 요즘 시간으로 하면 11시 22분이었다. 따라서 약 삼십 분 동안은 적에게 이동을 들키지 않기 위해 횃불도 켜지 않고 오로지 흔들리는 화승과 별빛에만 의지해서 어두운 길을 가야 했다.

결국 겐바노조의 근본적 오류가 부하 장병들을 극도로 당황하게 만들고 말았다. 오제 호안小瀬甫庵의《호안 태합기》에 기록된 내용만 봐도 얼마나 혼란스럽고 어수선했는지 어느 정도 짐작해볼 수 있다.

겐바노조의 진중도 마침내 소란스러워져 퇴각을 위해 북적거렸는데 어젯밤에는 험한 산길을 서둘러 걸어왔고, 낮에는 하루 종일 싸웠기에 어디로 가는지도 모르는 밤길, 조릿대 위의 이슬과 함께 쓰러졌다가 일어나서는 넘어지고, 넘어졌다가는 일어나 길을 서둘렀다. 하다못해 달이 뜨면 가자고 아우성치는 동안 스무날의 달이 산 끝으로 희미하게 걸려…….

험한 산길로의 퇴각은 이튿날 새벽 3시가 넘을 때까지 약 네 시간에 걸쳐서 이루어졌다.

한편 히데요시의 진격과 이곳의 움직임을 시간적으로 대비해보면, 겐바노조가 퇴각 준비를 하고 있을 무렵, 히데요시는 다무라 촌에서 차우스 산에 올라 궤짝을 걸상 삼아 잠시 쉬고 있었다. 그곳에서 히데요시는 자신을 만나기 위해 시즈가타케에서 급히 내려온 니와 나가히데를 만났다. 그는 객장의 신분인 나가히데에게 예를 갖춰 대했다.

"지금 다른 말은 필요 없소. 오늘 아침부터 고생이 많았소."

히데요시는 그렇게 인사를 한 뒤 나가히데와 함께 걸상에 앉아 적의 상황과 지세를 살폈다. 때때로 두 사람의 웃음소리가 산 위의 밤바람을 타고 흘러나왔다.

그사이 이백 명, 삼백 명씩 히데요시를 따라온 장병들이 속속 도착했다. 그의 주변은 만조를 맞은 것처럼 시시각각 병사들을 더해갔다.

"하치가미네 부근에 일부 후군을 남겨두고 겐바의 부대는 벌써 시미즈 계곡으로 물러나기 시작했습니다."

척후병이 뻔질나게 드나들며 상황을 보고했다.

히데요시는 나가히데에게 명하여 아군의 각 요새에 다음과 같은 내용을 전달하게 했다.

- 나는 축시(이튿날인 20일 오전 2시)부터 겐바를 급히 추격하겠다.
- 백성까지 동원해서 여명이 밝아오면 각 산 위에서 커다란 함성을 발할 것.
- 날이 밝으려 할 때 일제히 총성이 울릴 것이다. 그때가 바로 독 안에 든 적을 단숨에 잡을 기회다.
- 미명의 총성은 적의 것이라 생각하면 된다. 총공격의 신호는 나팔로 할 것이다. 때를 놓쳐서는 안 된다.

니와 나가히데가 떠나자마자 히데요시도 걸상을 치우게 하고 자신의 주위를 경호하는 무사들에게 명을 내렸다.

"겐바는 달아났다고 한다. 겐바가 달아난 길을 있는 힘껏 추격하라. 날이 밝을 때까지 철포를 쏴서는 안 된다."

탄탄대로와는 달리 깎아지른 듯한 절벽이 많은 산길이었다. 진격을 위한 선봉이 속속 움직이기 시작했으나 뜻대로 나아갈 수는 없었다. 개중에는 말에서 내려 끌거나 서로의 허리를 밀어 길도 없는 습지나 절벽을 넘어가는 부대도 있었다.

한밤중 중천에 솟은 스무날 밤의 달은 사쿠마 군의 퇴로에도 도움을 주었고, 급히 추격을 시작한 히데요시 휘하의 장병들에게도 절호의 불빛이었다.

양군 사이의 거리는 서전 행동에 들어간 시간으로 봐서 세 시간 정도의 차이밖에 없었다. 히데요시가 이 국지전에 군이 압도적인 대군을 투입했다는 것과 처음의 사기를 생각했을 때 양군의 승패는 싸우기 전부터 이미 결정 난 것이나 다를 게 없었다.

세상 사람들은 흔히 히데요시의 전법은 언제나 다수로 소수를 치는 것으로, 그러한 점에 있어서는 노부나가와 큰 차이가 있다고 평한다.

그에 히데요시는 옳지 않다고 말할 것이다. 작은 것보다 큰 것이 좋고, 적은 것보다 많은 게 좋은 것은 평범한 진리지 전략이나 신조라 할 수 있는 것이 아니기 때문이다. 가능하면 누구나 그렇게 하리라는 점은 말할 필요도 없는 사실이다.

히데요시의 경우는 평소 싸움이 없는 날에도 이 평범한 진리에 따라 업무와 정략을 처리했다. 그리고 '다섯 손가락으로 튕기는 것보다 한 주먹에 치는 것이 낫다'는 옛말에 따라 겐바 한 사람을 칠 때도 미노에서 되돌린 군을 모두 투입한 것이었다. 하지만 그는 그 숫자만을 맹신하는 어리석은 사람이 아니었다. 다섯 손가락은 그의 부하이며, 다섯 손가락을 주먹으로 만들려면 자신이 진두에 서야 한다는 사실을 일고 있는 통솔의 체현자였다. 통솔이야말로 그의 본령이었으며, 그의 참모습이었다고 해도 좋을 것이다.

짧은 여름밤이었으나 아직 날이 밝지 않았다. 사루가바바猿ヶ馬場까지 도착한 히데요시가 발밑에 펼쳐진 호수를 보고 말했다.

"저것이 요고인가?"

"요고입니다."

히데요시 주변 무사들이 대답했다.

히데요시는 고삐를 멈추고 지세를 살피는 듯했다.

탕, 탕, 탕…….

왼쪽 고지대에서 총성이 들려왔다. 커다랗게 외치는 무사들의 소리도 메아리쳤다. 히데요시가 다시 물었다.

"사쿠마 군의 후미인 듯하구나. 물론 겐바가 기른 무사일 테지만, 저 씩씩한 적은 누구인가?"

"후미에 선 적장은 하라 후사치카라고 들었습니다."

무사 중에 한 명이 대답했다.

"아, 그 하라 히코지로란 말이냐?"

뭔가 떠오르는 것이 있는지 히데요시는 혼자 고개를 끄덕인 뒤 한동안 더 메아리에 귀를 기울였다. 멀리서 들려오는 총성과 함성은 새카만 어둠에 잠긴 산 중턱을 지나 전투 지점을 점점 서쪽으로, 서쪽으로 옮겨가고 있는 듯했다. 또 때로는 뒤따라가던 하시바 군이 반대로 역습을 받아 양군이 아수라장을 이루며 외치는 소리가 바로 근처에서 들려오는 듯했다. 그러한 격투를 생각하며 히데요시가 말했다.

"히코지로 놈이 후미에 섰다면 하치가미네로 향한 아군도 틀림없이 고생을 하겠군. 하지만 상관없겠지…….".

그리고 다시 말을 몰기 시작했다. 히데요시의 주력은 서전의 불길이 번지고 있는 하치가미네와 반대 방향으로 내려갔다. 그 길을 비스듬히 내려가면 오노지 산을 오른쪽으로 바라보며 마침내 요고 호숫가에 위치한 니와토노하마에 이르게 된다. 그 언덕길에는 끊어진 짚신, 수건, 부러진 화살, 삿갓, 마분 등이 짓밟아놓은 것처럼 여기저기 흩어져 있었다.

"겐바의 군도 오노지에서 이곳을 가로질러 시미즈 계곡으로 넘어간 모양이구나. 보아라, 땅에 남기고 간 이 당황한 흔적들을."

히데요시가 생각한 대로 사쿠마의 본대는 바로 일 각(두 시간) 전에 이곳을 지났다.

"서둘러라. 날이 밝기 전까지 따라붙어야 한다. 달아나는 적과의 거리도 그리 멀지 않다. 조금만 더 가면 된다, 조금만 더."

요고 호수의 수면이 조금 밝아진 것 같은 느낌이 들었다. 험한 비탈길로 접어들자 히데요시는 말에서 내려 젊은이에게도 뒤지지 않을 만큼 힘차게 걸었다.

이윽고 호숫가에 다다랐다. 잔잔한 수면 위로 날이 희붐하게 밝기 시작했다.

"식량을 먹어라, 식량을 먹어라."

히데요시는 그렇게 명을 내린 뒤 휴대용 식량을 먹었다. 하지만 불은 일체 피우지 않았다. 어제저녁, 미노 가도를 급히 행군해올 때 길가의 백성들에게서 받은 주먹밥을 선 채로 먹을 뿐이다. 그리고 약속이라도 한 듯, 병사들은 물가로 머리를 숙여 말처럼 호수의 물을 마시기 시작했다.

"목이 마르다고 물을 너무 많이 마셔서는 안 된다. 낮이 되면 볕이 뜨거울 게다. 공을 세우기도 전부터 땀을 많이 흘려 덧없이 퍼지면 안 된다."

두 부장이 병사들에게 외쳤다.

밤새 뒤늦게 따라온 병사들이 속속 도착했기에 이곳의 주력은 더욱 증강되었다. 날이 밝아 구름도 없는 21일, 아침 하늘 아래서 대략 인원을 살펴보니 육칠 천의 병사들이 모인 듯했다. 그 흔들리는 갑주의 물결 위에서 눈에 익은 금 표주박 깃발이 선명하게 보였다.

묘시(오전 6시) 무렵, 다시 추격이 시작되었다. 잠시 뒤, 적의 후미에 있는 부대가 보였다. 그 부대는 사쿠마 본대의 후미를 맡은 야스이 사콘의 부대였다.

'퇴각'을 서두르던 사쿠마 군 주력의 후미와 그들을 추격하기 위해 급히 '발걸음'을 놀리던 하시바 군의 선봉이 그곳에서 처음으로 일촉즉발의 함성을 올렸다.

사쿠마 군의 후미를 맡은 야스이 사콘 이에키요는 수하 수백 명을 반정 간격으로 매복시켜 놓은 뒤, 히데요시의 선봉이 달려올 때마다 소총으로 탄알을 퍼부었다.

"놓쳐서는 안 된다."

사격수가 탄알을 끼우는 동안에는 궁수들이 나섰다.

"궁수들, 쏘아라!"

그렇게 번갈아가며 맹렬하게 공격을 퍼부어 적의 선봉을 당황하게 했다. 그러자 히데요시가 있는 중군 부근에서 각 부장들이 질타하는 소리가 높아졌다. 요란스러운 나팔과 징소리, 그리고 북소리가 둥둥 물결이 되어 선봉을 격려했다. 각 조의 조장들은 '물러나서는 안 된다. 오로지 돌격뿐이다. 후미의 얼마 되지 않는 적 따위는 그대로 짓밟고 지나야 한다!'며 소리를 높였고 '뒤따르라'며 스스로 앞장서서 길을 여는 사람도 있었다.

후미를 맡은 군은 적은 병력이었으나 지세를 이용했으며, 하시바 쪽은 대군이었으나 길이 좁있기에 진력을 쏟아부을 수 없있다. 한동안 일진일퇴의 밀고 밀리는 상황이 되풀이되었다. 그때 히데요시가 철포 부대에게 명령했다.

"한꺼번에 쏘아라."

그것은 적을 향해 쏘는 것이 아니라 니와 나가히데에게 미리 말해두었던 대로 적군을 위협하기 위해 커다란 함성을 일으키라는, 봉홧불 대신으로 쏘게 한 총성이었다. 총성이 울리자 아군이 있는 시즈가타케에서도, 곳곳에 산재해 있는 부대와 요새들에서도 일제히 '와아' 하는 함성이 일었다. 함성 소리가 물결처럼 산을 넘고 요고 호수를 넘어 기노모토, 다가미 산, 단기, 신메이, 가도 위 마을의 각 부대에게까지 흘러갔다. 그러자 하늘 가득 천둥이 한꺼번에 울리는 듯한 느낌이 들었다. 아울러 아군의 선봉에게도 커다란 힘이 되었다.

야스이 군은 그 기세에 짓밟혀 노도와도 같은 하시바 군의 '발걸음'에 쫓겼다. 그런데 갑자기 하치노미네 방면에서 죽음을 각오한 채 달려온 한 무리의 부대가 야스이 사콘을 향해 맹렬하게 창을 휘둘렀다.

"아군은 돌아서라. 히코지로가 왔다! 나와 함께 적을 막자, 적을 막아라!"

그렇게 외치며 히데요시의 선봉을 향해 달려들었다. 사쿠마 군의 후미에 서서 새벽부터 하치가미네 쪽 적의 별동대와 맞섰던 하라 히코지로후사치카였다. 하라 부대는 거칠게 몰아붙이던 하시바 군의 '발걸음'을 한때나마 묶어놓을 만큼 있는 힘껏 싸웠다.

하라 히코지로의 '창을 빼든 후군'이라는 말을 들을 정도로, 이때 그가 보인 뛰어난 활약은 당시 사람들의 눈을 번쩍 뜨이게 하고도 남았다. '빼든 창'이란 이처럼 난전이 벌어졌을 때는 긴 창, 짧은 창 할 것 없이, 또 적과 아군 할 것 없이 서로를 때리기에만 분주한 법인데 하라 히코지로는 시종 찌르고는 빼고, 다시 찌르고는 빼며 돌아다녔다. 그 모습을 본 사람들 모두 그의 침착한 손놀림에 놀랐다고 한다. 하라 히코지로의 용감한 이름과 함께 또 다른 일화가 전해진다.

하라 부대의 한 무사 가운데 아오키 호사이青木法齋(당시 이름은 신베新兵衛)라는 사람이 있었다. 이 호사이는 만년에 에치젠 가를 섬겼다. 어느 날 밤, 같은 지방의 오기노 가와치荻野河內의 집에서 사람을 불러 잔치를 벌였을 때 그도 손님들 속에 섞여 있었다. 그 무렵 무사들은 술만 마시면 바로 왕년의 싸움에 대한 이야기를 했다. 그날 밤 손님으로 온 사람이 말했다.

"시즈가타케에서 퇴각할 때, 요고 호숫가에서 하시바 군의 추격을 맹렬하게 뿌리치려 했던 전투 상황을 여기에 계신 호사이 나리께 한번 들어보기로 합시다."

"그건 처음 듣는 소리인데, 호사이 노인께 그런 경험이 있었단 말이오?"

모두 그의 얼굴을 바라보았다. 호사이는 귀찮다는 듯한 표정을 짓고 있었으나 사내가 자꾸만 부추겼다.

"있고말고. 호사이 노인은 늘 시치미를 떼고 있지만 당시 하라 히코지로의 부대에 속해서 놀라울 정도로 멋진 활약을 한 분이라고 들었소."

이에 손님들은 흥미롭다는 듯 모두 입을 모아 호사이에게 꼭 좀 들려달라고 청했다. 호사이가 끝내 거절하지 못하고 천천히 입을 열었다.

"특별히 공을 세운 이야기는 아닙니다만, 그때 하시바 군의 선봉 중 한 무사가 달려와 내게 창을 겨누었소. 그 무사, 금인지 은인지 분명히 떠오르지는 않지만 주발만 한 커다란 장식을 투구에 달고 있었는데 나를 향해 세차게 찔렀으나 내가 튕겨냈기에 그 커다란 장식에 쨍그랑 부딪치고 말았소. 그 무사는 창이 튕겨 돌아왔기에 분하다는 듯 자신의 진으로 물러났소만 참으로 훌륭한 차림이었기에 지금도 잊지 않고 기억하고 있소."

그 말에 가장 앞에서 듣고 있던 주인 오기노 가와치가 물었다.

"근래 없이 재미있는 이야기를 들었소. 당시 그 무사의 갑옷은 붉은 칠을 한 것이 아니었소?"

호사이가 그렇다고 대답했다. 가와치가 쉴 새 없이 이런저런 질문을 했다.

"그리고 그때 존공의 갑옷에 창 자국이 남지 않았소?"

"참으로 자세히 알고 계십니다."

호사이가 신기해하자 가와치가 정색을 했다.

"많은 손님 앞에서 참으로 좋은 이야기를 꺼내셨소. 당시 붉은 갑옷의 무사는 바로 이 가와치였소. 말씀에 따르면 창이 튕겨져 돌아왔다고 하셨는데 잘못된 기억이오. 대대로 집안의 이름에 흠이 될지도 모르니 잘 생각하신 뒤에 다시 말씀해주시오.”

가와치의 말에 일대 논쟁이 벌어졌다. 두 사람은 서로 조금도 양보하지 않았다.

그때 가와치의 아들로 당시 열일곱 살이었던 젊은이가 부엌의 일을 돕고 있었는데, 옷차림도 제대로 갖추지 못한 채 그곳으로 올라와 두 노인 앞에 무릎을 꿇었다.

“두 분은 지금 전장에서 살아남아 얻은 여생을 부끄럽다고도, 황공하다고도 여기지 않으시고 ‘물러났네, 물러나지 않았네’ 하며 어리석은 말다툼을 하십니다. 이렇게 잔치를 벌일 수 있는 것이 모두 누구의 덕이라고 생각하십니까? 오십여 년 동안 계속되었던 전쟁에서 얼마나 많은 무사가 백골이 되었겠습니까? 그러한 분들께 공양의 예도 갖추지 않은 채 오늘 어찌 한 잔의 술이라도 마실 수 있겠습니까?”

그렇게 타일러서 그날의 이야기는 잘 마무리되었다고 한다.

한 무리의 사자 새끼들

겐바노조의 동생인 시바타 가쓰마사는 어젯밤 이후부터 형 겐바노조의 명령을 받아 수하 삼천의 병사와 함께 이이우라 고개에 머물러 있었다. 이이우라 고개는 비와 호수 북쪽 기슭의 후미에 있는 조그만 마을에서 시즈가타케의 서쪽에 걸쳐 있는 산의 고갯길이었다. 지세는 매우 좁았다. 만일 전황이 불리해지면 단번에 위험한 땅이 될 우려가 있었다. 이에 겐바노조는 자신이 이끄는 본대를 요고의 물가에서 시미즈 계곡을 거쳐 급히 물리는 동안에도 가쓰마사의 부대에 전령을 보내 경고를 해두었다.

"사태는 급변했다. 너도 이이우라 고개의 계곡을 버리고 얼른 서쪽으로 산길을 달려 가와나미, 다루미 고개 부근까지 단번에 병사를 물리기 바란다."

그 전부터 이미 이이우라 마을과 시즈가타케에서 하시바 군의 선봉이 산발적으로 습격을 가해왔다. 그럼에도 가쓰마사의 휘하는 선전을 펼치고 있었다.

"무슨 일인가 일어나 갑자기 작전을 바꾼 모양이로구나."

겐바노조가 보낸 전령이 오자 가쓰마사는 마침내 적의 기세가 심상치 않은 것이라 생각하여 자신의 부대가 위험한 곳에 위치해 있음을 깨달았다. 우시를 지난 때(오전 7시 30분 무렵)였다.

"이이우라의 계곡을 서쪽으로 넘어 전원 산길을 따라 다루미, 곤겐 고개 방면까지 퇴각하라."

가쓰마사의 휘하는 요란스러운 퇴각의 나팔 소리에 쫓겨 각자의 기치와 조장이 가는 모습을 따라 길도 없는 계곡을 오르기 시작했다. 그 순간 관목지대의 연둣빛 잎과 바위 틈새로 이어진 철쭉이 폭풍처럼 흔들렸다. 그곳은 계곡이라기보다 나무가 무성한 단층이라고 하는 편이 적절할 정도로 좁은 곳이었다. 서쪽의 고지대와 동쪽의 고지대, 두 봉우리 사이의 거리는 얼마 되지 않았다. 수백 년 된 커다란 벚나무는 어린잎과 다 떨어지고 남은 꽃잎을 매달고, 서쪽의 절벽에서 동쪽의 절벽에 닿을 듯 거대한 가지를 뻗고 있었다. 내려갈 때는 별문제 없었으나 오르려니 말을 타고는 쉽게 오르지 못했다. 미끄러진 말에 깔려 함께 나뒹구는 병사도 있었다. 치중부대의 어려움은 이만저만한 것이 아니었다. 하지만 마침내 선두가 계곡을 다 오르고, 기치와 중군기도 그곳의 팔부능선까지 오를 무렵이었다. 갑자기 고막이 터질 것 같은 소총 소리가 동쪽의 고지대에서 울려 퍼졌다.

그 총성과 함께 울창한 단층은 초연에 휩싸였다. 우르르, 우르르. 두두두두, 무시무시한 소리가 들려왔다. 거목이 굴러가는 듯한, 혹은 산사태가 난 듯한 소리였다. 하지만 그것은 모두 총알에 맞은 인마가 한데 뒤엉켜 굴러떨어지는 소리였다.

"앗, 적이다!"

"하시바 군이다!"

뒤돌아본 병사들의 눈에 바로 뒤쪽 맞은편 절벽에 모여 서 있는 적군의 모습이 들어왔다. 깃발과 갑주 속에서 아침 햇살에 반짝이는 창은 산의 깊은 곳에서 홀연히 솟아오른 구름처럼 보였다. 히데요시의 모습은 보이지 않았으나 히데요시가 그곳에 있는 것만은 틀림없는 사실이었다.

히데요시 군의 방향을 갑자기 이쪽으로 향하게 한 것은 다름 아닌 가쓰마사 부대였다. 가쓰마사 휘하 삼천 명이 갑자기 이이우라 고개를 버리고 계곡에서 서쪽 봉우리로 물러나기 시작했다는 사실을 탐지한 하시바 군의 척후병은 그것을 재빨리 히데요시에게 알렸다.

"그것은 바로 산자에몬三左衛門(시바타 가쓰마사)일 것이다. 좋은 먹잇감을 놓쳐서는 안 된다."

히데요시는 일곱 개의 철포 부대를 보내 봉우리의 샛길과 계곡의 나무 밑 등에 자리를 잡게 했다. 그리고 적군의 대부분이 골짜기를 오르자 그들의 등을 향해 일제히 철포를 쏘아댔다. 연기 속으로 이삼백 명의 병사들이 굴러떨어졌고, 산을 뒤흔들 정도로 큰 함성이 서쪽 절벽에서도 동쪽 봉우리에서도 한꺼번에 일었다. 골짜기의 부상자도 말도 울부짖었다.

히데요시의 주력은 동쪽 고지대로 몰려가 히데요시의 '돌격'이라는 호령을 신호로 앞다투어 골짜기 아래로 달려 내려갔다. 길을 찾을 틈도 없었다. 병사들이 관목지대를 향해 뛰어내리고, 또 뛰어내리자 파란 잎을 스치는 창의 빛과 깃발이 산의 철쭉꽃과 함께 온갖 색채의 소용돌이를 그리고 있었다. 이 일은 훗날 세상에 '시즈가타케의 창 일곱 자루, 칼 세 자루'라는 말로 전해졌다.

히데요시는 목이 터져라 독려하며 좌우의 젊은이들을 향해 힘껏 부채를 휘둘렀다.

"때에 따라서는 군법도 필요 없는 법. 오늘은 시동들에게도 법도 따위는 없다. 마음껏 달려 내려가라. 너희 뜻대로 싸워보기 바란다."

"넷!"

시동들은 기뻐하며 펄쩍 뛰어 내려갔다.

"와아!"

시동들은 벌써부터 앞다투어 달려갔다. 곁에 있던 십여 명의 젊은이들이 맹렬히 달려 나가자 골짜기 속 양군의 대치는 균형이 깨져 아비규환의 어지러운 싸움이 되어버리고 말았다.

한쪽에서 기세 좋게 나팔 소리를 울리면 다른 한쪽에서도 공격의 징을 힘껏 두드렸다. 서로가 함성을 질러 '등을 보이지 않겠다'는 듯 무문의 이름을 걸고 칼을 힘껏 맞부딪쳤다.

한발 늦게 달려 나간 젊은이들은 이미 소용돌이치고 있는 곳곳의 전투를 버리고 마치 약속이라도 한 듯 적진의 중핵을 향해 돌진했다. 사자 새끼와도 같은 그들은 후쿠시마 이치마쓰, 가토 도라노스케, 오쿠무라 한베奥村半兵衛, 오타니 헤이마, 가토 마고로쿠, 이시카와 효스케, 이시다 사키치, 히토쓰야나기 시로우에몬, 히라노 곤페이, 와키자카 진나이, 가스야 스케에몬, 가타기리 스케사쿠, 사쿠라이 사키치, 이기 한시치로伊木半七郎 등이었으며, 그 외 히데요시 주위를 경호하는 사람도 있었다.

사자의 새끼는 강적을 골라 싸우는 법이다. 그들이 무언중에 찾고 있던 것은 다름 아닌 적장의 목이었다. 적이 창을 들이대도 힐끗 돌아보고 '하찮은 자'라 여겨지면 발로 차 쓰러뜨릴 뿐이었다.

"쓸 만한 적을 만났구나. 덤벼라."

가장 먼저 적의 장수를 붙들고 덤벼든 시동은 홍안의 무사 이시카와 효스케였다. 효스케는 아직 열여덟 살에 지나지 않았으나 아키타 스케에몬秋田助右衛門과 함께 깃발을 들 정도였으니, 결코 남들에게 뒤처질 만한 젊은이가 아니었다.

"애송이가!"

적장은 큰 소리로 효스케를 꾸짖고는 방해가 된다는 듯 상대도 하지 않고 달려가려 했다.

"지쿠젠 나리의 기수, 이시카와 효스케를 모른단 말이냐!"

효스케가 적장의 커다란 등을 향해 외쳤다. 하지만 적장은 뒤도 돌아보지 않았다. 효스케가 다시 외치며 손에 들고 있던 창을 말 엉덩이를 향해 던졌다.

"비겁한 놈, 돌아와라!"

그곳은 붉은 흙이 무너져 내린 절벽 근처였다. 늠름한 갑주의 전신과 앞발을 치켜들었던 말의 그림자가 모락모락 피어오르는 흙먼지에 휩싸인 것을 본 순간 효스케는 '맞았다!'고 소리치며 적장을 향해 달려들었다. 그의 맹렬한 칼날이 적장의 투구에 부딪혀 불꽃을 일으켰다. 적장의 얼굴에서 선혈이 솟아오른 것은 분명한 사실이었으나 적장 역시 칼을 뽑아 효스케의 두 다리를 향해 휘둘렀다. 그 순간 효스케는 나자빠지고 말았다. 적장은 부상을 입었지만 몸을 일으켜 효스케를 향해 칼을 들이댔다.

"에잇!"

효스케는 적장의 허리에 달라붙었다. 두 사람은 하나가 되어 붉은 흙 위를 나뒹굴었다. 그러다 서로 엉겨 붙은 채 절벽 아래로 굴러떨어졌다. 그때 가타기리 스케사쿠가 이시카와가 위험에 빠진 것을 보고 재빨리 달려갔으나 한발 늦고 말았다. 스케사쿠는 절벽을 내려다보며 외쳤다.

"앗, 효스케!"

그 순간 아래쪽에서 아군이 달려가 적장의 목을 베고 효스케를 안아 일으켰으나 효스케는 이미 목숨을 잃은 상태였다. 스케사쿠는 발아래 떨어져 있는 적장의 깃발을 보고 효스케의 죽음과 전공을 축복하듯 높은 곳에서 외쳤다.

"적장 하이고 고자에몬 이에요시를 이시카와 효스케가 베었다. 시바타 나리의 시동인 이시카와 효스케가 베었다."

하이고는 시바타 군에서 손가락에 꼽힐 정도로 맹장이었다. 스케사쿠의 목소리가 적을 떨게 만들었다. 그리고 사자 새끼들과도 같은 시동들은 아직 효스케의 죽음을 모르는 상태라 더욱 용기를 냈다.

"그가 먼저 공을 세웠단 말인가."

"효스케에게 뒤질 수는 없다. 하이고보다 더 큰 적을 잡아야 한다."

그중에서도 후쿠시마 이치마쓰는 무리에서 떨어져 피바람을 일으키며 적장 아사이 기치베淺井吉兵衛와 창을 부딪쳤다. 결국 이치마쓰는 적장의 목을 베었다. 또 이치마쓰와 늘 경쟁을 하며 티격태격 다투는 가토 도라노스케도 마음껏 날뛰며 싸웠다.

"하이고 나리의 부하, 철포 부대의 도나미 하야토礪波隼人다!"

도라노스케는 십자 모양의 창으로 하시바 군을 괴롭히던 강호와 맞부딪쳤다. 풀을 흩날리고 흙을 차올리는 격투 끝에 마침내 하야토의 목을 베었다.

"가토 도라노스케가 가장 먼저 공을 세웠다!"

도라노스케가 큰 소리로 사방에 외치자 누군가가 그의 뒤에서 큰 소리로 웃었다.

"진나이, 어째서 웃는 게냐?"

도라노스케가 뒤돌아 와키자카 진나이를 보며 '쓸데없는 소리를 하면 동료라 할지라도 가만두지 않겠다'는 듯 눈에 쌍심지를 세웠다. 그러자 진나이가 웃으며 도라노스케에게로 다가갔다.

"화내지 말게, 도라노스케. 강적 도나미 하야토를 벤 것은 잘한 일이네만, 그것이 한계인가? 자네 약간 흥분했어. 그 목, 적에게 빼앗기지 않도록 조심하게."

"닥쳐라, 남의 공을 시기해서 쓸데없는 잡소리를 하다니. 이 도라노스케가 어디 흥분했단 말이냐!"

"남의 이목도 아랑곳 않고 지금 막 '도라노스케가 첫 번째 공을 세웠다'고 외치지 않았는가?"

"첫 번째 공을 세웠기에 첫 번째 공이라 외친 것이 뭐가 잘못되었단 말인가?"

"하하하, 그럴 만도 하지."

진나이 야스하루는 도라노스케보다 나이가 훨씬 많다 보니 평소에도 도라노스케를 아랫사람 대하듯 했다.

"몰랐는가? 조금 전에 이 절벽 아래서 이시카와 효스케가 하이고 고자에몬을 베어 첫 번째 공을 세웠다고 가타기리 스케사쿠가 이시카와 대신 외친 것을?"

"앗, 그런가."

"후쿠시마 이치마쓰도 아사이 기치베를 베었다고 외치더군. 자네는 첫째도 아니고 둘째도 아니야. 아군의 목소리도 듣지 못할 정도인 걸로 봐서 목을 가지고 돌아가는 길도 위험하지 않을까 싶어 주의를 준 걸세."

"……."

우직한 성격의 도라노스케는 아무 말 없이 얼굴을 붉혔다. 와키자카 진나이도 이미 창끝을 피로 물들였으며 허리에 적의 수급 하나를 차고 있었다.

"알겠는가, 도라노스케."

"알겠네."

"좀 더 전장에 익숙해져야 할 거야."

진나이는 그렇게 말하고 다시 적들의 말이 피워 올리는 흙먼지 속으로 달려 들어갔다.

이 격전에서는 도라노스케뿐 아니라 모두 흥분 상태였다고 해도 좋을 것이다. 싸움이 골짜기와 절벽, 고갯길에서 벌어진 데다 사자의 새끼와도 같은 시동들 중에 전장에 처음 나선 것은 아니었으나 생사의 갈림길에서 이름이 알려진 강적들과 처음 맞서는 사람이 많았기 때문이다. 그러다 보니 모두 의욕에 불타올라 도라노스케처럼 너도나도 '첫 번째 공로, 첫 번째 공로'를 외치며 히데요시 앞에서까지 말다툼을 했을 정도였다.

훗날 가토 기요마사加藤清正가 젊은 시절의 체험을 아들에게 들려준《갑자야화甲子夜話》에서 기요마사는 이렇게 이야기하고 있다.

언덕을 오르자 앞에 적이 있었기에 그와 맞서 싸웠다. 당시 가슴속은 어두운 밤 같아서 아무것도 보이지 않았다. 눈을 감고 염불을 외우며 단번에 달려들어 창을 내질렀다. 손에 뭔가 느낌이 있어 보니 적을 찔러 쓰러뜨린 것이었다. 그때부터 적과 아군을 조금씩 구분할 수 있게 되었다. 나중에 그가 시바타 군의 도나미 하야토라는 이름이 알려진 장수인 것을 알고 그 자리에서 첫 번째 공을 세웠다고 외쳤다.

첫 번째 공을 세운 사람에 대해서는 앞서 말한 대로 서로 외쳤다는 사실을 알 수 있다. 어쨌거나 가토 기요마사와 같은 솔직하고 용감한 무사도 참된 결전장에 서면 마음 상태가 어떠할지 짐작할 수 있는 대목이다. 생사를 가벼이 이야기하는 것은 결코 참된 용사가 아니다.

전투는 물론 한순간도, 또 어디 한군데서도 교착 상태에 빠지지 않았다. 처음에는 시바타 군이 지리적으로 유리한 높은 곳에 서서 골짜기를 기어오르는 히데요시 군을 맞아 공격을 가했으나 한 무리의 사자 새끼들이 골짜기 위로 올라가 중군의 장수들을 벤 뒤로는 분위기가 바뀌고 말았다.

"우리에게 불리하다. 퇴각하라."

시바타 군 사이에서 그러한 목소리가 들려왔다. 어지러이 달리는 말, 사기가 떨어진 기치, 흙먼지를 일으키며 물러나는 치중부대…… 시바타 군은 서쪽으로 약 스무 정이나 급히 퇴각했다.

"지금이다!"

히데요시는 병사들을 독려하며 동쪽 절벽 위에서 내려가 계곡을 건넜다. 그러고는 무사들에게 엉덩이를 떠받치게 해서 맞은편 높은 곳으로 기어 올라갔다.

"말을 가져와라, 말을 끌고 와라."

히데요시가 맞은편에 서서 큰 소리로 외쳤다.

적이 떠난 적진 속에는 아군의 모습조차 거의 보이지 않았다. 급히 추격전을 벌였기에 자칫하면 히데요시가 뒤에 남겨질 수 있는 상태였다.

"앗, 말을 찾으십니까?"

그곳에는 겨우 네다섯 명의 무사만이 있을 뿐이었다. 히데요시가 계속 재촉하자 그들은 당황한 듯 여기저기 뛰어다니며 대답했다.

"말은 갈아탈 것까지 시즈가타케의 벼랑길에 버리고 오셨기에 여기에는 끌고 오지 않았습니다."

"한심하기는."

히데요시가 소리를 지르며 화를 냈다. 그러고는 발을 구르며 부채로 가리켰다.

"저기에 버려져 있는 것을 주워오도록 해라. 말은 얼마든지 있지 않느냐."

사실 적이 버리고 간 말은 얼마든지 뛰어다니고 있었다. 화살에 맞아 울부짖는 말, 훌륭한 안장을 얹은 채 고삐를 땅에 끌며 돌아다니는 말······ 마치 누군가 자신을 골라주기를 기다리는 듯한 모습이었다.

히데요시는 적의 말을 타고 적의 퇴각로를 바라보았다. 그곳에 서서 바라보면 남북의 봉우리로 오르는 길은 비교적 평탄했다. 요고의 서쪽 기슭인 다루미, 시게 산 부근까지 완만한 경사를 이루는 내리막이었다. 이제 산악전은 곧 야전으로 바뀔 것이라는 사실을 지세가 가르쳐주는 듯했다.

"말의 엉덩이를 그 창의 손잡이로 한 번 내리쳐라."

히데요시가 말의 방향을 정한 뒤 무사에게 말했다. 무사가 가지고 있던 창으로 히데요시가 탄 말의 엉덩이를 내리쳤다. 그러자 놀란 말이 탄환처럼 튕겨져 나갔고, 그 뒤 무사들도 몸이 뒤로 젖혀질 정도로 급히 따라갔다.

앞길에서 다시 누런 먼지가 피어오르기 시작했다. 뒤에 남아 버티던 시바타 군에 사쿠마의 부대가 새롭게 가세해 힘을 보탠 듯, 맹렬히 추격에 박차를 가해 덮친 히데요시 군과의 사이에서 커다란 포효와 피바람을 일으키고 있었다. 히데요시는 그런 아군 속으로 말을 달려 들어가 우선 고수를 격려했다.

"북, 북을 울려라."

그리고 장병들을 독려하며 어느 틈엔가 창을 쓰는 부대의 선봉까지 나왔다.

"우리의 이마로 적의 가슴을, 적의 등을 밀어붙여라."

히데요시는 무리를 이루고 있는 적과 아군을 뒤로한 채 젊은 시동들과 함께 무너져가는 적을 추격했다.

그 무렵 시바타 산자에몬 가쓰마사柴田三左衛門勝政가 목숨을 잃고 말았다. 야도야, 도쿠야마, 야마지 등의 장수들도 차례로 쓰러졌다.

가쓰이에의 양자이자 겐바노조의 동생인 시바타 산자에몬 가쓰마사는 당시 스물일곱 살이었다. 한 부대의 대장으로 부끄러움 없는 싸움을 했다고 말할 수 있을 것이다. 같은 자리에서 숨을 거둔 휘하의 부장 도쿠야마 고헤는 새끼 사자 중 한 명인 가스야 스케에몬에 의해 목이 떨어졌으며, 야도야 시치자에몬 역시 시동인 사쿠라이 사키치의 손에 목숨을 잃었고, 가토 마고로쿠가 야마지 쇼겐의 수급을 거두었다. 그중 사쿠라이 사키치의 전공에 대해서는 《노인 잡화老人雜話》에 이렇게 기록되어 있다.

시즈가타케 전투 때 사쿠라이 사키치가 이름을 떨쳐 일곱 개 창의 무리에게도 뒤지지 않았다. 병으로 일찍 세상을 떠났기에 사람들이 이를 모른다.

사키치가 싸운 모습을 살펴보면, 사키치는 적장 야도야 시치자에몬이 난전에서 벗어나 약간 높은 지점에서 아군의 허를 살피는 모습을 보고 대담하게도 그 바로 아래까지 가서 소리를 지르며 길도 없는 곳을 올랐다.

"좋은 적을 만났구나. 하시바 나리의 시동인 사쿠라이 사키치, 지금 거기로 가겠다. 달아나지 마라."

아군 중에 그 모습을 보고 멀리서 그를 말렸다.

"사쿠라이 위험해!"

사키치가 적의 발밑까지 다가간 순간 위에서 기다란 창으로 사키치의 가슴을 찔렀다. 이내 사키치는 아래로 데굴데굴 굴러떨어지고 말았다. 그 순간 그것을 보고 모두 '사쿠라이가 목숨을 잃었다'고 생각했다. 하지만 잠시 뒤 그는 같은 곳을 다시 기어올랐다. 호로母衣[9]의 금빛 반달 모양 장식은 부러지고 일그러졌으나, 불굴의 일념으로 앞서 창에 찔린 부근까지 다시 기어 올라가 떨어뜨린 창을 주웠다. 그러고는 정상까지 올라가 적을 향해 달려들었다.

적인 야도야 시치자에몬은 자신의 창끝에 빨간 호로의 어린 무사가 죽은 것이라 생각하고 방향을 바꾸어 열네다섯 간이나 앞으로 걸어간 상태였다. 그런데 얼마 뒤 시치자에몬이 비명을 지르며 비틀거렸다. 그리고 사키치가 뒤에서 옆구리를 향해 찌른 창을 사력을 다해 잡았다. 사키치는 창을 놓고 칼을 뽑아 상대가 쓰러지자마자 달려들어 목을 베었다.

---

9) 갑옷 뒤에 덮어 화살을 막던 천.

"대단하구나."

사키치의 아군들은 멀리서 함성을 질러 축하했다.

이시다 사키치, 오타니 요시쓰구, 히토쓰야나기 형제, 가스야 스케에몬 등도 뒤처지지 않을 만큼 활약했으며, 전장은 서쪽으로 조금씩 옮겨갔다. 장소도 같은 곳이 아니었으며, 시간도 달랐다.

앞서 아군을 배신하고 시바타 측에 절개를 팔아 겐바노조를 안내해 '오이와 기습'의 길잡이를 맡았던 야마지 쇼겐 마사쿠니는 그곳에서 말로와도 같은 죽음을 맞이했다. 그는 히데요시가 기른 무사 중 하나인 가토 마고로쿠의 손에 목숨을 잃었는데, 안타깝게도 서른여덟 살의 생애를 씻을 수 없는 오명과 함께 마감하고 말았다.

그뿐만 아니라 당시 나가하마에서 탈출을 꾀했던 쇼겐의 노모와 처자도 경계를 서던 배에 사로잡히고 말았다. 하시바 군은 적과 아군이 함께 지켜보는 들판에서 '야마지, 여기를 보라'고 조롱하며 그들을 모두 찔러 죽였다. 오늘의 결전에서 쇼겐이 나약했던 것은 어쩔 수 없는 일이었다. 쇼겐이 얻은 것은 그가 미혹되었던 것과는 정반대의 것이었다.

고요한 숲

해가 높이 솟아올랐다. 초여름 상쾌한 바람도 없이 햇살이 강하다 보니 날이 더웠다.

시바타 가쓰마사가 전사하고 장수들도 여러 명이나 쓰러졌으니, 시바타 군이 커다란 혼란 상태에 빠진 것은 당연한 일이었다.

"놓쳐서는 안 된다. 살려 보내지 마라."

추격을 하는 하시바 군은 오로지 이것이 목표였다. 지세 역시 쫓기에 좋은 내리막길로 섭어들었다. 해는 진시(오전 8시) 무렵으로 섭어들었다.

요고의 서쪽 기슭에서 다시 한바탕 싸움이 벌어졌으나 시바타 군은 버티지 못하고 다시 달아나 시게 산, 다루미 고개 부근으로 몰려들었다. 그곳에는 마에다 도시이에 부자가 기치를 숨긴 채 진을 치고 있었다. 참으로 조용했다. 도시이에는 오늘 새벽 이후 오이와, 시미즈 계곡, 시즈가타케에 걸쳐 벌어진 불꽃과 총격을 그곳에서 조용히 바라보았을 것이다.

원래 그는 시바타 가쓰이에의 일익으로 그곳에 진을 치고 있었으나 그 심사는 참으로 미묘한 것이었다. 한걸음 잘못 내딛으면 영토와 일족 모두 망하고 말 터였다.

당초 가쓰이에에게 반항했다면 가쓰이에의 손에 멸망당했을 것이다. 그렇다고 해서 히데요시와의 오랜 우의를 버리자니 정 때문에 자신을 속일 수 없을 것 같은 기분이 들었다. 그뿐만 아니라 가쓰이에와 운명을 함께하기 위해서는 마음을 다잡지 않으면 안 되었다.

가쓰이에와 히데요시. 도시이에는 가늘고 긴 눈으로 두 사람을 비교했다. 그런 그가 어떤 사람을 취해야 할지 잘못 판단했을 리는 없었다. 하지만 그는 이번 출군에 있어서 그 어느 쪽에 가담하든 그것은 하책이라 여기고 있었다. 병사를 데리고 진을 치기는 했으나 이는 한때의 눈속임에 지나지 않았다. 그가 진심으로 바란 것은 자신의 전투로 운명을 타개하는 것이 아니라 하늘에 순응하는 것인 듯했다. 이번에 성을 나설 때 그의 부인도 남편의 의중을 알고 있었다.

"이번에는 어쩔 수 없이 지쿠젠 나리를 적으로 삼지 않으면 무문의 체면이 서지 않겠지요?"

"자네 스스로 생각해보게."

"시바타 나리께 그렇게까지 지켜야 할 의리는 없는 듯합니다만."

"무슨 소리인가? 무사의 청을 어찌 스스로 배신하겠는가?"

"그렇다면 어느 쪽에?"

"하늘의 뜻에 맡기겠네. 그럴 수밖에 없어. 사람의 작은 지혜로는 헤아릴 수 없는 일이니."

도시이에는 그렇게 말하고 떠났다. 부인은 크게 안심했다. 그녀는 시바斯波 가의 신하인 다카시마 사교다이부高島左京大夫의 딸로, 그 당시 낮은 신분이었던 히데요시와 네네 두 사람이 중매를 서서 도시이에에게 시집을 갔다.

당시에는 여자도 선禪에 귀의하는 사람이 많았는데, 그녀도 대덕사에 귀의해 호슌인芳春院이라 불렸다. 그녀는 남편이 하늘의 뜻에 따를 뿐이라고 한 말의 의미를 바로 깨달은 것이었다.

천우天佑란 곧 커다란 천운에 따르겠다는 말로, 하늘의 운행에 거스르지 않겠다는 뜻이라고 할 수 있다. 바로 도시이에의 심중을 잘 헤아린 말이라고 할 수 있다.

마에다 군의 전위는 중군 가까이까지 패해 물러난 사쿠마 군의 아우성과 피범벅이 된 모습을 지켜보는 동안 흙먼지의 소용돌이와 피어오르는 처연한 빛에 휩싸이고 말았다.

"허둥대지 마라, 꼴사납구나."

겐바노조가 고삐의 한쪽이 끊어져버린 붉은 안장 위에서 뛰어내리며 갈라진 목소리로 쥐어짜듯 무사들을 질타했다.

"뭣들 하는 게냐, 이 정도의 싸움에."

겐바노조는 스스로를 격려하듯 눈에 거슬리는 무사들을 하나같이 나무랐다. 하지만 그 역시 바위 위에 털썩 주저앉더니 불꽃과도 같은 숨으로 어깨를 들썩였다. 그의 입술과 눈빛에서는 평소와는 달리 숨길 수 없는 비통함이 느껴졌다. 장수의 긍지를 잃지 않기 위해 노력하는 젊은 그가 이러한 혼란과 참패 속에 있었으니 그것은 한층 눈에 띄는 것이었으리라.

센바노조는 이곳에 와서야 동생인 산자에몬 가쓰마사가 전사했다는 사실을 알았다. 그뿐 아니라 하라, 하이고, 도쿠야마 등의 용장도 목숨을 잃었으며, 야마지 쇼겐의 수급까지 적의 손에 들어갔다는 사실을 알았다. 그는 도무지 믿기지 않는다는 듯한 얼굴이었다.

"다른 아우들은 어떻게 되었는가? 야스마사, 그리고 시치에몬 등은?"

겐바노조는 문득 두 동생의 생사를 물었다. 그러자 가신 중 한 명이 그의 뒤를 가리키며 말했다.

"두 아우님께서는 저쪽에 계십니다."

겐바노조가 고개를 돌려 무사한 두 사람을 핏발 선 눈으로 바라보았다. 야스마사는 다리를 뻗고 앉아 망연히 하늘을 올려다보고 있었으며, 아래 동생인 시치에몬은 상처에서 피가 줄줄 떨어지는 줄도 모른 채 졸고 있었다.

'살아 있구나……'

겐바노조는 그렇게 안도하며 골육에 대한 격렬한 분노에 휩싸인 듯 갑자기 고함을 치기 시작했다.

"일어나라, 야스마사! 시치에몬도 정신을 차려라! 이놈들, 쓰러지기에는 아직 이르다. 무슨 꼴이냐!"

그것을 계기로 겐바노조도 기운을 내서 상처를 입은 몸을 간신히 일으켰다.

"마에다 나리의 진은 어디인가? 음…… 저 고개 위인가? 됐다, 이 사이에 만나서."

겐바노조가 다리를 끌며 걸어가다 따라올 것 같은 동생들을 돌아보며 말했다.

"오지 않아도 된다. 너희는 병력을 추슬러 적을 대비하기 바란다. 발이 빠른 지쿠젠이니 시간이 없다."

겐바노조는 그렇게 말하고 고개 위로 올라갔다. 그리고 막사 안의 걸상에 앉아 도시이에를 기다렸다. 이윽고 도시이에가 들어와 위로의 말을 건넸다.

"원통함, 나도 잘 알고 있소."

겐바노조는 애써 쓴웃음을 지어 보였다.

"괜찮소……. 누구나 생각할 수 있는 일이었는데, 지지 않고는 깨닫지 못하는 법인가 보오."

뜻밖에도 겐바노조가 솔직하게 대답하자 도시이에는 겐바노조를 다시 보는 듯했다. 겐바노조는 패전의 책임을 오로지 자신의 탓이라고 여기는 듯, 도시이에가 움직이지 않은 것에는 한마디도 하지 않고 그저 다음과 같은 희망을 밝혔을 뿐이었다.

"우선은 나리의 새로운 병력을, 이곳으로 몰려드는 하시바 군을 막는 싸움에 가담시켜주실 수 있겠소?"

"알겠습니다. 창이 좋겠습니까, 철포가 좋겠습니까?"

"저 앞에 총열을 매복시켜두고 싶소. 발밑도 살피지 않고 몰려오는 적의 혼란을 틈타 우리가 2진이 되어 피 묻은 창을 휘두르며 전력을 다해 싸우겠소. 지금 바로 부탁하겠소."

평소라면 도시이에에게 절대로 부탁하겠다는 말을 쓸 겐바노조가 아니었다. 도시이에는 그런 겐바노조가 가엾다는 생각이 들었다. 같은 진영에 있으면서 겐바노조가 이처럼 예를 갖춘 것은 싸움에서 패했다는 약점이 있기 때문일 테지만, 다른 한편으로는 자신의 참뜻을 이미 간파하고 있는 것이 아닐까 여겨졌기 때문이다.

"고즈카 도베小塚藤兵衛, 기무라 산조木村三藏를 이리로 불러라."

도시이에가 철포 부대의 부장들을 불러오라고 명을 내렸다. 그리고 겐바노조 눈앞에서 철포 부대의 부장들에게 명을 내리고 다시 다짐을 해두었다.

"사쿠마 나리의 수하로 들어가 진 앞에 총열을 깔고 하시바 군이 다가오면 한꺼번에 쏘아라. 양군에 혼란이 없도록 진퇴의 지휘는 모두 겐바 나리께 받도록 하라."

그 외에 히쓰타 사마노스케匹田左馬助, 세키도 야로쿠關戶弥六 등에게도 명을 내려 달려가게 했다.

"오…… 적이 다가온 모양이군."

겐바노조는 한순간도 쉬지 않고 신경을 곤두세웠다. 그는 그렇게 중얼거리며 바로 자리에서 일어났다.

"그럼, 훗날……."

그리고 막사 밖으로 나갔는데 뒤따라 나온 도시이에를 돌아보고 격한 어조로 묻지도 않은 말을 했다.

"아마도 살아서 다시 만날 일은 없을 듯하오만, 겐바노조도 간단히 죽지는 않을 게요. 설령 혼자 남아 중국의 예양禮讓처럼 자결을 하게 된다 할지라도."

도시이에는 조금 전에 서 있던 고개 위까지 그를 배웅했다.

"그럼……."

겐바노조는 빠른 걸음으로 달려 내려갔다. 아래쪽 상황은 조금 전과 비교가 되지 않을 정도로 변해 있었다. 사쿠마 군 팔천 명은 사상자, 낙오자를 제외하면 삼분의 일도 남지 않았다. 그마저도 하나같이 패배로 어지러워진 병사, 흥분한 장수들로 고함을 지르고 소란을 피워 서로의 마음을 실제보다 더 처참하게 만들고 있었다.

겐바노조의 두 동생인 시치에몬과 야스마사의 힘만으로는 도저히 막을 수 없었다. 이미 사쿠마 군의 주요 장수들은 목숨을 잃고 말았다. 그러다 보니 병사들은 조장도 부장도 없는 상태에서 지휘도 받지 못하고 저 멀리 다가오는 히데요시 군의 신속한 진격을 보게 되었다. 일단 이곳에 도착한 뒤 발걸음을 멈추기는 했으나 여전히 침착하기는 어려웠다. 하지만 마에다 군의 철포 부대가 소란스러운 상황 속을 지나 진지 훨씬 앞쪽에 진을 치자 겐바노조의 입에서 나온 명령도 전군에 잘 전달되었고 병사들도 마침내 침착함을 되찾기 시작했다.

"모두 자리에 임하라."

마에다의 새로운 부대가 가담했다는 사실이 활기를 잃었던 병사들에게 큰 힘이 되었다. 겐바노조는 물론 나머지 부하들도 용기를 되찾았다.

"원숭이 놈의 목이 아군의 창끝에 걸리는 것을 보기 전까지는 한 발도 물러나서는 안 된다. 마에다 군의 웃음거리가 되어서는 안 된다. 모두 수치를 알아야 한다."

겐바노조가 장병들 사이를 돌아다니며 독려했다. 과연 여기까지 그를 따라온 장병들은 수치심을 아는 사람들이었다. 갑옷도 창도 피로 물든 모습이었는데, 아침부터 내리쬔 태양에 피가 말라붙고 흙먼지로 범벅이 되어 있었다.

'물 한 모금 마시고 싶다.'

병사들은 얼굴로 말했다. 하지만 물을 구할 시간도 없었다. 저 멀리 적의 말발굽 소리가 들려오고 흙먼지가 날리고 있었다.

시즈가타케에서 여기까지 한달음에 진격해온 히데요시도 시게 산을 앞에 두고 갑자기 선봉의 급한 발걸음을 멈추었다.

"여기는 마에다 부자의 진지 앞이다."

히데요시는 병력을 모아 진용을 갖추었다. 이러한 경우 대치선은 철포의 사정거리 밖에 있는 법이다.

겐바노조는 마에다 군의 조총수를 바로 적의 진로에 급히 배치했으나 흙먼지는 움직이지 않는 인마를 감싼 채 사정거리 안으로 더 이상 들어오지 않았다.

"……."

도시이에는 겐바노조와 헤어진 뒤 산 위에 서서 그 모습을 바라보고 있었다. 주변 장수들에게도 그의 의중은 수수께끼와 같은 것이었다.

얼마 뒤 경호를 맡고 있는 아이우라 신스케相浦新助와 아기시 슈케阿岸主計가 도시이에의 말을 끌고 왔다. 그러자 사람들은 '마침내 출격하실 뜻을 굳히셨나 보다'라고 여기며 모두 말 앞에서의 활약을 다짐했다. 하지만 등자 옆으로 간 도시이에는 아들 도시나가의 진소에서 돌아온 전령에게 조그만 목소리로 무엇인가를 묻고는 말 위에 올라서도 쉽게 말을 몰려 하지 않았다.

그런데 그때 무슨 일이 일어난 것인지 기슭 쪽에서 심상치 않은 소리가 떠들썩하게 들려왔다. 도시이에와 사람들이 무슨 일인가 싶어 내려다보니 아군의 뒤편에서 말 한 마리가 끈이 풀린 채 진 가운데를 미친 듯이 뛰어다니고 있었다.

평소라면 모르겠으나 때가 때인 만큼 혼란이 혼란을 불러 큰 소동이 벌어지고 말았다. 도시이에는 아이우라, 아기시 두 무사에게 눈으로 무엇인가 신호를 준 뒤 주위 사람들에게도 말했다.

"모두 따라오게."

그리고 급히 말을 달리기 시작했다.

그 순간 격렬한 총소리가 평야에서 울려 퍼졌다. 그것은 아군의 총성이었는데, 그것으로 봐서 하시바 군이 쳐들어왔다는 사실을 알 수 있었다. 언덕을 달려 내려가는 도시이에는 누런 흙먼지와 초연 사이에서 몇 번이고 안장을 두드렸다.

"지금이다, 지금이다."

시게 산 일대의 진지에서 징과 북소리가 요란스럽게 울렸다. 파죽지세로 달려온 하시바 군은 총의 방어선에서는 약간의 희생자를 냈으나 벌써 사쿠마, 마에다 부대의 깊숙한 곳까지 들어가 그렇지 않아도 소란 속에서 혼란을 겪고 있던 중군을 마음껏 짓밟으며 걷잡을 수 없을 정도의 맹위를 떨치고 있었다.

그때 도시이에는 어지러운 격투가 벌어지는 길을 피해 아들 도시나가의 부대와 합류한 뒤 시오쓰 방면으로 퇴각했다.

"이게 어찌 된 일이지?"

그 순간 격분하는 부하도, 이상히 여기는 부하도 있었으나 도시이에로서는 예정된 행동에 지나지 않았다. 원래 그의 본심은 국외局外에 있었으며, 그의 바람은 중립을 지키는 것이었다. 국가의 지위와 주변 정세 때문에 가쓰이에의 청을 받고 어쩔 수 없이 참전하기는 했으나 이제는 히데요시와의 정의를 생각해서 말없이 물러난 것일 뿐이었다.

하지만 히데요시의 진격 부대는 마에다 군까지 가차 없이 마구 몰아댔다. 마에다 군의 후미에 섰던 고즈카 도베, 도미타 요고로富田与五郎, 기무라 산조 등 십여 명의 장수가 목숨을 잃고 말았다.

그사이 도시이에 부자는 거의 아무런 타격도 입지 않은 가신들을 데리고 시오쓰에서 히키타疋田, 이마조今庄를 우회하여 도시나가의 거성인 에치젠 후추로 물러났다.

이틀 동안에 걸친 격전 중 마에다 부자의 진지만은 마치 어지러운 구름 속에 고요히 잠겨 있는 한 무리의 숲과도 같았다. 만약 그가 적극적으로 겐바노조 모리마사와 힘을 합쳤다면 먼 길을 달려온 히데요시의 병사들이 시게 산, 다루미에서 그처럼 마음껏 적을 유린하지는 못했을 것이다.

《마에다 창업기前田創業記》에는 도시이에의 측근인 고즈카 도베, 기무라 산조를 비롯해 여러 장수가 분전을 펼치다 이곳에서 목숨을 잃었다고 기록되어 있는데, 이 분전도 사실은 소극적인 퇴각에 의한 상처에 지나지 않는다. 따라서 전투가 끝난 뒤 세상 사람들은 이렇게 추측하기도 했다.

"마에다 부자는 전날부터 히데요시의 밀서를 받아 그날 이미 당일의 배신을 약속했다."

"그러고 보니 그 전날 밤, 마에다 나리의 진중으로 농민 차림의 사내 둘이 서장을 들고 들어갔는데 그날 밤부터 시게 산의 횃불이 아주 밝게 아침까지 타오르고 있었다. 그것도 히데요시 쪽에 응해 어떤 신호를 보낸 것인 듯하다."

항간에 여러 이야기가 떠돌고 있었으나 그것은 어디까지나 항설로, 조금 의심스러운 부분이 있다. 사실은 언제나 복잡하게 보이지만 실상은 단순한 법이다. 그것을 복잡하고 괴기스럽게 만드는 것은 세상의 억지스러운 관찰이다. 하나의 실상에 대해 분해에 분해를 거듭하고 다시 분해를 더하기 때문에 방향을 잡지 못하게 되는 것일 뿐이다.

그는 시바타와 같은 적이었으나 예로부터 우의가 깊어 내심 히데요시와 마음이 통했다.

《호칸豊鑑》의 저자가 한마디로 이 문제를 갈파한 것은, 그러한 점에서 세상의 허상에 미혹되지 않은 평이라고 할 수 있을 것이다.

도시이에의 딸 중 하나가 히데요시의 양녀로 들어간 사실이나 도시이에 부부의 중매를 선 것이 히데요시라는 등의 가정사는 차치한다 하더라도, 이른바 남자와 남자의 문경지우에 있어서 히데요시와 마에다는 하루아침에 맺은 교우가 아니었다.

젊은 시절 무너진 담, 박꽃이 핀 시렁 아래의 가난 속에서도 속옷 하나만 걸치고 서로의 속내를 털어놓았으며, 밖에 나가서는 한심한 짓을 하기도 했고 때로는 다투기도 했다.

"네놈의 좋은 점에는 꽤나 반했지만, 한심한 면은 따라갈 수가 없어."

한 사람이 이렇게 말하면 다른 한 사람도 맞받아쳤다.

"네놈의 단점에는 정나미가 떨어진다. 하지만 내게는 좋은 본보기가 돼. 그래서 친구가 되어주는 거야. 내게 한심한 면이 있다면 너에게 좋은 본보기가 될 테니 좋은 친구라 여기고 함부로 대하지 말라고."

이처럼 두 사람은 깊은 속까지 서로 알고 지내던 사이였다. 당시 이미 상장上将의 자리에 있었던 시바타 가쓰이에와의 사이와, 오늘 이렇게 만나게 된 두 사람의 사이는 전혀 다른 것이었다. 한마디로 인간관계의 깊이가 달랐다.

그런데도 노장 가쓰이에는 도시이에의 소유국이 자신의 완전한 세력권 안에 있다는 이유만으로 이번 대결전에서 마에다 부자의 병력을 자신의 세력이라고 생각했을 뿐 아니라 그들을 시즈가타케 방면에 배치했다는 사실만으로도 이미 패하기 전 패배라고 할 수밖에 없을 것이다. 믿어서는 안 될 사람을 믿었다. 그것은 누구도 부인할 수 없는 실책이었다.

시즈가타케, 야나가세의 전투에 있어서 시바타의 패인은 모두 '적 가운데에 머문' 겐바노조에게 있다고 여겨지나, 이렇게 보면 겐바노조의 실책은 오히려 국지적인 것인 반면, 가쓰이에의 오류는 그 이전에 자신의 몸에 어울리지 않은 사람을 굳이 안으로 받아들였다는 근본적인 것이라는 사실을 알 수 있다.

대체로 패인은 안에 있는 법이다. 안에서 패한 사람이 바깥 싸움에서도 패한다는 말은 고금을 통한 전쟁의 철칙이다.

〈9권에 계속〉

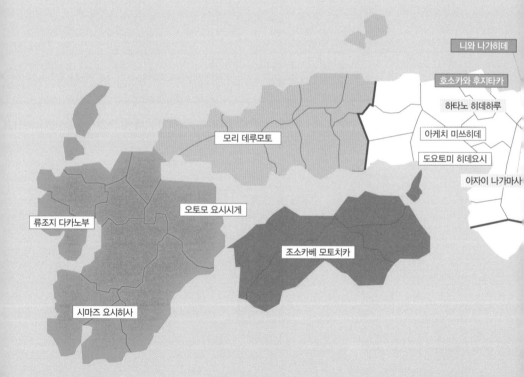

❖ 오다 노부나가 시대의 세력 지형도(1549~1582)

- 노부나가가 멸망시킨 전국시대 다이묘
- 노부나가 군의 사령관
- 유력 전국시대 무장
- 노부나가의 유력 무장
- 오다 노부나가의 최대 세력 범위

니와 나가히데

호소카와 후지타카

하타노 히데하루

아케치 미쓰히데

도요토미 히데요시

아자이 나가마사

모리 데루모토

오토모 요시시게

류조지 다카노부

조소카베 모토치카

시마즈 요시히사

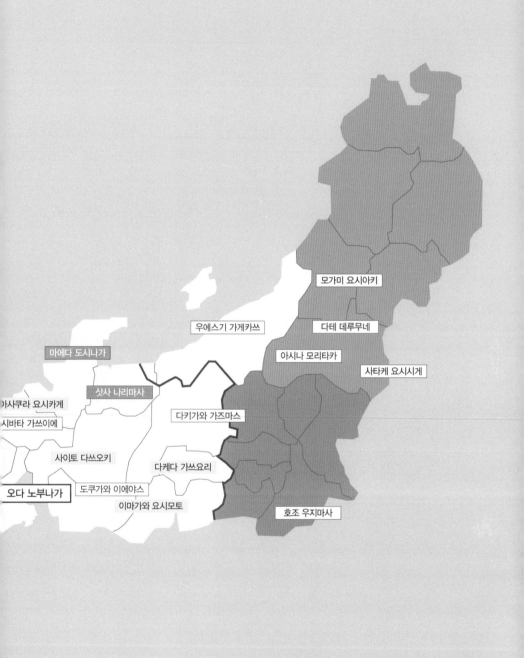

모가미 요시아키

우에스기 가게카쓰

다테 데루무네

마에다 도시나가

아시나 모리타카

사타케 요시시게

삿사 나리마사

아사쿠라 요시카게

다키가와 가즈마스

시바타 가쓰이에

사이토 다쓰오키

다케다 가쓰요리

오다 노부나가

도쿠가와 이에야스

이마가와 요시모토

호조 우지마사